SPIEGELBERG

Dieses Buch ist ein Roman. Handlungen und Personen sind frei erfunden. Ähnlichkeiten mit lebenden oder toten Personen sind nicht gewollt und rein zufällig. Ab Seite 343 findet sich ein Glossar.

CHRISTOF GASSER

SPIEGELBERG

Kriminalroman

emons:

Bibliografische Information der Deutschen Nationalbibliothek
Die Deutsche Nationalbibliothek verzeichnet diese Publikation
in der Deutschen Nationalbibliografie; detaillierte bibliografische
Daten sind im Internet über http://dnb.d-nb.de abrufbar.

© Emons Verlag GmbH
Alle Rechte vorbehalten
Umschlagmotiv: mauritius images/Prisma/Weber Raphael
Umschlaggestaltung: Nina Schäfer, nach einem Konzept
von Leonardo Magrelli und Nina Schäfer
Umsetzung: Tobias Doetsch
Gestaltung Innenteil: DÜDE Satz und Grafik, Odenthal
Lektorat: Irène Kost, Biel/Bienne, Schweiz
Druck und Bindung: CPI – Clausen & Bosse, Leck
Printed in Germany 2024
ISBN 978-3-7408-2109-8
Originalausgabe

Unser Newsletter informiert Sie
regelmäßig über Neues von emons:
Kostenlos bestellen unter
www.emons-verlag.de

Dieser Roman wurde vermittelt durch die Agentur Editio Dialog,
Dr. Michael Wenzel (www.editio-dialog.com).

Die automatisierte Analyse des Werkes, um daraus Informationen
insbesondere über Muster, Trends und Korrelationen gemäß
§ 44b UrhG (»Text und Data Mining«) zu gewinnen, ist untersagt.

Im Gedenken an
Hejo Emons

Wer Neugeburt will,
muss zum Sterben bereit sein.

Hermann Hesse (1877–1962)

Nicht ein Atom des Körpers wird vergehen
und nicht ein Hauch von Seele.
Sobald der Nordwind den Saum des Geistes zusammenrafft,
wird sich der Ostwind erheben und ihn entfalten.

Khalil Gibran (1883–1931)

Wo das Recht nicht in der Lage ist,
für Gerechtigkeit zu sorgen,
sucht sich die Gerechtigkeit eigene Wege
und schafft neues Unrecht.

Cora Amalia Johannis

Wo das Recht nicht in der Lage ist, für Gerechtigkeit zu sorgen …

Die Sonnenstrahlen kitzelten ihre Nase. Sie kniff ihre Augen zusammen. Ein stiller Protest gegen den erwachenden Tag, der die Geborgenheit der Nacht verdrängte. Die Dämmerung brachte eine Brise, die sie frösteln ließ. Nur die dünne Decke bewahrte ihre Haut vor dem Kontakt mit dem kühlen Lufthauch. Ihre Finger ertasteten den leeren Platz auf der Matte neben ihr, wo sie die Nacht unter freiem Himmel mit ihm verbracht hatte.

Der Gedanke an seinen Geruch, die raue Weichheit seiner Haut und die Härte seiner Muskeln erregte sie erneut. Ihre Hände glitten unter die Decke und über ihren Unterbauch. Es war, als spürte sie ihn noch in ihr. Sie waren erst weit nach Mitternacht eingeschlafen, über ihnen nichts als das Firmament über der Bucht von Quiberon.

Mit einem Seufzer wickelte sie sich in die Decke und schloss die Augen, bis sie durch die geschlossenen Lider einen Schatten wahrnahm.

Er stand direkt über ihr. Die Konturen seines nackten Körpers zeichneten sich dunkel gegen den Halo des Sonnenlichts am azurnen Himmel ab. »Komm her.« Sie streckte die Hand nach ihm aus. Ein Blick auf seine Körpermitte zeigte ihr, dass er verstand, was sie wollte.

Er beugte sich über sie und berührte ihre Brüste. »Frierst du?«

»Ein wenig.«

»Man spürt's.«

»Was …? Idiot.« Sie umfasste seinen Nacken und zog ihn zu sich herunter. Mit geschlossenen Augen gab sie sich der Symphonie der Sinne hin, die ihre beiden Körper wie ein warmer Dunst einhüllte.

Das Paradies. So musste es sich anfühlen.

Mit dem Unterschied, dass es dort bestimmt keine Motorgeräusche gibt, die sich rasch näherten.

Sie löste sich aus seiner Umarmung und setzte sich auf.

»Idiot!« Diesmal meinte sie den Fahrer des Schnellbootes, das auf sie zusteuerte. Wer konnte das sein, um diese Zeit?

»Das ist Renaud mit den Croissants zum Frühstück«, meinte er.

»Jetzt schon?« Dem würde sie was husten. »Wollte er nicht später kommen? Und seit wann hat er so ein Boot?«

»Gehört wohl seinem Alten.« Renaud arbeitete im Bootsverleih seines Vaters in Kermorvan. Nebst anderem machte er Rundfahrten und Anglertouren mit Touristen. Er hatte ihnen die Yacht zu einem Freundschaftspreis überlassen.

Sie stand auf und wickelte die Decke um ihre Hüften.

»Was machst du?«, fragte er. »Wir können nachher –«

Sie fuhr gespielt lasziv mit beiden Händen über ihre Hüften. »Das hier darf nur einer sehen.« Sie küsste ihn auf den Mund und ging unter Deck. Auf dem Tisch der Kombüse lag das Notebook, an dem sie am Vorabend gearbeitet hatte. Sie klappte es zu und setzte die Kaffeemaschine in Gang. Dann suchte sie ihren Bikini. Das Oberteil lag auf der Bank in der Kajüte, das Höschen fand sie auf dem Bett. Sie nahm den Grapefruitsaft aus dem Kühlschrank, am Vortag frisch gepresst im Bioladen von Quiberon gekauft. Zum Preis dieser einen Flasche hätte sie im Supermarkt zehn Tüten kaufen können. Sie wollte sich etwas Besonderes gönnen, dazu gehörte frisch gepresster Grapefruitsaft und der Champagner, der neben der Saftflasche im Kühlschrank lag. Sie konnten es sich leisten. Auf der Sitzbank lag die Tasche mit dem Geld, zweihunderttausend Euro. Besser, Renaud bekam das nicht zu Gesicht. Sie verstaute die Tasche in einem Schrank in der Kajüte.

Durch die Bordwand hörte sie das Schleifen des Motorbootes gegen die Fender ihres Seglers. Der Motorenlärm brach ab. Jemand rief etwas. Daraufhin hörte sie den dumpfen Schlag eines Körpers, der hart auf den Planken aufschlug, und dann zweimal ein trockenes Ploppen.

Sie ging zurück in die Kombüse und stieg auf die erste Stufe der Treppe an Deck. Vor sich sah sie die Waden zweier Beine in schwarzen Hosen und Sneakers. Dahinter sah sie einen reglosen Körper an der Reling, nackt. Sie biss sich in die Faust, um nicht laut zu schreien, und zog sich in die Kajüte zurück. Die Pistole lag auf der Ablage neben der Kaffeemaschine. Sie nahm die Waffe an sich. Weiter vorne, am Bug, war eine Nische mit einer kleinen Koje, die sie als Abstellraum nutzten. Von dort führte eine Luke ans Oberdeck. Sie öffnete sie und zwängte sich hindurch.

Sie hatte nur Sekunden.

»Fallen lassen!«

Die Stimme hatte die endgültige Schärfe eines Fallbeiles. Es war vorbei. Sie legte die Pistole auf den Boden.

»Umdrehen.«

Sie wandte sich um und erstarrte.

»Du?«

»Ja, ich. Überrascht?«

»Warte, du musst mich nicht –«

»Doch, ich muss.« Die Mündung der Pistole blitzte einmal. Der Einschlag traf sie wie eine Faust aus Stahl in die Magengrube und schleuderte sie über Bord. Das endlose Blau des Himmels war das Letzte, was sie sah, bevor der Atlantik sie verschlang.

1

Je mehr ich versuche, zu vergessen, desto eher holt mich die Erinnerung ein.

Ich habe aufgehört zu rennen. Ich will mich ihr stellen. Welche Alternativen bleiben mir? Der Sprung in den Abgrund? Dafür stehe ich hier am richtigen Ort, am äußersten Ende der Aussichtsplattform des Felsengrates Arête des Sommêtres, rund zweihundert Meter lang und nur eine Handvoll solcher breit. Hinter mir liegt die Hochebene der Freiberge, vor mir, rund fünfhundert Höhenmeter tiefer, die bewaldete Schlucht des Doubs, die über Kaskaden, Windungen und durch Stauwehre fließende Trennlinie zwischen dem Schweizer und dem französischen Jura. Ganz so tief würde ich nicht fallen, wenn ich springen wollte. Aber es wäre ein schöner Tod, an diesem Ort, mit der Weite des Landes vor Augen.

Ich verscheuche den Schwarm dunkler Gedanken. Stattdessen lasse ich meinen Blick über die weißen Felsen schweifen, in der Hoffnung, die Überreste der Burg zu entdecken, die im Mittelalter hier gestanden hatte.

Ruine Spiegelberg.

In einer Gegend, die Wert auf ihre frankofone Identität legt, muten deutschsprachige Ortsbezeichnungen merkwürdig an.

Spiegelberg. Für mich ist es mehr als nur ein Ort. Er steht für eine Erinnerung, die mich zwingt zu vergessen und mir gleichzeitig verunmöglicht, genau das zu tun. Ein Name, der Gespenster erlebten Schreckens auferstehen lässt, die ich hoffte, aus meiner Erinnerung verbannt zu haben.

Hier hatte die Burg gestanden, die heute als »La Ruine de Spiegelberg« bekannt ist. Das Blut der letzten Nachfahren der Dynastie, die es erbaute, klebt an meinen Händen seit den Tagen an jenem verwünschten Ort im Berner Oberland vor zwei Jahren: Blutlauenen.

Charlène, die schwatzhafte Servrererin im Restaurant der Klinik, die einen Steinwurf von hier entfernt liegt, hat mir die Geschichte erzählt. Die im 13. Jahrhundert errichtete Festung war der Sitz der Familie Mireval gewesen. Sie hatte die Grafschaft Muriaux, Spiegelberg zu Deutsch, vom Bischof von Basel als Lehen erhalten. Später verlegten sie ihr Domizil in die Herrschaft Kriegstetten im Solothurner Wasseramt. Dort vermählte sich ein Mireval mit der Adligen Anna von Halten. In der ersten Hälfte des 15. Jahrhunderts stellten zwei Generationen der Mireval oder Spiegelberg, wie sie sich fortan nannten, die Schultheißen der freien Reichsstadt Solothurn. Ludivine, der letzte Spross des Geschlechts, war eine meiner besten Jugendfreundinnen gewesen.

Wenn ich die Augen schließe, werden die Bilder von ihr lebendig. Ich sehe sie vor mir. Der Fels unter meinen Füßen löst sich auf. Unter mir ist die Leere des Abgrunds. Nur etwas hindert mich zu fallen.

Die Schlinge.

Sie schnürt mir die Kehle zu. Ich ringe nach Luft, versuche Halt zu finden, den Druck von mir zu nehmen. Mein Blickfeld verengt sich wie das Licht am Ende eines Tunnels, in dem ich rückwärtsfahre.

»Halten Sie sich fest.« Eine Frauenstimme. Sie spricht französisch mit mir.

Ich mache die Augen auf.

»Vorsicht.« Sie packt mich am Arm. »Für einen Moment dachte ich, Sie fallen mir über das Geländer.«

Ihr Alter ist schwer zu bestimmen, älter als ich auf jeden Fall, zehn Jahre, zwanzig? Sie strahlt Klarheit aus, ohne arrogant zu wirken. So blau ihre Augen sind, ist ihr Haar blond, oder war es mal. Sie scheint nicht eitel genug zu sein, um graue Strähnen nicht zuzulassen.

»Geht es Ihnen besser?«

Ich starre sie an. Sie wiederholt die Frage auf Deutsch, wahrscheinlich aus Gewohnheit. Die meisten Touristen in den Freibergen sind Deutschschweizer.

»Danke, ja. Ich muss mich setzen.«
Die Frau deutet hinüber zum Wald, wo der Felsenpfad seinen Anfang nimmt. »Können Sie gehen?«
Ich nicke.
»Was war mit Ihnen? Es sah aus wie eine Panikattacke.« Es klingt weder neugierig noch übertrieben besorgt, nur mitfühlend.
»Ich hätte es nicht tun sollen.«
»Was?«
Ich winke ab. Der Arzt in der Klinik hat mich ermahnt, es langsam anzugehen. Was heißt langsam? Seit zwei Jahren bewege ich mich im Kriechmodus.
Meine »Retterin« besteht nicht auf eine Antwort. Stattdessen reicht sie mir eine Wasserflasche. »Sie müssen trinken.« Erst will ich ablehnen, ein Pandemiereflex. Monate bevor das Virus zum Thema wurde, befand ich mich in meinem persönlichen Lockdown. Zuerst die Wochen im Spital, die Rückkehr in die eigenen vier Wände, die immer wieder gleichen Alpträume.
Bis der Zusammenbruch kam.
Mit der linken Hand verdecke ich das baumwollene rosa Stoffband mit dem Smiley, das die Narbe an meinem rechten Handgelenk verbirgt. Mila hat es mir geschenkt.
»Sie können ruhig trinken«, sagt die Frau. »Die Flasche ist noch versiegelt.«
»Was?« Ich merke, dass ich die Flasche die ganze Zeit nur versonnen in den Händen drehe. »Danke.« Ich trinke das Halblitergefäß fast leer. Mit jedem Schluck merke ich, wie durstig ich bin. Zwei Kaffee beim Frühstück sind eindeutig zu wenig.
»Besser?«
»Besser.« Ich versuche aufzustehen und setze mich gleich wieder hin.
»Warten Sie, bis sich Ihr Kreislauf normalisiert hat.«
Um nicht reden zu müssen, nehme ich mir Zeit, die Flasche zu leeren. Die Frau hat etwas Irritierendes. Ich glaube, sie von irgendwoher zu kennen, und komme nicht drauf.

»Sie sind Patientin in der Klinik Le Noirmont.« Sie zeigt auf das Patientenband an meinem linken Handgelenk.

»Ich war zur Kur, heute ist mein letzter Tag. Und Sie?«

»Kurzurlaub bei einer befreundeten Familie im Dorf. Morgen geht's zurück nach Paris. Die Arbeit ruft.«

»Sie sind Französin?«

»Merkt man mir das an?«

Ich nicke, trotz meiner durchschnittlichen Kenntnisse unserer zweiten Landessprache höre ich die geschliffene Aussprache der Pariserin heraus.

»Sie kommen aus der Deutschschweiz, nicht wahr?«

»Dürfte schwer zu überhören sein.« Ich strecke die Hand aus. »Cora Johannis.«

Ein breites Lächeln erhellt ihr Gesicht. »Wusste ich es doch, deine schwarzen Haare, die weiße Strähne über der Stirn, die Bernsteinaugen. Wir kennen uns.« Sie greift nach meiner Hand und schüttelt sie.

»Sie kommen mir auch bekannt vor, aber –«

»Marokko, Anfang der Neunziger, erinnerst du dich nicht mehr an mich? Françoise, Françoise Gravier.«

Die Neunziger? Das war vor Äonen. Trotzdem dämmert es mir langsam. Ich recherchierte für eine Reportage über Flüchtlingsströme nach Europa. Die zu Spanien gehörende Landspitze von Ceuta an der marokkanischen Küste und das weiter östlich gelegene Melilla bilden die einzige EU-Landgrenze zu Afrika. Dort wird mit allem gehandelt, was Geld bringt, erst recht, wenn es auf illegale Weise verschoben werden kann, Alkohol, Drogen und Menschen. Die Arbeit ist mir weniger in Erinnerung geblieben als das lebendige Souvenir, das ich von dort nach Hause gebracht habe.

Inzwischen ist Julian fünfundzwanzig und lebt seit über einem Jahr mit seiner Freundin zusammen. Je älter er wird, desto ähnlicher sieht er Marzuk, dem marokkanischen Assistenten, den mir Françoise Gravier, damals mein Kontakt in der französischen Botschaft, vermittelt hatte. Mit einer Sonderbewilligung bewegte Marzuk sich frei mit mir zwischen Marokko und den spanischen Exklaven. Mich zu schwängern war nicht Bestandteil seines Jobprofils gewesen, geschah aber im gegenseitigen Einvernehmen, was den Akt betrifft, nicht dessen Resultat.

»Wie lange bist du danach in Marokko geblieben?«, will ich wissen, nachdem wir uns umarmt haben.

»Bis Ende 2001. Dann kam die erste Ernennung zur Botschafterin und Vietnam für drei Jahre, darauf folgten zwei weitere in Athen. Dann noch mal Marokko, bevor es zurück nach Europa ging, erst Bern, dann Brüssel.«

»Du warst Botschafterin in der Schweiz? Davon habe ich nichts mitbekommen. Warum hast du dich nie gemeldet?«

»Du warst ständig unterwegs. Ich war oft in Paris und dann …« Gravier senkt den Kopf. »Es ist viel passiert seit Marokko.«

Stimmt. Kaum hatte ich Julian abgestillt, überließ ich ihn der Obhut meines damaligen Partners Matthias. Ein Fehler, wie ich später bemerkte. Seine Assistentin Grazyna unterstützte ihn dabei mehr, als mir lieb sein konnte. Wie man sich bettet …

»Bist du noch im diplomatischen Dienst?«

»Im Ruhestand, offiziell.«

»Und inoffiziell?«

»Gibt es so was nicht. Ich arbeite im Stab des Präsidenten.«

»Und mit Präsident meinst du …«

»Genau den, ich bin seine Sonderberaterin für Sicherheit in auswärtigen Angelegenheiten.«

»Diplomaten in Frankreich werden nie pensioniert, oder wie?«

»Nicht, wenn der Präsident sie um sich haben möchte. Nächstes Jahr werde ich siebzig. Dann ist Schluss.«

Dass Alter nur eine Zahl ist, unterstreicht ihr Äußeres. Bis auf die Falten um Mund und Augen wirkt sie wesentlich jünger. Sollte sie dereinst die Diplomatie satthaben, könnte sie eine zweite Karriere als Senior Model oder Best Ager ins Auge fassen.

Die Journalistin in mir stellt sich die Frage, ob Gravier sich nicht nur privat, sondern auch dienstlich in der Gegend aufhalten könnte. Was an den Freibergen könnte für den Hausherrn im Élysée-Palast von Interesse sein? »Vor Jahren kursierte ein Gerücht, der Kanton Jura wolle sich von der Schweiz abspalten und zu Frankreich wechseln«, sage ich augenzwinkernd. »Ist es etwa so weit? Geheime Sondierungsgespräche?«

Gravier lacht. »Mittlerweile dürfte den maßgeblichen Leuten in Delémont aufgegangen sein, dass sie einen schlechten Tausch machen würden. Doch genug von mir. Was ist mit dir, Cora? Weshalb bist du in der Klinik? Sag nicht, du hast Herzprobleme.«

Das wäre die simple Antwort gewesen. Die Klinik Le Noirmont ist bekannt für ihre Rehabilitationsprogramme für Herzpatienten. Zudem bietet sie Therapien in der Psychosomatik an. Nur weil ich vor über einem Vierteljahrhundert mit ihr durch den Souk von Marrakesch gezogen bin, habe ich noch lange keine Lust, mich ihr zu offenbaren. Daniel vom Staal verschaffte mir den Kurplatz in der notorisch voll belegten Klinik. Er und meine Kinder sind die Einzigen, welche die düsterste Ecke meiner Seele kennen. »Lange Geschichte, mit der ich dich nicht langweilen will, es sei denn, du hast stundenlang Zeit.«

Gravier sieht auf ihre Uhr. »Du hast recht, ich muss mich auf den Weg machen. Morgen früh steht ein Treffen in Genf an. Am Nachmittag fliege ich zurück nach Paris.«

Wir stehen gleichzeitig auf. Erleichtert stelle ich fest, dass meine Füße mich wieder tragen.

»Lebst du immer noch in Solothurn?«

»Das weißt du noch?«

»Du bist keine, die man einfach vergisst, Cora.«

»Ich wohne in Nennigkofen, das ist ein Dorf ganz in der Nähe der Stadt. Willst du mich mal besuchen?«

»Bist du übernächste Woche zu Hause?«

»Denke schon.«

»Lass dich überraschen. Du hörst von mir.«

2

Françoise hat Wort gehalten. Vor zwei Tagen zog ich den Brief aus dem Kasten. Einer offiziellen Einladungskarte der französischen Botschaft lag ein handschriftlicher Brief bei. Françoise freue sich, mich am Festakt am Donnerstag in Solothurn zu sehen, hat sie geschrieben. Sie würde einen Tag vorher eintreffen. Das ist heute.

Ich lese zum x-ten Mal die Einladungskarte und den Brief, den ich zusammen mit anderer diverser Korrespondenz in einem Holzkistchen auf der Kommode vor dem Garderobenspiegel aufbewahre, welches früher mal Matthias' kubanische Zigarren enthalten hatte. Ein Poltern von oben reißt mich aus den Gedanken. Mila kommt mit Rucksack am Rücken und Kater Van Helsing im Schlepptau die Treppe herunter. Van Helsing wartet auf der letzten Stufe, bis sie den Rucksack abgestellt hat. Dann streicht er ihr so lange um die Beine, bis sie ihn aufhebt und in die Arme nimmt.

Seit bald zwei Wochen absolviert sie ein Praktikum auf einem Reiterhof in Muriaux, einer Nachbargemeinde von Le Noirmont. Gestern ist sie für einen Tag zurückgekommen, um etwas für die Schule zu erledigen. Seither ist Van Helsing nicht von ihrer Seite gewichen.

»Kümmerst du dich um ihn, wenn ich weg bin?«

Als würde ich das sonst nicht tun. »Die Frage ist eher, ob es Durchlaucht genehm ist, seine Mahlzeiten von mir kredenzt zu bekommen.«

Als würde er mich verstehen, hebt Van Helsing den Kopf, den er in Milas Armbeuge versenkt hatte. Unsere Blicke verhaken sich ineinander. Ich stelle mir vor, wie er mir am liebsten einen Keil in mein Herz treiben möchte, wenn es in seiner Macht stünde. Mila hatte ihn vor vier Jahren angeschleppt, nachdem er sie von der Bushaltestelle im Dorf bis nach Hause verfolgt hatte. Der europäische Kurzhaartigerkater und ich begegnen uns mit Distanz. Mila meint, es liege an meinen Wurzeln, die in den rumänischen Karpaten liegen. Wegen meiner bernsteingelben Augenfarbe halte er mich für einen Vampir. Sie gab dem Kater den Namen Van Helsing nach dem berühmten Vampirjäger aus Bram Stokers Roman, natürlich um mich zu ärgern. Van Helsing ist geblieben. Ich habe ihr verziehen.

Mila zuckt mit den Achseln. »Keine Sorge, Katzen sind Pragmatiker. Solange du ihm zu fressen gibst, hast du nichts zu befürchten. Er wird dich lieben.«

Letzteres wage ich nach wie vor zu bezweifeln. Trotzdem halte ich Van Helsing zugute, dass er bisher noch nicht versuchte, mich zu zerfleischen.

»Was ist das?« Mila nimmt die Karte aus dem Kistchen. »Der französische Botschafter lädt dich zu einem Empfang ein? Nice. Warum?«

»Die Einladung kommt nicht vom Botschafter selbst, sondern von einer alten Freundin, Françoise Gravier. Sie war mal Botschafterin in Bern, als du klein warst. Sie lädt mich zu einem Empfang morgen in Solothurn ein. Ich habe dir von ihr erzählt.«

»Ist das die, die dem französischen Präsi ins Ohr flüstert?« Normalerweise ist das etwas, das Mila nicht heftig zu beeindrucken vermag. »Gehst du hin?«

»Der Anlass dreht sich um einen historischen Vertrag zwischen der Schweiz und Frankreich aus der Zeit vor der Revolution. Wenn du bis morgen bleibst, kannst du mitkommen. Ich darf eine Begleitperson mitnehmen.«

»Danke, aber nein danke. Deine Françoise würde ich zwar schon mal gern kennenlernen. Voll abgefahren das Ganze. Sie schnippt mit dem Finger, und der Mächtige macht Männchen. Das nenne ich echte Girl Power.«

»Wenn du es sagst. Hast du alles eingepackt, die Schulsachen, die du mitnehmen willst? Was genau eigentlich?«

»Nichts Besonderes, 'n paar Sachen zum Lernen und so, falls ich mal Zeit habe.« Sie wechselt das Thema, indem sie meine

Hände nimmt und mir in die Augen sieht. »Ich verlasse mich drauf, dass du klarkommst, Mum.«

Seit ihrem letzten Wachstumsschub überragt sie mich um einen halben Kopf. Ihre Augen sind grün, nicht bernsteinfarben wie meine, ihre Haare heller, fast dunkelblond. Meine weiße Locke habe ich ihr nicht vererbt. Dafür zieht sich eine weiße Strieme von ihrer Schläfe bis über das linke Ohr, die sie neuerdings mit einem Undercut hervorhebt. Vor vier Jahren hatte die Kugel eines Schwerverbrechers ihren Kopf an dieser Stelle gestreift und die Pigmentierung beschädigt. Ich musste es mit ansehen. Wenn man will, kann man dem abgewinnen, dass die gemeinsam ausgestandene Todesangst im Schwarzbubenland uns beide zusammengeschweißt hat. Regelmäßige Zwiste sind nach wie vor ein Bestandteil unserer Mutter-Tochter-Beziehung. Im Vergleich zu früher sind sie weniger aggressiv, eher versöhnlich, in der Regel. Ich lerne immer noch, meiner Tochter zu vertrauen. Mila ist siebzehn, wobei sie bei jeder Gelegenheit betont, fast achtzehn zu sein. Wie Julian werde ich sie bald vollends loslassen müssen. Ich habe die Hoffnung nicht aufgegeben, den Moment des Auszugs aus dem mütterlichen Nest so lange wie möglich hinauszögern zu können.

Keine Ahnung, wie ich ohne Mila zurück ins Leben gefunden hätte. Als meine Seele sich in die dunkelste Ecke meines Wesens verkrochen hatte, rettete sie mir im wahrsten Sinn des Wortes das Leben.

An jenem Abend vor knapp anderthalb Jahren hatten sich alle meine Dämonen gegen mich verschworen. Weder eine ganze Flasche Gin noch die gleichzeitig eingeworfenen Tabletten hatten sie zu vertreiben vermocht. Auf einmal hatte ich die Packung Einwegrasierklingen Marke »Solingen« in der Hand, ein Überbleibsel von Matthias, die ich zuhinterst im Badezimmerschrank gefunden hatte. Der Schmerz des Schnittes, das Blut, welches das Wasser in der Wanne rot färbte, linderten Angst und die Abscheu vor mir selbst.

Das Virus hatte zu jenem Zeitpunkt die Welt und Milas

Volleyballtraining kurzfristig lahmgelegt. Ich hatte nicht mitbekommen, dass sie früher heimgekommen war und mich ausblutend in der vollen Wanne fand. Nach dem ersten Schnitt an meinem rechten Handgelenk war ich weggetreten, ein weiterer glücklicher Umstand. Hätte ich es geschafft, beide Arme aufzuschlitzen, wäre es um mich geschehen gewesen. Daniel vom Staal, den Mila zusammen mit den Rettungssanitätern alarmiert hatte, erzählte mir später, dass sie vierundzwanzig Stunden lang nicht von meinem Spitalbett gewichen war. Julian hatte mit seiner Freundin Lara auf einem Flughafen eines warmen Landes, ich weiß nicht mehr, welches, festgesessen und auf einen verfügbaren Rückflug gewartet.

Die neuen Wunden ließen alte vernarben. Mila konnte mir verzeihen, ihrem heiß geliebten Vater den Laufpass gegeben zu haben. Ich habe mich endlich damit abgefunden, dass Matthias schon dreimal länger mit Grazyna zusammen ist als mit mir.

»Mum? Bist du in Ordnung? Kann ich dich allein lassen?«

»Sicher kannst du das.«

»Du rufst mich an oder Patty oder Dani, wenn was ist, versprochen?« Mila hat Daniel vom Staal von Anfang an ins Herz geschlossen. Wie ihre Patentante und meine beste Freundin Patrizia Egger macht sie keinen Hehl daraus, dass sie in ihm gern meinen neuen Lebenspartner sehen würde. Nachdem ihr großer Bruder ausgezogen und Matthias mit Grazyna nach Südamerika ausgewandert ist, vermisst meine Papitochter die männliche Bezugsperson.

»Ich verspreche dir, dass ich dich bald auf dem Pferdehof besuche. Mittlerweile weiß ich auch, wo Muriaux liegt.«

Das Centre Équestre »Equus« ist für seine »Freiberger« bekannt, die einzige heute noch gezüchtete Schweizer Pferderasse. Mila hat sich in den Kopf gesetzt, nach der Matur Veterinärmedizin zu studieren. Dank Daniels großzügiger Honorierung meiner Nachforschungen zum Verschwinden seiner Frau im Schwarzbubenland konnte ich ihren Unterricht an einer Solothurner Reitschule finanzieren, wo sie sich als Naturtalent im

Umgang mit Pferden erwies. Da es zeitlich nicht anders einzurichten war, ermöglichten ihre ausgezeichneten Schulnoten eine Unterrichtsdispens vor den Herbstferien mit der Auflage, den verpassten Stoff in der Freizeit nachzubüffeln. Ihr Schulfranzösisch hatte sie sogar freiwillig aufpoliert.

»Hast du alles?«

Sie zeigt auf ihre Reisetasche. »Heb sie mal hoch, du wirst schon sehen.« Sie hält mir die Einladung unter die Nase. »Frag Dani, ob er dich begleitet. Der freut sich bestimmt.«

Ich schnappe ihr die Karte weg. »Schauen wir mal. Wir sollten fahren, wenn du den Zug nicht verpassen willst.« Außerdem will ich Françoise am Bahnhof Solothurn nicht auf mich warten lassen.

Ich lege den Umschlag zur Seite. Daniel bitten, mich zu begleiten? Ich weiß nicht mal, ob ich überhaupt hingehe.

3

Jean Gravier, Marquis de Vergennes, der 1777 als Gesandter König Ludwigs XVI. in Solothurn residierte, ist ein Urahne von Françoise Gravier. Das erfuhr ich von ihr, nachdem ich sie am Vorabend am Bahnhof Solothurn in Empfang genommen hatte. Dem für sie reservierten Gästezimmer in der Residenz des französischen Botschafters in Bern zog sie die Formlosigkeit meiner Gastfreundschaft vor. Es half mir, die Leere von Milas Abwesenheit zu überbrücken.

Bei einem Glas Wein hatte mir Françoise erzählt, wie der Marquis am 28. Mai 1777 in Solothurn den Freundschaftsvertrag zwischen dem Königreich Frankreich und der Eidgenossenschaft erneuerte. Ursprünglich diente der erstmals 1521 geschlossene Pakt dazu, den Einfluss der Habsburger auf die Eidgenossen zu vermindern und sie nach und nach vom Deutschen Reich abzunabeln. Dass eine Nachfahrin des Marquis im Namen des Präsidenten der Republik eine Gedenktafel im Ambassadorenhof einweiht, soll als Geste der Verbundenheit der beiden Länder gelten und helfen, über jüngste bilaterale Differenzen in Bezug auf Kampfjetbeschaffung und Steuerprozesse gegen Großbanken hinwegzusehen. Françoise hat mir am Vorabend geschildert, wie sie dem Präsidenten bei einem gemeinsamen Mittagessen dazu geraten hat. Es könne nicht im Interesse Frankreichs liegen, seinen viertgrößten Investor und größten Schaffer französischer Arbeitsplätze im Produktionssektor vor den Kopf zu stoßen. Gut, dass hinter den Boss-Männern Frauen stehen, die ihnen die Prioritäten erklären.

Ich hätte es wissen müssen. Der ehemalige Regierungsrat Daniel vom Staal fehlt an keinem hochkarätigen Anlass, wenn die Politik involviert ist.

Die Einweihungszeremonie fand im Ambassadorenhof statt, der ehemaligen Residenz der Gesandten der Bourbonenkönige in der Eidgenossenschaft. Heute ist er Domizil des kantonalen Departementes des Innern. Mit halbem Ohr höre ich einem Redaktor des »Solothurner Tagblattes« zu, der mir seine Urlaubsabenteuer auf einem Vulkan auf Gran Canaria erzählt. Dabei positioniere ich mich so, dass Daniel mich möglichst nicht im Blickfeld hat. Eigentlich verhalte ich mich ihm gegenüber nicht so. Françoise hat mich gestern gefragt, ob ich ein »plus one« mitbringe, worauf ich vage mit den Schultern gezuckt habe. Daniel habe ich nicht gefragt, er mich auch nicht. Das ist aber nicht die Ursache des unbehaglichen Gefühls, das mich bei seinem Anblick beschleicht. Es ist seine Begleitung, die mir einen feinen, aber spürbaren Stich versetzt: hübsch, blond, sichtlich jünger als er – und ich. Warum ich mich gerade verhalte wie ein eifersüchtiger Teenager, kann ich mir selbst nicht erklären. Daniel ist gradlinig und großzügig. Mit ihm könnte ich mir eine Beziehung vorstellen. Möglicherweise hätte es zwischen uns gefunkt, wenn Blutlauenen nicht gewesen wäre und was danach passiert ist. Warum kann ich nicht dort anknüpfen, wo wir davor gewesen waren? Daniel hat mich am tiefsten Punkt in meiner persönlichen Hölle erlebt, in der ich nichts anderes mehr verkörpern konnte als Wut und Angst. Dafür schäme mich heute noch vor ihm … und vor mir selbst. Ich liebe diesen Mann. Doch selbst wenn er in Mila die bestmögliche Fürsprecherin hat, wird es eine Weile dauern, bis ich mich ihm gegenüber wieder öffnen kann.

Das hindert mich keineswegs daran, eifersüchtig zu sein.

Der Ambassadorenhof liegt auf der obersten Stelle einer Anhöhe, auf deren zur Aare abfallenden Südflanke sich die Altstadt ausbreitet. In Tat und Wahrheit residierten die Abgesandten der französischen Könige über den Solothurner Regenten im Rathaus gegenüber. Eine aufschlussreiche Tatsache, was die damaligen Machtverhältnisse betrifft. Ein Gedanke, den ich besser für mich behalte. Meine Eltern flüchteten in den Sechzigern vor dem Diktator Ceausescu in die Schweiz. Zu der Zeit war Moskau de facto die Hauptstadt Rumäniens gewesen. Zwischen dem 15. und 18. Jahrhundert war es Paris oder besser Versailles für die Solothurner und ihre Miteidgenossen.

Schönes Wetter und milde Temperaturen erlauben ein Buffet unter freiem Himmel im grünen Geviert des Innenhofes. Die reichhaltige Auswahl der Speisen und der Weine, darunter ein edler Champagner, lässt den Schluss zu, dass die Rechnung vom französischen Staat übernommen wird und nicht vom in dieser Beziehung stets klammen Kanton Solothurn.

Alle und jeder, denen man jeweils an solchen Anlässen über den Weg läuft, sind auch hier zu finden. Zwei Stehtische von mir entfernt unterhält sich Françoise mit der Regierungspräsidentin des Kantons Solothurn, die sie korrekt mit Frau Landammann anredet. Daneben steht der französische Botschafter im Gespräch mit dem Staatssekretär des Eidgenössischen Departementes für auswärtige Angelegenheiten und einem Solothurner Ständerat. Für die Sicherheit sorgen an den Zugängen platzierte Uniformierte der Kantonspolizei. In der Nähe der VIPs stehen zwei Männer und eine Frau in Zivil mit Knopf im Ohr. Ich tippe auf den für die Sicherheit ausländischer Würdenträger zuständigen Bundessicherheitsdienst.

Ich wage einen Blick in die entgegengesetzte Richtung, wo sich Daniel und seine Begleiterin angeregt mit Vertreterinnen des Kantonsparlamentes unterhalten, bis mich eine Berührung am Oberarm zusammenzucken lässt.

»Na, na.« Patrizia Egger gibt mir einen Kuss auf die Wange. »Erwische ich dich gerade bei etwas Verruchtem? Unkeusche Gedanken beim Anblick meines Chefs?«

Ich umarme sie. »Hab dich vermisst, Patty. Seit wann bist du zurück?«

»Gestern Abend, direkt von London. Grenzüberschreitende Sorgerechtsverhandlungen sind immer so eine Sache.«

»Konntet ihr euch einigen?«

»Sieht so aus. Für einen Monat betreut sie die beiden Katzen, während er sich um den Hund kümmert. Dann wird geswitcht.«

»Was? Es ging um Tiere?«

»Emotionale Bindungen bauen sich auch zu Lebewesen mit mehr als zwei oder keinen Beinen auf. Stell dir vor, Matthias erhebt Anspruch auf Van Helsing.«

»Den würde ich ihm noch so gern überlassen«, entgegne ich achselzuckend. »Überhaupt müsste er sich darüber mit Mila streiten. Van Helsing gehört ihr. Für das Viech bin ich nur Personal, zuständig für die Fütterung sowie die Entsorgung toter Mäuse und Vögel, die er ständig anschleppt. Ich würde nicht in Matthias' Haut stecken wollen, wenn es ihm in den Sinn käme, Mila den Kater wegzunehmen.«

Wir lassen uns die Gläser von einer vorbeikommenden Kellnerin mit Champagner auffüllen. Patty schlürft genießerisch den ersten Schluck, nachdem sie sich die Etikette hat zeigen lassen. »Pommery, aber hallo, der Herr Botschafter lässt sich nicht lumpen. Nichts gegen die Weine von der Domaine de Soleure, aber das ist schon was anderes.«

»Was ist mir dir los? Hast du in London nur Tee getrunken? Hat Daniel das Spesenbudget zusammengestrichen?«

»Daniel doch nicht. Wenn, dann höchstens die Neue.« Patty wirft einen abschätzigen Blick auf die Frau, die sich bei vom Staal untergehakt hat.

»Wer ist das überhaupt? Etwa seine neue …«

»Seine neue Flamme?« Patty lacht. »Inzwischen solltest du Daniel besser kennen. Bestünde die Möglichkeit, dass er sich auf jemanden aus der Kanzlei einlässt, hätte ich ihn mir schon lange gekrallt, und wir beide wären keine Freundinnen mehr.« Sie stupst mich mit dem Ellbogen an.

»Keine Ahnung, was du meinst.«

»Natürlich nicht.« Patty seufzt. »Du und Daniel, zusammen seid ihr das, was man einen hoffnungslosen Fall nennt.«

»Du hast mir immer noch nicht gesagt, wer sie ist.«

»Jeannette Courvoisier, Compliance Spezialistin. Daniel hat es geschafft, sie bei KPMG auszuspannen, frag mich nicht, wie. Wenn alles gut geht, wird sie in sechs Monaten zur Partnerin.« Patty schnaubt spöttisch. »Wenn ich denke, wie lange ich dafür pickeln musste. Im Moment führt sie ein hausinternes Audit über unsere Kosten durch.«

»Wieso? Müsst ihr sparen?«

»Wer muss das nicht? Das ist nicht der Punkt. Die gute Jeannette hat Daniel klargemacht, wenn wir unseren Klienten Compliance verkaufen wollen, sollten wir erst mal unser Haus in Ordnung bringen.«

»Deshalb der Tee in London?«

Patty sieht mich verständnislos an. »Was laberst du die ganze Zeit von Tee? Die Hotelbar war gut bestückt, der Barkeeper übrigens auch, auf dem Zimmer konnte ich mich persönlich davon überzeugen. Willst du Einzelheiten?«

»Danke, dafür reicht meine Phantasie gerade noch aus.«

Patty ist eine eingefleischte Junggesellin, weit davon entfernt, in der Liebe sesshaft zu werden. Ich schätze an ihr, wie sie die Dinge ins rechte Licht rückt. Für sie und meine Tochter bin ich ein offenes Buch, was mein Liebesleben betrifft. Außerdem kann Patty Gedanken lesen. »Wenn ich du wäre, würde ich trotzdem nicht zu lange warten, den Sack mit Daniel zuzumachen.«

Mein Blick fällt auf Françoise. Sie hat sich von der Gesellschaft abgesetzt und unterhält sich eingehend mit einem Mann. Er muss erst vor Kurzem dazugestoßen sein. In seinem Aufzug wäre er mir sonst unweigerlich ins Auge gestochen. Ungeachtet der Witterung trägt er einen schwarzen, an den Aufschlägen zerschlissenen Ledermantel, hohe Schuhe und abgetragene Jeans, die bestimmt seit geraumer Zeit keine Waschmaschine von innen gesehen haben. Eine hagere Erscheinung, das Haar ungepflegt, und die letzte Rasur scheint mehr als nur ein paar Tage her zu sein. Françoises zugeteilte Sicherheitsbeamtin beobachtet jede seiner Bewegungen. Françoise muss ihn vorgelassen haben. Obwohl Welten ihr Äußeres trennen, ist die Vertrautheit zwischen ihnen deutlich.

Ich will mich schon wieder Patty zuwenden, als der Mann Françoise unvermittelt am Oberarm packt und sie an sich zieht.

Gleichzeitig redet er heftig auf sie ein. Françoise versucht, ihn zu beruhigen, bis er sie von sich stößt. Sie stolpert und fällt hin. Die Sicherheitsbeamtin greift ein, befördert den Mann mit einem Polizeigriff zu Boden und legt ihm Handschellen an. Patty und ich eilen zu Françoise, die sich mit Hilfe des Botschafters aufrappelt. Derweil richtet die Sicherheitsbeamtin gemeinsam mit einem Kollegen den Angreifer auf und will ihn wegbringen.

»*Laissez-le!*«, ruft Françoise. Sie winkt die Beamtin zu sich und redet gestenreich auf sie ein. Ich stehe nah genug, um die Worte »Missverständnis« und »Versehen« mitzubekommen. Françoise zeigt auf die gefesselten Hände, bis die Beamtin nickt und ihrem Kollegen bedeutet, dem Mann die Handschellen abzunehmen. Der danebenstehende Botschafter scheint nicht einverstanden zu sein, wagt es aber offensichtlich nicht, die Autorität der Präsidentenberaterin in Frage zu stellen. Auf deren Geheiß lassen die Polizisten den Mann unbehelligt gehen. Er dreht sich nach Françoise um und hebt grüßend die Hand. Sie erwidert es mit einem knappen Nicken.

»Grüß dich, Cora.«

Ich bin dermaßen auf Françoise fokussiert, dass ich vom Staal nicht bemerkt habe. Jeannette Courvoisier steht ein paar Meter weiter mit dem Rücken zu uns und unterhält sich mit Patty. Diese zwinkert mir zu. Sie hat es im Griff.

»Ich will dich schon lange mit meiner neuen Mitarbeiterin bekannt machen«, sagt Daniel. »Doch wie es scheint, wollen sich unsere Wege heute nicht kreuzen.«

»Patty hat sie mir schon vorgestellt. Aus der Ferne.«

»Gut. Es wäre schade, wenn es ein Missverständnis gäbe.«

»Was für ein Missverständnis sollte das sein? Du musst dich mir gegenüber nicht rechtfertigen. Patty hat mir gesagt, was Frau Courvoisier bei euch in der Kanzlei macht.«

»Dann ist es gut. Ich hatte das Gefühl, du gehst mir ihretwegen aus dem Weg.«

Ich ringe mir ein Lächeln ab und klopfe ihm auf die Schulter.

»Woher kennst du Frau Gravier?«, fragt er.

»Von der Arbeit.« Ich erzähle ihm von Nordafrika. »Und du?«

»Aus meiner Regierungsratszeit. Frau Gravier liebt Solothurn. Sie ist einige Male hier gewesen. Sie war es, die ihrem Präsidenten nahelegte, die Gedenktafel einzuweihen, eine Geste des Goodwills.«

»Ich weiß. Kennst du den Mann, mit dem sie sich so intensiv unterhalten hat?«

Vom Staal macht ein nachdenkliches Gesicht. »Er kommt mir bekannt vor, aber ich kann mich nicht erinnern. Frag sie doch selbst.« Er deutet mit dem Kopf auf Françoise, die auf uns zukommt.

Sie legt die Handflächen wie zur Abbitte zusammen. »Entschuldigt, dass ihr das mitbekommen musstet.«

»Was war?«, frage ich. »Für einen Moment sah es so aus, als wollte er auf dich losgehen.«

»Keine Sorge, es sah wirklich nur so aus. Gérard Murival ist ein guter Kerl, der viel durchmachen musste. Zwischendurch geht sein impulsives Temperament mit ihm durch.«

Vielleicht ist das gerade der Grund für sein Pech im Leben. »Was war so wichtig, dass er diese Party crashte?«

»Nicht der Rede wert.« Françoise bemüht sich, die Stimmung zu normalisieren. Sie nickt vom Staal zu. »Ich wusste nicht, dass ihr beide euch kennt. Solothurn ist im wahrsten Sinne des Wortes ein Dorf. Aber da ich euch gerade beisammenhabe: Ich organisiere anschließend ein Abendessen im kleinen Kreis und hätte euch beide gern dabei. Seid ihr abkömmlich?«

Daniel deutet eine Verbeugung an. »Ich komme sehr gern, Françoise. Vielen Dank.«

Beide sehen mich erwartungsvoll an.

»Tut mir leid, ich bin verhindert. Julian ist in den Staaten. Heute Abend habe ich mit ihm ein Videogespräch vereinbart. Das will ich nicht verschieben. Wer weiß, wann sich die nächste Gelegenheit dazu ergibt.«

Françoise lässt es gelten. »Dann sehen wir uns, wenn ich nach Hause komme.« Sie verabschiedet sich mit einem Kopfnicken und geht weiter zur nächsten Gruppe.

Daniel sieht mich verdutzt an. »Wohnt sie bei dir? Normalerweise übernachtet sie auf der Botschaft in Bern oder im ›La Couronne‹, wenn sie in Solothurn ist.«

»Sie scheint keine Lust auf die Gesellschaft des Botschafters zu haben.« Ich zeige auf Patty und Jeannette Courvoisier, die erwartungsvoll zu uns herübersehen, und hake mich bei Daniel ein. »Jetzt darfst du mich deiner neuen Mitarbeiterin persönlich vorstellen.«

Die Buchstaben rollen sich zusammen, verhaken sich und driften wieder auseinander. Die Worte ziehen Fäden wie schwarze Melasse, bevor sie wie der Balg einer Ziehharmonika wieder zusammengepresst werden. Nach einem weiteren vergeblichen Anlauf, aus dem Ganzen Sinn zu machen, gebe ich den Versuch auf, den Textentwurf für den Artikel eines Kollegen im Magazin »Wirtschaft, Politik & Gesellschaft« fertig gegenzulesen. Es ist kurz vor Mitternacht. Ich habe gehofft, ein Glas Wein mit Françoise trinken zu können, sobald sie zurückkehrt. Wie es aussieht, haben ihre Gäste sie nicht gehen lassen. Verständlich, wenn sich die Gelegenheit bietet, mit einer Persönlichkeit Geschäfte aufzugleisen oder andere wichtige Themen anzusprechen, die Zugang zum höchsten Ohr der zweitgrößten Marktwirtschaft der EU hat.

Meine Gedanken driften ab zum Videochat mit Julian. Wir sprachen fast eine Stunde miteinander, so lange wie seit Jahren nicht mehr am Stück. Seit ich seine mir entgegengebrachte Zuneigung größtenteils an seine Partnerin Lara abtreten musste, vermisse ich seine Nähe, aus der inzwischen eine gefühlt endlose Distanz geworden ist. Dafür ist er glücklich, dass es mit seinem Austauschjahr an der Universität von Colorado in Boulder geklappt hat. Also bin ich es auch. Eine Fügung des Schicksals wollte es, dass Lara für eine Gastdozentur an derselben Fakultät selektiert wurde. Ich mag Lara oder besser ich habe mich dazu gebracht, sie zu mögen, obschon der Altersunterschied zwischen den beiden mir etwas zu schaffen macht. Lara ist über zehn Jahre älter als er. Erst hatte ich ihre Beziehung für mich als Laune abgetan, eine Liebelei – die seit vier Jahren andauert. Als sich die beiden ineinander verliebten, war Lara Julians Dozentin an der Uni Neuchâtel. Dann passierten die typischen Gedankenspiele einer Mutter, die vielleicht mal ein Enkelkind in den Armen halten möchte. Doch wer bin ich, von meinem Sohn Konformität zu erwarten, wenn ich mir in seinem Alter Kapriolen leistete, von denen mich heute die wenigsten mit Stolz erfüllen? Jegliche Einmischung meiner Eltern stieß damals auf massive Gegenwehr meinerseits.

Als es mir nicht gut ging, dachte Julian laut darüber nach, auf Amerika zu verzichten und sich stattdessen um mich zu kümmern. Lara wäre nichts anderes übrig geblieben, als allein nach Colorado zu reisen. Die Versuchung war groß, darauf einzugehen. Schließlich habe ich ihn gedrängt, mit Lara zu gehen. Ich will meine Kinder glücklich sehen. Und überhaupt, es existiert kein Menschenrecht auf erfüllten Enkelwunsch.

Ich klappe das Notebook zu und stelle das leere Rotweinglas in die Spüle. Beim Verkorken der angebrochenen Flasche Merlot klingelt mein Handy. Ohne die anrufende Nummer auf dem Display zu beachten, drücke ich auf den Antwortknopf.

»Wo steckst du?«

»Cora?«

»Wer spricht?«

»Karin Jäggi.«

»Karin?« Ich nehme den Hörer vom Ohr und sehe mir die Nummer auf dem Display an. Es ist Karins Diensthandy, dessen Nummer ich seit einem gemeinsamen Fall gespeichert habe. »Entschuldige, ich habe deine Stimme nicht gleich erkannt. Eigentlich erwarte ich einen anderen Anruf. Ist etwas passiert?« Mila geht mir durch den Kopf. Ich rede mir ein, dass nicht Karin mich anrufen würde, wenn meiner Tochter etwas zustieße.

»Sorry, dass ich dich so spät störe. Kennst du eine Françoise Gravier? Sie hat dich als Notfallkontakt angegeben.«

»Ja, warum?«

»Kannst du ins Bürgerspital kommen? Wir treffen uns dort.«

Bevor ich nachfragen kann, hat Karin aufgelegt.

Karin erwartet mich am Eingang zur Notaufnahme. Der Ort weckt ungute Erinnerungen. Hier wachte ich auf, nachdem Mila und Daniel mich bewusstlos, blutend und nackt in der Badewanne gefunden hatten.

»Salut, Cora, du siehst besser aus als beim letzten Mal.« Ich habe die junge Ermittlerin der Solothurner Kantonspolizei im Schwarzbubenland kennengelernt. Spätestens seit den furchtbaren Tagen in Blutlauenen sind wir befreundet. Sie zeigt der Frau am Empfang ihren Dienstausweis und steuert die Tür zu den Behandlungszimmern an. »Wir können direkt durch.«

»Sagst du mir, was mit Françoise passiert ist?«

»Wie es aussieht, hatte sie einen Unfall.«

»Wie es aussieht?«

»Die Katzentreppe ist dir ein Begriff?«

»Du vergisst, dass ich in Solothurn aufgewachsen bin. Klar kenne ich die.« Sechsundzwanzig Stufen aus weißem Kalkstein verbinden die Ostseite der Plattform der Kathedrale und den Pisoniplatz mit der darunterliegenden Seilergasse und dem römisch-katholischen Pfarramt zu St. Ursen. Wie die Treppe zu diesem Namen kam, entzieht sich meiner Kenntnis. Vielleicht hängt es damit zusammen, dass sie gerade und steil ist.

»Kurz vor elf Uhr wurde Frau Gravier bewusstlos am Fuß der Treppe gefunden. Wir gehen davon aus, dass sie die Stufen hinuntergestürzt ist. Darauf lassen die Prellungen und eine Kopfverletzung schließen.«

»Wie geht es ihr?«

»Sie wird gerade untersucht, ist aber bei Bewusstsein. Sie hat nach dir verlangt.«

»Kann ich sie sprechen?«

»Deshalb habe ich dich angerufen.«

Vor einem der Behandlungszimmer haben sich eine uniformierte Polizistin der Kantonspolizei und die zivile Bundespolizistin postiert, die beim Empfang dabei war.

Karin hält mich zurück, bevor ich das Zimmer betrete. »Der Fall ist heikel, Cora. Du weißt, dass Frau Gravier eine hochgestellte Person in der französischen Regierung ist?«

Ich nicke.

»Es ist unklar, was vorgefallen ist. Bis jetzt gibt es keine Zeugen. Eine Passantin hat uns alarmiert, nachdem sie Frau Gravier ohne Bewusstsein gefunden hat. Sie gibt an, den Vorfall selbst nicht gesehen zu haben. Frau Graviers Schilderung ist nicht schlüssig.«

»Was heißt ›nicht schlüssig‹?«

»Sie kann nicht genau schildern, was passiert ist. Angeblich war sie allein unterwegs, ohne Personenschutz. Sollte sie ausgerechnet hier in Solothurn angegriffen worden sein, haben wir ein Problem.«

»Ich soll für euch herausfinden, was passiert ist, oder wie?«

»Sie will mit dir reden, das ist schon mal gut. Vielleicht sind wir nachher schlauer.« Karin klopft zweimal an die Tür des Behandlungszimmers und öffnet sie, ohne eine Antwort abzuwarten. Eine Pflegerin misst der mürrisch dreinblickenden Françoise den Blutdruck, während eine Ärztin danebensteht.

»Fünf Minuten, nicht länger«, lässt diese uns wissen. »Sie hat eine starke Gehirnerschütterung und darf sich nicht aufregen. Wir möchten sie diese Nacht hierbehalten. Ein Privatzimmer wird in diesem Moment für sie vorbereitet. Morgen sehen wir weiter.« Dann verlässt sie mit der Pflegerin den Raum.

Françoise ist wach und scheint erleichtert, mich zu sehen. »Cora, endlich!« Sie bemerkt Karin. »Wer sind Sie, wenn ich fragen darf?«

»Karin Jäggi, Kantonspolizei.« Sie zeigt ihren Dienstausweis. »Ich wäre Ihnen dankbar, wenn Sie mir ein paar Fragen beantworten könnten.«

»Später, zuerst muss ich mit Frau Johannis allein sprechen, bitte.«

Nach einem kurzen Blickwechsel mit mir verlässt Karin das Zimmer. Ich setze mich auf einen Stuhl neben dem Bett.

Françoise schenkt mir ein gezwungenes Lächeln. »Tut mir leid, dass ich dir Umstände bereite, das war nicht geplant.«

»Das hoffe ich schwer. Hast du Schmerzen?«

»Ich fühle mich ein wenig groggy, sind wohl die Schmerzmittel. Die Kopfschmerzen haben mich fast umgebracht.« Ihre Stimme klingt müde. »Die meinen, ich hätte eine schwere Gehirnerschütterung.«

Ich verzichte darauf, sie zu fragen, was sie bei der Katzentreppe wollte, anstatt mit ihren Gästen im Hotel La Couronne zu dinieren. Danach hätte sie eine Limousine nach Nennigkofen bringen sollen. Um diese Nachtzeit nimmt die Fahrt maximal zehn Minuten in Anspruch.

»Was ist geschehen, bist du gestolpert?«

»Ich … ich … keine Ahnung. Ich weiß nur noch, dass ich auf die Treppe zugegangen bin, dann wurde es schwarz um mich, dann bin ich in diesem Bett erwacht.«

»Warst du allein, hast du jemanden gesehen?« Ich muss an ihre Auseinandersetzung beim Empfang denken. »Oder wurdest du gestoßen?«

Françoise errät, was ich denke. »Ich … tut mir leid, ich kann mich nicht erinnern, da war was, aber …« Ihre Stimme driftet weg.

»Was wolltest du dort, hinter der Kathedrale?«

»Ich wollte sie mir wieder mal ansehen, wenigstens von außen. Ich brauchte eh frische Luft. Seit ich diese Stadt zum ersten Mal besucht habe, liebe ich diesen Bau. Als mein Vorfahre 1777 in den Ambassadorenhof einzog, war sie quasi brandneu.«

»Warst du allein, bist du jemandem begegnet?«

Françoise legt die Hand über die Stirn. »Ich bin mir nicht sicher. Mein Gehirn ist vollkommen vernebelt. Ich glaube, ich habe Gérard gesehen.«

»Gérard Murival, mit dem du den Streit beim Empfang hattest?«

»Ja, ich glaube … möglich, dass … Aber das kann nicht sein. Er wollte …« Françoise macht eine Grimasse.

»Hast du Schmerzen? Soll ich die Ärztin rufen?«

Sie bewegt den Kopf hin und her. »Geht schon. Cora, du musst etwas für mich tun. Es ist wichtig.« Ihre Stimme wird leiser. Die Worte kommen gequält über ihre Lippen.

»Du musst dich ausruhen, Françoise. Wir sprechen morgen.«

»Nein, hör mir zu. Wenn mir etwas passiert, dann musst du … du musst …« Ihre Stimme stockt. Sie bewegt den Mund, als müsste sie die Worte aus sich herauspressen. »Du musst Camille finden … schützen, bitte, Cora. Es ist wichtig … Gefahr.«

»Wer ist Camille?«

»Ja, Camille, bitte, Cora … finde … du musst … ist …«

Ihre Pupillen drehen sich nach innen. Ich sehe nur noch das Weiße. Sie beginnt am ganzen Körper zu zittern, immer stärker, bis es in Konvulsionen übergeht. Ich drücke hastig den Rufknopf. Dann renne ich zur Tür und reiße sie auf. »Hilfe! Jemand, bitte!«

Karin und die Bundespolizistin stürmen mit zwei Pflegerinnen herein.

Ich schmeiße die Autoschlüssel in die schilfgrüne, muschelförmige Keramikschale auf der Garderobenkommode. Sie dient als Gefäß für allerlei Kleinkram, der sich im Lauf eines Tages in Hosentaschen ansammelt, Münzen, Büroklammern, Bonbons und, zu meinem Ärger, zerknüllte Kassenzettel. Mila hat das Teil bei einem Strandurlaub in Italien – oder war es Südfrankreich? – mit ihrem Taschengeld erstanden. Obwohl ich nie verstehen werde, wie man für so was Geld ausgeben kann, anerkenne ich seine Nützlichkeit.

Weshalb ich ausgerechnet jetzt über diese lächerliche Schale nachdenke, ist mir ein Rätsel. Es ließe sich vermutlich mit Verdrängung, Kompartimentierung oder was immer erklären. Ich fühle mich erschlagen und weiß nicht mal mehr recht, wie ich nach Hause gekommen bin. Macht der Gewohnheit, die Strecke zwischen Solothurn und Nennigkofen könnte ich im Schlaf fahren. Jeder Nerv und Muskel in mir schreien nach dem Bett, wo ich garantiert kein Auge zubringen könnte. Zu sehr haben sich die Bilder der letzten Stunde in meine Hirnrinde gebrannt. Françoises Spasmen, die fassungslosen Gesichter von Karin und der Bundespolizistin, das entschlossene und routinierte Handeln der Ärztin und der Pflegepersonen.

Die Notoperation ist seit knapp einer halben Stunde im Gang. Was die Ärztin befürchtete, ist eingetroffen. Françoise erlitt eine Hirnblutung. Karin ist im Spital geblieben und wartet, bis sie den Ausgang der Operation kennt.

Ich ignoriere das Verlangen, die Flasche Wein wieder zu entkorken. Stattdessen fülle ich in der Küche ein Glas mit Leitungswasser.

Wer um alles in der Welt ist Camille?

Ich kenne weder ihren oder seinen Nachnamen, noch habe ich eine Ahnung, ob es sich bei dieser Person um einen Er oder eine Sie handelt. Wie die Dinge liegen, wird mir Françoise in absehbarer Zeit keine große Hilfe sein.

Ich klappe das Notebook auf und tippe »Camille« in das Eingabefeld der Suchmaschine. Fast zweihundert Millionen Einträge. Bei »Camille Gravier« erhalte ich fast siebenhunderttausend Hits. Hingegen kennt das digitale Universum keine Camille Murival. Wie ein Wikipedia-Eintrag erläutert, war der Vorname im französischen Sprachraum zu Beginn des 20. Jahrhunderts sowohl bei Männern als auch Frauen beliebt. Seine Popularität bei den Frauen begann Ende der zwanziger, Anfang der dreißiger Jahre zu schwinden. Bei den Männern ging er ab 1950 auf Sinkflug. Neue Beliebtheit gewann er in den Siebzigern vorzugsweise bei Mädchen. Wenn ich annehme, dass unser oder unsere Camille plus/minus in meinem Alter ist, erhöht sich die Wahrscheinlichkeit, dass ich eine Frau suche. Das beantwortet nicht die Frage, was sie für Françoise ist, eine Verwandte, Bekannte oder deren Kind? Wenn ich die Nachforschungen falsch anpacke, ist die Suche nach der sprichwörtlichen Nadel im Heuhaufen im Vergleich dazu ein Kinderspiel.

Ich entsinne mich nicht, dass Françoise den Namen mir gegenüber zuvor jemals erwähnt hat. War sie überhaupt bei klarem Verstand, als sie ihn mir nannte?

Ich nehme ein Paar Latexhandschuhe aus dem Putzschrank und streife sie über. Françoise ist in Julians Zimmer im oberen Stockwerk einquartiert. Im Gegensatz zu seiner Schwester hat er es vor seiner Abreise peinlichst aufgeräumt und sauber gemacht. Den Ordnungsfimmel hat er nicht von mir. Ich würde mich nicht als Chaotin bezeichnen, aber putzen und aufräumen gehören einfach nicht zu meinen Lieblingstätigkeiten.

Françoises Koffer steht verschlossen neben dem Kleiderschrank. Ich lege ihn aufs Bett. Das Kombinationsschloss lässt sich ohne Weiteres öffnen. Françoise hat es nicht verstellt. Sie hat nur ihre Kleider ausgepackt und in den Schrank geräumt. Im Koffer liegen Accessoires, Unterlagen und ein Notebook. Ich nehme das Notebook heraus und verdränge mein schlechtes Gewissen. Soll ich Camille finden, muss ich die Informationen dort suchen, wo ich am ehesten eine Chance habe, welche zu finden. Ich klappe das Notebook auf und schaue das Eingabefeld an, als könnte das Passwort dank meiner mentalen Kraft von allein aufpoppen. Der Erfolg ist überschaubar. Das Notebook einer Diplomatin mit Zugang zum Élysée-Palast ist bestimmt mehrfach gesichert, und ich kenne nicht mal ihren Geburtstag. Ihr Pass und der Personalausweis liegen bei ihren Sachen im Spital.

Was soll's. Achselzuckend gebe ich Françoises Vor- und Nachnamen als Benutzer und darunter »123456« ein.

»Falsches Passwort«, war ja klar, darunter der freundliche Hinweis, dass ich zwei weitere Versuche habe, bevor die Maschine für dreißig Minuten die Schotten dicht macht. Ich fahre das Notebook herunter, widme mich dem restlichen Inhalt des Koffers und hoffe, dabei auf einen Hinweis, ein Notizbuch oder einen herumliegenden Zettel zu stoßen. Und warum nicht eine versteckte Botschaft im Hohlraum des Lippenstiftes? Wenn ich anfange, in James-Bond-Klischees zu denken, wird es vielleicht doch langsam Zeit, ins Bett zu gehen.

Einige Schnellhefter mit verschiedenen Unterlagen klappe ich schnell wieder zu, weil sie mich nichts angehen. Bis auf einen. Er enthält nur eine Zeigetasche mit einem Briefumschlag, handschriftlich an Françoise Gravier an der Rue de Lafayette in Versailles adressiert, vermutlich ihre Privatadresse. Das Schriftbild ist rund und geschwungen, es könnte von einem Mädchen oder einer jungen Frau stammen. Die Handschrift erinnert mich an diejenige von Mila. Auf dem Umschlag ist kein Absender vermerkt, die Briefmarke ist ausgeschnitten. Er sieht aus, als wäre er schon oft in Händen gehalten worden. Ich spreize die Öffnung mit zwei Fingern auseinander und sehe hinein. Er enthält einen schmalen Stapel Fotos zweier junger Frauen, aufgenommen in unterschiedlichen Posen an verschiedenen Orten in der freien Natur, an einem See oder in einem Wald. Einige der Bilder zeigen die beiden auf einem Felsenkamm. Ich kenne ihn, weil ich vor wenigen Wochen dort war: die Arête des Sommêtres. Auf vereinzelten Bildern ist nur eine der Frauen zu sehen. Eine hübsche Erscheinung, sportliche Figur mit hellen, fast weißblonden Haaren, grünen Augen und einem breiten, ansteckenden Lachen. Das Haar ihrer Freundin ist ein paar Töne dunkler und das Gesicht ein wenig schmaler. Ich drehe die Fotos. Mit einer Ausnahme ist auf keinem ein Name oder ein Datum vermerkt. Auf dem Bild mit den beiden auf den Sommêtres hat jemand mit Kugelschreiber »juin 1999« hingeschrieben. Die Handschrift ähnelt derjenigen auf dem Umschlag.

Welche der beiden könnte Camille sein?

Als ich die Bilder zurück in den Umschlag stecken will, merke ich, dass er noch etwas enthält, einen schmalen, harten Gegenstand. Ich greife hinein und halte einen USB-Datenstick in der Hand.

4

Camille beneidete Léonie für ihre Leichtfüßigkeit. Wieder einmal hatte ihre Freundin sie weit hinter sich gelassen. Dabei konnte sich Camilles Kondition sehen lassen. Im Schulsport war sie stets unter den Klassenbesten gewesen. Dennoch musste es in der Ahnenlinie der Familie Ory Gämsen gegeben haben. Anders war die Behändigkeit nicht zu erklären, mit der Léonie über die Felsen kletterte.

Sie blickte von ihrem steinernen Hochsitz auf Camille herab. Ihre Füße baumelten über dem Abgrund. »Mach schon, ich habe nicht ewig Zeit. Wenn ich das Abendessen verpasse, muss ich mir von der Direktorin wieder was anhören. Darauf habe ich keine Lust.«

Camille fühlte sich heute nicht so in Form wie sonst. Ihr Bauch schmerzte. Sie biss die Zähne zusammen und erklomm die letzten Meter, so rasch sie konnte.

»Endlich.« Léonie griff in ihre Bluse und zog ein Päckchen Gauloises hervor. Es war ein alter Trick von ihr. Deshalb trug sie ihre BHs eine Nummer größer. »Ich dachte schon, ich muss allein rauchen.«

»Woher hast du die schon wieder?«

»Aus Claudes Spind, wie immer.«

»Irgendwann wird er merken, dass du seine Zigaretten stibitzt.«

»Der doch nicht. Solange ich ihm nicht eine ganze Stange klaue. Er kauft immer mehrere auf einmal. Wenn ich ihn um den Finger wickle, merkt der nicht mal, wenn ihm ein Päckchen fehlt.«

Claude war der Gärtner des Instituts, in dem sie arbeitete. Léonie wusste sich seine Schwäche für sie zu Nutzen zu machen. Sie riss das Siegel auf und klopfte zwei Glimmstängel heraus.

»Danke, heute nicht.« Camille zeigte auf ihren Nabel.

»Rote Flagge?«

»Seit heute Morgen. Was glaubst du? Sonst hätte ich dich vorhin mit Leichtigkeit überholt.«

»Träum weiter.« Léonie gab sich Feuer und blies spielerisch den Rauch in Camilles Gesicht.

Diese musste husten. »Was ist das? Getrockneter Kuhmist?«

»Gauloises Bleues, die Richtigen, ohne Filter. Sie sind stärker als die Blondes, die Claude sonst raucht.« Léonie blies ihr erneut ins Gesicht.

»*Putain*, wenn du nicht aufhörst, kotze ich dich voll.«

»Entschuldige, ich wusste nicht, dass du neuerdings empfindlich bist.«

»Wenn ich die Periode habe, schon.«

»Wenigstens hast du sie.«

Camille sah Léonie fragend an.

»Meine ist überfällig, seit einer Woche.«

»Bist du etwa …«

»Keine Ahnung, ich hab's immer nur mit Gummi gemacht. Kann sein, dass der Idiot vom letzten Mal zu blöd war, sich das Ding korrekt überzuziehen. Es ist geplatzt. Gut möglich, dass was von seiner Sauce bei mir reingelaufen ist.«

»Und?«

»Und was?«

»Was machst du, wenn du schwanger bist?«

»So schnell geht's auch wieder nicht. Ist nicht das erste Mal, dass meine Tage ausfallen oder sich verzögern. Deswegen mache ich nicht gleich auf Panik.«

»Wenn du es doch bist? Weißt du wenigstens, von wem du es hast?«

Grinsend zog Léonie ein Büchlein aus ihrer Jackentasche. »Darin habe ich die Namen aller Typen aufgeschrieben, die bei mir durch sind, mit Adresse und Telefonnummer.«

Camille machte große Augen. »Woher hast du die? Doch sicher nicht von denen selbst.«

»Ist heutzutage ein Kinderspiel.«

»Und was willst du tun? Bei dem Kerl auftauchen und ihm sagen, er soll zahlen? Der schickt dich zum Teufel.«

»Glaub mir, der wird zahlen, bevor er einen öffentlichen Skandal riskiert. Außerdem ist seine Frau diejenige, die das ganze Geld hat. Was glaubst du, was los ist, wenn ich ihr stecke, wofür ihr Herr Gemahl es ausgibt?«

»Und das Kind? Was hast du vor, wenn es mal da ist?«

»Ich gebe es zur Adoption frei.« Mit der brennenden Zigarette im Mundwinkel blätterte Léonie im Büchlein. »Hier.« Sie zeigte Camille die aufgeschlagene Seite und legte den Zeigefinger tippend auf einen Namen. »Das ist er.«

Camille schluckte leer. »Der? Mit dem habe ich auch …«

»Weiß ich. Er hat's mir gesagt. Jetzt will er, dass wir was zu dritt machen.«

»Wie? Du und ich, mit dem?«

»Klar.«

»Nie im Leben!«

»Warum nicht. Er bezahlt gut. Je schneller wir die Kohle zusammenhaben, desto eher kommen wir weg von hier. Und überhaupt …« Léonie rutschte näher zu Camille. »Mit dir würde es mir wenigstens Spaß machen.«

Camille lehnte sich an ihre Freundin. »Ich weiß nicht. Ich bin mit dir zusammen, weil ich Lust dazu habe, und nicht, um diese schmierigen Säcke aufzugeilen.«

»Das hat nichts damit zu tun. Wir machen ein bisschen rum, tun so als ob und stöhnen uns gegenseitig an, etwa so.« Léonie rieb ihren Oberkörper an Camilles und gab gekünstelt lustvolle Laute von sich.

»*T'es conne.*« Camille schob sie kichernd von sich. »Lass den Mist, bevor ich runterfalle.«

Léonie setzte sich richtig hin. »Im Ernst, wir brauchen nicht viel zu machen. Aber es wird ihn dermaßen aufgeilen, dass er garantiert nicht merkt, dass wir ihm was vorspielen. Wenn wir Glück haben, geht ihm allein davon schon einer ab. Leicht verdiente Kohle, glaub's mir.«

»Ich weiß nicht.«

»Komm schon. Du ahnst nicht, wie ich das Leben hier satt habe. Die ganze Zeit um bigotte Nonnen und geile alte Geldsäcke herum.«

Camilles Blick glitt über den tiefen Einschnitt, den sich der Doubs in das weiche Kalkgestein gegraben hatte, und über die sich jenseits davon erstreckenden Höhen und Wälder des französischen Juras. Sie wollte auch weg, irgendwann mal. So eilig wie Léonie hatte sie es nicht. Ihrer Heimat den Rücken zu kehren bedeutete, Lila zurückzulassen, die Freiberger Stute, die ihr Mathilde geschenkt hatte. Die Natur würde sie ebenso vermissen, die Höhen, die Schlucht, den Doubs und mit Mathilde durch die Wälder zu streifen. Doch was sollte sie hier ohne Léonie? Sie gab Camilles Leben richtig Sinn. »Wie viel zahlt der Typ für einen Dreier?«

»So viel, wie wir dafür verlangen. Selbst nachdem wir Marko seinen Teil abgegeben haben, wird genug für uns übrig bleiben.« Léonie nahm Camilles Hand. »Stell dir das mal vor: Vielleicht ist es das letzte Mal. Dann haben wir genug beisammen, um uns abzusetzen. Wir können dorthin, wo es uns passt, nach Spanien oder sogar weiter. Das Leben in der Karibik ist einiges billiger als hier. Dort haben wir mehr Möglichkeiten. Auf einer Insel mit vielen Touristen machen wir eine Bar am Strand auf. Genug Alkohol, guter Sound und ein wenig mit dem Hintern wackeln. Das wird eine Goldgrube.«

»Man wird uns suchen. Mathilde hat Verbindungen. Sie wird alle Hebel in Bewegung setzen, um uns aufzuspüren. Und was ist mit Marko? Er wird uns nicht einfach so ziehen lassen.«

Léonie verschränkte beide Hände in Camilles Nacken und drückte deren Stirn gegen ihre. »Merk dir eins, *chérie*. Wir sind nicht wie die anderen Mädchen, die er laufen hat. Marko hat genug mit uns verdient, er wird andere finden, die uns ersetzen. Wir besorgen uns falsche Papiere. Ich weiß jemanden in Deutschland. Der macht uns das für je einen Tausender. Damit werden uns weder deine Großmutter noch Marko finden.« Léonie sah auf ihre Uhr. »Ich muss.« Sie stand auf. »Vergiss nicht, heute Abend pünktlich zu sein. Du kennst den Treffpunkt?«

»Wie immer, denke ich.«

»Wenn der Van wegen dir warten muss, zieht Marko uns das vom ›Trinkgeld‹ ab. Überleg's dir wegen dem Dreier. Wenn nicht heute, dann halt eben bei der nächsten Party.« Léonie schlug sich mit der Hand gegen die Stirn. »*Merde*, deine Periode. Du kannst gar nicht, wenn –«

Camille grinste.

»Oder doch?«, fragte Léonie.

»Dem Alten, der mich heute Abend gebucht hat, macht's nichts aus. Der ist mit Petting mehr als happy.«

Sie stiegen über die Felskante ab. »Warte«, sagte Léonie, als sie auf dem Pfad waren. »Ich habe was für dich. Mach die Augen zu.«

Camille stand mit geschlossenen Augen und angehaltenem Atem da. Léonie stand hinter ihr. Dann spürte sie etwas Dünnes, Kühles, das um ihren Hals gelegt wurde.

»Du kannst sie wieder aufmachen.«

Camille befühlte das Kettchen. Es war aus Gold, daran hing ein Medaillon. Sie betrachtete den schwarz lackierten Anhänger mit Goldrand. Er hatte die Form eines unregelmäßigen Tropfens. Auf seiner breitesten Stelle hatte er einen roten Stein.

»Alles Gute zum Geburtstag, *chérie*.« Léonie küsste sie lange auf den Mund.

»Der ist erst in einer Woche«, sagte Camille, als sie wieder Luft bekam.

»Ich wollte es dir schon heute geben. Siehst du, ich habe auch so eins.«

Léonie zeigte ihren Anhänger, er war weiß. »Das sind chinesische Symbole, Yin und Yang. Du hast das Yin, das schwarze, und ich das weiße, das Yang. Dreh es mal um.«

Camille wendete ihren Anhänger. »Da ist ein L eingraviert. L wie Léonie?«

»Meiner hat ein C wie Camille. So bleiben wir für immer

zusammen.« Léonie hielt ihren Anhänger auf den Stein. »Sie sind an der Seite magnetisch. Wenn du sie nebeneinanderlegst, fügen sie sich zusammen.«

Camille legte ihr schwarzes Yin-Symbol zum weißen Yang. Die beiden glitten ineinander. »Für immer zusammen.«

»Für immer zusammen«, antwortete Léonie.

Camille zog eine digitale Kompaktkamera aus dem Rucksack, ein Geburtstagsgeschenk ihrer Großmutter. »Das halten wir für die Nachwelt fest.«

5

Die Türklingel reißt mich aus dem Schlaf. Ich liege angezogen auf dem Sofa im Wohnzimmer mit Françoises Notebook auf meinem Bauch. Der USB-Stick steckt noch drin. Die Fotos aus ihrem Koffer liegen neben mir verstreut auf dem Boden. Sie müssen mir aus der Hand gerutscht sein, als ich bei deren Betrachtung eingeschlafen bin.

Es klingelt erneut. Ich rapple mich hoch und prüfe meine Erscheinung im Spiegel. Wer immer um diese Zeit bei mir klingelt, soll sich mit dem zufriedengeben, was er sieht. Gegen den schalen Geschmack im Mund und das leicht pelzige Gefühl auf der Zunge habe ich auf die Schnelle kein Mittel. Es läutet zum dritten Mal.

»Ich komme ja schon.«

Ich reiße die Tür auf.

»Guten Morgen«, begrüßt mich Karin Jäggi aufgeräumt. Dass sie nicht nur aussieht wie aus dem Ei gepellt, sondern sich wahrscheinlich auch so fühlt, ist meiner Laune nicht förderlich.

»Ich dachte schon, ich muss die Tür eintreten.«

Mein Gehirn ist immer noch daran, auf Betriebstemperatur hochzufahren. »Die Tür … wozu?«

»Du bist noch nicht lange wach, was?«

»Ehrlich gesagt, nein. Hast du was von Françoise Gravier gehört?«

»Deswegen bin ich hier. Kann ich reinkommen?«

»Bitte.« Ich lasse sie eintreten.

Karin mustert mich von oben bis unten. »Die Kleider von gestern? Warst du etwa gar nicht im Bett?«

»Doch … nein, das heißt … ich bin auf dem Sofa eingeschlafen, weil ich –« Die Bilder auf dem Boden und der USB-Stick auf dem Sofa gehen mir durch den Kopf. Ich dirigiere Karin in die Küche. »Möchtest du einen Kaffee?«

»Gern, du solltest dir auch einen genehmigen.«

Ich drehe ihr den Rücken zu. Während ich an der Kaffee-maschine hantiere, hauche ich diskret in die offene Handfläche. Ein Tic Tac wäre hilfreich, aber vielleicht tut es ein extrastarker Kaffee auch.

»Die Notoperation bei Frau Gravier ist erfolgreich ver-laufen«, sagt Karin hinter mir. »Man hat ihr ein Loch in die Schädeldecke gebohrt, um den Hirndruck zu vermindern. Ent-lastungstrepanation nennt sich das. Sie wurde vorsichtshalber in ein künstliches Koma versetzt.«

»Für wie lange?«

»Konnte man mir nicht sagen. Ein paar Tage, vielleicht eine Woche. Mit anderen Worten, Frau Gravier ist vorderhand nicht vernehmbar, und wir tappen im Dunkeln, was den Unfall- oder Tathergang betrifft.«

»Gibt es immer noch keine Zeugen?« Ich stelle zwei Tassen Kaffee auf den Tisch.

»Danke.« Karin bläst in ihre Tasse. »Wäre zur Abwechslung mal zu schön. Die Stelle, wo sie gefunden wurde, ist unter der Woche nachts nicht gerade überlaufen.« Sie trinkt einen Schluck und verzieht das Gesicht. »Wow, der weckt Tote auf. Scheinst es ja nötig zu haben.« Sie setzt die Tasse ab und schiebt sie von sich weg. »Hat Frau Gravier wirklich nichts erwähnt, etwas gesehen zu haben oder dass ihr jemand gefolgt ist?«

»Das ist das dritte Mal, dass du mir die Frage stellst. Du darfst es gern ein viertes Mal tun. Die Antwort ist dieselbe. Oder glaubst du, ich enthalte dir etwas vor?«

»Mir geht der Mann nicht aus dem Kopf, mit dem sie gestern im Ambassadorenhof die Auseinandersetzung hatte. Gérard Murival heißt er, nicht wahr?«

»Françoise meinte, sie könnte ihn gesehen haben, ist sich aber nicht sicher. Kurz darauf hat sie das Bewusstsein verloren. Das habe ich dir gestern schon gesagt.« Camille erwähne ich nicht, jedenfalls nicht, solange ich nicht mehr über sie in Erfahrung gebracht habe.

Karin schaut sehnsüchtig auf ihre Kaffeetasse.

»Soll ich dir einen neuen machen? Milder?«

Die Frage bringt mir ein erlöstes Lächeln ein. »Auf jeden Fall.«

Ich leere Karins Tasse in die Gießkanne für die Zimmerpflanzen und stelle eine neue unter den Auslauf.

»Wir machen einen öffentlichen Zeugenaufruf«, sagt sie.

Ich stelle ihr die frische Tasse hin. »Okay, bist du hier, um mir das zu sagen?«

»Natürlich nicht.« Karin nippt vorsichtig an ihrem Kaffee und nickt zufrieden. »Frau Gravier ist ausländische Würdenträgerin, deshalb übernimmt das Fedpol die Federführung der Ermittlungen. Da sie in Bern chronisch überlastet sind, arbeiten wir ihnen zu. Als ob wir hier sonst nichts zu tun hätten. Mein Chef hat mich gebeten, Frau Graviers Sachen zu holen und sie aufs Kommando zu bringen.«

Mir läuft es kalt den Rücken hinunter, die Fotos, der USB-Stick. Alles liegt im Wohnzimmer. Es ist besser, Karin merkt nicht, dass ich in Françoises Koffer gewühlt habe. »Ihre Sachen sind in Julians Zimmer. Du weißt, wo.« Ich halte mich an meiner Tasse fest.

»Find ich schon.«

Karin geht nach oben.

Ich halte mich an meiner Tasse fest, bis ich höre, wie sie Julians Zimmertüre öffnet. Dann renne ich ins Wohnzimmer, raffe die Fotos zusammen und lege sie in eine der Schubladen des zur Hausbar umfunktionierten Sekretärs. Den USB-Stick stecke ich in die Hosentasche. Françoises Notebook lege ich gut sichtbar auf den Wohnzimmertisch. Es gefällt mir nicht, Karin potenziell wichtige Informationen vorzuenthalten. Aber wenn ich ihr jetzt alles gebe, habe ich nichts mehr in der Hand, das mir helfen könnte, Camille zu finden.

Schritte im oberen Stock sagen mir, dass Karin fertig ist. Ich helfe ihr, den Koffer die Treppe runterzutragen.

»Ist das alles, was sie dabeihatte?«, fragt sie. »Nur den Koffer? Sonst hat sie nichts im Haus liegen lassen, Unterlagen, Bücher oder so?«

Ich zeige auf den Wohnzimmertisch. »Françoise hat gestern an ihrem PC gearbeitet.«

Karin nimmt den PC entgegen und sieht mich forschend an. »Hast du reingeschaut?«

Ich schüttle den Kopf. »Nein, selbst wenn ich es gewollt hätte, der ist sicher tausendmal gesichert.«

»Die vom Fedpol werden deine Fingerabdrücke nicht finden, wenn sie danach suchen?«

Ich halte meine Hände in die Höhe und drehe sie.

»Also gut«, sagt Karin. Sie trägt immer noch die Handschuhe, mit denen sie Françoises Koffer gepackt hat.

»Wollt ihr ihre ganzen Sachen durchsehen?«, frage ich.

»Dürfen wir gar nicht. Wenn schon, macht es das Fedpol zusammen mit den Sicherheitsleuten der Botschaft.«

Ich begleite sie hinaus und helfe ihr, das Gepäckstück in den Kofferraum ihres Dienstwagens zu hieven.

»Noch was, Cora. Du solltest in den nächsten Tagen in der Nähe bleiben. Kann sein, dass die Kollegen vom Fedpol Fragen an dich haben.«

»Ich habe alles gesagt, was ich weiß, und sollte mal wieder arbeiten. Dazu muss ich mich frei bewegen können.«

»Ist klar. Die melden sich sicher bald. Halte dich zur Verfügung.«

Während ich dem wegfahrenden Auto nachblicke, befühle ich den USB-Stick in meiner Hosentasche und überlege die nächsten Schritte. Dann schnuppere ich an meiner Hemdachsel. Zeit für eine Dusche und ein kleines Frühstück. Wenn ich mich dann beeile, schaffe ich es rechtzeitig.

Zum ersten Mal betrete ich die neuen Räumlichkeiten meines zeitweiligen Arbeitgebers. Das Verwaltungsgebäude der Mittelland-Mediengruppe im Industrie- und Gewerbegebiet, nordwestlich des Bahnhofs Langenthal, wurde kurz vor dem

Coronaausbruch bezogen. Der für neue Gebäude typische Geruch nach frischer Farbe und Putzmitteln hängt noch in der Luft. Die Redaktionsräume des Magazins »WP & G« sind im ersten Stock. Chefredaktor Leo Wagner hat immer noch ein eigenes, wenn auch bescheidenes Büro, keine Selbstverständlichkeit in Zeiten hierarchieverflachender Digitalisierung. In einem der gelegentlichen Telefongespräche während meiner Krankschreibung vertraute er mir an, dass er seinem Arbeitsplatz an der Zuchwilerstraße in Solothurn nachtrauere. Der Vorteil des früheren Standortes lag in der räumlichen und zeitlichen Distanz zur Teppichetage des Konzernhauptsitzes und ihren oft schwer nachvollziehbaren Entscheidungsvorgängen. Im Gegensatz zu zwei Etagen in zehn Sekunden können fünfundzwanzig Kilometer und eine halbe Stunde Fahrzeit manche Dinge relativieren.

Ich habe meinen Besuch nicht angemeldet. Ziemlich sicher bin ich die letzte Person, die er erwartet. Ich schließe das aus seinem Gesicht, hinter dessen riesigem Vollbart die heruntergeklappte Kinnlade zu erraten ist.

»Cora! Was ist passiert? Habe ich etwa einen Termin verpasst?« Er tippt hastig auf seine Tastatur ein, vermutlich um seine Onlineagenda zu konsultieren.

»Keine Panik, Wagner. Du hast nichts versäumt, auch keine Verabredung, jedenfalls nicht mit mir. Da du über Mittag meistens im Büro bist, habe ich gedacht, ich schaue mal vorbei.«

Mit einer für seine Körperfülle bemerkenswerten Wendigkeit springt Wagner aus seinem Sessel hoch und kommt auf mich zu. Zu Beginn unserer Zusammenarbeit löste das bei mir jeweils einen Fluchtreflex aus, den ich zu unterdrücken lernte. Ich, eins siebzig groß und fünfundsechzig Kilo Lebendgewicht, fürchtete, von seinen gut über hundert Kilo niedergewalzt zu werden. Während der bewegungsarmen Pandemie hat er es geschafft, zuzulegen. Wenigstens verteilen sich die Kilos mehr oder weniger gleichmäßig über seine rund zwei Meter. Heute tut mir seine weiche und gleichzeitig kräftige väterliche Umarmung gut. Ich lasse mich einen Augenblick länger drücken als üblich. Wagner und ich kennen uns ohne Doppelbödigkeiten und Missverständnisse. Er war nie etwas anderes als ein väterlicher Freund für mich gewesen und mein Vorgesetzter, wenn ich für das Magazin arbeite. Als er mich vor zwei Jahren besuchte, im Spital Zweisimmen, waren ihm beim Anblick meines geschundenen Körpers die Tränen gekommen. Er entschuldigte sich, mich in die Hölle geschickt zu haben, was völliger Unsinn war. Dorthin zu gehen war allein meine Entscheidung gewesen.

Bevor meine Lunge unter dem Druck seiner Umklammerung zu kollabieren droht, tätschle ich seinen Oberarm. »Freut mich auch, dich zu sehen, Wagner.«

Er macht einen Schritt rückwärts und mustert mich am ausgestreckten Arm. »Du siehst toll aus.«

Nach meinen lediglich maximal drei Stunden Schlaf kaufe ich ihm das nicht ganz ab. Er rückt den Besucherstuhl für mich zurecht. »Wie geht's dir? Hast du Hunger? Sollen wir was essen gehen, Pizza oder ein paar Sandwiches?«

Ich setze mich. »Danke, nein, aber einen Kaffee nehme ich gern.« Ich zeige auf die Kapselmaschine hinter ihm. »Darf ich?«

»Fühl dich wie zu Hause. Du glaubst nicht, wie froh ich bin, dich wieder auf den Beinen zu sehen, Cora. Du hast mir einen schönen Schrecken eingejagt.«

»Und ich erst.« Er weiß nichts von meinem Selbstmordversuch, und ich habe nicht die geringste Absicht, ihm davon zu erzählen. »Ich bin wieder einsatzbereit.«

»Suchst du einen Auftrag?« Seine Miene verdüstert sich. »Das ist leider gerade etwas schwierig. Außer ein paar lokalen Topics habe ich nichts für ein Kaliber wie dich.«

»Habe ich auch nicht erwartet. Kann sein, dass ich etwas für dich habe.«

»Eine Story?«

»Möglich, ich möchte der Sache nachgehen.«

Die Wolke über seinem Gesicht wird dunkler. »Ich sage dir gleich, das ist gegenwärtig noch schwieriger als vorher. Die

Erbsenzähler sitzen nur zwei Etagen über uns. Sobald sie das Wort Vorschuss und Franken im gleichen Satz hören, flattern sie an wie die Aasgeier.«

»Darum geht's nicht.« Ich ziehe den USB-Stick aus der Hosentasche und lege ihn vor ihn auf den Tisch.

Er betrachtet ihn, als würde er zum ersten Mal einen Datenträger sehen. »Was ist das, ich meine, was ist da drauf?«

»Genau das wüsste ich auch gern. Die Dateien sind verschlüsselt.«

»Woher hast du den Stick?«

Diese Frage habe ich befürchtet. Wagners Credo heißt Transparenz. Das ist einer der Gründe, weshalb seine Dienstzeit bei »WP & G« in Jahrzehnten beziffert wird. »Von einer französischen Diplomatin und Beraterin des Präsidenten«, sage ich.

»Was für ein Präsident?«

»Der von Frankreich, wer sonst.«

Wagner legt den Stick so schnell zurück auf den Tisch, als hätte er sich daran die Finger verbrannt. »Bitte, Cora, sag mir, dass diese … Diplomatin ihn dir freiwillig gegeben hat.«

»In gewisser Weise.«

Leichte Blässe überdeckt seine ansonsten gesunde Gesichtsfarbe.

»Also gut.« In knappen Worten schildere ich die Begegnung mit Françoise und was ihr widerfahren ist. Ich erwähne auch den Zwischenfall im Ambassadorenhof, Gérard Murival und die obskure Camille.

Er hört mir zu, ohne mich zu unterbrechen. »Das alles klingt nach einem Fall für die Polizei.«

»Die untersuchen den Unfall oder was Françoise zugestoßen ist. Mir geht es um Camille.«

»Von der oder dem du nichts hast außer den Fotos zweier Frauen in einem an Frau Gravier adressierten Briefumschlag. Eines davon ist noch mal wann datiert?«

»Juni 1999.«

»Vor gut zwanzig Jahren, etwa so alt wie die beiden Frauen

auf den Bildern von damals waren, wenn deine Schätzung stimmt. Sollte es sich bei einer von ihnen um diese Camille handeln, ist sie heute in den Vierzigern. Wie willst du eine erwachsene Frau finden, von der du nicht mehr weißt als den Vornamen?«

Ich zeige auf den Datenstick. »Möglicherweise liefert er mir einen Ansatz oder wenigstens einen Hinweis darauf.«

Wagner sieht mich über den Brillenrand hinweg an. »Möglicherweise, ja. Vielleicht enthält dieser USB-Stick auch die Codes für die Auslösung des französischen Nukleararsenals oder eine Namensliste mit den Telefonnummern und Adressen der präsidialen Mätressen. Keine Ahnung, was uns eher in Teufels Küche bringen könnte.«

»Jetzt wirst du dramatisch, Wagner.«

»Nicht dramatisch, Cora, realistisch. Ich kenne dich nämlich.«

»Genau deshalb müsstest du mir eigentlich vertrauen. Was ich bisher lieferte, hatte immer Hand und Fuß, das weißt du.«

»Und wie. Deine letzte große Story hatte so viel davon, dass ich dich fast auf dem Friedhof besuchen musste. Das will ich nicht noch mal erleben.«

»Geschenkt.« Ich schiebe den Stick zurück zu Wagner. »Wären Codes für Atomraketen drauf, würde sie Françoise bestimmt nicht in einem Briefumschlag mit Fotos von zwei jungen Frauen in ihrem Koffer herumtragen. Ich weiß, dass du Leute kennst, die Daten entschlüsseln können.«

»Wer sagt dir, dass du etwas über diese Camille darauf findest?«

Ich strecke ihm meine Hand entgegen. »Ich bin bereit, mein nächstes Honorar zu verwetten, dass er etwas über sie enthält. Wenn ich gewinne, verdoppelst du, wenn nicht, bekommst du meine nächste Reportage umsonst, einverstanden?«

In seinen Alpöhibart grummelnd, nimmt Wagner den Stick auf. »Ich sehe, was ich tun kann. Wenn's schiefgeht, weiß ich von nichts, klar?«

»Danke. Wie lange wird es dauern, denkst du?«

»Ein paar Tage Zeit musst du mir schon geben.«

Ich sehe ihm tief in die Augen.

»Du kannst mich niederstarren, solange du willst. Schneller geht es deswegen nicht.«

Da ist wohl nichts zu machen. »Dafür musst du mir noch einen Gefallen tun.«

Wagner verdreht die Augen. »Sicher, was hättest du denn gern? Die Baupläne von Putins Bunker?«

»Kommst du an die heran?« Ich grinse. »Für heute reichen mir Informationen über eine bestimmte Person, Gérard Murival, Alter sechzig Jahre plus/minus.«

»Mehr hast du nicht, so was wie eine Beschreibung?«

»Mittelgroße Statur, zwischen eins sechzig und eins siebzig, dunkelblonde Haare, grau meliert. Wüsste ich mehr, müsste ich dich nicht fragen.«

»Hast du ihn mal gegoogelt?«

»Heute Morgen, viel gibt's nicht über ihn. Spross einer jurassischen Uhrendynastie und offenbar mehrmals mit dem Gesetz in Konflikt gekommen. Ich hoffte, du hast mehr dazu.« Ich deute auf seinen Bildschirm. »In deinem Privatarchiv.«

Wagners »Privatarchiv« ist so etwas wie seine persönliche Datenbank, bestehend aus Reportagen und Berichten des Magazins mit ergänzenden Informationen zu Ereignissen und Personen, über die es seit seiner Entstehung berichtet hat. Meistens sind es Angaben zu Geschehnissen und ihren Protagonisten, die aus verschiedenen Gründen entweder nicht vollständig oder gar nicht an die Öffentlichkeit gelangten. Dies, weil der Mittelland-Verlag entweder aus eigenen Erwägungen darauf verzichtet hatte oder weil der politische Druck zu groß wurde. Die Grenzen der Pressefreiheit in der Schweiz werden dort gezogen, wo für gewisse Leute zu viel Geld oder Macht auf dem Spiel stehen. Werden sie überschritten, kommt ein fein abgestimmtes Instrumentarium aus gegenseitigen Abhängigkeiten, Einfluss und nötigenfalls sozialer und persönlicher Demontage zur Anwendung.

Wagner rückt die Brille auf seiner Nase zurecht. »Dir ist klar, dass du die Informationen, die ich dir jetzt gebe, nicht ohne Rücksprache mit mir verwenden darfst.«

»Komm schon. Du weißt, wie ich arbeite.«

»Eben.« Er fängt an, die Tastatur zu bearbeiten. »Glaubst du, Murival könnte Frau Gravier die Katzentreppe hinuntergestoßen haben?«

»Vorläufig ist das nebensächlich. Erst mal will ich wissen, was für ein Mensch er ist.«

Wagner hält mit dem Tippen inne. »Hast du ihn der Polizei gegenüber erwähnt?«

»Die ist von sich aus auf ihn gekommen. Hast du was?«

Wagner lehnt sich im Stuhl zurück. »Einiges.«

Eine andere Antwort hätte mich gewundert. Schon ohne elektronische Hilfe ist Wagner geradezu eine wandelnde Enzyklopädie, was das zeitgenössische Geschehen betrifft.

»Gérard Murival, 1961 unehelich in Fahy im Elsgau, Amt Pruntrut, Kanton Bern geboren. Seit 1979 ist das die Ajoie im Bezirk Porrentruy des Kantons Jura. Vater unbekannt. Die Mutter ist Mathilde Murival, ledig, geboren 1945, Mehrheitsaktionärin der Ilios Watch SA, eine unserer führenden Uhrenmarken. Ist dir sicher ein Begriff.«

»Ist sie, in der Schublade meines Kleiderschrankes liegt eine Schatulle mit einer Ilios. Geschenk meines Ex, kurz bevor er mein Ex wurde. Hab sie nie getragen. – Lebt Gérard Murivals Mutter noch?«

»Scheint so. Die Murivals sind eine der angesehensten Familien im Jura, französische Hugenotten, die Ende des 17. Jahrhunderts von Frankreich in den Schweizer Jura geflohen sind, nachdem Ludwig XIV. mit dem Edikt von Fontainebleau die Freiheiten der Protestanten eingeschränkt hatte. 1893 eröffnete Mathildes Großvater eine Uhrenmanufaktur in der Ajoie unter der Marke ›Ilios‹. Nach dem Zweiten Weltkrieg verlegten sie den Betrieb in die Freiberge, zunächst nach Les Bois. 1995 zog die Firma noch mal an einen größeren und moderneren Standort in Le Noirmont um. Die Marke Ilios ist vor allem im Mittleren Osten und Asien beliebt.«

»Hat Gérard Murival weitere Verwandte? Ist er verheiratet?«

»Sieht nicht so aus. Mathildes Eltern sind in den Achtzigern gestorben. Sie war Einzelkind.«

»Du hast gesagt, Gérard sei unehelich geboren. Seine Mutter hat nie geheiratet?«

»Offenbar nicht. Dabei war sie in jungen Jahren ein richtiger Feger, wenn du mir den Ausdruck gestattest.« Wagner dreht den Bildschirm zu mir. Eine Schwarz-Weiß-Aufnahme, vermutlich aus den späten Fünfzigern oder frühen Sechzigern. Sie zeigt eine junge, schlanke Frau in einem eleganten Sommerkleid mit passendem Strohhut und Sonnenbrille. Mit einer Zigarette in der Hand lächelt sie an einen Sportwagen gelehnt in die Kamera. Unter dem Hut schauen blonde Haare hervor.

»Sie war wirklich nie verheiratet?«

»Sagte ich doch. Ein paar Affären werden ihr nachgesagt, nie was Festes.«

»Was macht sie heute?«

»Mathilde Murival ist Haupteignerin der Ilios Watch SA und Präsidentin des Verwaltungsrates. Generaldirektor ist Pierre-Alain Keller, ein Urgestein der Firma. Unter Mathildes Vater war er Betriebsleiter.«

»Keller?«, frage ich. »Hört sich nicht nach einem Geschlecht aus dem Jura an.«

»Ist es aber, allerdings aus dem Südjura. Er stammt aus Tramelan, der heutigen kantonalbernischen Verwaltungsregion Berner Jura. Deutschschweizer Familiennamen sind im Jurabogen keine Seltenheit. Im 17. und 18. Jahrhundert war das damalige Territorium des Bischofs von Basel Zufluchtsort für von der Berner Obrigkeit verfolgte Wiedertäufer aus dem Emmental und dem Berner Oberland. Der Bischof gewährte diesen Familien Asyl, sofern sie sich verpflichteten, die Gebiete über tausend Metern Meereshöhe zu besiedeln und urbar zu machen. Im Gegenzug wurden sie von den Steuern befreit.

Daher kennt man die Gegend heute als Freiberge oder Franches-Montagnes.«

»Hast du Näheres zu Gérard Murival?«

Wagner lehnt sich in seinem Stuhl zurück und verschränkt die Arme hinter dem Kopf. Ein zuverlässiges Zeichen, dass er viel zu erzählen hat.

»Gérard Murival ist die *bête noire*, das schwarze Schaf, der Murivals. Die Familie, konkret seine Mutter, ließ ihren nicht unerheblichen Einfluss spielen, damit die Verbreitung seiner Geschichte in der Öffentlichkeit eingedämmt wurde. Sein Werdegang ist vor dem Hintergrund des Jurakonflikts zu sehen. Der ist dir ein Begriff, oder?«

»Am Rande, ich war damals ein Kind. Ich erinnere mich, dass er oft mit dem Nordirlandkonflikt oder dem Unabhängigkeitskampf der spanischen Basken verglichen wurde.«

»Die ehemaligen Berner Untertanengebiete Waadt und Aargau wurden während der Helvetik als vollwertige Stände in die Eidgenossenschaft aufgenommen. Um Bern zu besänftigen, sprach ihm der Wiener Kongress 1815 den zum Bistum Basel gehörenden Teil des Juras zu und schuf prompt ein neues Problem. Die protestantischen Berner taten sich schwer damit, die weitgehend römisch-katholischen und französischsprachigen Bergler zu integrieren und sie als vollwertige Mitbürger anzuerkennen. Die jurassischen Deputierten im Berner Großen Rat fühlten sich herablassend behandelt und nicht für voll genommen, allein schon wegen der Sprache. Das weckte bereits früh Sezessionsgelüste. Der Tropfen, der das Fass zum Überlaufen brachte, war die ›Moeckli-Affäre‹ von 1947. Der aus dem Jura stammende Berner Regierungsrat Georges Moeckli hätte zu diesem Zeitpunkt die Bau- und Eisenbahndirektion übernehmen sollen. Ein Deputierter aus dem Berner Oberland stellte sich in der Großratsdebatte quer und verlangte, den Posten einem deutschsprachigen Mitglied der Regierung zu übertragen. Das führte zu einer massiven Protestwelle, einem Shitstorm auf Neudeutsch. Als direkte Folge davon wurde die RJ, die jurassische Versammlung, gegründet, die einen eigenen Kanton zum Ziel hatte. Später folgte die FLJ, die jurassische Befreiungsfront, eine gewaltbereite militante Kampfgruppe.«

»Ist diese FLJ mit der IRA, der irischen Befreiungsarmee, vergleichbar?«

»Vielleicht wäre sie das gern gewesen. In Wirklichkeit war die FLJ eine Gruppe von Hitzköpfen. In den sechziger und siebziger Jahren führten sie Brandanschläge auf Höfe Berntreuer Familien aus, die ihr Land für den Bau eines Waffenplatzes in den Freibergen an den Bund verkaufen wollten. Vereinzelte Überfälle auf Berner Einrichtungen, Banken und Eisenbahnlinien gingen ebenfalls auf ihr Konto. Im Vergleich zum IRA-Terror auf den Britischen Inseln oder der baskischen ETA in Spanien hielt sich der Schaden in Grenzen, vor allem in Bezug auf Opfer. Im Herbst 1977 wurde der Berner Offiziersaspirant Rudolf Flükiger auf dem Gebiet des Waffenplatzes Bure in der Ajoie von einer Handgranate getötet aufgefunden. Die Tat wurde erst der FLJ angelastet, später deutschen RAF-Terroristen, die in der Gegend aufgegriffen und verhaftet worden waren. Flükigers Tod wurde jedoch nie restlos aufgeklärt.«

»Nach den Volksabstimmungen von 1974 und 1975 wurde 1979 der Kanton Jura gegründet. Ich dachte, seither ist der Konflikt vom Tisch.«

»Wie man's nimmt. Die FLJ existiert nicht mehr. Ihre Mitglieder wurden festgenommen oder sind ins Ausland geflüchtet. Bis auf einen, und damit komme ich zu Gérard Murival zurück.«

»Murival gehörte zur FLJ?«

Wagner tippt wie wild auf seine Tastatur ein, bis er das, was er sucht, gefunden zu haben scheint und mich über den Rand seiner Brille mahnend ansieht. »Was ich dir jetzt erzähle, haben wir auf, ich sage mal, eingehenden Wunsch von Mathilde Murival von der Öffentlichkeit ferngehalten. Es ist nur für deine Ohren bestimmt, klar?«

»Keine Sorge, ich verwende es nicht, bis du mir sagst, dass ich es darf.«

»Schön. Also, Gérard Murival war einer, der sich nirgends einordnen konnte, ein richtiger Rebell. Selbst seine Mutter, zu der er ein inniges Verhältnis hatte, konnte ihn nicht abhalten, mit den militanten Separatisten zu sympathisieren. 1979 geriet er in Verdacht, an einem Brandanschlag auf einen Bauernhof in Tramelan im Berner Jura beteiligt gewesen zu sein. Es gab zwei Tote, einer der beiden Söhne des Besitzers und dessen Freundin.«

»Ist es erwiesen, dass er den Brand legte?«

»Das wurde nie restlos geklärt. Murival ist untergetaucht, bevor er gefasst werden konnte. Im Frühjahr 1980 tauchte er wieder auf. Damit komme ich zum Kern der Sache. Von den Unruhen von Cortébert in diesem Jahr hast du ebenfalls nie gehört, nehme ich an.«

»Ich war zehn Jahre alt, Wagner. Was glaubst du, wofür ich mich interessiert habe?«

Er hebt entschuldigend die Hände. »Wahnsinn, wie schnell die Zeit vergeht. Folgendes: Im Frühjahr 1980 war der fünfte Jahrestag des zweiten Juraplebiszites von 1975. Es legte den Grundstein für die Gründung des Kantons Jura. Aus diesem Anlass wollte die RJ in Cortébert ihre Delegiertenversammlung abhalten.«

»Das liegt im Berner Jura. Warum ausgerechnet dort?«

»Gerade deswegen, die Separatisten wollten ein politisches Zeichen setzen. Die Abstimmung von 1975 und die anschließende Kantonsgründung waren für sie lediglich erreichte Zwischenziele. Sie wollten nicht ruhen, bis die südlichen Bezirke, sprich der heutige Berner Jura, ›befreit‹ waren. Die Berner betrachteten die Versammlung auf ihrem Boden als Provokation. Kaum waren die Separatisten beim Versammlungslokal in Cortébert angekommen, gingen Mitglieder der Pro-Berner-Jugendgruppe ›Sangliers‹ auf sie los. Es kam zu unschönen Szenen und vielen Verletzten.«

»Was war mit der Polizei? Hat sie nicht eingegriffen?«

»Die angerückten Berner Polizisten haben sich vornehm zurückgehalten und zugesehen. Wahrscheinlich waren sie von der Berner Polizeidirektion instruiert worden abzuwarten, solange die ›Sangliers‹ die Oberhand hatten. Erst als Schüsse fielen, haben sie eingegriffen und sich zwischen die Streithähne gestellt.«

»Gérard Murival war dabei, obwohl er polizeilich gesucht wurde?«

»Ich komme darauf. Nachdem sich der Pulverdampf gelegt hatte, fanden die Polizisten im oberen Stock des Versammlungslokals eine schwer verletzte junge Frau. Eine Kugel hatte sie getroffen. Gérard Murival kniete neben ihr und wurde sofort wegen Mordverdachts festgenommen.«

Wagner macht eine Kunstpause.

»Und hier beginnt die Tragödie. Die Verletzte hieß Thérèse Trachsler. Sie war hochschwanger und stand wenige Tage vor der Niederkunft. Murival war ihr Verlobter. Eine Freundin von ihr aus dem Nachbarort sagte später aus, Thérèse habe ihr erzählt, dass sie sich mit Murival am Nachmittag zuvor gestritten hatte. Thérèse starb noch auf dem Operationstisch in Biel. Ihr Kind konnte gerettet werden, eine Tochter.«

»Und Murival? Was wurde aus ihm?«

»Kurz nach der Festnahme gelang es ihm, sich zu befreien und ins Ausland abzusetzen. Seither hat man ihn hierzulande nicht mehr gesehen.«

»Bis gestern.«

»Sieht so aus. Wahrscheinlich, weil er nichts mehr zu befürchten hat. Der Mordfall Trachsler ist über zehn Jahre verjährt.«

»Was geschah mit dem Kind? Kennst du seinen Namen?«

Wagner tippt erneut auf der Tastatur herum, bis er mich ansieht wie ein Bär, dessen Honigsuche erfolglos verlaufen ist. »Tut mir leid, dazu habe ich hier nichts. Aber ich würde davon ausgehen, dass Mathilde Murival es adoptierte. Die Eltern von Thérèse Trachsler sind kurz nach dem Tod ihrer Tochter bei einem Flugzeugunglück ums Leben gekommen.«

Wie hoch ist die Wahrscheinlichkeit, dass Gérard Murival

der Vater der mysteriösen Camille ist? Ist er wegen ihr nach Jahrzehnten wieder in der Schweiz aufgetaucht? Ist Camille der Grund seiner Auseinandersetzung mit Françoise? Macht Françoise sich deswegen Sorgen. Will sie, dass ich Camille vor ihm schütze?

»Wie viel Vorschuss kannst du mir geben, Wagner?«

»Wofür?«

»Für diese Story.«

»Woher willst du wissen, dass –«

»Wenn nichts daraus wird, kannst du mir den Betrag mit dem nächsten Job verrechnen, in Ordnung?« Ich stehe auf. »Danke für den Kaffee und die Infos. Gib mir Bescheid, wenn dein Hackerfreund den USB-Stick geknackt hat.« Ich bin zur Tür raus, bevor Wagner etwas erwidern kann. Er ist ein guter Kerl. Nur will ich nicht ständig zu hören bekommen, ich soll auf mich aufpassen.

6

Der Geschmack in Camilles Mund war selbst nach einer ausgiebigen Mundspülung nicht verschwunden. Sie hatte ihn nicht
zum ersten Mal in ihrem Mund kommen lassen. Am Anfang
war sie neugierig darauf gewesen. Die Frauen in den Pornos
taten immer so, als wäre es das Leckerste auf der Welt. Jetzt ließ
sie es nur zu, wenn Aussicht bestand, dass es schneller vorbei
war. Sie trank ein paar große Schlucke Champagner direkt von
der Flasche, die sie aus dem Zimmer hatte mitgehen lassen. Der
Alte würde es nicht merken. Sie war kaum aufgestanden, um ins
Bad zu gehen, da war er schon eingeschlafen. Sein Schnarchen
war durch die Tür zu hören. Sie gurgelte mit dem Champagner,
spuckte ihn aus und warf einen Blick auf die Etikette. Heidsieck,
an diesem Abend das teuerste Gurgelwasser der Welt. Dafür
schwächte sich der fischige Geschmack endlich ab. Sie setzte
die Flasche erneut an. Diesmal schluckte sie den Sprudel hinunter. Sie hatte ein paar Minuten für sich, bevor er aufwachte.
Sie würde leichtes Geld machen. Selbst wenn er es noch mal
versuchte, würde er ihn kaum hochbringen. Sie hatte gleich zu
Beginn gesagt, dass sie ihre Tage hatte. Er hatte gelacht, mit den
Schultern gezuckt und gemeint, er habe ohnehin eine andere
Idee.

Der Van mit den getönten Scheiben hatte sie und Léonie
Punkt acht Uhr am Bahnhof Le Noirmont abgeholt, zehn Minuten zu Fuß von ihrem Zuhause entfernt, und sie hierherge-
bracht, zu einem abgelegenen ehemaligen Bauernhaus in Les
Pommerats, das Marko für diesen Zweck gemietet hatte. Sie
hatte einen Zettel für Mathilde auf den Tisch gelegt, sie würde
mit einer Schulfreundin lernen und bei ihr übernachten. Mathilde war bei Bekannten in La Ferrière eingeladen. Camille war
froh gewesen, an diesem Abend wegzukommen. Pierre-Alain
Keller hatte ihn mit ihr verbringen wollen. Das tat er immer,

wenn Mathilde fort war. Camille hatte für dieses Mal abgelehnt. Sie war sechzehn gewesen, als er sie zum ersten Mal genötigt hatte, mit ihm zu schlafen. Léonie wusste als Einzige davon. Es war ihre Idee gewesen, dass Keller zahlen musste, wenn keiner davon erfahren sollte, insbesondere Mathilde nicht. Das Geld behielt Camille für sich. Von dem, was sie hier mit alten Knackern wie dem von heute Abend verdiente, musste sie Marko einen Teil abgeben.

Für Liebe und Sinnlichkeit hatte sie Léonie. Eigentlich wollte Camille am liebsten mit ihr hierbleiben. Sie träumte von einem alten Bauernhaus, das sie gemeinsam renovieren könnten.

Camille und Léonie waren seit bald sechs Jahren befreundet. Sie hatten sich im Institut in Les Côtes kennengelernt, als Camille Mathilde zum ersten Mal begleitet hatte. Kurz zuvor war ihre Großmutter zur Präsidentin der Institutsstiftung gewählt worden. Von da an besuchte sie die Einrichtung regelmäßig. Léonie war drei Jahre älter als Camille und hatte seit ihrem zehnten Lebensjahr dort gewohnt. Andere Kinder waren adoptiert worden und zu Pflegefamilien gekommen. Nach Léonies achtzehntem Geburtstag hatte sich Mathilde dafür eingesetzt, dass sie weiter im Institut wohnen durfte. Sie wurde zu einem Teil der Belegschaft und packte überall dort mit an, wo es etwas zu tun gab.

Im Lauf der Jahre waren Camille und Léonie zu unzertrennlichen Freundinnen geworden, die ein trauriges Schicksal verband. Beide hatten keine Mütter mehr, und ihre Väter wollten sie nicht mehr. Wann immer Camille mit Mathilde das Institut besuchte, verbrachten die beiden Mädchen Zeit miteinander.

Vor zwei Jahren, an Camilles siebzehntem Geburtstag, hatte ihr Léonie von einer Höhle im Wald erzählt, wo man unbeobachtet von wachsamen Augen abhängen konnte. Zunächst war Camille enttäuscht gewesen, weil es keine richtige Höhle war, mehr eine tiefe Nische im Felsen. Aber man blieb trocken, wenn es regnete. Léonie hatte im Heim alte Wolldecken abgestaubt. Zigaretten, Gras und Alkohol hatte sie auch besorgt. An diesem Ort hoch über dem Doubs hatte Camille zum ersten Mal verstanden, warum man verrückt nach Sex sein konnte. Es hatte keine Rolle gespielt, dass eine Frau sie lehrte, welche Stellen man wie berühren musste, um größtmögliche Lust zu erfahren. Von Léonie hatte sie auch gelernt, wie sich damit viel Geld verdienen ließ, wenn man es richtig anstellte. Es hatte Camille fasziniert, was aus selbstverliebten, geilen Silberrücken herauszuholen war, wenn man sie an deren empfindlichsten Stellen kraulte.

Heute fand die »Party« mit drei anderen Mädchen statt. Léonie und Camille waren die einzigen Schweizerinnen. Die anderen kamen aus Frankreich. Luna stammte aus Charquemont. Jenny, eine Halbasiatin, wohnte bei einer Pflegefamilie in Saint-Hippolyte, und Missy lebte in Maîche. Bestimmt war keine der drei über sechzehn. Missys Französisch klang eigenartig, und sie hatte auch dunkle Haut. Léonie hatte gemeint, sie käme aus einem der französischen Überseedepartemente, Mayotte oder Maurice, etwas mit M. Sobald sie genug Geld beisammenhatte, wollte sie dorthin zurück und ein Kosmetikstudio eröffnen. Mit den Abenden hier und Kellers »Zuschüssen« hatte Camille zehntausend Franken beisammen, Léonie fast gleich viel.

Im Schlafzimmer nebenan regte sich etwas. »Camille? Was treibst du da drin? Ich habe Durst.« Der alte Sack war erwacht. Der Alkohol machte seinen Deutschschweizer Akzent noch schwerfälliger.

Camille wickelte sich in ein großes Handtuch und verbarg die Flasche hinter dem Rücken, bevor sie das Bad verließ. Das Zimmer war komfortabel eingerichtet. Das wichtigste Möbelstück war das breite Bett, in dem sich ihr Kunde flätzte wie ein Walross. Sie versuchte schon die ganze Zeit vergebens, sich an seinen Namen zu erinnern. Sein jämmerlicher Pimmel verschwand unter den Wülsten seines Wanstes. Von dieser Seite würde sie heute nichts mehr zu befürchten haben. Sein Geld hatte sie bekommen. Je nachdem lag ein hübscher zusätzlicher Batzen Trinkgeld drin.

»Camille, Schätzli«, nuschelte er. »Leg dich zu mir, wo ist die Flasche?«

»Schätzli« klang netter als die anderen schweizerdeutschen Ausdrücke, die er ihr vorhin in der Hitze des Gefechtes an den Kopf geworfen und die sie Gott sei Dank nicht verstanden hatte. Sie stellte die Flasche auf den Tisch und setzte sich neben ihn auf die Bettkante. »Willst du nicht noch etwas schlafen …« Sie räusperte sich, sein Name wollte ihr einfach nicht einfallen.

Der Mann sah nicht gesund aus. Seine Augen waren geschwollen, der Blick glasig. Hoffentlich kratzte er ihr nicht ausgerechnet hier und jetzt ab, Herzinfarkt oder so. Bestimmt würde man ihr die Schuld geben. Er zeigte auf die Flasche, die sie diskret auf den Tisch gestellt hatte. Auf dem Nachttisch stand sein Glas. Sie wollte es nachfüllen.

»Gib her.« Er nahm ihr die Flasche aus der Hand und setzte sie an. Gleichzeitig zog er sie aufs Bett und zerrte an ihrem Badetuch. Sie hielt es mit einer Hand fest, während sie mit der anderen versuchte, ihn auf Abstand zu halten. Schließlich musste sie aufgeben. Mit beiden Händen versuchte sie, ihre Nacktheit so gut wie möglich zu verdecken. Er setzte die Flasche ab und ließ einen lauten Rülpser fahren, dessen Fahne Camille direkt ins Gesicht wehte. Wie immer er heißen mochte, er war ein Schwein.

Er lachte dreckig. »Was ist? Bist dir Besseres gewohnt, was? Keine Angst, Papi hat eine Idee, die du mögen wirst.« Er führte ihre Hand zu seinem erschlafften Glied und nötigte sie, es zu reiben. »Du hast mich vorhin schön bedient«, sagte er grunzend, als sich der gewünschte Effekt nicht einstellen wollte. Seine Augen hatten einen eigenartigen Glanz, der ihr nicht gefiel. »Ich habe eine bessere Idee.« Er löste den Stanniolkragen vom Flaschenhals. Dann spuckte er auf das Glas und verrieb den Speichel, so als würde er eine Eisenstange einfetten. Mit der anderen Hand streichelte er ihren Anus. »Hat schon mal einer bei dir am Hintereingang angeklopft?«

Camille spürte den kalten Flaschenhals und zuckte zurück. »Hör auf, das will ich nicht.«

Sie wollte aufstehen, aber er drückte sie von hinten an sich.

»Hör auf zu zicken, deine Meinung ist nicht gefragt. Ich habe mehr als genug für dich hingeblättert. Das muss dir einen kleinen Bonus wert sein. Wenn du stillhältst, gibt's einen Fünfhunderter dazu.«

Sie hatte den Inhalt seiner Brieftasche gesehen, als er vorhin ihr Geld hinzählte. Sie enthielt mindestens zehn lila Banknoten. Der Anblick war ihr vertraut. Einige Kunden von Mathildes Firma beglichen ihre Uhrengeschäfte mit ganzen Bündeln solcher Scheine.

Was er von ihr verlangte, legte bei ihr einen Schalter um. In seinen Augen mochte sie eine Hure sein, aber sie entschied immer noch selbst, was man mit ihrem Körper machen durfte und was nicht. Mit dem Mut der Verzweiflung wand sie sich so lange in seinen Armen, bis er mit einem wütenden Schrei losließ.

»Du verdammtes Miststück! Warte, ich werde –«

Weiter kam er nicht. Bevor er in der Lage war, seine Körpermasse in eine Richtung zu bewegen, hatte sie sich in das Tuch eingewickelt und ihre Kleidung zusammengerafft. Sie war fast bei der Tür, als sie über ein herabhängendes Hosenbein ihrer Jeans stolperte und zu Boden ging. Bevor sie aufstehen konnte, war das Walross über ihr und zog sie an den Haaren hoch. Er stellte die Flasche auf dem Tisch ab, um Camille mit beiden Händen packen zu können. Sie nutzte die kurze Ablenkung. Den Schmerz an ihrem Arm ignorierend, drehte sie sich um und zerkratzte ihm mit der anderen Hand das Gesicht. Mit einem Aufschrei ließ er sie los. Sie bekam die Flasche zu fassen. Das Walross hielt wimmernd die Hände vor sein blutendes Gesicht. Sie wartete seine Gegenreaktion nicht ab und schlug ihm die Flasche über den Schädel, sodass er regelrecht auf den Boden platschte.

»*Merde!*« Camille sah auf ihn herab. Hatte sie ihn etwa …?

Ein Poltern an der Tür schreckte sie auf. Sie ließ die Flasche fallen.

7

Mir fehlt die Lust auf den freitäglichen Feierabendverkehr. So entscheide ich mich für meine Lieblingsstrecke in den Jura. Bei der Ausfahrt Grenchen fahre ich von der A 5 ab. Ab der Löwenkreuzung im Stadtzentrum steigt die Straße an. Wie immer mache ich bei der Allerheiligenkapelle kurz halt, um die Sicht über das Aaretal auf mich wirken zu lassen. Im Süden versinkt der Alpenkamm im herbstlichen Dunst. Links von mir, in östlicher Richtung, ragt die erste Jurakette wie eine gewaltige bewaldete Mauer über der von der Aare bewässerten Ebene der Witi empor. Im Südosten, jenseits des Flusses, am Fuß der Bucheggberger Hügelzüge, mache ich Nennigkofen aus. Ich glaube sogar, mein Haus zu sehen. Die Nachbarin wird in meiner Abwesenheit zum Rechten sehen und Van Helsing füttern, der mich garantiert nicht vermissen wird.

Meine Wurzeln liegen in den rumänischen Karpaten, die ich nie gesehen habe. Obschon ich in Solothurn geboren bin, war meine südosteuropäische Herkunft nie zu übersehen. Meine schwarzen Haare und die bernsteinfarbenen Augen hatten mir Spitznamen wie »Zigeunerhexe« und »Draculas Braut« eingetragen, so wie die Frage, ob ich in einem Sarg schliefe oder ob mir in der Nacht Fangzähne wachsen würden. Mit den Jahren verschwanden die Vorurteile. Heute nenne ich diese weite Talebene, ihre Städte und Dörfer, die Aare, den Jura und die Hügel und Senken des Bucheggberges meine Heimat.

Nach einer knappen Viertelstunde Fahrt auf der Nebenstraße entlang der Bergflanke erreiche ich die Taubenlochschlucht über Biel. Das Flüsschen Schüss, die Bahntrasse und die Autobahn A 16, die »Transjurane«, verlaufen hier neben- oder übereinander. Eine weitere Viertelstunde später stehe ich vor dem ehemaligen »Hôtel de l'Ours« in Cortébert, das heute »Restaurant de l'Ours« heißt. Bis hierher hat mich die Fahrt ab

Nennigkofen eine knappe Dreiviertelstunde gekostet. Trotzdem fühle ich mich in diesem zwischen zwei Bergketten eingebetteten Tal in eine andere Welt versetzt. Vor diesem Gasthaus fand im März 1980 eines der Gefechte dieses zivilen Konflikts statt, dessen Wunden bis heute nicht ganz verheilt sind.

Das Gebäude sieht aus wie auf den alten Fotos, die ich auf Google gefunden habe. Es ist ein für die Gegend typischer Steinbau aus dem 17. oder 18. Jahrhundert mit fensterreicher Fassade und Walmdach. Den einzigen baulichen Stilbruch bildet ein geschwungenes, einer chinesischen Pagode nachempfundenes Vordach. Die ausgehängte Speisekarte verheißt Pekinger Ente, süßsaures Schweinefleisch, Teigtaschen und andere Leckereien aus dem Reich der Mitte, die meinen Magen zum Knurren bringen. Ein Schild an der Tür, welches Betriebsferien bis Ende kommender Woche verkündet, macht meine Vorfreude auf Frühlingsrollen zunichte. Ich schaue an der Fassade hoch. Hinter einem der Fenster im zweiten Stock soll Thérèse Trachsler ums Leben gekommen sein. Ich hoffte, hier mehr darüber zu erfahren.

»*Est-ce que je peux vous aider?*«, spricht mich eine Stimme hinter mir an. »*Le restaurant est fermé.*«

Ich drehe mich um und sehe eine junge Frau auf einem Fahrrad vor mir.

»Sie haben Betriebsferien und öffnen erst übernächste Woche wieder«, sagt sie.

»Danke, ich bin nicht wegen des Restaurants hier«, antworte ich, um mein bestes Französisch bemüht. »Ich hoffte, etwas über eine junge Frau zu erfahren, die hier mal wohnte.«

»Eine junge Frau? Wann soll das gewesen sein?«

»Vor vierzig Jahren.«

»Vierzig Jahre? Das ist lange vor meiner Zeit. Wieso wollen Sie das wissen? Sind Sie auf der Suche nach einer Verwandten?«

Ich stelle mich vor. »Ich bin Journalistin und recherchiere zu einem Vorfall, der als die Unruhen von Cortébert bekannt ist.«

»Ich habe davon gehört.« Die Frau reicht mir die Hand. »Sylvie Lachat, ich bin die *Secrétaire municipale*, die ... wie sagt man auf Deutsch?«

»Gemeindeschreiberin.«

»*Exact.* Für welche Zeitung schreiben Sie? Etwa für das ›Journal de Bienne‹ ... ähm, die ›Bieler Zeitung‹?«

»Ich arbeite freischaffend für das Magazin ›Wirtschaft, Politik & Gesellschaft‹.«

»*En Suisse alémanique?*«, fragt sie offensichtlich überrascht, dass sich ein Deutschschweizer Magazin für eine alte Geschichte in ihrem kleinen Juradorf interessiert. »Da kann ich Ihnen leider nicht weiterhelfen. Als sich die Berner und die Separatisten hier die Köpfe einschlugen, kannten sich meine Eltern noch nicht mal.«

»Damals wurde eine junge Frau angeschossen und tödlich verletzt. Sie wohnte in diesem Haus.« Ich zeige auf den Gasthof. »Ihr Name war Thérèse Trachsler. Sie war schwanger und kurz vor der Niederkunft. Das Kind konnte gerettet werden, bevor sie starb.«

»Die Geschichte kenne ich. Meine Großmutter hat mir davon erzählt, als ich klein war. Sie wird Ihnen aber nicht helfen können.« Meine nächste Frage erstickt sie gleich im Keim. »Sie ist vor einem Jahr gestorben.«

»Wohnt hier jemand mit dem Namen Camille Murival oder Camille Trachsler?«

Lachat schüttelt den Kopf.

»Gérard Murival?«, frage ich auf gut Glück.

»Tut mir leid. Murival ist ein Name aus den Freibergen oder der Ajoie. Hier lebt niemand, der so heißt. Der andere war Trachsler, sagten Sie?«

Ich nicke.

»Hier wohnt eine Josiane Trachsel, sie ist über neunzig und hatte meines Wissens keine Verwandten hier im Tal.«

Ich gebe mich noch nicht geschlagen. »Als Gemeindeschreiberin kennen Sie sicher die meisten Leute im Dorf. Gibt es jemand, der oder die über die Ereignisse von damals Bescheid wissen könnte?«

Lachat überlegt einen Augenblick, dann erhellt sich ihr Blick. »Ich glaube, es gibt tatsächlich jemand.« Sie fischt ihr Handy aus ihrem Rucksack. »Sie könnten Arielle fragen.«

»Ist das eine Verwandte von Thérèse Trachsler?«

»Nein, Arielle Marin ist unsere wandelnde Dorfchronik. Von Mitte der siebziger Jahre bis Ende der Achtziger war sie Reporterin für die ›Bieler Zeitung‹. Heute ist sie über siebzig, aber ihr Gehirn ist wahrscheinlich jünger als meines. Damit es ihr nicht zu langweilig wird, schreibt sie an der Geschichte unseres Dorfes.«

Ich spüre förmlich meine Aktien steigen. »Ich muss unbedingt mit ihr reden. Wo wohnt sie?«

»Ich rufe sie an, es könnte sein, dass ...« Lachat hält ihr Handy ans Ohr. Nach einer Weile beendet sie den Anruf mit bedauernder Miene. »Dachte ich mir. Wahrscheinlich ist sie noch in den Ferien. Ihr Sohn lebt in Kanada. Ich glaube, sie sollte nächste Woche zurück sein. Ich kann ihr ausrichten, dass sie Sie anruft.«

Der Abstecher nach Cortébert war immerhin ein halber Gewinn. Es ist kurz vor halb sechs. Ich habe mich für sechs Uhr in meinem Gästehaus angemeldet. Wenn ich weiter Richtung Westen über Saint-Imier hoch in die Freiberge fahre, könnte ich es schaffen. Ich entscheide mich für eine andere Variante. Vielleicht habe ich an meinem nächsten Zwischenziel mehr Glück.

Ich wende den Mini und fahre in die Richtung zurück, aus der ich gekommen bin. Laut Navi ist die Strecke über den Pierre-Pertuis-Pass nur fünf Minuten länger als über die A 16. Nachdem sich der Jurakonflikt in den Neunzigern abgekühlt hatte, entwickelte die Region sowohl auf der Berner Seite als auch im noch jungen Kanton Jura eine neue Dynamik. Neue Straßen wie die A 16 wurden gebaut, die »Transjurane«, welche den Jura im Norden an das französische Autobahnnetz anschließt und im Süden mit dem Schweizer Mittelland verbindet. Damit einher ging eine erstarkende, traditionell in der Region verankerte Uhrenindustrie. Das mikrotechnische und -mechanische Know-how zog wiederum neue Unternehmen in verwandten Branchen an wie die Medizinaltechnik und Zuliefererbetriebe der Automobilindustrie.

Wagner hat mir die Adresse des Hofes angegeben, der in La Chaux-de-Tramelan gebrannt hatte. Kurz vor dem Ziel muss ich vor einem Bahnübergang anhalten und warten, bis eine rotweiße Zugskombination der meterspurigen »Chemins de fer du Jura« die Haltestelle »Le Pied-d'Or« weiterfährt, nachdem ein Passagier ausgestiegen ist. Wie dieser Ort zu seinem Namen »Goldfuß« gekommen ist, werde ich vermutlich nie erfahren. Der Mann geht mit einem Kopfnicken an mir vorbei, nicht ohne einen neugierigen Blick auf mein Kontrollschild zu werfen. Ich grüße lächelnd zurück.

Der Bauernhof umfasst drei Gebäude, ein Wohnhaus, einen großzügig angelegten Laufstall mit Fahrzeugremise und einen Pferdestall mit angebauter Scheune. Vor dem Haus stehen zwei Autos, ein schilfgrüner Renault Twingo neueren Baujahres und ein rostroter Volvo, dessen Zustand einen sechsstelligen Kilometerstand vermuten lässt. Der Stall liegt schräg gegenüber. Neben dem Scheunentor steht eine Hundehütte. Ein angeketteter Berner Sennenhund springt auf, als ich aussteige. Zu meiner Beruhigung erlaubt die Kette ihm nicht, nah an mich heranzukommen. Ein Hund, der mit dem Schwanz wedelt, soll nicht aggressiv sein. Sein unentwegtes Bellen gibt mir nicht das Gefühl, willkommen zu sein.

Da sonst niemand zu sehen ist, gehe ich zum Wohnhaus. Begleitet vom Hundegebell, suche ich eine Klingel. Bevor ich mich entscheide zu klopfen, höre ich hinter mir ein scharfes »Badi, aus!« auf Deutsch.

Das Gebell verstummt augenblicklich, und Badi zieht sich unaufgefordert auf seinen Platz zurück.

Eine Frau kommt über den Platz auf mich zu. Sie trägt ein

buntes Bandana, unter dem kupferrote Strähnen hervorlugen, Reithosen und ein altes Militärhemd mit hochgekrempelten Ärmeln, das ihr mindestens zwei Nummern zu groß ist. In einer Hand hält sie einen Eimer, in der anderen einen Reisigbesen. Ich schätze sie auf Mitte zwanzig.

»Platz!«, ruft sie in Richtung des Hundes, der sich sofort niederlegt. »Brav!« Dann wendet sie sich an mich. »Er ist ein guter Wachhund, aber harmlos.« Sie stellt Eimer und Besen ab und reicht mir die Hand. »Marie Leuenberger, wie kann ich Ihnen helfen? Wollen Sie eine Pferdebox mieten?« Offenbar hat sie mein Solothurner Kontrollschild wahrgenommen. Sie spricht Schweizerdeutsch mit der für Westschweizer typischen melodischen Klangfärbung.

Mit einem entschuldigenden Lächeln erwidere ich den Händedruck. »Cora Johannis, leider reite ich nicht. Ich bin Journalistin und arbeite an einer Reportage über den Jurakonflikt.«

Der Ausdruck in ihrem sommersprossenübersäten Gesicht wechselt von freundlich dienstbeflissen zu zurückhaltend neugierig. »Journalistin, wow. Jemand wie Sie hat uns noch nie besucht, jedenfalls nicht, soweit ich mich erinnern kann.«

»Es geht um einen Vorfall vor über vierzig Jahren. 1979 wurde ein Brandanschlag auf diesen Hof verübt. Ist das richtig?«

»Ui, das ist aber lange her. Ich kam erst knapp zwanzig Jahre später auf die Welt. Ich weiß, dass es einen Brand gegeben hat, bei dem mein Onkel und seine Freundin ums Leben kamen. In unserer Familie wird nicht darüber gesprochen.« Sie zeigt auf mein Auto. »Sie kommen aus Solothurn?«

»Kennen sie es?«

»Sicher. Ich habe letztes Jahr dort gearbeitet. In einem Landwirtschaftsbetrieb im Bucheggberg.«

»Dort wohne ich, in Nennigkofen. Wo waren Sie?«

»In Gächliwil.« Sie sprach es »Gäschliwil« aus.

»Haben Sie dort so gut Deutsch gelernt?«

»Schweizerdeutsch. Das richtige Deutsch …« Sie beißt sich verschämt auf die Lippen. »Pardon, ich meine natürlich, Hochdeutsch habe ich in Deutschland gelernt. Nach der Schule verbrachte ich ein paar Monate bei einer befreundeten Familie in Lüneburg. Nächstes Jahr beginne ich mein Studium in Agrarwissenschaften an der ETH in Zürich.«

»Dann werden Sie mal den Hof übernehmen?«

»Möchte ich schon. Meine Großmutter will, dass mein Cousin das macht. Sie hält nichts von Frauen, die Männerarbeit tun«, sagt sie mit einem resignierten Achselzucken. »Nach dem Studium gehe ich entweder in die Forschung oder in die Entwicklungshilfe.«

Hindernisse werden überwunden oder umgangen. Ihre Entschlossenheit, ihren Lebensweg entsprechend zu gestalten, gefällt mir. »Denken Sie, Ihre Großmutter kann mir etwas zu damals sagen?«

Marie runzelt die Stirn. »Versuchen können Sie es ja, aber machen Sie sich nicht zu viel Hoffnung. Wenn das Thema schon innerhalb der Familie tabu ist, glaube ich nicht, dass sie mit einer Fremden darüber sprechen will, schon gar nicht mit einer Journalistin.«

Das verstehe ich sogar. Die Frau hat bei dem Unglück einen Sohn verloren. »Ihr Vater, könnte er –«

Marie schüttelt vehement den Kopf. »Dem kommen Sie besser gar nicht mit solchen Fragen. Er wird richtig wütend, wenn man ihn darauf anspricht.«

»Es soll Brandstiftung gewesen sein.«

»Das war so. Es ist –«

»Marie!«, schallt es vom Wohnhaus herüber. Eine stämmige gut achtzigjährige Frau in Latzhosen mit einem strengen weißgrauen Dutt stapft auf uns zu. »Hast du nichts zu tun?«

»Bin fertig, *mémé*. Ich gehe mich umziehen, dann bin ich weg.«

»Was heißt weg? Wohin willst du?«, herrscht die Alte sie an. Sie hat mich noch keines Blickes gewürdigt.

»Ich hab's dir am Mittag gesagt. Ich bin mit Martin und Louise verabredet. Wir fahren nach Biel zu einem Konzert.«

»Nach Biel? Heute noch? Morgen in der Frühe musst du in Muriaux sein. Das kommt gar nicht –«

Beschwichtigend legt Marie eine Hand auf den Arm ihrer Großmutter. »Das haben wir doch besprochen. Ich weiß, was ich morgen zu tun habe.«

Die Großmutter gibt sich nicht geschlagen. »Wenn deine Mutter wüsste, wie du –«

»*Maman* weiß es aber nicht, und es interessiert sie auch nicht.«

Damit scheint das Thema erledigt zu sein. Die Aufmerksamkeit der alten Frau richtet sich auf mich. »Wer sind Sie, und was wollen Sie?«

Im Gegensatz zur Enkelin gibt sie sich keine Mühe, mit mir Deutsch zu sprechen. »Ich heiße Cora Johannis, und ich –«

»Sie ist Journalistin«, unterbricht mich Marie. »Sie hat einige Fragen zum Unglück, bei dem Onkel Philippe ums Leben gekommen ist.« Zu mir gewandt: »Das ist meine Großmutter, Delphine Leuenberger.«

Diese starrt ihre Enkelin an, als hätte sie das bestgehütete Staatsgeheimnis verraten. Dann löchert sie mich regelrecht mit ihrem Blick. »Ich wüsste nicht, was Sie das angeht.«

»Ich recherchiere für einen Bericht über den Jurakonflikt. Dabei stieß ich auf den Brandanschlag auf Ihren Hof.«

Delphine Leuenberger schnaubt. »Wen soll denn das heutzutage noch interessieren? Wir waren nicht der einzige Hof, den diese linken Anarchisten angezündet haben. Ich hoffe, sie schmoren in der Hölle.«

»Dass es mehrere solcher Anschläge gab, ist mir bekannt. Aber nur auf Liegenschaften auf dem Gebiet des heutigen Kantons Jura. Ihr Hof steht auf Berner Gebiet. Außerdem wurde der Brand zu einer Zeit gelegt, als der Konflikt entschärft war. Was glauben Sie, warum –«

»Warum, warum!«, ruft Delphine Leuenberger aufgebracht. »Warum fragen Sie uns und nicht die Mörder, die uns das Dach über dem Kopf angezündet haben?« Die Frau zeigt auf das

Wohnhaus mit der ehemaligen Scheune. »Sie haben meinen Sohn auf dem Gewissen. Es hätte wenig gefehlt, und wir alle wären dabei draufgegangen. Mehr sage ich nicht dazu.« Die Freundin des Sohnes, die bei dem Brand ebenfalls umkam, erwähnt sie mit keinem Wort.

»Reg dich nicht auf, *mémé*«, versucht Marie sie zu beruhigen. »Denk an deinen Blutdruck. Madame Johannis stellt dir nur Fragen.«

»Gut, dann hat sie ja jetzt ihre Antworten. Sie soll gehen, wir haben zu tun.« Ohne Gruß macht sie kehrt und marschiert zurück zum Haus.

»Bitte sehen Sie es ihr nach«, sagt Marie. »Sie hat den Tod meines Onkels nie verwunden. Selbst bei mir reagierte sie so, als ich mal nachgefragt habe.«

Die Großmutter macht die Schotten dicht, beim Vater ist es anscheinend nicht besser. »Gibt es sonst jemanden, der mir etwas sagen kann? Ihre Mutter?«

»Ich fürchte, daraus wird nichts. Mein Vater hat sie lange danach geheiratet. *Maman* ist krank, Alkohol und Depressionen und …«

Nahende Hufgeräusche lassen sie verstummen. Im Gegenlicht der untergehenden Sonne sind die Umrisse eines Pferdes mit Reiter zu erkennen, das von der offenen Wiese her auf uns zugaloppiert.

»*Putain, c'est papa. Mémé* hat ihn sicher angerufen.« Marie packt mich am Arm. »Besser, Sie begegnen ihm nicht. Er leidet unter Jähzornattacken, dann kann ihm die Hand ausrutschen, egal, wer ihm gerade gegenübersteht.«

Ich habe nicht im Geringsten die Absicht, vor einem wild gewordenen Choleriker wegzulaufen. »Ich lasse Sie nicht mit ihm allein.«

»Keine Sorge, ich bin seit Jahren gewohnt, mit meinem Vater fertigzuwerden. Es ist einfacher, wenn Sie nicht dabei sind, bitte.«

Inzwischen hat der Reiter den Stall erreicht und das Pferd

angebunden. Vater Leuenberger ist ein massiger Mann, die Wut ist ihm anzusehen. »Marie!«, brüllt er über den Platz. »Was ist hier los, was will die von uns?« Mit der Reitpeitsche in der Hand kommt er auf uns zu. Jede Faser meines Körpers stemmt sich dagegen, die zierliche Frau mit dieser menschgewordenen Dampfwalze allein zu lassen.

»Vielen Dank, dass Sie da waren, Madame Johannis«, sagt Marie laut. Ihre Lippen formen die stummen Worte: Gehen Sie, bitte.

Ich greife in meine Brusttasche und drücke ihr meine Visitenkarte in die Hand, bevor ich mich ins Auto setze und wende.

Einen Moment lang macht es den Anschein, als wolle Leuenberger mit der Peitsche auf den Mini losgehen. Ich gebe Gas. Im Rückspiegel sehe ich, wie Marie sich ihrem Vater mit erhobenen Armen entgegenstellt. Ich trete auf die Bremse und öffne das Handschuhfach, wo ich eine Dose Pfefferspray aufbewahre.

Meine Sorge um Marie erweist sich als unbegründet. Sie weicht kein Jota vor ihm zurück. Stattdessen redet sie gestenreich auf den wütenden Mann ein. Sie schafft es tatsächlich, ihn zu beruhigen. Hinter ihrem Rücken gibt sie mir Handzeichen, endlich zu verschwinden.

8

Auf tausend Metern Meereshöhe ist die Hochebene der Freiberge jeder Witterung ausgesetzt. Die Winter sind lang und frostig, die Sommer heiß. Dem rauen Klima geschuldet wirken die traditionellen, mehrheitlich aus Stein gebauten Anwesen mit den ausladenden Satteldächern gedrungen, als müssten sie sich vor den Elementen wegducken und sich an die malerische Landschaft der Waldweiden schmiegen. Die Wände sind dick, die Fenster klein, damit die Sommerhitze draußen und die Wärme in der kalten Jahreszeit drinnen bleiben.

Das Gästehaus »Cerneux-au-Maire«, ein typisches Freiberger Bauernhaus, liegt etwas außerhalb des Dorfes Les Bois an der Straße zum Windpark von Peuchappatte. Während des Klinikaufenthaltes in Le Noirmont hatte ich mich mit dem Gedanken getragen, ein paar zusätzliche Urlaubstage anzuhängen, und nach Übernachtungsmöglichkeiten gesucht. Eine der Rezeptionistinnen empfahl mir das »Cerneux-au-Maire«.

Ich bin nicht in Eile aufzustehen, stattdessen räkle ich mich unter der Decke und lasse das Zimmer auf mich wirken. Auf den ersten Blick scheint es ein wenig spartanisch. Die schräge Balkendecke und die weiß getünchten Wände wirken nüchtern, gleichzeitig fühle ich mich geborgen. Besonders gefallen mir der alte Sekretär in der Ecke neben dem Fenster und der Vorhang über meinem Doppelbett, dessen Zweck sich mir hier nicht ganz erschließt. Vermutlich ein Relikt aus früheren Zeiten, um in kalten Winternächten die Wärme in der Bettstatt zu halten. Jedenfalls würde ich es ein paar Tage gut hier aushalten.

Es ist Samstag, und ich habe zum ersten Mal seit Tagen durchgeschlafen. Durch das offene Fenster dringt angenehm kühle Luft ins Zimmer. Sie verbreitet einen erdig-modrigen Geruch, mit einem Hauch von Gülle, Gott sei Dank nicht so intensiv wie zu Hause, wenn die Bauern in meiner Nachbarschaft die Jauchegruben vor dem Winter leeren.

Bis zum Frühstück bleibt eine Stunde, die ich dazu nutze, meine Notizen durchzugehen. Die Ausbeute der Spurensuche in Cortébert und auf dem Leuenberger-Hof ist überschaubar. Wo setze ich am besten an? Die ablehnende Haltung von Delphine Leuenberger und ihrem Sohn beschäftigte mich auf der Fahrt hierher. Trauer ist etwas Intimes. Ich kann akzeptieren, wenn Angehörige sie nicht in die Öffentlichkeit tragen wollen. Wäre das Unglück erst vor Kurzem passiert, hätte ich mich diskreter verhalten. Die heftige Reaktion noch nach vierzig Jahren wirft Fragen auf. Ist es das Trauma des Verlustes, oder steckt etwas anderes dahinter? Ich brauche Einsicht in die Ermittlungsakten. Vorerst will ich abwarten, bis ich mit Arielle Marin, der ehemaligen Lokalreporterin, gesprochen habe. Danach kann ich immer noch versuchen, die Mühlen der Verwaltung in Gang zu bringen. Bis ich Marin hoffentlich am Montag erreiche, bin ich zu etwas verdammt, das mir schwerfällt, besonders wenn mein Jagdinstinkt mal geweckt ist: mich und meine Ungeduld auszuhalten.

Nach einer ausgiebigen Dusche sieht die Welt anders aus. Während ich meine Haare trockne, werde ich mir über meine nächsten Schritte im Klaren.

Im Vergleich zum Unterland ist im Jura einiges in vielerlei Hinsicht anders, die Landschaft, das Licht und natürlich die Menschen. Hier ist man bodenständiger und pragmatischer als in der durchgetakteten Industrieschweiz. Das mag der Grund sein, weshalb mir die Freiberge verschieden vorkommen, eigenständiger und widerspenstiger gegenüber Autorität, weniger schweizerisch halt. Ich staune, als meine Gastgeberin Marie-Claude Mertenat die Adresse von Mathilde Murival spontan nennen kann. Der Wohnsitz der reichsten und angesehensten Familie ist hier offenbar kein Geheimnis.

Die Rue de l'Aurore liegt unweit der Klinik in Le Noirmont.

Der Straßenname dürfte nicht zufällig gewählt worden sein. Die Morgensonne bescheint die sanft abfallende Flanke, an deren Fuß das Dorfzentrum liegt. Im Gegensatz zum Herbstdunst über dem Aaretal ist die Luft hier oben von kristallener Klarheit. Am südlichen Horizont stechen die Nadelholzwälder schwarz aus den grünen Wiesen hervor, hoch über ihnen wirken die drehenden Rotoren des Windparks Peuchappatte wie winkende Riesenarme.

Nach einer scharfen Linkskurve schaue ich in den Rückspiegel. Der blaue Subaru, der mir seit Les Bois mit gleichbleibendem Abstand folgt, ist immer noch hinter mir. Ich kann nachvollziehen, dass an einem Samstagmorgen einige Leute von Les Bois nach Le Noirmont zum Einkaufen fahren. Im Lauf der Zeit ein Gespür dafür zu entwickeln, ob man verfolgt wird, mag hierzulande nicht alltäglich sein. In anderen Teilen der Welt, wo ich mich herumgetrieben habe, war es lebensnotwendig. Es macht sich bemerkbar, sobald mein Hintermann in dieselbe Nebenstraße in Le Noirmont einbiegt. Die Frage ist: Warum werde ich beschattet, jetzt schon? Wer hat die Observation veranlasst? Die Leuenbergers? Sylvie Lachat, die Gemeindeschreiberin von Cortébert? Habe ich die falschen Fragen gestellt oder, je nach Blickwinkel, die richtigen?

Weder eine hohe Mauer noch eine dichte Hecke, lediglich ein niederer Holzzaun schirmt Mathilde Murivals Anwesen von der Öffentlichkeit ab. Auf dem Grundstück stehen zwei Gebäude, eine Villa aus den vierziger oder fünfziger Jahren, in der Bauweise eine mondäne Variante des »Cerneux-au-Maire« mit einem zusätzlichen Stockwerk. Das zweite ist ein moderner Bungalow. Für eine Familie mit Kindern scheint er etwas zu klein geraten. Möglicherweise dient er als Gästehaus für gute Freunde oder spezielle Kunden von Ilios Watch, die individuelle Behandlung und Unterbringung erfordern. Ich lenke den Mini auf den offenen Vorplatz, neben einen VW Golf älterer Bauart und einen Toyota Land Cruiser, beide mit JU-Kontrollschildern. Den Fuhrpark einer Milliardärin und Besitzerin einer der exklusivsten Uhrenmarken stellte ich mir reicher bestückt vor.

Bevor ich die einem jurassischen Torbogen nachempfundene Haustür erreiche, wird sie geöffnet. Zwei Frauen kommen heraus, die eine groß, schlank, das silbergraue Haar zu einem modischen Rundbob frisiert. Über dem eleganten Deux-Pièces trägt sie eine grüne Schürze, die auf Gartenarbeit schließen lässt. Wenn Gérard Murival Ende fünfzig oder Anfang sechzig ist, müsste seine Mutter mindestens auf die achtzig zugehen. Ich würde ihr ohne Weiteres zehn bis fünfzehn Jahre weniger geben. Wagner hat unrecht, die Frau war nicht nur in jungen Jahren ein Feger gewesen, sie hat ihre Schönheit bis heute bewahrt. Die andere ist jünger und unscheinbarer in Jeans und grauem Pullover, das braune Haar mit einem Bleistift zu einem losen Dutt gerafft. Aber wer bin ich schon, darüber zu urteilen, in meiner Outdoorhose, rotem Rolli und Jacke?

»*Bonjour, Madame*, kann ich Ihnen helfen?«, fragt die Ältere ohne jegliche Irritation und räumt damit den letzten Zweifel beiseite. Das muss Mathilde Murival sein.

»Madame Murival? Bitte entschuldigen Sie den unangemeldeten Besuch. Mein Name ist Cora Johannis, ich bin Journalistin und –«

»Ich weiß, wer Sie sind, Frau Johannis. Einen Moment, ich bin gleich bei Ihnen.«

Woher weiß sie meinen Namen? Ich stehe leicht verdattert abseits, während sie sich von ihrer Besucherin verabschiedet. Diese wirft mir einen unsicheren Seitenblick zu, bevor sie in den Golf steigt und davonfährt.

»Folgen Sie mir bitte, Frau Johannis.« Mathilde macht eine einladende Geste, nicht Richtung Haus, sondern zum Garten. Ich lasse mich von ihr zur Terrasse führen.

Obschon ich sie auf Französisch angeredet habe, spricht sie akzentfrei schweizerdeutsch mit mir. Eigentlich trinke ich vor elf Uhr morgens keinen Alkohol. Heute nehme ich den angebotenen Rotwein an, den die Gastgeberin einer Hausangestellten in einem dunklen Arbeitskostüm mit weißer Schürze in Auftrag gibt; der bisher einzige Anflug von Luxus, den ich bei ihr entdecke, zumindest für meine Verhältnisse.

»Woher kennen Sie meinen Namen?«, frage ich, nachdem die Angestellte uns mit Getränken und einem Snack bestehend aus einem zylindrischen Laib Tête de Moine und einem Brotkorb versorgt hat. Bevor Mathilde meine Frage beantwortet, schabt sie mit Hilfe der als Girolle bezeichneten Rundkurbel dünne Scheiben vom Halbhartkäse ab, dessen Rinde zuvor entfernt worden war. Diese Schnitttechnik lässt Rosetten entstehen, die von Hand mit oder ohne Brot verzehrt werden.

»Ich kaufe den Tête de Moine direkt beim Kloster Bellelay, wo er original seit dem 12. Jahrhundert bis heute hergestellt wird«, erklärt Mathilde. »Daher dürfte auch der Name stammen, Mönchskopf auf Deutsch. Entweder weil er ursprünglich von Mönchen hergestellt wurde oder von der Ähnlichkeit mit einer Tonsur, wenn man die obere Rinde vom Laib entfernt hat.«

So interessant die Information ist, sie beantwortet meine Frage nicht. Ich blicke sie erwartungsvoll an.

Sie versteht sofort. »Entschuldigen Sie, ich schweife ab. Eine gemeinsame Bekannte hat mir von einer Begegnung mit Ihnen auf den Sommêtres erzählt.«

»Françoise Gravier?«

»Ja, wir fanden es bemerkenswert, dass sie beide sich ausgerechnet hier wieder begegneten, nachdem sie sich jahrzehntelang nicht gesehen haben. Sie hatten mit ihr in Marokko zu tun?«

»Das ist zutreffend. Ich bin trotzdem überrascht. Vorhin hatte ich den Eindruck, Sie hätten mich erwartet.«

»In gewisser Weise habe ich das auch. Mein Sohn Gérard hat mir erzählt, was Françoise in Solothurn zugestoßen ist. Wissen Sie, wie es ihr geht?«

»Sie liegt im Koma. Ihr Zustand ist stabil. Wenn alles gut geht, holen die Ärzte sie in ein paar Tagen zurück.«

»Schön, ich machte mir Sorgen um sie. Gestern habe ich im Spital Solothurn angerufen, doch man wollte mir keine Auskunft geben, da ich keine Angehörige bin. Ich nehme nicht an, dass Sie extra hierhergefahren sind, um mir von Françoises Unfall zu berichten. Das hätten Sie telefonisch erledigen können. Was ist der Grund Ihres Besuches?«

Sie kommt direkt zur Sache und damit mir entgegen. »Ich möchte Ihren Sohn sprechen, Frau Murival. Die Solothurner Polizei übrigens auch. Können Sie mir sagen, wo ich ihn finden kann?«

»Weshalb wollen Sie Gérard sprechen?«

Ich schildere ihr den Vorfall in allen Details, soweit sie mir bekannt sind.

»Ich würde Ihnen gern weiterhelfen, Frau Johannis«, sagt Mathilde daraufhin. »Leider habe ich keine Ahnung, wo Gérard sich gerade aufhält. Ich kann mir beim besten Willen nicht vorstellen, dass er Françoise angegriffen hat. Weshalb sollte er so etwas tun? Die beiden waren immer …«

»Was waren sie immer?«, frage ich, nachdem ich glaube, lange genug gewartet zu haben, dass sie den Satz beendet.

Mathilde macht eine wegwerfende Handbewegung. »Ich glaube, die beiden hatten mal was zusammen.«

Gérard Murival und Françoise waren mal ein Paar? Mathilde scheint nicht darüber reden zu wollen. Ich versuche es trotzdem. »Wann war das?«

»Das ist so lange her, dass es keine Rolle mehr spielt, jedenfalls nicht im Zusammenhang mit dem, was Françoise in Solothurn widerfahren ist.«

Ich kaufe ihr das nicht ab und versuche es anders anzupacken. »Was ist Gérard für ein Mensch?«

»Weshalb wollen Sie das wissen?«

»Ich habe ihn kurz vor dem Vorfall gesehen. Er war aufgebracht und hat sich aggressiv verhalten. Den Eindruck hat auch die Polizei von ihm aufgrund der Aussagen von Leuten, die den Zwischenfall beim Empfang ein paar Stunden zuvor mitbekamen. Gérard soll ein rebellischer Charakter gewesen sein. Er hat auf der Seite der Separatisten für einen freien Jura gekämpft.«

Mathilde presst die Lippen zusammen. Anscheinend habe ich einen wunden Punkt getroffen und mahne mich zur Zurückhaltung. Wenn sie sich vor mir verschließt, bin ich erneut blockiert. »Sie sind seine Mutter. Erzählen Sie mir von ihm.«

Mathilde trocknet sich die Augen mit einem Taschentuch. Sie ist gefasst, als sie mich erneut ansieht. »Gérard wurde unehelich geboren. Ich nehme an, das wissen Sie.«

Ich nicke stumm. Der angeknüpfte Faden soll nicht reißen.

»Sein Vater hieß Alvaro. Er stammte aus einem Dorf in der Gegend von Lissabon. Als kleiner Junge ging er mit seinen Eltern nach Frankreich. Der Vater hatte drüben in Maîche eine Stelle auf dem Bau gefunden. Mit achtzehn fing Alvaro bei uns in der Manufaktur an. Zuerst arbeitete er im Betriebsmittelersatzteillager. Dann hatte mein Vater dessen feinmotorisches Geschick entdeckt. Kennen Sie sich in der Uhrmacherei aus, Frau Johannis?«

»Ich weiß, wie man eine mechanische Uhr aufzieht. Die Batterie einer Quarzuhr kann ich auch wechseln. Dann hat es sich.«

»Die Unruh ist der Treiber der mechanischen Uhr. Der Quarzoszillator erfüllt denselben Zweck in elektrischen Uhrwerken. Die Einstellung der Ganggenauigkeit ist eine der heikelsten Operationen bei der Herstellung einer mechanischen oder automatischen Uhr. Sie erfordert viel Fingerspitzengefühl.«

»Das hatte Alvaro?«

»Ja, Vater machte ihn bald zum Vorarbeiter in der Reglage. Damals arbeitete ich in der Produktionsplanung und Arbeitsvorbereitung und hatte oft mit ihm zu tun. Den Rest brauche ich Ihnen nicht zu erklären.«

Ich rechne. Gérard wurde um 1960 herum geboren. Sein Erzeuger Alvaro muss Mitte, Ende der fünfziger Jahre bei Ilios Watch angefangen haben, anders gesagt in der frauenrechtlichen

Steinzeit der Schweiz. Bis zur Einführung des Frauenstimmrechts auf Bundesebene war es noch mehr als zehn Jahre hin.

»Wie war es für Sie, als Sie plötzlich schwanger wurden?«

Mathilde lächelt. »Alvaro war ein guter Mann, sehr gut aussehend obendrein. Ich freute mich, ein Kind von ihm zu bekommen.«

»Was haben Ihre Eltern dazu gesagt?«

»Sie können sich denken, dass sie darüber nicht glücklich waren, vor allem mein Vater. Er war nicht wütend, aber er redete mir aus, Alvaro zu heiraten. Er befürchtete einen Skandal. Ich hatte nicht den Mut, mich gegen ihn zu stellen. Er schickte Alvaro schweren Herzens fort, nachdem er ihm eine großzügige Abfindung gezahlt hatte. Mit dem Geld konnte die Familie nach Portugal zurückkehren.«

»Hatten Sie weiterhin Kontakt mit ihm?«

»Wir haben uns eine Weile geschrieben. Seine Eltern hatten ein Restaurant an der Algarve aufgemacht, wo er mithalf. Irgendwann ist der Kontakt abgebrochen.«

»Sie haben ihn nie besucht?«

»Wozu? Mein Leben fand hier statt. Er ist zu seinem zurückgekehrt. Auf die Dauer wäre aus uns nichts geworden. Meine Eltern haben mich für ein paar Monate nach Frankreich geschickt, damit niemand die Schwangerschaft mitbekam. Vater wollte, dass ich das Kind zur Adoption freigebe. Da bot ich ihm zum ersten Mal in meinem Leben die Stirn. Gérard war mein Kind, ich allein hatte über ihn zu bestimmen. Meine Eltern hatten keine Wahl, sie mussten Gérard als einen Murival akzeptieren.«

»Wie war es für Sie, in der damaligen Zeit ein Kind allein aufzuziehen?«

Sie musterte mich lange, bevor sie antwortet: »Ich fürchte, ich verstehe die Frage nicht.«

»Es war Anfang der sechziger Jahre. Als alleinerziehende Mutter waren Sie einem konservativ-katholischen Umfeld ausgesetzt. Dazu kam der gesellschaftliche Druck, der auf Ihren

Eltern lastete, den Ruf der Familie und der Firma zu bewahren. Was hat das mit Ihnen gemacht?«

Die Antwort kommt ohne Zögern. »Gar nichts. Es war mir schlicht egal. Ich habe mich in einen Mann verliebt. Wir haben zusammen geschlafen, und ich habe ein Kind von ihm bekommen. Was der Bischof, seine Priester und ihre bigotte Gefolgschaft darüber dachten, hatte mich nie interessiert.«

»Wie sahen es Ihre Eltern?«

»Was die Leute, insbesondere die katholische Kirche, dachten, war meinem Vater zwar nicht ganz gleichgültig, aber er stand zu mir. Einzig der Ruf der Firma lag ihm am Herzen. Die Murivals sind seit jeher Protestanten. Von denjenigen, die sich hier das Maul über uns am weitesten zerrissen, konnten sich die wenigsten eine Ilios leisten. Bei unseren englischen, französischen, deutschen und amerikanischen Kunden war es kein Thema. Meine Mutter meinte einmal: ›Adam und Eva waren auch nicht verheiratet, als Gott sie aufforderte, sich fortzupflanzen.‹ Obschon sie gläubig war, verstand sie es bestens, katholische Verlogenheit in einem Satz zusammenzufassen.«

»Haben Ihre Eltern nie versucht, Sie zu verheiraten?«

»Natürlich haben sie das. Sie wollten mich mit Pierre-Alain Keller vermählen.«

»Dem CEO der Ilios Watch?«

»Damals hieß die Firma ›Manufacture Horlogère Ilios SA‹. Pierre-Alain machte eine Uhrmacherlehre bei uns, bevor er später Betriebsleiter wurde. Er hatte sich von Anfang an um mich bemüht. Er war zu beflissen, und ich mochte die Art nicht, wie er mich anschaute. Ich tue es noch heute nicht.«

»Trotzdem ist er CEO der Firma.«

»Pierre-Alain ist ein geschickter Geschäftsmann. Er kann gut mit den Kunden umgehen.«

»Arbeiten Sie noch aktiv in der Firma mit?«

»Ich bin Verwaltungsratspräsidentin und Mehrheitsaktionärin. Alle strategischen Entscheidungen werden von mir abgesegnet.«

Ich überlege einen Moment. »Darf ich Ihnen eine persönlichere Frage stellen?«

»Erwecke ich den Eindruck, dass Sie das nicht können?«

»Was passiert, wenn Sie Ihre Funktion nicht mehr ausüben können oder wollen? Wird Ihr Sohn übernehmen?«

Wieder dieser lange prüfende Blick.

»Entschuldigen Sie, wenn ich –«

»Ist schon in Ordnung. Ich werde das selten gefragt, wahrscheinlich fürchtet man die Antwort. Mir gefällt Ihre Art zu denken, Frau Johannis. Und die Frage ist berechtigt. Leider kann ich sie im Moment nicht beantworten. Gérard will nichts mit der Firma zu tun haben. Sie haben recht, er war schon immer ein Rebell. Das muss er von seinem Vater haben.«

Warum nicht von der Mutter? Ich behalte die Frage für mich. »Was ist mit Herrn Keller, er muss auch in Ihrem Alter sein.«

»Dazu möchte ich mich nicht äußern. Wir waren bei Gérard.«

»In Ordnung, bleiben wir bei ihm. Warum hatte er sich den Separatisten angeschlossen? Er soll Mitglied der FLJ gewesen sein.«

»Ich habe ihn nie nach seinen Beweggründen gefragt. Wissen Sie, nicht alle Jurassier wollten die Abspaltung von Bern. Die Murivals waren seit Generationen mit dem protestantischen Bern verbunden. Während des Konflikts haben wir uns neutral verhalten. Gérard fand, man müsse mehr tun. Mitte der siebziger Jahre hat er sich gegen meinen Willen zuerst den separatistischen ›Béliers‹ angeschlossen und später der FLJ.«

»1979 geriet er in Verdacht, am Brandanschlag auf den Hof der Familie Leuenberger in La Chaux-de-Tramelan beteiligt gewesen zu sein.«

»Gérard glaubte an einen freien Jura. Dafür hat er sich eingesetzt und bestimmt auch Dinge angestellt, auf die er im Nachhinein nicht stolz sein dürfte. Mit dem Brandanschlag von damals im Berner Jura hatte er nichts zu tun. Dafür lege ich meine Hand ins Feuer.«

»Was war mit dem gewaltsamen Tod seiner Verlobten in Cortébert?«

»Die beiden lernten sich an der Uni in Neuchâtel kennen. Gérard liebte Thérèse über alles. Sie hatte es fertiggebracht, seine revolutionäre Flamme zu dimmen. Als er erfuhr, dass sie schwanger war, wollte er sie heiraten. Dann geschah der Brandanschlag, und er musste untertauchen.«

»Im Frühjahr 1980 ist er in Cortébert wieder aufgetaucht. Weshalb?«

»Wegen Thérèse. Sie wohnte über dem Lokal, wo die Versammlung der Separatisten stattfinden sollte. Ihre Eltern wohnten nicht weit von Cortébert entfernt, am Bielersee, in La Neuveville.«

»Weshalb wohnte sie dort über der Gaststätte?«

»Das weiß ich nicht mehr genau. Gérard hat mal erwähnt, Thérèse wollte von ihren Eltern unabhängig sein. Sie arbeitete im Gasthof, um sich ihr Studium zu finanzieren. Cortébert war billiger als Biel oder Neuchâtel. Gérard wusste, dass die Pro-Berner ›Sangliers‹ die Zusammenkunft stören wollten und dass es blutig werden könnte. Er wollte Thérèse dazu bringen, mit ihm wegzugehen.«

»Was ist an dem Abend genau passiert? Weshalb musste Thérèse sterben?«

»Das müssen Sie Gérard fragen.«

»Das würde ich, wenn ich wüsste, wo ich ihn finden kann.« Mathilde steht auf. »Da kann ich Ihnen nicht helfen. Suchen müssen Sie ihn selbst.«

Das war's. Sie ist drauf und dran, mich wegzuschicken. »Eine letzte Frage, wenn Sie gestatten.«

»Ich höre.«

»Bevor sie das Bewusstsein verlor, erwähnte Françoise den Namen Camille. Das ist die Tochter von Thérèse und Gérard, Ihre Enkelin, nicht wahr?«

Ein Schatten legt sich über Mathildes Gesicht. »Ich fühle mich nicht ganz wohl, Frau Johannis.« Sie geht zu einer Kommode, auf der ein Festnetztelefon steht. Dort schreibt sie etwas auf einen Notizblock und bringt mir den Zettel. »Wenn Sie mehr wissen wollen, rufen Sie diese Nummer an. Bitte entschuldigen Sie mich jetzt. Ich muss mich hinlegen.«

9

Nach der ersten Schrecksekunde hatte Camille das vereinbarte Klopfzeichen erkannt. »Komm rein, schnell.«

»Was ist passiert?«, fragte Léonie. »Ich stand vor der Tür und hörte, wie …« Sie bemerkte den reglosen Körper am Boden. »Was ist mit dem Walross? Ist er … hast du …«

»Er wollte mich mit der Flasche … von hinten … Ich … ich habe mich gewehrt und … ist er tot?«

Léonie befühlte die Halsschlagader des Walrosses. »Nein, er hat Puls.«

»Wir müssen die Polizei rufen.«

Léonie packte sie an den Schultern. »Spinnst du, willst du, dass sie dich wegen Körperverletzung oder versuchtem Totschlag einlochen? Für die Flics bist du nichts anderes als eine Nutte.«

»Und Marko?« Camille fürchtete ihn mehr als die Flics.

»Lass mich machen, ich rede mit ihm.«

»Was ist, wenn er wütend wird und dich verprügelt? Ich will nicht, dass du meinetwegen –«

»Mit Marko komme ich klar.«

Camille spürte, wie ihre Knie weich wurden. »Léonie, ich …« Sie tastete nach einem Halt.

Léonie umfasste sie mit einem Arm. »Ich bin da, *chérie*.« Mit der freien Hand fegte sie die Kleider des Walrosses vom Sessel und setzte Camille hinein. Dann ging sie ins Bad und kam mit einem wassergefüllten Zahnputzglas zurück. »Trink das.« Camilles Hände zitterten so stark, dass Léonie ihr helfen musste, das Glas an den Mund zu führen. Sie zwängte sich neben sie in den Sessel und hielt sie fest.

Camille beruhigte sich allmählich, das Zittern ließ nach, und sie konnte wieder normal atmen. Sie schlang ihre Arme um Léonies Hals. »Danke, dass du da bist. Ohne dich würde ich wahnsinnig werden.« Sie küssten sich, zuerst langsam, zärtlich, dann heftiger. Camille hätte sich am liebsten in Léonie vergraben.

Léonie stieß sie sanft zurück. »Langsam, uns bleibt nicht viel Zeit. Wir müssen weg von hier, besonders du.«

Camille kämpfte gegen ihre aufsteigenden Tränen. »Ich will nach Hause.«

Léonie streichelte mit beiden Händen ihr Gesicht. »Verstehe ich, aber das geht nicht. Die Polizei wird dich zuerst dort suchen. Wir müssen weg, damit meine ich ganz weg.«

»Jetzt schon? Wir wollten doch erst in ein paar Wochen –«

»Die Lage hat sich geändert. Wir müssen verschwinden, bevor man nach uns sucht.«

»Ich wollte doch … Mathilde und Lila …« Camille sah ein, dass Léonie recht hatte. Vielleicht war es besser so. Es würde einfacher sein, Mathilde zu schreiben, wenn sie in Sicherheit waren, als es ihr von Angesicht zu Angesicht zu erklären.

»Alles, was wir brauchen, liegt in unserem Versteck.«

In den letzten Wochen hatten sie Kleider, Proviant und Geld, vor allem Geld, in ihre Höhle gebracht. Außer dem Schmerz, sich nicht von ihrer Großmutter und von ihrer Stute verabschieden zu können, hielt Camille nichts mehr.

»Hör zu«, sagte Léonie. »Du stehst unter Schock und musst dich ausruhen. Wir verschwinden von hier und gehen zur Höhle, wo unsere Sachen sind. Dort findet uns keiner. Morgen Nacht machen wir uns auf den Weg.« Sie hob Camilles Kleider auf und drückte sie ihr in die Hand. »Beeil dich.«

Während Camille in die Kleider schlüpfte, durchsuchte Léonie die Sachen des Mannes. Ihr erstickter Freudenschrei ließ Camille aufblicken. Triumphierend hielt Léonie eine offene Brieftasche in die Höhe. »Sieh dir das an, blaue Ameisen, mindestens zwanzig.« Sie zählte zehn der Tausendernoten ab und gab sie Camille. Den Rest steckte sie in die Hosentasche. »Mit dem, was wir schon zusammengespart haben, reicht das locker für den Flug und den Anfang auf einer warmen Insel, egal welche. Jetzt aber weg hier.«

»Und der da?« Camille zeigte auf den Bewusstlosen.

»Marko wird sich um ihn kümmern.«

»Und die anderen Geldsäcke? Wenn einer von denen die Polizei ruft?«

»Tun sie ganz bestimmt nicht, jedenfalls nicht gleich. Was wollen sie den Flics erzählen? Dass sie hier sind, um minderjährige Mädchen zu ficken?«

10

Der blaue Subaru ist wieder da oder immer noch. Er steht einige Meter von Mathildes Einfahrt entfernt an der Straße. Ich lenke den Mini langsam in dessen Richtung, jurassisches Kontrollschild, zwei Personen, Fahrer und Beifahrer, dunkelhaarig, beide tragen Dreitagebart und Sonnenbrille. Sie sehen aus wie versehentlich aus einem schlechten Mafiafilm in die Realität geratene Zwillinge. Mehr Klischee geht nicht. Dabei sitzen sie im typischsten aller Schweizer Geländefahrzeuge mitten im eidgenössischen Wilden Westen. »Suche den Fehler, Cora«, sage ich zu mir. Ich halte an und tue so, als würde ich mein Handy checken, damit ich ein paar Bilder vom Wagen und den wenig vertrauenerweckenden Gesichtern schießen kann.

Der Anweisung des Navis folgend, fahre ich auf der Rue du Doubs dorfauswärts in Richtung der Schlucht. Bevor ich die Hochebene endgültig verlasse, fordert mich die sonore Männerstimme auf, demnächst rechts abzubiegen. Für ein paar Minuten fahre ich auf einer befestigten Straße abwärts. Wenn mich meine Orientierung nicht völlig täuscht, befinde ich mich unterhalb der Sommêtres. Eine scharfe Haarnadelkurve ändert die Fahrtrichtung. Die Straße führt aus dem Wald. Vor mir öffnen sich der Einschnitt des Doubs und dahinter die Hügelzüge auf der französischen Seite.

Mein Ziel liegt vor mir in die Bergflanke gebettet, bevor sie steil zum Fluss abfällt, der sich im Laufe der Jahrmillionen immer tiefer ins weiche Kalkgestein gegraben hat. Der Komplex besteht aus zwei Gebäuden, die durch eine Kapelle verbunden sind. Ich parke den Mini vor dem Haupteingang rechts des Gotteshauses. Nachdem ich ausgestiegen bin, behalte ich die Straße für einen Moment im Auge. Es ist kein blauer Subaru in Sicht. Entweder habe ich ihn unterwegs abgehängt, oder die beiden Mafiaverschnitte halten es nicht für nötig, mich bis hier zu verfolgen. Vermutlich warten sie oben bei der Verzweigung, bis ich auf dem Rückweg dort vorbeikomme. Mit dem Auto habe ich keine andere Wahl.

Neben dem Eingang ist ein Schild angebracht: »Institut Croix de Grâce, Centre éducatif pour jeunes gens«. Darunter steht: »Institut Gnadenkreuz – Erziehungszentrum für Jugendliche«. Ich ziehe mehrmals an der danebenhängenden Glockenschnur, bevor mir der Hinweis auffällt, dass einmal genügt.

Bis jemand öffnet, sehe ich mich um. Über mir, im Osten, thront der Felsenkamm der Sommêtres. Vor mir, Richtung Süden, erstreckt sich das französische Departement Doubs.

Die Tür geht auf. Eigentlich habe ich eine Ordensfrau oder eine Erzieherin im strengen Kostüm erwartet. Stattdessen steht mir ein Mann gegenüber, dessen Alter zu schätzen mir schwerfällt. Sein hageres Gesicht erinnert mich an eine Gargouille, einen der dämonenhaften steinernen Wasserspeier der Kathedrale Notre-Dame in Paris. Er trägt eine schwarze Jeans, darüber ein weißes Hemd. Ich halte seinem vorwurfsvollen Blick stand. Ich werde mich bestimmt nicht dafür entschuldigen, mehr als einmal an der Schnur gezogen zu haben.

»*Vous désirez?*«

Ich stelle mich vor. »Madame Fischer erwartet mich.«

»*Qui?*«

»Frau Fischer.« Ich blicke auf den Zettel, den mir Mathilde Murival gegeben hat. Der Name stimmt, doch dem Vornamen ist eine Anrede vorangestellt. »Sœur Bernadette?«

»Ich weiß, wie unsere Direktorin heißt. Warten Sie hier.«

Bevor ich antworten kann, schlägt er die Tür zu. Um meinen Ärger zu besänftigen, zähle ich langsam bis zehn. Bei acht wird die Tür erneut geöffnet.

»Die Direktorin wird Sie empfangen«, verkündet der Wasserspeier eine Spur freundlicher. »Folgen Sie mir.«

Einen schmucklosen Korridor später finde ich mich in einem Raum wieder, der genauso aussieht, wie ich mir das Arbeitszimmer der Mutter Oberin eines Klosters vorstelle. Dunkel getäfelte Wände bis zur Diele, von denen eine in ihrer ganzen Breite und Höhe von Bücherregalen eingenommen wird.

Sr. Bernadette sitzt mit dem Rücken zu einem Fenster mit Blick nach Süden. Schräg hinter ihr steht eine hölzerne Gebetsbank vor einem riesigen Holzkreuz an der Wand. Der lebensgroß geschnitzte Körper des leidenden Jesus mit Dornenkrone hebt sich hell vom dunklen Holz ab. Auf einem Sockel daneben steht eine zierliche, etwa dreißig bis vierzig Zentimeter hohe Marienstatue aus Holz. Sinnbilder einer aus der Zeit gefallenen Lehre, die Menschenheil über Angst, Leid und Schmerz definiert, die sie selbst verursacht.

Sr. Bernadette ist die Frau, die ich vorhin bei Mathilde Murival gesehen habe. Sie steht auf und kommt mir mit entgegengestreckten Händen entgegen. »Mathilde hat Sie angekündigt, Frau Johannis.« Sie zeigt auf einen großen Tisch, an dem ein Dutzend Leute sitzen könnten. »Nehmen Sie doch Platz.«

Aufgrund ihrer Kleidung hätte ich sie nicht als Ordensfrau eingeschätzt. Anstelle des Pullovers trägt sie jetzt eine graue Bluse. Als Reverenz an ihren obersten Herrn baumelt ein schlichtes Metallkreuz vor ihrer Brust. Das Leben hat ihre Gesichtszüge gezeichnet, dennoch dürfte sie etliche Jahre jünger sein als ich. Lediglich in ihren Augen erkenne ich ein warmes Schimmern.

»Mathilde sagte mir, dass Sie etwas über Camille wissen möchten.«

»Gern, doch erlauben Sie mir zunächst eine andere Frage: In welchem Verhältnis stehen Sie zu Frau Murival?«

»In einem beruflichen. Mathilde ist Präsidentin der ›Fondation Croix de Grâce‹, die Stiftung, der dieses Institut gehört. Sie ist unsere größte und wichtigste Gönnerin. Wir sind befreundet und treffen uns ab und zu auch privat, wie heute Morgen.«

»Entschuldigen Sie, ich bin etwas überrascht. Frau Murival ist Protestantin. Wie kommt es, dass sie eine katholische Institution unterstützt?«

»Sie meinen das hier?« Sie lässt die Hand über den Raum

kreisen. »Das Institut war früher tatsächlich unter Schirmherrschaft der römisch-katholischen Kirche. Anfang der Neunziger, bevor Mathilde das Präsidium der Stiftung übernahm, wurde sie säkularisiert. Mobiliar und Einrichtungen wurden übernommen, wie sie waren. Irgendwann werden wir umbauen und uns moderner ausstatten, auch dieses Büro hier. Momentan benötigen wir die Mittel für Wichtigeres. Früher war das hier ein Kinderheim. Heute kümmern wir uns um junge Menschen, die es schwer haben, sich im Leben zurechtzufinden. Allerdings treffen Sie im Moment niemanden an. Unsere Bewohnerinnen und Bewohner befinden sich in einem Camp im französischen Jura, wo sie Landwirten bei der Arbeit helfen und Wege bauen.«

»Sie sind aber doch eine katholische Ordensfrau, oder nicht?«

»Nicht mehr. Ich bin vor sechs Jahren aus meinem Orden ausgetreten.« Sie nimmt ihr Kreuz in die Hand. »Die Verbundenheit mit unserem Schöpfer habe ich behalten. Für das Personal und die Bewohner bin ich Sr. Bernadette. Selbstverständlich dürfen Sie mich so anreden.«

»Danke. Was können Sie mir zu Camille sagen? Hat sie mal hier gewohnt?«

»Das nicht, aber sie war mit diesem Ort über einen Menschen verbunden, der ihr viel bedeutete.«

Ich verstehe nicht, wen sie damit meinen könnte. Mathilde wird es nicht sein. »Gérard Murival, ihr Vater?«

»Nein, Camille hatte ihren Vater nie gekannt.«

»Sie sprechen von ihr in der Vergangenheit?«

»Das stimmt. Mathilde fällt es manchmal schwer, darüber zu reden. Deshalb hat sie Sie zu mir geschickt. Camille ist vor zwanzig Jahren gestorben.« Sr. Bernadette schlägt ein Kreuz. »Gott sei ihrer Seele gnädig.«

11

Plötzlich war da nichts mehr. Für die Dauer eines Lidschlages erfuhr Camille, wie sich Schwerelosigkeit anfühlt. Die Last ihres Körpers löste sich in nichts auf. Erst dann wurde ihr bewusst, dass ihre Füße den Halt verloren hatten und sie den Steilhang hinunterrutschte. Verzweifelt suchte sie in der Dunkelheit neuen Stand. War es schon zu Ende, bevor es begonnen hatte?

Léonies Hand, die sie am Kragen packte, holte sie buchstäblich auf den Boden zurück. »Hast du dir wehgetan?«, fragte sie atemlos.

»Es ist nichts, ich bin ausgerutscht.«

»Dann weiter. Pass auf, wo du hintrittst, ist verdammt rutschig hier unten.«

Sie hatte recht. Der steile Serpentinenpfad zwischen den Felswänden hinunter zum Fluss war schon unter normalen Bedingungen und bei Tageslicht eine Herausforderung. Die Regenschauer der vergangenen Tage hatten ihn zu einer Rutschbahn werden lassen. Im Schein der Stirnlampen konnten sie gerade noch sehen, wohin sie den Fuß setzten. Jeder einzelne Schritt musste abgewogen und gesichert werden, bevor man den nächsten tat.

»Warum gehen wir nicht in La Goule über die Grenze? Dann wären wir bereits in Damprichard«, presste Camille zwischen den Zähnen hervor.

Der Grenzübergang über den Doubs an der Straße von Le Noirmont zum französischen Nachbarort Charmauvillers war die meiste Zeit unbewacht. Von ihrem Unterschlupf unterhalb der Sommêtres wäre er schneller und einfacher zu erreichen als die weiter flussaufwärts gelegene Stelle, die man »Moulin de la Mort«, die Todesmühle, nannte, zu der sie dieser Genickbrechersteig führen sollte. Camille erwartete keine Antwort von Léonie, weil sie sie schon wusste. Markos Leute beobachteten bestimmt alle Grenzübergänge in der Gegend. In Goumois, La Goule oder am Lac de Biaufond würden sie Gefahr laufen, ihnen in die Hände zu fallen. Wahrscheinlich suchten Polizei und Grenzwacht auch bereits nach ihnen, wohl auch die französische Gendarmerie.

Schon vor einiger Zeit hatte Léonie ein Gehöft bei Le Noirmont ausgekundschaftet. Nach Einbruch der Dunkelheit hatten sie dort ein Auto gestohlen und waren bis an den Rand der Hochebene beim Weiler Cerneux-Godat gefahren, wo sie den Wagen stehen ließen und zu Fuß weitergegangen waren. Sie hofften, dass ihre Verfolger bestenfalls gar nicht oder dann zu spät auf die Idee kamen, dass sie die Grenze ausgerechnet an dieser Stelle passieren könnten.

Vor ihr blieb Léonie plötzlich stehen und machte die Stirnlampe aus. Camille tat es ihr sofort nach. »Was ist?«

»Ein Geräusch. Da oben.« Im Dunkeln konnte Camille nicht erkennen, wohin sie zeigte. Beide lauschten einen Moment, bevor Léonie die Stirnlampe wieder anmachte. »War wohl ein Tier. Weiter, wir sind bald unten.«

In der pechschwarzen Nacht türmten sich die hellen Kalksteinfelsen schemenhaft auf beiden Seiten vor ihnen auf. Der sich hindurchschlängelnde Pfad schien sie in einen schwarzen Schlund zu führen.

An einer Windung der Serpentine blieb Camille stehen, um kurz zu verschnaufen. Der Abstieg war kräfteraubend. Dabei lag das Schwierigste noch vor ihnen, die Leitern auf der anderen Seite des Flusses. Bevor sie weiterging, warf sie einen Blick zurück und sah kurz einen Lichtkegel über ihnen, bevor er gleich wieder weg war.

»Camille?« Léonies Stimme klang besorgt.

»Komme.« Camille sah noch mal hoch. Da war nichts mehr.

Vor ihnen zogen sich die Serpentinen in die Länge. Sie waren aus den Felsen heraus.

»Wir haben es fast geschafft.« Léonie klang erleichtert. Ein paar Minuten später gingen sie über die Lichtung am Fluss mit dem Namen Todesmühle. Die Ruhe hier unten war erdrückend. Der Doubs führte so wenig Wasser, dass er nicht mal plätscherte. Totenstille.

Um zum Ufer zu gelangen, mussten sie ein Unterholz durchqueren und den Weg zwischen den glitschigen, moosbewachsenen Steinen und Felsen regelrecht mit Händen und Füßen erfühlen. Sie waren fast durch, als ein erneutes Geräusch sie herumfahren ließ. Diesmal war es eindeutig menschlich. Jemand über ihnen hatte etwas gerufen.

»*Putain!*«, entfuhr es Léonie. »Wie haben die uns so schnell gefunden? Mach deine Lampe aus. Wir müssen rüber, schnell.«

Der Doubs war an dieser Stelle nur wenige Meter breit. Léonie ging voraus. Camille warf einen Blick über die Schulter. Trotz des schwierigen Terrains bewegten sich zwei Lichtkegel rasch näher.

Vor sich hörte sie einen Schmerzensschrei.

»Léonie!« Camille tastete sich voran.

Léonie kauerte am Boden. »Ich bin auf einem Stein abgerutscht. Mein Fuß ist eingeklemmt.«

»Kannst du stehen?« Camille half ihr, sich zu befreien, und wieder auf die Beine.

Léonie stöhnte auf. »Ich glaube, der Knöchel ist verstaucht.« Sie fasste Camilles Hand. »Es hat keinen Zweck, du musst allein weiter.«

»Kommt nicht in Frage, ich bleibe bei dir.« Camille war den Tränen nahe. »Wenn Marko dich erwischt, dann –«

»Er kennt sich hier unten nicht aus. Ich versuche, es ein paar Meter flussabwärts zu schaffen. Dort verstecke ich mich. In der Dunkelheit finden sie mich nicht so leicht. Sobald sie weg sind, komme ich nach – irgendwie.«

»Ich habe Angst, Léonie«, sagte Camille mit erstickter Stimme. »Was ist, wenn Marko dich –«

Léonie legte die Finger auf Camilles Lippen. »Wird er nicht. Dafür bin ich ihm zu viel wert. Schlimmstenfalls verpasst er mir eine Tracht Prügel, mehr nicht.« Léonie tastete nach Camilles

Hand und küsste sie auf den Mund. »Los, geh schon. Marko wird glauben, wir sind auf den Leitern. Wenn wir Glück haben, gibt er auf und kehrt um. Wenn nicht, lenke ich ihn ab.«

»Wie?«

»Mir wird schon was einfallen.«

»Das ist verrückt.«

»Keine Sorge, ich lasse mich nicht schnappen. Hauptsache, du bist in Sicherheit.«

Camille hatte sich die »Échelles de la Mort« vor ein paar Tagen mit Léonie angesehen. Damals war es nur ein Fluchtweg für den Notfall gewesen. Keine von ihnen hatte daran geglaubt, dass er eintreten würde. Camille hatte sich den Weg eingeprägt. Die Todesleitern waren früher Teil eines Pfades gewesen, der meist von Schmugglern benutzt wurde, die ihre Ware in die Schweiz schaffen wollten. Heute waren es im Felsen verankerte Gitterrosttreppen, nicht zu verwechseln mit der gleichnamigen Via Ferrata etwas weiter östlich.

Wie eine Schlafwandlerin und ohne Licht stieg Camille Tritt um Tritt die Stufen hoch. Erst als sie auf dem dritten Abschnitt war, kurz bevor sie das Belvédère erreichte, wagte sie einen Blick in die Tiefe. Die Dunkelheit auf dem Grund der Schlucht wurde von Lichtstrahlen durchschnitten. Sie hörte entfernte Rufe. Sie wurden lauter und hektischer, bis auf einen hellen Aufschrei abrupte Stille folgte.

Léonie.

Camille sackte in sich zusammen. Allein der instinktive Überlebenstrieb ließ sie sich an der Leiter festhalten. Sie richtete sich auf, um die letzten Stufen zu erklimmen. Der Überlebenstrieb war stärker als der Drang, sich in den Abgrund fallen zu lassen. Sie sah Léonie vor sich, spürte ihre Hände und ihren Atem auf dem Gesicht. Camille nahm weiter Tritt um Tritt, bis ein Schuss die Stille erneut zerriss.

12

Sr. Bernadette sitzt kerzengerade in ihrem Stuhl, die Hände im Schoß gefaltet. Ich frage mich, weshalb Mathilde mich hierhergeschickt hat, um eine Geschichte aus zweiter Hand erzählt zu bekommen. Sind ihre Erinnerungen selbst nach zwanzig Jahren noch zu schmerzhaft, oder wollte sie mich einfach loswerden?

»Ich arbeite erst seit fünf Jahren hier. Was ich Ihnen über Camille erzähle, weiß ich entweder von meinem Vorgänger, der Belegschaft oder von Mathilde selbst«, beginnt Sr. Bernadette. »Camille begleitete ihre Großmutter manchmal bei ihren Besuchen im Institut. Sie freundete sich mit der zwei oder drei Jahre älteren Léonie Ory an.« Sr. Bernadette legt ihre Hände an den Fingerspitzen zusammen. »Léonie kam als Zehnjährige ins Heim. Ihre Mutter war kurz zuvor gestorben, ein Trauma für Léonie, die stark an ihr gehangen hatte. Ihr Vater, Max Ory, war ein viel beschäftigter Unternehmer. Das machte es ihm schwer, sich um seine Tochter zu kümmern. Er übergab sie der behördlichen Obhut, die sie bei uns anstelle bei einer Pflegefamilie platzierte. Zwei Jahre später erkrankte er schwer und war gezwungen, seine Firma einem ausländischen Investor zu verkaufen. Bei seinem Tod hinterließ er Léonie über hunderttausend Franken. Sie deckten ihren Aufenthalt im Heim. Weitere zweihunderttausend Franken vermachte er der Stiftung.«

»Wie lief es mit Léonie?«

»Bevor sie hierherkam, war sie abgedriftet. Ältere Kinder hatten sie zu Diebstählen angestiftet. Einige Dealer benutzten sie als Drogenkurier. Als sie einer älteren Frau in Delémont die Handtasche entreißen wollte, setzte diese sich zur Wehr. Léonie schlug auf sie ein und geriet so ins Visier der Justiz. Damals lebte ihr Vater noch. Dank seinen Beziehungen zur Regierung und einem geschickten Anwalt konnte er die Sache unter dem Deckel halten. Dafür willigte er ein, dass Léonie zu uns kam.«

»Wann sind sich Léonie und Camille zum ersten Mal begegnet?«

»Das Jahr weiß ich nicht genau. Ich glaube, Camille war etwa dreizehn. Ich müsste nachsehen, um es Ihnen genau sagen zu können.«

»Schon gut. Warum wohnte sie nach ihrem achtzehnten Geburtstag noch im Institut? Mussten die Bewohner das Heim bei Erreichen der Volljährigkeit nicht verlassen?«

»Im Grunde genommen schon. Léonie hatte sich zuletzt gut entwickelt, im Betrieb mitgeholfen und diejenigen unterstützt, die Schwierigkeiten hatten. Man führte das auf die Freundschaft mit Camille zurück. Auf Bestreben Mathildes stellte mein Vorgänger sie als Hilfskraft ein. Der Lohn war bescheiden, dafür erhielt sie freie Verpflegung und Unterkunft. Camille und Léonie waren unzertrennlich gewesen. Dass die beiden ein Liebesverhältnis hatten, stellte sich erst später heraus.«

»Wenn ich Sie vorhin richtig verstanden habe, ist Camille vor zwanzig Jahren gestorben.«

»Stimmt, das war 2001.«

»Was wissen Sie darüber?«

»Es war eine Tragödie, die Ihnen eigentlich Mathilde erzählen sollte.«

»Sagen Sie mir, was Sie wissen. Ich versuche später noch mal, mit ihr zu sprechen.«

»Eines Tages im Spätsommer 1999 verschwanden Camille und Léonie spurlos. Beide waren am Tag zuvor noch gesehen worden. Léonie hatte im Institut das gemeinsame Nachtessen eingenommen. Camille hatte zusammen mit der Hausangestellten ihrer Großmutter gegessen. Im Nachhinein stellte sich heraus, dass die beiden später ausgegangen waren.«

»Allein oder zusammen?«

»Zusammen, zumindest hatte Léonie sich mit dem Hinweis abgemeldet, Camille treffen zu wollen. Diese hatte Schularbeiten mit einer Freundin vorgeschützt. Léonie war eine Mitarbeiterin und keine Bewohnerin, die gewissen Restriktionen unterlag.«

»Was war der Grund ihres Verschwindens?«

»Zuerst lag die Vermutung nahe, dass die beiden durchgebrannt seien. Es hieß, sie hätten eine große Summe Bargeld bei sich. Sie wurden am folgenden Tag polizeilich zur Fahndung ausgeschrieben. Ein Geschäftsmann aus dem Kanton Fribourg hatte Anzeige gegen Camille wegen schwerer Körperverletzung erstattet. Sie soll ihn niedergeschlagen und ausgeraubt haben.«

»Einfach so?«

»Der Mann gab an, Camille als Escort engagiert zu haben, und meinte, sie habe sich geweigert, eine vereinbarte und bezahlte sexuelle Dienstleistung zu erbringen. Es sei zum Streit gekommen, wobei Camille mit einer Champagnerflasche zugeschlagen habe.«

»Wurde die Aussage von der Polizei überprüft?«

»Offenbar ja. Léonie und Camille hatten sich regelmäßig als Escorts zur Verfügung gestellt und damit recht viel Geld verdient. Sie sollen regelmäßig an einschlägigen Veranstaltungen teilgenommen haben, sogenannten Sexpartys, die abwechselnd in verschiedenen Häusern dies- oder jenseits des Doubs stattfanden. Offenbar war Léonie die treibende Kraft gewesen. Die Ermittlungen ergaben, dass ehemalige Bewohnerinnen des Instituts für derartige ›Veranstaltungen‹ rekrutiert wurden, darunter drei Mädchen, die zuvor im Institut gewohnt hatten, bevor sie zu Pflegefamilien in grenznahen Gemeinden in Frankreich kamen.«

»Zwei junge Frauen, noch halbe Kinder, verschwinden, ohne dass die Polizei eine Spur von ihnen findet? Wie kann das sein?«

Sr. Bernadette schürzt die Lippen. »Halbe Kinder, sagen Sie? Die beiden müssen ihre Flucht minutiös vorbereitet haben. Als die Fahndung einsetzte, hatten sie vermutlich den Jura bereits hinter sich gelassen und waren auf dem Weg in den Süden oder nach Paris. Davon wurde zumindest ausgegangen. Bis Léonie auftauchte.«

»Allein?«

»Wenige Tage nach dem Verschwinden der Mädchen stießen

Wanderer in der Ruine der ›Moulin de la Mort‹ auf eine verkohlte Leiche. Bei der Untersuchung des Fundortes fand die Polizei eine teilweise verbrannte Identitätskarte. Mittels der noch lesbaren Seriennummer konnte das Dokument Léonie Ory zugeordnet werden.«

»Ihre Leiche wurde verbrannt? Warum?«

»Das wurde nie bekannt. Der Schädel wies anscheinend Anzeichen einer Schusswunde auf.«

»›Todesmühle‹ klingt unheimlich. Was ist das genau?«

»Eine Waldlichtung am Doubs, wo die Ruine einer Mühle aus dem 19. Jahrhundert liegt. Heute steht dort eine Schutzhütte.«

»›Todesmühle‹ – weshalb der Name?«

»Soviel ich weiß, wurde dieser Abschnitt des Doubs früher ›La Vallée de la Mort‹ genannt, wahrscheinlich, weil die Schlucht an dieser Stelle eng und der Doubs bei Hochwasser gefährlich reißend war. Die Passage ist anspruchsvoll und nur für geübte Berggänger geeignet. Camille und Léonie hatten wohl gehofft, dort am ehesten unbemerkt den Fluss zu durchqueren und dann über die Todesleitern weiter nach Frankreich hineinzugelangen. So heißt eine in den Felsen eingelassene Metalltreppe, die früher Teil einer Schmugglerroute war. Die gängige These der Polizei war, dass Camille und Léonie in Streit geraten sind und es zu einer Eskalation kam, bei der Camille ihre Freundin erschossen hat.«

»Hatten die beiden denn Schusswaffen bei sich? Wurden welche gefunden?«

»Das ist mir nicht bekannt. Aufgrund von Léonies Vorgeschichte ging die Polizei davon aus, dass die beiden mindestens eine Pistole bei sich hatten, um sich nötigenfalls verteidigen zu können. Woher sie die hätten haben sollen …« Sr. Bernadette hebt die Schultern.

Typisch Polizei, denke ich für mich. Wer will ihr einen Vorwurf machen? Sie zogen ihre Schlüsse aufgrund von Fakten und Erfahrungen. »Und Camille? Was weiß man über ihr Ende?«

»Ihre Leiche wurde 2001 aus dem Meer vor der Bretagne

geborgen, ebenfalls mit einer Schusswunde. Wenn Sie Einzelheiten darüber erfahren wollen, müssen Sie Mathilde fragen.«

»Hat die französische Polizei ermittelt?«

»Nicht lange, auch hier war der Fall nach Camilles Tod schnell erledigt. Es galt als erwiesen, dass Camille für Léonies Tod verantwortlich war. Beide, Opfer und Täterin, waren tot, und die Ermittlungen wurden eingestellt.«

Der Reiterhof »Equus« liegt etwas außerhalb des Dorfes Muriaux. Nach Sr. Bernadettes Bericht über das traurige Schicksal von Camille und Léonie drängt es mich, Mila in die Arme zu schließen, sie zu hören und zu spüren und ihr zu sagen, dass ich sie liebe. Das Risiko, mir dabei eine patzige Antwort einzuhandeln, nehme ich in Kauf. Den Besuch kündige ich bewusst nicht an. Ich will Mila keine Gelegenheit bieten, mich mit einer Ausrede abzuwimmeln.

Das Gelände des Reiterhofes ist größer und moderner als der Leuenberger-Hof in La Chaux-de-Tramelan. Ich fahre an einer Wiese mit Pferden vorbei. Die Tiere sind hübsch anzusehen. Im Gegensatz zu Mila habe ich in jungen Jahren nicht die typische Mädchenaffinität zu Pferden entwickelt. Das Bild von friedlich grasenden Freibergern vor der Naturkulisse ist eine Idylle, die ich lediglich in ihrer Gesamtheit bewundere. Die Vernarrtheit in Pferde hat Mila weder von mir noch von ihrem Vater. Matthias' Leidenschaft sind Maschinen und Motoren.

Auf dem Hof ist nicht viel los. Mila entdecke ich nirgends. In der Mitte einer Koppel longiert eine Frau mit mir zugedrehtem Rücken eine Freibergerstute. Sie trägt eine gefranste Rodeohose aus braunem Leder, ein kariertes Hemd und einen breitkrempigen Texanerhut.

Ich warte, bis sie das Pferd pariert hat und ihm zum Abschluss kurz die Hand über die Nüstern legt, bevor ich mich bemerkbar mache.

»*Excusez-moi*, wo finde ich Mila?« Ich erkenne sie erst, als sie sich zu mir umdreht. »Frau Leuenberger?«

»Frau Johannis, was machen Sie denn hier?« Marie ist mindestens ebenso verblüfft wie ich. Mir kommt in den Sinn, dass ihre Großmutter gestern etwas von Muriaux erwähnt hatte.

»Ich suche meine Tochter Mila. Sie arbeiten hier?«

»Ja, um mir etwas dazuzuverdienen. Ich bin froh, zwischendurch von zu Hause wegzukommen.«

»Hatten Sie gestern große Schwierigkeiten mit Ihrem Vater wegen mir?«

Sie winkt ab. »Kein Problem. Er hat ein bisschen getobt und sich dann rasch beruhigt.«

»Tut mir leid, dass mein Besuch ihn aufregte.«

»Machen Sie sich nichts draus. Mein Vater benimmt sich gegenüber Fremden oft wie ein wilder Stier. Kommt man ihm zu nahe, fängt er an zu schnauben und mit den Hufen zu scharren.«

»Wissen Sie, ob er danach mit jemandem über meinen Besuch gesprochen hat?«

»Ich habe gesehen, dass er telefoniert hat. Keine Ahnung, mit wem. Warum?«

»Nur so eine Idee.« Es würde meine Verfolger im Subaru erklären. Sie haben sich nicht mehr blicken lassen. Auf dem Rückweg vom Institut auf die Hauptstraße standen sie nicht dort, wo ich sie erwartet hatte.

»Sie wollen zu Milly?«

»Milly?«

»Ihre Tochter.«

»Sie nennt sich Milly?«

»Sie will Westernreiten lernen und findet es cool, einen englisch klingenden Namen zu haben.«

»Aha. Was ist Ihr Westernname? Mary?«

Marie lacht. »Darüber bin ich hinweg. Ich sitze auch so fest im Sattel.« Sie zeigt zu einem gegenüberliegenden Gebäude. »Milly sollte drüben in der Scheune sein. Sie wollte Pablo beim Abladen und Einräumen der Heuballen helfen.«

Wer ist nun schon wieder Pablo? Hat Mila ihn mir gegenüber

mal erwähnt? Wenn ja, kann ich mich nicht erinnern. »Danke, Marie, machen Sie's gut.«

Sie tippt grüßend an die Hutkrempe. »War schön, Sie wiederzusehen, Frau Johannis.«

Die Scheune ist riesig. Beidseitig türmen sich Heu- und Strohballen. Im Mittelgang steht ein Anhänger, den es anscheinend auszuladen gilt. Allerdings sehe ich weit und breit niemand bei der Arbeit.

»Mila, bist du da?«

Bis auf ein Rascheln im hinteren Teil der Scheune ist kein Geräusch zu vernehmen. »Mila?« Ich gehe rechts um den Heuwagen herum. Weder über noch neben oder unter dem Gefährt ist jemand zu sehen. Nachdem ich es umrundet habe, stoße ich fast mit der Nase auf meine Tochter. Sie trägt dasselbe karierte Hemd über der Reithose wie Marie. Scheint ein Bestandteil des Erscheinungsbildes des Reiterhofes zu sein.

»Cora?«

Für gewöhnlich nennt sie mich immer dann bei meinem Vornamen, wenn sie mir etwas vorzuwerfen hat oder ich ungelegen komme. »Was willst du hier?«

Vermutlich ist es Letzteres. »Ich freue mich auch, dich zu sehen.« Ich verzichte lieber, sie mit ihrem Cowgirl-Namen aufzuziehen. »Ich wollte einfach mal vorbeischauen.«

»Wozu?«

Wiedersehensfreude klingt anders. »Weil mir meine Tochter etwas bedeutet und ich wissen möchte, wie es ihr in der Fremde so geht.«

»Deshalb bist du extra hierhergefahren? Wir haben uns vor drei Tagen gesehen.«

Bevor ich gestern von Nennigkofen wegfuhr, habe ich ihr eine Nachricht geschickt, dass ich in der Gegend zu tun hätte. Entweder hat sie sie gar nicht bekommen oder, was wahrscheinlicher ist, einfach ignoriert. »Ich habe in der Gegend zu tun, und –«

»Du arbeitest? Du hast gesagt, du wolltest es ruhig angehen.«

»Wollte ich ja, dann ist etwas passiert. Ich habe mit Wagner gesprochen und –«

»Wagner?« Milas vermutlich von der Arbeit gerötetes Gesicht wird dunkler. »Nicht zu glauben, kaum bist du wieder auf dem Damm, schickt der dich ins Gefecht, oder wie?«

Seit dem Berner Oberland ist Mila nicht gut auf ihn zu sprechen. Obwohl ich ihr erklärt habe, dass ich aus eigenen Stücken nach Blutlauenen ging, hatte sie ihm heftige Vorwürfe gemacht. »Wagner schickt mich nirgendwohin, es war meine Entscheidung. Zwei, drei Tage Recherche, dann bin ich wieder weg.« Bevor Mila etwas erwidern kann, umarme ich sie und gebe ihr einen Kuss auf die Wange. »Du siehst gut aus.« Ich zupfe ein paar trockene Grashalme aus ihren Haaren. »Was machst du hier? Lädst du das Heu aus oder wälzt du dich darin?« Die Knöpfe ihres Hemdes sind versetzt geknöpft. »Dreh dich mal um.« Am Hemdrücken kleben ein paar weitere dürre Halme. Ich wische sie ab.

»Lass das.« Mila macht zwei Schritte zurück.

Auf der anderen Seite des Heuwagens regt sich etwas. Ich blicke unter der Ladefläche durch und sehe ein Paar Beine, die sich zum Ausgang bewegen, offensichtlich männlich.

»Hallo?«, rufe ich.

»Mum, nicht«, sagt Mila peinlich berührt. Wenigstens bin ich wieder die Mama.

»Junger Mann, warten Sie bitte einen Moment?«

Er bleibt stehen und dreht sich zu mir um. »*Bonsoir, Madame.*« Er klingt ebenso verschämt, wie Mila dreinblickt.

Er ist ein gut aussehender Junge, dunkelblonde Locken, seine wachen braunen Augen mustern mich mit einer Mischung aus Neugier und Schüchternheit. Heu- und Strohhalme hat er sich wohl abgewischt, aber sein Hemd ist ebenso verkehrt zugeknöpft wie Milas und der Hosenstall offen. Ich wechsle einen langen Blick mit Mila, bevor ich ihm die Hand reiche. »Ich bin Cora, Milas Mutter. Wer sind Sie?«

»Mum.« Mila will sich zwischen mich und den Jungen drängen. Ich schiebe sie sanft zur Seite und warte weiter auf eine Antwort.

»*Enchanté, Madame*, ich heiße Pablo.« Er erwidert meinen Händedruck mit einem zurückhaltenden Lächeln, bevor er beide Hände in seinen Hosentaschen versenkt.

Bevor ich weiterfragen kann, packt Mila ihn am Arm und schubst ihn zum Ausgang. »Geh schon mal voraus, wir sehen uns gleich«, sagte sie in einem Französisch, wie ich es zuvor nie von ihr gehört habe.

Der Junge zieht eine Hand aus der Hosentasche und grüßt in meine Richtung, bevor Mila ihn außer Sichtweise katapultieren kann.

»Netter Junge. Was habt ihr hier gemacht?«

Mila zeigt auf den Heuwagen. »Heuballen ausgeladen, siehst du ja.«

»Ich sehe den Wagen. Ihr beide kamt aber von dahinten.« Ich beuge mich hinunter und hebe etwas auf, das ich aus Pablos Hosentasche habe fallen sehen. »Ich glaube, er hat etwas verloren.« Ich drücke Mila drei Kondome in die Hand. Eine Hülle ist angerissen. »Die Arbeit auf dem Hof scheint dir Spaß zu machen. Du weißt schon, dass mit Reiten etwas anderes –«

»Cora!«

»Du kannst ruhig bei ›Mum‹ bleiben.« Ich lege einen Arm um ihre Hüften. »Setzen wir uns irgendwohin?«

»Vor der Scheune steht eine Bank.«

»Ich mache dir keine Vorhaltungen, Mila«, sage ich, sobald wir uns gesetzt haben und in die untergehende Sonne blicken. »Ich war auch mal in deinem Alter. Wie lange kennst du Pablo?«

»Wie lange soll ich ihn schon kennen? Seit dem ersten Tag.« Sie zeigt in Richtung Frankreich. »Er wohnt gleich hinter der Grenze.«

»In der Schule hasst du Französisch. Mit Pablo scheint's mit der Sprache aber gut zu funktionieren.«

»Theorie und Praxis, Mum. Sagst du das nicht selbst immer?«

Es gibt nichts Demütigenderes, als wenn man seine Weisheiten eiskalt von den eigenen Kindern serviert bekommt. »Wie alt ist er?«

»Neunzehn oder so, glaube ich.«

»Aha, glaubst du? Du bist siebzehn, also noch minderjährig, wenigstens auf dem Papier. Pablo macht sich strafbar, wenn ihr zusammen –«

»Haben wir doch gar nicht. Außerdem stimmt das überhaupt nicht.«

»Was stimmt nicht?«

»Ich bin über sechzehn und kann Sex haben, wenn der Altersunterschied zu meinem Partner nicht mehr als zwei Jahre beträgt und solange wir beide es wollen.«

»Woher weißt du das?«

»Glaubst du, in der Schule reden wir nur über tote Dichter und brüten über Matheformeln?«

Ich lache. »Schon gut, ich habe damals auch einiges probiert.«

»Echt? Erzähl mal. Oder nein, ich will's lieber nicht wissen.«

Mir kommt eine Episode in den Sinn, in der ich keine schöne Rolle spielte. Mila hat recht, besser nicht darüber reden. »Es ist dein erstes Mal, und ihr kennt euch erst ein paar Tage. Ist es nicht etwas zu früh …«

Mila rutscht ein Stück von mir weg und sieht mich an. »Wer sagt, dass es mein erstes Mal ist?«

Ich brauche einen Moment, das zu verdauen. »Seit wann …?«

»Ist das wichtig? Ich bestimme selbst, wann was bei mir geht und mit wem.«

»Die Jungs? Gab … gibt es … mehrere?«

»Wird das jetzt ein Verhör? Und nein, bisher war's nur einer.«

»Kenne ich ihn?«

»Tust du nicht. Ist auch schon lange vorbei. Bist du fertig? Ich habe zu tun.«

Ich gebe mich geschlagen. »Wenn du darüber reden willst oder Hilfe brauchst, dann …«

»Gebe ich Bescheid, alles klar.« Mila verschränkt die Arme.

Einen Moment lang sitzen wir stumm in der Dämmerung.

»Ist das nicht unbequem?«, unterbreche ich das Schweigen als Erste wieder.

»Was?«

»Das Stroh und das Heu. Das muss furchtbar kitzeln und piksen.« Ich kratze mich. »Allein beim Gedanken daran juckt's mich.«

Eine Weile kommt keine Antwort.

»Blödmann«, murmelt Mila schließlich.

Ich stehe auf und strecke mich. »Langsam kriege ich Hunger. Wenn du fertig bist, können wir was essen gehen. Ich helfe dir.«

»Fertig womit und helfen wobei?«

Ich zeige auf die Scheune. »Die Ballen abladen. Ihr seid nicht weit gekommen, du und Pablo.«

»Das muss auch erst morgen fertig sein. Wir suchten einen Vorwand, um allein zu sein.«

Ich deute eine Verneigung an. »Ich bitte nochmals demütigst um Verzeihung.«

Mila verdreht die Augen. »Übertreib's nicht. Aber ehrlich, lädst du mich und Pablo ein?«

»Heute Abend aber nur du und ich. Du hast noch oft Gelegenheit, mit ihm allein zu sein.«

13

»Bei welchem Teil von ›Halte dich zur Verfügung‹ habe ich mich nicht klar ausgedrückt?«, herrscht mich Karin an, als ich ihr Büro betrete.

Ihr Anruf hat mein Frühstück im Gästehaus jäh beendet. Eine Stunde später stellte ich meinen Mini vor dem Polizeikommando auf dem Schanzmühleareal in Solothurn ab. »Was willst du, ich bin ja da.«

»Das hättest du gestern sein sollen. Ignorierst du meine Anrufe absichtlich?«

Ja und nein, aber das sage ich ihr natürlich nicht. Am Vorabend war ich mit Mila Pizza essen und wollte das Gespräch nicht mit der Beantwortung von Karins Anrufen unterbrechen. Später habe ich schlicht vergessen zurückzurufen.

»Ich musste meinen Chef mit Engelszungen überzeugen, dich nicht zur Fahndung auszuschreiben.«

»Du nimmst mich auf den Arm.«

Karin seufzt. »Ja, aber du warst so nah davor.« Mit der Lücke zwischen Zeigefinger und Daumen demonstriert sie, wie knapp ich die Gelegenheit verpasst habe, Handschellen angelegt zu bekommen.

»Tut mir leid, okay?«

»Geschenkt. Was treibst du eigentlich da oben? Ermittelst du wieder mal auf eigene Faust?«

»Ich ermittle nicht, ich recherchiere für einen Artikel über den Jurakonflikt.«

»Ja, sicher. Diese Recherchen hängen nicht zufälligerweise mit der Tatsache zusammen, dass Gérard Murival ein Separatist war?«

Auch dazu sage ich nichts. »Habt ihr eine Spur von ihm?«

»Wir gehen davon aus, dass er sich ›zufälligerweise‹ in der Gegend aufhält, wo du herumwuselst. Die jurassischen Kollegen fahnden ebenfalls nach ihm. Besser, du kommst ihnen nicht in die Quere.«

»Würde mir nicht im Traum einfallen.«

Karin schüttelt ergeben den Kopf. »Überhaupt, bist du nicht eigentlich krankgeschrieben?«

»Erstens attestierten mir die Ärzte in der Klinik Le Noirmont, wieder arbeitsfähig zu sein, zweitens bin ich selbstständig erwerbend. Mit anderen Worten: Ganz im Gegensatz zu euch Staatsangestellten bekomme ich die Butter auf dem Brot nicht für Nichtstun bezahlt. Sagst du mir endlich, weshalb du mich hierherzitiert hast?«

»Meine Kollegen vom Fedpol haben Fragen an dich.«

»Aha? Und wo sind sie, deine Kollegen?«

»Es ist Sonntag, Cora. Jeder Bundesbeamte, der etwas auf sich gibt, ist im Wochenende. Sie haben einen Fragebogen dagelassen, den ich mit dir durchgehen soll.«

»Kriege ich dafür einen Kaffee? Der wurde mir heute Morgen nämlich vermasselt.«

Der Fragebogen ist rasch abgearbeitet, nicht zuletzt deshalb, weil ich mir Bemerkungen dazu verkniffen habe.

»Kann ich dich um einen Gefallen bitten?«, frage ich Karin, nachdem sie die Informationen nach Bern weitergeleitet hat.

»Wenn ich Nein sage, lässt du es dann bleiben?«

Ich blicke stumm an die Decke.

»Dachte ich mir. Also?«

Ich zeige ihr das Bild mit dem blauen Subaru. »Eine Halterabfrage, geht das?«

»Einfach so nicht. Warum?«

»Gestern wurde ich verfolgt, jemand in einem blauen Subaru SUV.«

Karin sieht mich entgeistert an. Ich erkläre ihr, was ich am Vortag unternommen habe.

»Es ist gut möglich, dass Samuel Leuenberger mir den Schatten angehängt hat. Ich will nur wissen, mit wem ich es zu tun habe.«

»Eine Abfrage im System muss ich mit einem Fall begründen. Wie stellst du dir das vor?«

»Gérard Murival hält sich im Jura auf. Reicht das nicht aus?«

»Na ja.« Karin schürzt die Lippen und beginnt zu tippen. »Da ist es schon«, sagt sie nach einer Weile. »Dein blauer Subaru ist auf eine Firma ›Diana Leasing & Rental‹ in Fahy zugelassen.«

»Ein Mietwagen?« Ich google die Ortschaft auf meinem Handy. Fahy liegt westlich von Porrentruy an der französischen Grenze.

»Ich habe was über die Firma«, sagt Karin. »›Diana Leasing & Rental‹ ist eine Tochtergesellschaft der ›Diana Holding‹. Die wiederum gehört einem gewissen Jean-Baptiste Santoni, ein Franzose korsischer Abstammung mit Schweizer Pass. Kannst du damit etwas anfangen?«

»Nicht auf Anhieb, aber danke erst mal. Gibt es etwas Neues in Bezug auf Gérard Murival?«

»Wir haben einen öffentlichen Zeugenaufruf zum Vorfall von Donnerstagnacht gemacht. Erwartungsgemäß mussten wir die Spreu vom Weizen trennen, bis wir erste brauchbare Aussagen hatten. Zur Tatzeit führte ein Mann seinen Hund spazieren. Beim Pfarreiheim St. Ursen hat er mitbekommen, wie sich eine Frau und eine andere Person auf der obersten Stufe der Katzentreppe unterhielten. Anscheinend haben sie heftig aufeinander eingeredet. Er konnte nicht verstehen, was gesprochen wurde, meinte aber, es hätte französisch geklungen. Die Beschreibung der Frau trifft auf Gravier zu.«

»Und die andere Person? Murival?«

»Der oder die andere trug den obligaten Hoodie. Laut Zeuge passt sie weder von der Größe noch von der Statur her auf Murival. Die Person sei etwa gleich groß wie Frau Gravier gewesen. Wir wissen, dass Murival einen Kopf größer ist. Möglicherweise hat die Froschperspektive des Zeugen die Größenverhältnisse etwas verzerrt.«

»Könnte die andere Person eine Frau gewesen sein?«

»Der Zeuge konnte das Gesicht unter der Kapuze nicht erkennen. Dass es eine Frau gewesen sein könnte, ist zu diesem Zeitpunkt nicht auszuschließen.«

»Das entlastet Gérard Murival, oder nicht?«

»Warten wir's ab. Der Zeuge ist glaubhaft. Aber er kann sich auch geirrt haben, vor allem wenn die Aussage im Nachhinein erfolgt. Trotzdem müssen wir mit Murival sprechen.«

»Ich richte es ihm aus, wenn ich ihn sehe.«

»Darf ich dich im Gegenzug um einen Gefallen bitten, Cora?«

»Sicher.«

»Sei so gut und pass auf dich auf. Ich will dich in einem Stück und gesund in Solothurn zurückhaben.« Sie sieht auf die Uhr. »Und da ich dir das Frühstück vermiest habe, lade ich dich zum Mittagessen ein.«

Anstatt direkt nach Les Bois zu fahren, mache ich auf dem Rückweg von Solothurn einen Umweg über Le Noirmont. Vor Mathildes Haus steht ein weißer Range Rover mit Genfer Kennzeichen. Mathildes Land Cruiser ist in der Parkbucht abgestellt. Ich lege den Rückwärtsgang ein. In diesem Moment kommt Mathilde in Begleitung zweier Männer aus dem Garten. Sie bemerkt mich sofort und winkt mich zu sich.

Es ist mir peinlich, sie erneut zu stören. »Ich komme gern ein andermal wieder.«

»Kein Problem«, erwidert sie. »Die Herren wollen gerade gehen.«

Sie stellt sie mir vor. Einen der beiden kenne ich von meiner Internetrecherche. Pierre-Alain Kellers volles schlohweißes Haar bringt seine markanten sonnengebräunten Gesichtszüge zur Geltung. Die mittelgroße, drahtige Figur in Golfkleidung erinnert mich entfernt an den deutschen Playboy Gunter Sachs, wie er im fortgeschrittenen Alter aussah, eine einnehmende Erscheinung, passend zum Patron einer Edeluhrenmarke.

Den anderen Besucher stellt mir Mathilde als Jean-Baptiste Santoni vor. Keller schätze ich als ungefähr gleich alt ein wie Mathilde, um die achtzig. Santoni dürfte mehr als eine Dekade jünger sein. Im Gegensatz zu Kellers Aura eines alternden Charmeurs lässt Santonis Anblick sämtliche Warnlampen in mir aufleuchten. Müsste ich eine Personenbeschreibung Luzifers machen, wäre die Ähnlichkeit mit dem Franzosen verblüffend. Der Mann hat etwas Animalisches, nicht nur wegen des Pferdeschwanzes, der sein schulterlanges stahlgraues Haar zusammenhält. Das Golf-Outfit, das er trägt, ist ebenso weiß wie das Auto auf dem Vorplatz. Der olivfarbene Teint verrät mediterrane Wurzeln. Die Augen strafen die Galanterie seines Handkusses Lügen. Ihre Intensität ist eine Warnung: Dieser Mann ist nur in homöopathischen Dosen verträglich. »*Ravi de faire votre connaissance, Madame*«, sagt er, bevor er in verblüffend reinem Hochdeutsch weiterfährt: »Ich habe von Ihnen gehört, Frau Johannis.«

Kein Wunder, wenn du Dreckskerl mich beschatten lässt. Der Gedanke bleibt unausgesprochen. Diesem Mann Hypothesen an den Kopf zu werfen wäre nicht nur dumm, es könnte gefährlich werden, zumindest teuer. Vielleicht ist es auch noch zu früh, von der ihm gehörenden Mietwagenfirma auf ihn als Auftraggeber meiner Observation zu schließen. »Ach tatsächlich?«, entgegne ich stattdessen. »Woher denn?«

»Ich bin eifriger Leser des Magazins, das Ihre ausgezeichneten Reportagen publiziert. Unsere hochgeschätzte Mathilde hat mir verraten, weshalb Sie hier sind. Ich hoffe, es gelingt Ihnen, Licht in diese merkwürdige Sache zu bringen. Wenn ich Ihnen dabei behilflich sein kann, lassen Sie es mich wissen.«

Es liegt mir auf der Zunge, ihm vorzuschlagen, mir seine Spielzeugsoldaten vom Leib zu halten. Wovon spricht er überhaupt? Vom Vorfall in Solothurn oder vom Brand in La Chaux-de-Tramelan vor vierzig Jahren? »Ich danke Ihnen, Monsieur Santoni. Ich komme bei passender Gelegenheit gern darauf zurück.«

»Sollen wir, Pierre-Alain? Wir verpassen sonst unsere Abschlagszeit«, wendet er sich an Keller, dessen Begrüßung mir gegenüber kühler ausgefallen war.

»Wie war das gestrige Gespräch mit Sr. Bernadette?«, fragt Mathilde, während wir von der Terrasse aus dem davonfahrenden weißen Range Rover nachsehen.

Ich bin bereit, mein Honorar ein weiteres Mal zu verwetten, dass sie genau weiß, was die Institutsleiterin und ich besprochen haben. Vorläufig spiele ich mit.

»Ausführlich und aufschlussreich. Das Schicksal von Léonie und Camille geht unter die Haut. Ich will mir gar nicht vorstellen, was Sie selbst dabei mitmachen mussten.«

Der Himmel bedeckt sich. Auf der Terrasse wird es kühl. Mathilde lädt mich ein, ins Haus zu gehen. »Es war eine schwere Zeit«, sagt sie, nachdem wir uns aufs Sofa ins Wohnzimmer gesetzt haben. »Obschon seither zwanzig Jahre vergangen sind, fällt es mir schwer, darüber zu sprechen. Das Leben war ungerecht zu Camille. Erst verliert sie bei der Geburt ihre Mutter. Ihren Vater lernt sie nie kennen, nur um viel zu jung einem kalten, brutalen Tod zu begegnen. An das, was sie dazwischen durchgemacht haben musste, darf ich gar nicht denken.«

»Gestatten Sie mir eine direkte Frage?«

»Bitte.«

»Haben Sie nie bemerkt, dass sich Camille prostituierte?«

Sie musterte mich lange, ohne dabei peinlich berührt oder empört zu wirken. »Wir kennen uns zwar erst seit gestern, Frau Johannis, aber ich verfüge über genügend Menschenkenntnis, um sie als kritische und skeptische Person einschätzen zu können. Trotzdem müssen Sie mir eines glauben: Hätte ich nur im Geringsten geahnt, was damals vor sich ging, ich hätte sofort alle Hebel in Bewegung gesetzt, diese Machenschaften zu unterbinden. Mein Fehler war, dass ich mir zu wenig Zeit für Camille genommen habe und Léonie zu sehr vertraute.«

»War sie die treibende Kraft in der Beziehung?«

»Léonie war älter als Camille und sicher erfahrener. Das soll nicht heißen, dass Camille naiv war, eher neugierig. Sie wollte alles probieren, was das Leben zu bieten hatte. Ich glaube, sie und Léonie waren verwandte Seelen, die dasselbe Schicksal teilten. Beide verlebten die Kindheit ohne Mutter, mit ständig abwesenden Vätern. Sie klammerten sich aneinander, im wahrsten Sinn des Wortes auf Gedeih und Verderb.«

»Beide wurden Opfer von Gewaltverbrechen. Ich kann mich des Eindruckes nicht erwehren, dass in beiden Fällen nicht gründlich ermittelt wurde. Wie sehen Sie das?«

Mathilde sieht mich mit großen Augen an. »Haben Sie das von Sr. Bernadette? Soweit ich es beurteilen kann, hat unsere Polizei im Fall von Léonie ihre Arbeit ordentlich erledigt. Es gab einfach keine Zeugen. Die möglichen Tatverdächtigen innerhalb dieses … Sexringes hatten alle Alibis. Schließlich blieb nur eine Hypothese übrig: Camille hat Léonie getötet.«

»Halten Sie das für möglich?«

Mathilde erhebt sich und geht hinüber zur Anrichte, wo eine Sammlung gerahmter Fotos aufgereiht ist. Sie nimmt ein Schwarz-Weiß-Porträt und gibt es mir in die Hand. Es zeigt ein zwölf- oder dreizehnjähriges Mädchen. Die Monochromaufnahme lässt das Haar weiß erscheinen. Die hellen Augen sind von silbriger Klarheit. Sein Lachen ist ansteckend.

»Ist das Camille?«

Mathilde nickt. »Was glauben Sie? Trauen Sie ihr zu, einen Menschen kaltblütig zu töten und in Brand zu stecken?«

Ich brauche nicht zu überlegen. Würde ich meiner Tochter einen Mord zutrauen? Ich schüttle den Kopf.

»Sehen Sie, ich auch nicht. Dennoch können wir nicht in einen Menschen hineinsehen. Das Gute an den vergangenen zwanzig Jahren ist, dass ich aufgehört habe, mir darüber Gedanken zu machen.«

»Gibt es ein aktuelles Bild von Camille. Ich meine … eines, wie sie aussah, bevor …«

Sie überhört mein Gestammel und zeigt mir ein Foto auf ihrem Handy. »Das Bild hat sie mir drei Wochen vor ihrem Tod per Mail geschickt.«

Das Foto zeigt Camille in einer ähnlichen Pose wie auf dem Schwarz-Weiß-Bild mit dem Unterschied, dass aus dem Kind darauf eine junge Frau geworden ist. Ihr Gesicht ist voller, weiblicher, mehr noch als auf dem Bild, das ich in Françoises Sachen gefunden habe. An ihrem Hals hängt ein goldenes Kettchen mit einem Anhänger. Er stellt die schwarze Yin-Hälfte des Yin-Yang-Symbols dar, das Symbol der Weiblichkeit.

»Sie haben das Foto per Mail erhalten, wissen Sie, woher?«

»Ich habe es zurückverfolgen lassen«, sagt Mathilde. »Der Absender war eine inzwischen deaktivierte Hotmail-Adresse. Die Mail war von einem Internetcafé in Marrakesch versendet worden.«

»Marrakesch in Marokko? Camille war dort?«

»Wohl nicht lange. Kurz darauf muss sie in die Bretagne gereist sein.«

»Haben die französischen Behörden eine Spur ihres oder ihrer Mörder gefunden?«

Mathilde schüttelt den Kopf. »Françoise Gravier war Camilles Patentante. Sie hatte alle Beziehungen spielen lassen, um den Verbrechern auf die Spur zu kommen. Camille hat mit einem Bekannten oder einem Freund einen Segeltörn unternommen. Zeugen wollten aus der Ferne gesehen haben, wie ein Motorboot neben ihrem Segler angelegt hat. Sie glaubten, Schüsse gehört zu haben. Dann war das Motorboot schon wieder weg. Von ihm hat man nie eine Spur gefunden. Nach Camilles Tod wurden die Untersuchungen zu Léonies Tod abgeschlossen, weil gegen Tote nicht ermittelt wird.«

»Was heißt das für Sie?«

»Was meinen Sie damit?«

»Ich denke an Ilios Watch. Wie ist die Nachfolge in der Firma geregelt?«

»Wenn ich tot bin, meinen Sie?« Die Frau hat etwas Unerschrockenes. »Offen gestanden weiß ich das nicht. Camille hätte viel lernen müssen, aber ich hatte ihr zugetraut, meine Nachfolge anzutreten und die Geschicke der Firma als Verwaltungsratspräsidentin zu lenken. Das ist nun nicht mehr möglich. Gérard will nichts davon wissen. Er hatte nie viel für Ilios übrig.«

»Was ist mit Pierre-Alain Keller? Wäre Ihr CEO nicht für den höchsten Posten prädestiniert?«

»Pierre-Alain liegt in der Tat auf der Hand, obwohl wir beide im gleichen Alter sind. Er erfreut sich bester Gesundheit und würde die Firma weiterführen können, bis sich eine Lösung ergibt. Vielleicht bleibt mir nichts anderes übrig, als ihn zu ernennen.«

»Die Idee scheint Ihnen nicht zu behagen.«

»Das scheint nicht nur so.«

»Warum nicht?«

»Camille mochte Pierre-Alain nicht. Sie hat mir nie gesagt, was zwischen den beiden vorgefallen ist. Vielleicht ist er ihr mal zu nahe getreten. Camille fühlte sich in seiner Nähe nie wohl.«

Vor dem Schlafengehen mache ich einen Spaziergang über die Weide hinter dem Gästehaus. Einen Moment lang sehe ich einer Stute und ihrem Fohlen beim Grasen zu. Dabei ringe ich mit der Versuchung, Mila anzurufen.

Léonies und Camilles Schicksale nagen an mir, vor allem die stillen Vorwürfe, die Mathilde sich macht, ohne sie sich anmerken zu lassen. Was soll oder kann man als Mutter tun oder unterlassen, um sein Kind vor Sackgassen und falschen Abzweigungen auf seinem Lebensweg zu bewahren? Wie können Eltern vermeiden, vor einem Grab zu stehen und sich zu fragen, wo sie versagt haben?

Mila ist in ein paar Monaten achtzehn und hat bereits ihren ersten Freund, besser gesagt, den ersten, von dem ich weiß. Pablo scheint ein passabler Junge zu sein, und ich vertraue Milas Instinkten. Trotzdem habe ich Angst, sie loszulassen, und wünschte mir, vergessen zu können, was ich heute erfahren habe.

Die Vibration des Handys reißt mich aus der Grübelei. Ich sehe den Namen des Anrufers und lasse den Daumen für ein paar Sekunden über dem roten Knopf schweben, bevor ich doch antworte.

»Hallo, Daniel.«

»Cora?« Er klingt verblüfft.

»Wer, glaubst du, antwortet, wenn du meine Nummer wählst?«

»Entschuldige, ich habe nicht damit gerechnet, dass du abhebst und schon mein Sprüchlein für die Combox auf der Zunge.«

»Wenn du willst, kann ich wieder auflegen.«

»Auf keinen Fall. Bist du allein, kannst du reden?«

»Ja und ja, du?«

»Klar.«

»Kein Meeting mit deiner neuen Assistentin.« Kaum ist der Satz raus, könnte ich mich dafür ohrfeigen.

»Ähm, ich weiß nicht, was … meinst du Jeanette?«

»Ja … nein, entschuldige, blöde Bemerkung von mir. Du brauchst dich nicht zu rechtfertigen. Weshalb rufst du an?«

»Ich höre, du bist zurück in den Freibergen. Wo steckst du? Wieder in der Klinik?«

»Dürfte schwierig sein, ohne deine Beziehungen. – Entschuldige, das sollte nicht undankbar klingen.«

»Schon gut.«

»Woher weißt du, wo ich bin? Ich habe dir nur geschrieben, dass ich für ein paar Tage verreise, nicht, wohin. Lässt du mich etwa überwachen?« Der blaue Subaru fällt mir ein.

»Wie kommst du darauf? Natürlich nicht. Karin Jäggi hat es mir gesagt.«

»Karin? Redet ihr beide über mich?«

»Sie hat mich zu Françoise Gravier befragt. Karin sagt, du stellst auf eigene Faust Nachforschungen an.«

Ich bin auf einer kleinen Anhöhe angelangt und setze mich auf einen Stein.

»Cora? Bist du noch dran?«

»Ja, die Verbindung ist nicht optimal hier. Karin übertreibt ein wenig. Hör mal, es tut mir leid, dass ich dich gerade etwas hängen lasse, aber ich brauche Zeit für mich.«

»Das verstehe ich. Es liegt mir fern, mich aufzudrängen. Du sollst wissen, dass du nicht allein bist. Wenn du Hilfe brauchst, sind Karin, Wagner und ich da.«

»Wagner? Hast du auch mit ihm gesprochen?«

»Heute Nachmittag, er macht sich Vorwürfe, dass er dich hat gehen lassen. Melde dich, wenn was ist.«

Daniel kennt mich zu gut, um mir offen zu sagen, dass er sich Sorgen macht. Das rechne ich ihm hoch an.

»Da ist tatsächlich was, wobei du mir helfen könntest.« Ich überlege kurz, bevor ich anfange. »Ich brauche alles, was du über die Familie Murival weißt, Mathilde, Gérard und dessen Tochter Camille. Ebenso über die Ilios Watch SA, Besitzverhältnisse, Mehrheiten und so weiter.«

»Okay.« Er klingt, als würde er mitnotieren. »Sollte ich dir beschaffen können, dürfte aber ein paar Tage dauern. Ich muss mehrere Quellen anzapfen.« Ich weiß, dass das für ihn kein Problem darstellt. Er verfügt über ein ausgezeichnetes Netzwerk für diese Art von Informationen. »Noch was?«

»Ja, Jean-Baptiste Santoni und seine Firma ›Diana Holding‹.«

»Ich sehe, was ich zusammenbekomme, und melde mich.«

14

Montagmorgen, aber wenigstens kann ich zu Ende frühstücken, bevor das Handy zum ersten Mal klingelt. Sylvie Lachat, die Gemeindeschreiberin von Cortébert, teilt mir mit, dass Arielle Marin aus den Ferien zurück ist und gern mit mir reden würde.

Eine knappe Viertelstunde später fahre ich auf den Kreisverkehr von La Cibourg zu, wo die wichtigsten Jurastraßenachsen der Kantone Bern, Jura und Neuchâtel aufeinandertreffen. Bevor ich in den Kreisel einfahre, werfe ich einen Blick in den Rückspiegel. Als ich die Kantonsgrenze zwischen Bern und Jura bei La Ferrière passierte, hatte ich einen blauen Geländewagen im Rückspiegel. Jetzt fährt eine rote Limousine hinter mir. Ich sehe schon Gespenster. Nach dem auf elfhundert Metern Höhe liegenden Kreisverkehr wird die Straße abschüssig. Sie verlässt das Plateau der Freiberge Richtung Süden zum Tal von Saint-Imier. Zehn Minuten später passiere ich die nicht nur für ihre Uhrenindustrie bekannte Stadt.

In der zweiten Hälfte des 19. Jahrhunderts war Saint-Imier Zentrum der von Michail Bakunin und dem Schweizer James Guillaume gegründeten anarchistischen Bewegung in Europa. Zahlreiche Revolutionäre und Rebellen hielten sich dort regelmäßig auf, unter anderem der Freiheitskämpfer und Mitgründer des modernen Italien Giuseppe Mazzini, der lange im solothurnischen Grenchen gelebt hatte. Nicht zuletzt wegen der fortschreitenden Industrialisierung der Uhrmacherei herrschte im Jurabogen im Gegensatz zum behäbigen, landwirtschaftlich geprägten, konservativ-aristokratischen Bern schon früh ein fortschrittlicher und autonomer Geist, der sich bis in die heutige Zeit erhalten hat.

Bei der Wegkreuzung in Cortébert, an der das »Restaurant de l'Ours« liegt, lässt mich das Navi links abbiegen und einer ansteigenden Straße, der Crêt de la Chapelle, folgen. Bei besagter Kapelle habe ich rechts abzubiegen. Nach hundert Metern halte ich bei der gesuchten Hausnummer am Straßenrand an.

Ich werde erwartet. Die ehemalige Lokalreporterin, eine Mittsechzigerin mit Kurzhaarschnitt und breiter schwarzer Hornbrille, verbirgt ihre Körperfülle unter einem weit geschnittenen dunkelblauen Kleid. Die Erscheinung erinnert vage an die Modedesignerin Christa de Carouge.

»Madame Johannis?«

Wir schütteln uns die Hände.

»Ich bin Arielle. Schließlich gehören wir beide der Zunft der Schreiberlinge an.«

»Cora. Vielen Dank, dass du mich empfängst.«

»Entschuldige meinen Aufzug. Ich leide noch unter Jetlag, deshalb laufe ich heute leger herum.« Sie macht eine einladende Bewegung zur Tür. »Komm rein, aber ich muss dich warnen. Die Koffer sind nur halb ausgepackt, und es liegt eine Menge schmutziger Wäsche herum.«

»Bei mir sieht's nicht viel anders aus, wenn ich von einer Reise heimkomme.«

Ich lasse Arielle vorgehen. Bevor ich ihr in das Innere folge, lässt ein sich näherndes Motorengeräusch mich umwenden. Aus der Richtung, woher ich gekommen bin, fährt ein blauer Subaru an mir vorbei und stoppt etwas weiter vorn. In der Schrecksekunde habe ich nicht auf das Kontrollschild geachtet. Ich hole das Handy hervor und rufe das Foto auf, das ich in Le Noirmont gemacht habe.

Der Subaru steht etwa dreißig Meter vor mir. Der Motor springt an, sobald ich mich auf zehn Meter genähert habe. Ich mache ein Foto, bevor der Fahrer Vollgas geben kann. Ich vergrößere das Bild und vergleiche das Kontrollschild. Es ist derselbe Wagen.

»Cora?« Arielle Marin ist mir nachgekommen. Sie sieht besorgt aus. »Ist etwas nicht in Ordnung?«

»Nichts Besonderes, ich musste nur was nachprüfen.«

Ich schaue mich im Wohnzimmer um. »Wie lange wohnst du schon hier?«, frage ich angesichts der kahlen Wände und verwaisten Deckenanschlüsse für die Beleuchtung. Überall stehen unausgepackte Kartons herum. Ein offener Koffer liegt auf dem Sofa, ein anderer steht noch verschlossen im Korridor.

»Es sieht etwas leer aus, ich weiß, und ich entschuldige mich dafür. Das Haus gehörte meiner Mutter. Nach ihrem Tod Anfang Jahr habe ich es renovieren lassen. Kurz vor meinen Ferien bin ich eingezogen. Vorher wohnte ich für ein paar Monate unten im ›Ours‹. Was möchtest du trinken? Leider habe ich nur Wein oder Bier anzubieten und selbstverständlich alle Heißgetränke.«

»Stilles Wasser ist perfekt, danke.«

Ich halte meine Fragen zurück, bis die Getränke auf dem Tisch stehen. »Du hast im ›Ours‹ gewohnt, im zweiten Stock?«

Arielle rümpft die Nase. »Ich war froh, dort rauszukommen.«

»Nicht gut?«

»Die Wohnung war okay, wenn man bedenkt, was ich dafür zahlen musste. Aber ich habe mich nie recht wohlgefühlt. Schließlich ist das hier mein Elternhaus.« Sie trinkt einen Schluck.

»Hat Sylvie Lachat dir gesagt, worum es geht?«

»Du interessierst dich für die Unruhen im Frühjahr 1980.«

»Es geht mir vor allem um die junge Frau, die damals ums Leben gekommen ist.«

»Du meinst bei der Schießerei? War ein Riesenwirbel damals. Ich war freischaffend für die ›Bieler Zeitung‹ unterwegs. Normalerweise schrieb ich über Dorffeste, hohe Geburtstage, Gartenzwergtaufen und weiß Gott sonst was. Dann war da plötzlich diese Tragödie. Ich sah meine Stunde gekommen und schrieb einen großen Bericht darüber.«

»Wirklich? Ich habe in den Online-Archiven der Zeitung gesucht, aber nichts gefunden.«

»Kannst du auch nicht. Meine Reportage wurde nie gedruckt.

Politische Themen seien nichts für mich, meinte mein Redaktor. Später erfuhr ich via Buschtelefon, dass er fürchtete, ich würde damit zu viel Staub aufwirbeln und böses Blut verursachen, weil ich das Vorgehen der Polizei kritisierte. Ich hatte erwähnt, dass der vor Ort anwesende Polizeioffizier seine Männer anwies abzuwarten, bis sich die Separatisten von den Berner ›Sangliers‹ provozieren und zu Straftaten hinreißen ließen. Er ließ die Situation absichtlich eskalieren. Mitten im Tumult sind dann die tödlichen Schüsse gefallen. Die Unruhen brachen zu einem Zeitpunkt aus, als sich mein Redaktor als Kandidat für die Berner Großratswahlen zwei Jahre später ins Spiel brachte. Er war Mitglied der Konservativen Partei wie der Sicherheits- und Polizeidirektor. Es macht sich schlecht, das eigene Nest zu beschmutzen, wenn man bei den Großen mitspielen will.«

»Es gab eine Tote, eine werdende Mutter, deren Kind nur im letzten Moment gerettet werden konnte. Das hätte vermieden werden können, wenn die Polizei rechtzeitig eingegriffen hätte. Gab es dazu keine Untersuchung?«

»Heute ist so was nicht mehr denkbar«, sagt Arielle. »Das hoffe ich wenigstens. Vor den Plebisziten Mitte der siebziger Jahre machten die Konservativen kräftig Stimmung gegen die Separatisten. Danach bekundeten sie Mühe, die Niederlage zu verkraften. Als die Separatisten weiterhin im Berner Jura agitierten, fühlten sie sich legitimiert, den ›linken Anarchisten‹ einen Denkzettel zu verpassen. Für die Polizei wäre es ein Leichtes gewesen, Cortébert für die Zeit der Versammlung abzuriegeln und sich zwischen die Kontrahenten zu stellen. Stattdessen haben die Polizeigrenadiere in den Nachbargemeinden abgewartet, bis sie sich hier die Köpfe einschlugen. Sie griffen erst ein, als Schüsse fielen. Da war es schon zu spät.«

»Keiner wurde zur Rechenschaft gezogen? Weder der Polizeikommandant noch der zuständige Regierungsrat?«

»Meines Wissens nicht. Die Fahndung nach dem Schützen wurde eingestellt, nachdem erwiesen war, dass er sich ins Ausland abgesetzt hatte. Es soll der Verlobte der Toten gewesen sein. Das Dossier wurde ad acta gelegt. Eine Zeit lang bohrte ich weiter, bis mich der zuständige Untersuchungsrichter zurechtstutzte. Er drohte mir ein Verfahren an, falls ich nicht aufhörte. Da habe ich es sein lassen. Ich liebte meine Arbeit und brauchte das Geld.«

»Die Tote, Thérèse Trachsler, brachte eine Tochter zur Welt. Sie heißt Camille. Hast du im Nachhinein je etwas von ihr gehört?«

Arielle zuckt mit den Achseln. »Nachdem sich der Pulverdampf verzogen hatte, wenn ich das so sagen darf, hat nie wieder jemand darüber gesprochen.«

»Und von Gérard Murival, dem Verdächtigen?«

»Auch nicht. Bist du deswegen hier?«

»Vor allem wegen der Tochter.«

»Weißt du etwas von ihr?«, fragt Arielle. »Lebt sie in der Gegend.«

»Leider nicht. Gestern habe ich erfahren, dass sie tot ist.«

»Tot. Wie das? Sie muss noch jung sein, Anfang vierzig.«

»Man hat ihre Leiche vor zwanzig Jahren vor der französischen Küste aus dem Meer gezogen. Sie wurde erschossen.«

»Wie ihre Mutter?«, sagt Arielle betroffen. »Sie überlebt im Leib ihrer tödlich verletzten Mutter, nur damit ihr später das Gleiche widerfährt.« Arielle schüttelt den Kopf und zeigt mit dem Finger gen Himmel. »Der da oben hat einen eigenartigen Humor. Zum Glück glaube ich nicht an ihn, so bleibt mir erspart, an ihm zu verzweifeln.«

Ich lasse mich nicht auf eine Diskussion über die Verantwortung Gottes für das Böse auf Erden ein. »Ich habe eine Bitte, Arielle.«

»Wenn ich helfen kann …«

»Hast du eventuell noch Unterlagen aus jener Zeit? Sie könnten mir bei meiner Recherche weiterhelfen.«

Sie zeigt auf die herumstehenden Kartons. »Sicher, da drin irgendwo.«

15

Das Dröhnen eines Motors weckte Camille. Sie hatte vielleicht zwei, drei Stunden geschlafen. Wenige Meter neben ihr donnerte ein Sattelschlepper vorbei. Fröstelnd schälte sie sich aus der Wärme des Schlafsackes und spähte hinter der Hecke hervor, in deren Schutz sie die Nacht verbracht hatte. Ihr Schlafplatz auf dem Friedhof in einem Außenquartier von Maîche lag unweit einer Bushaltestelle an der Route Départementale. Den erstbesten vorbeikommenden Bus würde sie nehmen, egal, in welche Richtung er fuhr. Die Straße verband den Kreishauptort Maîche mit den Präfekturstädten Montbéliard im Norden und Pontarlier im Südwesten.

Camille erinnerte sich nicht mehr, wie es ihr gelungen war, die Todesleiter zu überwinden. Die eigene Angst, Schock und Trauer um Léonies Schicksal hatten sie vorangetrieben. Auf dieser Seite der Grenze kannte Camille sich aus. Den Weg nach Charquemont hatte sie rasch gefunden. Vor dem Dorfeingang hatte sie eine Autofahrerin mitgenommen, nachdem Camille ihr glaubhaft gemacht hatte, sie müsse dort unbedingt den ersten Bus erwischen. Auf ihrem harten Liegeplatz unter der Friedhofshecke hatte sie lange keine Ruhe gefunden. Sobald sie die Augen schloss, sah sie Léonies Leiche von Kugeln durchsiebt im eigenen Blut im Doubs treiben. Wenn die Trauer sie zu übermannen gedroht hatte, hatte sie sich auf die Lippen gebissen, bis sie Blut schmeckte. Der Schmerz hatte ihr geholfen, die schrecklichen Bilder zu verdrängen, bis der Schlaf sie barmherzig erlöste. Jetzt lenkten sie Gedanken über ihre nächsten Schritte ab. Was würde Léonie tun? In jedem Fall würde sie sich strikt an den Plan halten. Er sah vor, von Pontarlier aus in Richtung Süden nach Marseille weiterzureisen. Von dort sollte es per Schiff oder Flieger weitergehen, entweder nach Spanien, Nordafrika oder auf die Balearen. Für den Fall, dass sie getrennt wurden, hatten sie vereinbart, dass jede von ihnen einen anderen Weg einschlagen sollte, um Spuren zu verwischen. Unterwegs wollten sie sich Wegwerfhandys beschaffen. Ihre eigenen Mobiltelefone hatten sie in der Schweiz zurückgelassen, damit sie nicht geortet werden konnten. Sollten sie sich verlieren, würde jede versuchen, mit der anderen Kontakt aufzunehmen. Léonie hatte Camille Adressen in Frankreich, Spanien, Belgien und Deutschland angegeben, die sie zu diesem Zweck ansteuern und Nachrichten hinterlassen konnten, bis sie sich wiederfanden. Es waren Freunde, die sie in den Jahren im Institut kennengelernt hatte. Camille hoffte, dass Marko nichts von ihnen wusste. Sie hatte nie verstanden, dass Léonie ihm vertraute. Den Gedanken, dass ihre Freundin letzte Nacht dafür einen hohen Preis bezahlt haben könnte, verdrängte sie sofort.

Während sie den Schlafsack einrollte, überkam sie erneut eine Welle der Trauer und Angst. Wie sollte sie das alles ohne die Frau schaffen, von der sie Zuversicht und Selbstvertrauen gelernt hatte? Léonie hatte ihr die Tricks beigebracht, wie sie das schweinische Verhalten der Männer ausblenden und sie gleichzeitig ausnehmen konnte.

Es durfte nicht sein, dass Léonie etwas zugestoßen war. Unter Tränen packte Camille den Rucksack. Dabei schwor sie sich, um jeden Preis zu überleben. Eines Tages würde sie zurückkehren und Pierre-Alain für das bezahlen lassen, was er ihr angetan hatte.

Laut Fahrplan an der Haltestelle fuhr der erste Bus nach Morteau und Pontarlier in einer Dreiviertelstunde. Jetzt, da die nächste Etappe festlag, machte sich der Hunger bemerkbar, den sie bisher verdrängt hatte. Schräg gegenüber sah sie ein Restaurant. In der Hoffnung, wenigstens ein warmes Getränk zu ergattern, überquerte sie die Straße und einen großen Parkplatz. Das Restaurant entpuppte sich als Pizzeria mit dem Namen »Au Vieux Venise«. Wer kam auf die Idee, in diesem tristen Gewerbegebiet ein Lokal nach einem Ort zu benennen, der weltweit als Sinnbild klassischer Schönheit und romantischer Liebe galt?

Das Schild mit den Öffnungszeiten an der Tür zerschlug Camilles Hoffnung auf innere Erwärmung. Das Lokal öffnete nicht vor Mittag. Bis Pontarlier würde sie mit einer halb vollen Wasserflasche und trockenen Keksen aus dem Rucksack auskommen müssen. Sie setzte die Flasche an den Mund, als ein Lastwagen mit Anhänger auf dem Parkplatz anhielt. Ein hünenhafter Glatzkopf mit Lederweste, blauem Holzfällerhemd und Cargohosen kletterte aus der Führerkabine und streckte sich. Camille beeilte sich, zurück auf die andere Straßenseite zu kommen. Sie hatte keine Lust, angequatscht zu werden. Die Route Départementale durchschnitt das Gebiet in zwei Teile. Südlich lag der Friedhof, flankiert von einem Bestattungsunternehmen und einer Peugeot-Vertragsgarage. Auf ihrer Seite der Straße lag ein Wohngebiet. Falls der Typ zudringlich wurde, würde sie Zetermordio schreien. Es könnte ihre Flucht vorzeitig beenden, doch damit würde sie umgehen, wenn es dazu kam.

»He, Kleine, warte mal!«

Sie fuhr zusammen, setzte aber ihren Weg fort.

»Bleib stehen!«

Camille begann zu rennen. Lkw-Fahrer hörten ständig Radio. War ihre Flucht schon bemerkt und eine Suchmeldung durchgegeben worden? Hinter ihr näherten sich rasche Schritte. Der schwere Rucksack hinderte sie daran, schneller zu rennen. Es hatte keinen Zweck. Sie blieb stehen und öffnete ihre Gürteltasche. Der kalte Griff des Taschenmessers mit der extralangen Klinge fühlte sich beruhigend an. Léonie hatte es ihr geschenkt, nachdem sie ihr ein paar Kniffe für einen Messerkampf beigebracht hatte. Woher Léonie diese kannte, hatte Camille nie interessiert. »Für alle Fälle«, hatte ihre Freundin gesagt. Mit der zehn Zentimeter langen Klinge könne man einen Angreifer auf Distanz halten. Wenn sie mit Freiern zusammen gewesen war, hatte Camille das Messer stets dabeigehabt. Sie klappte es auf und fuhr herum.

»Houlala!« Der Mann stoppte auf der Stelle und hob beide Hände. »Vorsicht damit.«

»Lassen Sie mich in Ruhe.«

»Schon gut. Entschuldigen Sie, Mademoiselle.«

Die Waffe verschaffte ihr anscheinend genügend Respekt, um von ihm gesiezt zu werden. »Was wollen Sie von mir?«

Der Hüne senkte die Hände und machte zwei Schritte rückwärts. »Sie sehen erschöpft aus. Ich dachte, vielleicht brauchen Sie Hilfe.«

»Ich komme zurecht, danke.«

Sein massiver, kahler Schädel mit Vollbart, der Stiernacken und die Tätowierungen an seinen Unterarmen waren furchterregend. Aus der Nähe betrachtet, musste er jünger sein, als es den Anschein gab. Sein Gesicht war sanftmütig, die Augen strahlten Humor und Wärme aus. Die lüsterne Verschlagenheit der Männer, mit denen sie bisher Umgang gehabt hatte, konnte sie bei ihm nicht entdecken. Sie ließ das Messer sinken. »Ich warte auf den Bus, er kommt gleich.«

»Wo wollen Sie hin?«

Seine Stimme gefiel ihr, dunkel und wohlklingend. In einem Chor würde er einen Solisten abgeben. »Ich muss nach Pontarlier.«

»Nach Pontarlier?« Er zuckte mit den Achseln. »Schade, falsche Richtung. Bei mir geht's zuerst nach Belfort und dann weiter nach Straßburg. Heute Abend muss ich in Stuttgart sein.« Er hob grüßend die Hand. »Nichts für ungut, schönen Tag noch.«

Camille sah ihm nach. Wo war das Bedrohliche, das sie in ihm gesehen hatte? »Warten Sie – bitte!«

Er drehte sich um.

»Ich … ist eigentlich egal wohin, ich will einfach weg von hier.«

Das breite Lächeln verlieh ihm einen drolligen Ausdruck. Er zeigte auf das Messer. »Geht's auch ohne das Ding?«

Eine Entschuldigung murmelnd klappte Camille das Messer zusammen und steckte es zurück in die Gürteltasche. »Bis Straßburg, ginge das?«

»Kein Problem.« Er musterte sie. »Sie frieren. Ich habe eine Thermoskanne mit heißem Kaffee und eine Baguette, gerade vorhin frisch beim Bäcker gekauft. Ich wollte hier frühstücken. Es ist genug da für zwei, wenn Sie wollen.«

Camilles Abwehr fiel in sich zusammen. Der Hüne holte seinen Proviant aus der Führerkabine. Sie setzten sich an einen der Tische auf der Terrasse der Pizzeria. Der Hüne hatte nur den Becher der Thermosflasche. Er füllte ihn und gab ihn Camille. »Ich bin Sylvain.«

»Camille.«

Er schnitt die Baguette in Scheiben und wickelte eine Salami aus einem Papier. »Die Baguette schmeckt besser so. Willst du?«

Zum ersten Mal seit Langem hätte Camille einen Mann aus Zuneigung küssen können – nur auf die Wange.

16

Auf dem Rückweg schaue ich mehrmals in den Rückspiegel. Der blaue Subaru ist nicht mehr aufgetaucht, seit ich bei Arielle weggefahren bin. Auch kein anderes Fahrzeug, das längere Zeit hinter mir fährt, fällt mir auf.

Neben mir auf dem Beifahrersitz liegen zwei Bundesordner mit Unterlagen, die Arielle auf die Schnelle zusammengetragen hat. Es sind Notizen und Texte zu den Unruhen von Cortébert. Sie will sich melden, wenn sie beim Einräumen auf weitere Dokumente stößt.

Weshalb hatte man ihr damals einen Maulkorb verpasst? Wollten Politik und Behörden den vermasselten Polizeieinsatz und damit die Verantwortung für den Tod von Thérèse Trachsler vertuschen? Oder war da mehr? War Thérèse womöglich kein zufälliges Opfer gewesen und ihr Tod absichtlich herbeigeführt worden? Wenn ja, was steckte dahinter? Ein politisches Motiv? Was bedeutet das für mich? Habe ich schlafende Hunde geweckt, die mir den Subaru an die Fersen hefteten?

Worauf werde ich stoßen, wenn ich die Spuren weiterverfolge? Besteht ein Zusammenhang zwischen dem Tod der Mutter im März 1980 und dem tragischen Schicksal ihrer Tochter zwanzig Jahre später? Waren offene Rechnungen aus dem Jurakonflikt beglichen worden? Weshalb hielt sich Camille in der Bretagne auf? Jurassier und Bretonen hatten vieles gemeinsam. Auf ihre Weise verkörperten beide das unbeugsame gallische Dorf in den Geschichten von Asterix und Obelix, eigenwillig, aufsässig und stets bereit, sich mit ihren vermeintlichen Unterdrückern anzulegen, die Bretonen mit Paris, die Jurassier mit Bern. Aber war Camille nicht zu jung gewesen, als dass der Jurakonflikt für sie etwas bedeutet hätte? Ihr gewaltsamer Tod auf dem Segelboot konnte zig plausiblere Gründe haben. Ein eifersüchtiger Liebhaber oder ein aus dem Ruder gelaufener

Raubüberfall. Bevor ich mich zu sehr auf Spekulationen einlasse, muss ich mit Françoise reden, sobald sie ansprechbar ist. War sie bei vollem Bewusstsein, als sie mich bat, Camille zu beschützen, die seit zwanzig Jahren tot ist? Ich hasse den Gedanken, ihr die schlechte Nachricht überbringen zu müssen. Ist es möglich, dass ihre Verletzung ihr Gedächtnis beeinträchtigt hat, oder war es schlicht Realitätsverweigerung?

Und Gérard Murival? Ich spüre förmlich seine Präsenz. Gut möglich, dass er es ist, der mich die ganze Zeit observieren lässt. Mathilde ist der Schlüssel zu ihm. Zwischen ihr und mir genug Vertrauen aufzubauen, um an ihn heranzukommen, ist die eine Baustelle. Zur anderen bin ich gerade unterwegs.

Als ich auf dem Reiterhof ankomme, ist alles in Aufruhr. Ich parke den Mini und folge einer Gruppe junger Leute in Reitermontur, die heftig gestikulierend in Richtung Koppel laufen. Von dort kommen Mila und Pablo mir entgegen.

»Was soll die Aufregung, ist etwas passiert?«

»Mum, gut bist du da. Schnell, er schlägt sie tot.«

»Wer schlägt wen tot?«

Anstatt zu antworten führt Mila mich zur Koppel, wo sich ein paar Schaulustige am Zaun entlang aufgestellt haben, einige von ihnen halten das Geschehen auf dem Handy fest. In der Mitte des Gevierts liegt Marie am Boden. Sie hält die Hand schützend vor den Kopf. Ihr Bandana und die Longe liegen neben ihr im Staub. Über ihr steht breitbeinig ein Mann im Arbeitsoverall mit roter Baseballmütze und einem langen Gegenstand in der Hand. Er dreht mir den Rücken zu.

»Wer ist das?«, frage ich Mila.

»Maries Vater.«

In diesem Moment dreht sich der Mann zu mir um. Tatsächlich ist es Samuel Leuenberger. Der Gegenstand ist ein Vierkantholz, mit dem er zum Schlag ausholt.

»Herr Leuenberger!«

Er reagiert nicht. Hat er mich überhaupt gehört?

»Herr Leuenberger, hören Sie auf damit.« Ich klettere über den Lattenzaun und gehe auf ihn zu. Nach ein paar Metern fällt es mir ein.

Das Pferd.

Wo steckt das Viech? Ich habe keine Lust, von einem verängstigten Gaul überrannt zu werden oder mit seinen Hinterhufen Bekanntschaft zu machen. Ich sehe mich hastig um, bis ich einen Mann und eine Frau bemerke, die einen Hengst zum Stallgebäude führen. Ich widme mich erneut Leuenberger. Er geht mit erhobener Schlaghand auf seine Tochter zu, die auf dem Boden rutschend vor ihm zurückweicht.

»Leuenberger, Schluss damit, lassen Sie das Holz fallen.« Ist es jemandem eingefallen, die Polizei zu rufen? »Mila, kannst du –«

Ich kann den Satz nicht beenden, als sie schon an mir vorbeihuscht. Ich kann sie gerade noch am Arm packen. »Bist du verrückt? Was soll das?«

»Jemand muss ihn aufhalten.«

»Ich mache das.« Ich schubse Mila zurück Richtung Zaun. »Ruft die Polizei«, sage ich zu Pablo, der uns entgegenkommt, und zeige auf Mila. »Pass auf sie auf und sorg dafür, dass die Leute mit den Handys verschwinden.«

Leuenberger ist stehen geblieben. Marie hat Abstand gewonnen, kauert aber immer noch auf dem Boden. Ich bin inzwischen nahe genug, um zu verstehen, was sie reden.

»Zum letzten Mal, Marie. Du kommst mit mir zurück oder …«

»Oder was?« Ihre Stimme lässt keine Angst vernehmen. »Schlägst du mich, wie Mama?«

»Herr Leuenberger.« Mit beschwichtigenden Handbewegungen gehe ich auf ihn zu. »Bitte legen Sie das Holz hin und lassen Sie uns reden.«

Er nimmt mich erst jetzt wahr. »Scheren Sie sich zum Teufel«, schreit er mich über die Schulter an. »Das ist eine Familienangelegenheit.«

»Nicht, wenn Sie Ihre Tochter schlagen. Das bringt Sie ins Gefängnis. Denken Sie an Ihre Familie, Ihren Hof.«

»Das tue ich ja, sie soll zurückkommen, ich brauche sie. – Wer sind Sie überhaupt?«

»Mein Name ist Cora Johannis, wir haben uns –«

»Johannis?« Er wendet sich zu mir um, gut für Marie, die aufstehen und auf sichere Distanz gehen kann. Ich bleibe stehen.

»Johannis«, wiederholt er. »Sie sind die Journalistin, die überall herumschnüffelt und alten Mist ausgräbt, der keinen was angeht. Warum verschwinden Sie nicht einfach und lassen uns in Ruhe?« Er macht einen Schritt auf mich zu.

Ich habe nicht vor, von der Stelle zu weichen. »Ich recherchiere zu –«

»Recherchieren Sie woanders.«

»Ich bin auf der Suche nach Informationen, die –«

»Haben Sie nicht gehört, was ich gesagt habe? Hauen Sie ab und lassen Sie meine Familie in Ruhe.« Er setzt zu einem weiteren Schritt an.

Weiter kommt er nicht. Mitten in der Bewegung rempelt ihn Marie derart heftig an, dass es ihn von den Füßen fegt. Dabei verliert er das Kantholz, das ich sofort an mich nehme. Leuenberger liegt hustend mit dem Gesicht nach unten im Staub. Sein Atem wirbelt kleine Staubwolken auf. Marie hebt ihr Bandana auf und schüttelt es aus, bevor sie es wieder anlegt.

»Alles in Ordnung mit Ihnen?«, frage ich.

»Machen Sie sich keine Sorgen, das ist nichts, was ich nicht schon erlebt hätte. – Bleib liegen, Papa, und rühr dich nicht. Diesmal bist du zu weit gegangen.« Der Zweiklangton eines Martinshorns kommt näher. »Hat jemand die Polizei gerufen?«, fragt sie irritiert.

»Was glauben Sie?« Ich wundere mich über ihre Nonchalance. Um ein Haar wäre sie von ihrem Vater verprügelt worden, wenn nicht schlimmer.

Marie geht neben Leuenberger in die Hocke und legt eine Hand auf seinen Nacken. Dann beginnt sie, mit beiden Händen seine Schultern zu massieren. »Geht's besser?«, fragt sie sanft. Sie bekommt ein unverständliches Brummen als Antwort. Das soll wahrscheinlich zustimmend klingen.

Nach einer Weile gibt sie ihm einen abschließenden Klaps auf den Rücken. »Komm hoch und stell dich wie ein Mann.« Sie zwinkert mir zu. Der Machospruch dürfte nicht ernst gemeint sein.

Ächzend, mit hochrotem Kopf kommt Leuenberger auf die Beine. Er mustert mich von Kopf bis Fuß, als sähe er mich gerade zum ersten Mal. Sein Kopf ist blutrot angelaufen. Ich frage mich, ob man nicht gleich eine Ambulanz rufen sollte.

Zwei uniformierte Polizisten kommen auf uns zu. Ich überlasse es Marie, mit ihnen zu verhandeln, und gehe hinüber zum Zaun, wo Mila und Pablo auf mich warten. »Alles gut bei euch beiden?«

»Bei uns schon«, antwortet Mila. »Bei dir muss eine Schraube locker sein.« Pablos Augen wandern mit verunsichertem Ausdruck zwischen mir und Mila hin und her. Dass ein Kind in diesem Ton mit seiner Mutter spricht, scheint er nicht gewohnt zu sein. Im Umgang mit meiner Tochter wird er einiges lernen müssen.

»Wie kommst du drauf?«, frage ich.

»Was kommt dir in den Sinn, einfach auf den Typ zuzugehen?«

»Weiß nicht, wahrscheinlich das Gleiche wie dir, als du auf ihn losgehen wolltest.«

Mila zieht eine Schnute. »Das ist nicht dasselbe. Ich bin jünger und schneller als du. Außerdem bist du … du hast …«

»Danke, dass du mein Alter ansprichst. Da fühle ich mich gleich besser. Erzählt mir lieber, wie das Ganze hier angefangen hat.«

Mila und Pablo wechseln einen Blick, bevor sie anfängt. »Wir waren drüben.« Sie zeigt vage in Richtung der Scheune. Schon wieder. Ich sage nichts dazu. »Wir hörten von der Koppel her Geschrei und rannten hinaus. Marie hatte Antares an der Longe, als der Typ –«

»Mila«, sage ich warnend.

»Ich meine, Maries Vater auftauchte. Er ging gleich auf Marie los. Wenn longiert wird, darf keiner in die Koppel, vor allem keine Fremden, weil es die Pferde nervös machen kann. Der Typ fängt an, mit Marie zu streiten. Zum Glück ist Antares ein gutmütiger Kerl. Marie hat ihm sofort die Longe abgenommen und ihn weggeschickt. Zuerst stritten die beiden sich nur. Erst sah es so aus, als würde sie es schaffen, ihn fortzuschicken. Er ging auch raus. Wir dachten schon, es ist vorbei, da kommt er mit dem Stück Holz in der Hand zurück. Dann bist zum Glück du gekommen.« Mila schüttelt den Kopf. »Krass, dass Marie von dem Typ abstammt.«

»Wo sind die Besitzer?«

»Die mussten zu einer Besprechung nach Glovelier. Wenn sie nicht da sind, leitet Marie den Hof.« Milas Augen bekommen einen schwärmerischen Glanz. »Sie ist toll.« Offenbar hat sie ein Rollenmodell gefunden. »Woher kennst du sie eigentlich?«

»Arbeit.« Ich lege den Arm um Mila. »Ich bin hier, weil ich sie sprechen wollte. Und um zu sehen, wie es dir geht – euch«, füge ich mit Blick auf Pablo hinzu.

»Voll schräg, Mum. Du kommst jetzt aber nicht jeden zweiten Tag zum Kontrollbesuch vorbei. Dann sorge ich nämlich dafür, dass du Hofverbot bekommst.«

Ich drücke Mila einen Kuss auf die Wange. »Ich bin weg, sobald ich mit Marie gesprochen habe.«

Pablo hat unsere Unterhaltung schweigend und mit großen Augen verfolgt. Ich werde nach wie vor nicht schlau aus ihm. Einerseits macht er mir gegenüber auf schüchtern, dann wieder hält er wie in diesem Moment meine Hand länger als üblich und sieht mir so lange in die Augen, bis es mir zu bunt wird. Ich lasse los. »Macht's gut, ihr beiden.«

Die Polizisten verfrachten Leuenberger in den Streifenwagen.

»Wo bringen sie ihn hin?«, frage ich Marie.

»Nach Saignelégier auf den Posten. Meine Großmutter holt ihn dort ab.«

»Sie begleiten ihn nicht?«

»Bevor Hugo und Monique zurück sind, kann ich hier nicht weg.«

Wir gehen über den Platz zur Reithalle neben den Stallungen. »Danke, dass Sie da waren. Ich hätte es allein geschafft, aber Ihre Hilfe war willkommen.« Sie deutet auf Mila und Pablo, die immer noch am Zaun stehen und sich unterhalten. »Mila sieht Ihnen gar nicht ähnlich. Äußerlich, meine ich.«

»Sie kommt nach ihrem Vater, den sie abgöttisch liebt.«

»Es gibt schon Gemeinsamkeiten. Zum Beispiel das da.« Marie zeigt auf meine weiße Strähne über der Stirn. »Mila hat einen weißen Haarstreifen an der Schläfe, nicht wahr. Ist das vererbt?«

»Nein, aber eine lange Geschichte für ein andermal. Hat Ihr Vater öfter solche Anfälle?«

»Er ist jähzornig, immer gewesen, liegt in der Familie, auf der männlichen Seite. Onkel Philippe war es auch. Nach seinem Tod wurde es bei Papa schlimmer, sagt meine Großmutter. Manchmal kennt er sich selbst nicht mehr, dann geht man ihm am besten aus dem Weg. Er nimmt Medikamente dagegen, die er die meiste Zeit vergisst.« Marie zeichnet Gänsefüßchen in die Luft. »Bis jetzt habe ich es geschafft, ihn zu beruhigen. Irgendwann wird es nicht mehr gehen.«

»Das war mutig von Ihnen.« Ich zeige auf das Kantholz in ihrer Hand. »Ich hatte wirklich Angst, er schlägt damit auf Sie ein.«

In der Reithalle führt mich Marie zu einem Aufenthaltsraum mit Kochherd, Mikrowelle und Kühlschrank, dem sie eine Flasche Zitronenlimonade entnimmt. »Mögen Sie?«

»Gern.«

Sie wirft mir die Flasche zu und holt eine weitere heraus. »Es ist nur Limonade, und ich bin die Jüngere. Wenn ich trotzdem darf: Ich bin Marie.«

»Auf jeden Fall, Cora.«

Wir prosten uns zu.

»Weshalb bist du so erpicht darauf zu erfahren, wer vor Urzeiten unseren Hof angezündet hat?«, fragt sie.

»Es könnte einen Zusammenhang mit einer Reihe anderer Ereignisse geben. Das Jüngste ist ein Vorfall in Solothurn, bei dem ein Mensch schwer verletzt wurde.«

»Wann?«

»Vor ein paar Tagen.«

»Das soll mit dem Brand unserer Scheune von damals zu tun haben? Grabt ihr Journalisten immer so tief?« Marie setzt sich rittlings auf einen Stuhl.

»Das gehört zu meinem Job.«

»Verstehe. Wie kann ich dir dabei helfen?«

»Siehst du eine Möglichkeit, dass ich mit deiner Großmutter allein sprechen kann?«

»Schwierig, hast du ja gesehen. Ich glaube, es hängt mit dem Tod von Onkel Philippe zusammen. Er und mein Vater standen sich nah. Großmutter erzählte mir, nach dem Unglück sei Papa tagelang verschwunden gewesen. Niemand wusste, wo er war. Nachdem er zurückgekehrt war, sagte er die ersten Tage kein Wort. Als er die Sprache wiederfand, war er so wie ...« Marie deutet mit dem Kopf zum Fenster, hinter dem die Koppel liegt. »Hast du ja gesehen.«

»Ja, war nicht schön.«

»Der Hof ist unser Ein und Alles. Der Brand hätte meine Großeltern fast wegen ein paar Schwachköpfen ruiniert, die nicht verwunden hatten, dass unser Teil des Juras nichts von einem neuen Kanton wissen wollte.«

»Es hat sie fast ruiniert? War er nicht versichert?«

»Die Tiere ja, nicht die Gebäude. Mein Großvater hatte während zwei oder drei Jahren die Feuerversicherung nicht voll bezahlt. Die zahlten zwar, aber nur einen Teil. Für den Wiederaufbau reichte es nicht.«

»Jetzt habt ihr aber einen prächtigen neuen Bau mit Freilaufställen. Wie habt ihr das geschafft?«

»Papa wollte es zunächst nicht sagen. Irgendwann hat er fallen lassen, dass Pierre-Alain Keller ihm ein Darlehen gegeben hat.«

»Der CEO von Ilios?«

»Keller ist der Bruder meiner Großmutter. Kann sein, dass er sich verantwortlich fühlte, weil es der Sohn seines Arbeitgebers war, der unseren Hof angezündet hat. Mehr habe ich nie erfahren.«

Vielleicht steckte auch die Familie Murival hinter dem Darlehen, als stille Tilgung der Schuld ihres Sohnes, um das Image von Ilios Watch zu schützen. »Kennst du Gérard Murival?«

»Nicht gut. Gelegentlich kommt er hier vorbei, seit er wieder im Land ist. Wir reden nicht viel. Ich glaube, er hält sich von mir fern. Es wurde gemunkelt, er sei nicht direkt am Brand beteiligt gewesen, sondern habe nur Schmiere gestanden.«

»Du meinst, man wollte ihm die Brandstiftung anhängen?«

»Mitgegangen, mitgehangen.« Marie zuckt mit den Achseln. »Möglich, dass die Murivals ein schlechtes Gewissen hatten. Aber für die Taten ihres Enkels konnten sie ja nichts.«

»Dass er seine Verlobte erschossen haben soll, macht dir nichts aus?«

»Das war vor vierzig Jahren. Wie gesagt, wir haben nicht miteinander zu tun. Außerdem macht er mir nicht den Eindruck eines eiskalten Mörders.«

»Nicht? Warum?«

»Keine Ahnung, nenne es Instinkt, wenn du willst. Menschen, die Frauen Gewalt antun, strahlen das aus.«

»Was strahlen sie aus?«

»Etwas Anziehendes, Faszinierendes, aber Toxisches, das uns ins Verderben führen kann.«

Woher hat diese junge Frau diese Einsichten? Ist es der jahrelange Umgang mit ihrem Vater?

Wir stellen die leeren Flaschen in die bereitstehenden Getränkekisten.

Maries Reflexion über Männer führt mich zu einer anderen Frage. »Sag mal, dieser Pablo, wie ist er so?«

Marie schmunzelt. »Wieso, machst du dir Sorgen um deine Tochter?«

»Ehrlich gesagt ja, ein wenig.«

»Okay. Wenn ich dir jetzt sage, Pablo ist ein hoffnungsloser Macho, der jeder Schürze hinterherrennt. Was machst du dann?«

Mein Magen zieht sich zusammen. »Keine Ahnung, mit Mila reden.«

»Und dann? Wird sie dir auf Knien dafür danken, dass du sie vor einem bösen Mann gerettet hast? Ich kenne Mila erst seit ein paar Wochen. Trotzdem finde ich, dass sie weiß, was sie tut, und gut allein zurechtkommt. Außerdem …«

»Außerdem was?«

»Ich weiß nicht, was Mila dir erzählt hat. Ich glaube nicht, dass die beiden zusammen schlafen, jedenfalls nicht in den Zimmern. Die sind zu hellhörig. Da wüsste gleich jeder, was los ist.«

Dafür gibt es hier eine große Scheune mit vielen verborgenen Ecken. »Das ist nicht das Thema, wenigstens nicht nur. Pablo macht einen anständigen Eindruck, vielleicht etwas zu anständig und zurückhaltend. Du kennst ihn länger, deshalb möchte ich wissen, wie du über ihn denkst.«

Marie überlegt einen Moment. »Du sagst es, Pablo ist ein netter Kerl und anständig. Bevor Mila hier ankam, hatten es mehrere Praktikantinnen bei ihm versucht. Die Einzige, die ihn knacken konnte, ist deine Tochter.«

17

Ich lasse den Mini im Weiler Sous-le-Mont stehen und setze den Weg zu Fuß fort. Mit Hilfe der Landkarte, die ich auf dem Rückweg vom Reiterhof in der Librairie-Papeterie des Franches-Montagnes in Le Noirmont erstanden habe, komme ich zur Wegverzweigung, wo der Steilpfad hinunter in die Schlucht führt. Ich will mir die Stelle am Doubs ansehen, wo die verkohlten Überreste von Léonie Ory gefunden wurden. In meinen Rucksack habe ich ein wenig Proviant, zwei Flaschen Trinkwasser, einen Pullover und eine Jacke gepackt. Meiner Gastgeberin Marie-Claude hat es nicht gefallen, dass ich um diese Zeit noch eine Wanderung unternehmen will. Es sei Regen angesagt, dann werde der Pfad extrem glitschig. Mittlerweile bin ich unwegsames Gelände gewohnt. Außerdem habe ich nicht vor, lange an einem Ort zu verweilen, der den Tod im Namen trägt.

Ich frage mich, ob meine Anwesenheit hier überhaupt noch Sinn macht, da Camille offensichtlich nicht mehr lebt. Dass zwei junge Frauen hintereinander ein sinnloses und brutales Schicksal erleiden mussten, bestürzt mich. Aber nach so langer Zeit werde ich hier kaum viel mehr dazu herausfinden, es sei denn, ich kann endlich mit Gérard Murival sprechen. Ich habe jedoch keine Lust, die ganze Zeit hinter ihm herzuhetzen. Das ist Sache der Polizei.

Aufziehende Wolken tauchen den Wald in dämmriges Zwielicht, als ich durch den Korridor zwischen den Felswänden in die Schlucht hinabsteige. Hier unten ist es still, es weht kein Lüftchen. Ich versuche, ein aufkommendes beklemmendes Gefühl zu ignorieren, das ich seit Wochen nicht mehr verspürt habe. Vor zwei Jahren, im Berner Oberland, war es der Aufstieg zur Tungelalp, heute ist es der Abstieg in die Schlucht, der sich anfühlt wie die Transition in eine andere Dimension. Der schwierige Weg lässt mir keine Zeit zu überlegen, besser auf der Stelle kehrtzumachen. Was trägt es mir ein, mich erneut mit dunklen Mächten auseinanderzusetzen? Vielleicht sollte ich die Frage anders stellen: Was verliere ich, wenn ich es nicht tue? Wenn ich vor meinen Dämonen davonlaufe, anstatt mich ihnen zu stellen, werden sie mich immer wieder und überall finden.

Über mir höre ich ein polterndes Geräusch, rollende Steine. Ich presse mich eng an den Felsen und warte, bis zwei faustgroße Brocken an mir vorbei in die Tiefe rollen. Ich bleibe für einen Moment im Schutz des Felsens und lausche in die lähmende Stille. Kein Geräusch, keine Bewegung, die auf Menschen schließen lassen. Die Brocken haben sich bestimmt nicht von allein gelöst. Ein Tier könnte den Steinschlag verursacht haben. In der Gegend soll es Gämsen geben.

Endlich mündet die rutschige Passage in einen Schuttkegel, der sich im Lauf der Jahrtausende aufgehäuft hat. Am Grund der Schlucht läuft er zum Fluss hin aus und zwingt ihn, eine Schlaufe zu machen.

Ich erwarte, auf die Ruine der Todesmühle zu stoßen. Stattdessen treffe ich auf eine Hütte neuerer Bauart, an deren Fassade ein Schild hängt.

»La Mort«, der Tod.

Die himmelhohen bewaldeten Bergflanken, die Stille, hier unten werden sie zur Allegorie auf das Ende des Lebens und der Welt. So fühlt es sich jedenfalls für mich an. Das Häuschen mit dem gastlichen Namen muss die Schutzhütte sein, die Sr. Bernadette erwähnt hat. Ich lasse sie links liegen und gehe weiter zum Ufer. Der Doubs ist an dieser Stelle schmal und seicht. Ich könnte trockenen Fußes hinüber nach Frankreich. Im Gegensatz zu anderen Grenzflüssen wie dem Rhein verläuft die Landesgrenze hier nicht in der Mitte des Gewässers. Entlang des Doubs zieht sie sich mal diesem, mal jenem Ufer entlang. Wenn ich die Karte korrekt lese, beginnt Frankreich in diesem Abschnitt am anderen Ufer. Ich habe nicht die Absicht rüberzugehen. Stattdessen wende ich mich nach links flussaufwärts.

Inmitten vollständig moosbewachsener Steine, Bäume und Pflanzen hätte ich die Mauer beinahe übersehen. Im Lauf der Jahrzehnte hat die Natur die von Menschen geschaffene Struktur für sich zurückgewonnen und mit der Umgebung verschmelzen lassen. Die Mauer scheint das einzige Überbleibsel der Mühle, die einst hier gestanden hatte. Ich taste mich den Quadersteinen entlang, bis ich auf eine Öffnung treffe. Dahinter finde ich mich in einem offenen Geviert wieder. Ob das Gebäude einst nur aus diesem einen Raum bestanden hat, ist nicht mehr zu erkennen. Ich erwarte nicht, Spuren zu finden, die auf die verbrannte Leiche von Léonie Ory hinweisen. Sollte es solche geben, liegen sie unter einer dichten Schicht Moos.

Ich setze mich in die Mitte des Gevierts und schließe die Augen. Wie könnte es damals vor sich gegangen sein? Was könnte Camille dazu gebracht haben, Léonie zu erschießen und ihren Leichnam an dieser Stelle zu verbrennen? Laut Sr. Bernadette wurde Léonie in den Kopf geschossen, eine regelrechte Hinrichtung. Eher ungewöhnlich für eine Neunzehnjährige, ihre beste Freundin auf diese Weise zu töten. Das würde auf eine geplante Tat schließen lassen. Warum ausgerechnet hier und weshalb die Leiche in Brand setzen? Das tut man, wenn die Identifizierung des Opfers verunmöglicht oder erschwert werden soll. Weshalb sollte sich Camille hier mit einer Leiche aufhalten und damit riskieren, entdeckt oder sogar festgenommen zu werden? Einen Menschen, der zu zwei Dritteln aus Flüssigkeit besteht, bis zur Unkenntlichkeit zu verbrennen, ist ein schwieriges Unterfangen. Lediglich ein Streichholz oder ein Feuerzeug reicht dazu nicht aus. Um die dafür notwendige Hitze zu erzielen, hätte Camille ein riesiges Feuer entfachen müssen. Das ist zeitaufwendig und benötigt eine Menge Brandbeschleuniger wie Benzin, vermutlich mehrere Kanister. Oder aber eine Menge Brennholz. Die Hütte scheint über einen Vorrat zu verfügen. Ob sie damals schon existiert hatte? Schwer vorstellbar, dass Camille das alles ganz allein hier heruntergeschleppt beziehungsweise sich damit abgemüht haben soll. Je mehr ich darüber nachdenke, desto unwahrscheinlicher erscheint mir das Ganze. Vielleicht gibt der Einblick in die Polizeiakte Aufschluss.

Ein Tropfen, der auf meine Stirn fällt, beendet meine Betrachtungen. Ich stehe auf und blicke durch die Türöffnung. Auf der Wasseroberfläche des Flusses bilden sich kleine Kreise. Zeit, den Rückweg anzutreten.

Ich lege gerade den Rucksack an, als mich ein knackendes Geräusch herumfahren lässt. Dann höre ich Schritte. Diesmal ist es bestimmt kein Tier.

Vorsichtig spähe ich um die Ecke. Ein paar Meter vor mir steht eine Person mit dem Rücken zu mir. Anhand von Haltung und Körperbau tippe ich auf einen Mann. Er scheint sich nach etwas umzusehen. Ist er zufällig hier, oder hat er mich verfolgt?

Ich ziehe mich ins Geviert zurück und überlege, was mir für meine Verteidigung zur Verfügung steht. Im Rucksack habe ich ein Taschenmesser. Ungeeignet, wenn man einen Gegner auf Abstand halten will. Das herumliegende Geäst ist entweder zu leicht oder zu morsch, um wirksam zu sein. Dafür hat es genug Steine. Ich nehme mit einem handlichen Exemplar vorlieb. Den kann man werfen. Was Zielsicherheit betraf, behauptete ich mich als Kind gegenüber den Jungs ganz gut. Wie es heute darum bestellt ist, werde ich möglicherweise bald wissen.

Die Schritte kommen näher. Ich lehne mich an die Wand neben der Türöffnung. Sosehr es mir gegen den Strich geht, aber wer immer durch die Öffnung kommt, dem ziehe ich den Stein über den Schädel und renne um mein Leben, ohne Fragen zu stellen. Inzwischen ist der Regen stärker geworden. Die Aussicht, trocken zu meinem Auto zu kommen, schwindet sekündlich.

Eine Veränderung von Licht und Schatten bei der Türöffnung lässt mich den Stein stärker umfassen. Zuerst sehe ich die Spitze eines Schuhs auf der Schwelle. Ich hole zum Schlag aus. Die Gestalt tritt über die Schwelle und sieht mich an.

Ich lasse den Stein fallen.

18

Nachdem Sylvain seine Ladung in Wolfisheim, einem Vorort im Westen Straßburgs, abgeliefert hatte, anerbot er sich, Camille zum Bahnhof zu fahren. Obschon sie den gutmütigen Riesen auf der Fahrt hierher ins Herz geschlossen hatte, lehnte sie ab. Er hatte ihr genug geholfen und noch eine lange Fahrt bis Stuttgart vor sich, wo er früh am nächsten Morgen Ladung aufnehmen musste.

Nachdem er ihr erklärt hatte, wo die nächste Bushaltestelle war, und ihr Tipps für günstige und sichere Übernachtungen in der Stadt gegeben hatte, umarmten sie sich zum Abschied.

Sie hatte Glück und erwischte einen Bus, der sie eine halbe Stunde später am Hauptbahnhof aussteigen ließ.

Sie hatte Sylvain gegenüber nichts von den zwanzigtausend Franken erwähnt, die sie mit sich herumtrug. Das hatte nichts mit Misstrauen zu tun – oder alles. Wollte sie am Leben bleiben, durfte sie niemandem trauen.

Sie blickte an der Fassade des Bahnhofhotels hoch. Ein Zimmer hier konnte sie sich ohne Weiteres leisten. Sie sehnte sich nach einer Dusche und einem weichen Bett. Die letzte Nacht im Gebüsch des Friedhofs von Maîche saß ihr in den Knochen. Unterwegs hatte sie auf der Toilette einer Raststätte ihre Kleider gereinigt und sich das Gesicht gewaschen. Unschlüssig stand sie vor dem Hoteleingang. In diesem Aufzug, mit dem Rucksack und dem strähnigen Haar würde sie auffallen, erst recht, wenn sie die Rechnung mit einem Haufen Bargeld bezahlte. Sie hatte ihre Kreditkarte zwar dabei, die war jedoch nur für Notfälle bestimmt. Denjenigen, die Léonie geschnappt hatten, traute sie zu, ihre Bewegungen zurückverfolgen zu können. So was hatte sie mal in einem Film gesehen. Die Karte durfte sie an einem Ort höchstens einmal verwenden und musste dann gleich verschwinden. Sie hatte jedoch die Absicht, so lange in Straßburg zu bleiben, bis sie mit Léonie Kontakt aufnehmen oder wenigstens in Erfahrung bringen konnte, was ihr zugestoßen war.

Ein junges Paar in Jeansshorts und Rucksack trat aus dem Hotel. Camille fuhr sich mit der Hand über ihr Haar, schulterte den Rucksack und betrat das Hotel.

Nur für eine Nacht.

19

»Geht's noch?«, herrsche ich Pablo an. »Ich hätte dir fast den Stein über den Schädel gezogen. Warum schleichst du hinter mir her?«

Pablos Mund öffnet und schließt sich ein paarmal, bevor er einen Ton herausbringt. »Tut … tut mir leid, ich wollte Sie nicht erschrecken, Madame. Ich nehme immer diesen Weg.«

»Was heißt, du nimmst immer diesen Weg?«

»Es ist die kürzeste Strecke. Ich habe ein Zimmer auf einem Hof, in der Nähe von Charquemont.«

»Willst du mir erzählen, du kommst jeden Tag hier vorbei, zweimal?« Zutrauen würde ich es ihm schon, fit, wie er aussieht.

»Nicht jeden Tag. Ich habe auch ein Bett neben der Scheune im Reiterhof.«

Was mich nicht gerade beruhigt, wenn ich an Mila denke.

»Heute Abend bin ich mit Freunden in Charquemont verabredet«, fügt er hinzu.

»Du machst die ganze Strecke zu Fuß?«

»Nein. Ich habe zwei alte Fahrräder.« Er deutet auf das andere Ufer. »Von da drüben brauche ich eine Viertstunde nach Hause. Das andere Rad steht auf der Schweizer Seite, wo der Pfad hier herunter beginnt.«

Inzwischen hat es angefangen, Bindfäden zu regnen. Ich ziehe die Kapuze meiner Jacke über den Kopf. »Wie machst du's im Winter?«

»Wenn nicht zu viel Schnee liegt, nehme ich auch diesen Weg.«

Mich graust schon der Gedanke, im strömenden Regen die Rutschbahn von einem Hang hochzuklettern. Die Geschichte der zufälligen Begegnung kaufe ich ihm trotzdem nicht ab. Er ist fast einen Kopf größer als ich. Unter seinem T-Shirt zeichnen sich scharf definierte Muskeln an Armen und Oberkörper ab.

Wenn er es darauf anlegt, kann er mich mit ein paar Handgriffen überwältigen. Das macht mir jedoch keine Angst, was daran liegen mag, dass Mila ihm vertraut. Es ist die Art, wie er sich mir gegenüber verhält und wie er mich angeschaut hat, wenn er glaubte, ich merke es nicht. Pablo hält mit etwas hinter dem Berg. »Ich werde das Gefühl nicht los, dass du mir etwas sagen willst.«

Er hält meinem Blick nicht lange stand und nickt. »Ja, Madame.«

»Was? Und hör auf, mich Madame zu nennen, Cora reicht. Also?«

»Ich habe Sie gesehen, vorhin, als Sie in die Schlucht hinabgestiegen sind. Der Pfad ist gefährlich. Als ich Sie dann hier unten nicht mehr gesehen habe, machte ich mir Sorgen und suchte Sie. Ich wollte mich nur vergewissern, dass es Ihnen gut geht.«

»Das ist alles?«

»Ja.«

Ich kaufe es ihm noch immer nicht ab. Es muss mehr dahinterstecken. Ich kann es schwerlich aus ihm herausprügeln. »Na gut, wie du siehst, geht es mir gut.« Ich reiche ihm die Hand. »Ich mache mich auf den Heimweg, danke für deine Fürsorge.«

Wieder dieser seltsame Blick. »Sind Sie geübte Berggängerin?«, fragt Pablo.

»Wie bitte?«

Seinem Ausdruck und der abwehrenden Handbewegung entnehme ich, dass meine Replik schärfer ausgefallen ist, als ich beabsichtigt habe.

»Ich meine nur wegen des Aufstiegs. Der Regen wird stärker, und bald wird es dunkel. Es soll auch ein Gewitter kommen. Vielleicht ist es besser, Sie übernachten hier unten.«

»Ich soll bei dem Wetter im Freien schlafen? Ich habe nicht mal einen Schlafsack dabei.«

»Das brauchen Sie nicht.« Pablo zeigt auf die Hütte. »Das ist eine Schutzunterkunft. Unter dem Vordach beim Picknicktisch hängt ein Kästchen, auf dem ein Zettel mit einer Telefonnummer angebracht ist. Dort rufen Sie an und melden eine Übernachtung an. Sie erhalten die Kennnummer für das Kombinationsschloss des Kästchens. Es enthält den Schlüssel für die Hütte. Drinnen hat es Wolldecken, Brennholz ist auch vorhanden. Das Geld für die Übernachtung legen Sie ins Kästchen. Haben Sie Proviant dabei?«

»Wenig, in einer Nacht werde ich kaum verhungern.«

»Soll ich Mila Bescheid geben, dass Sie hier unten übernachten, damit sie sich keine Sorgen macht?«

»Lieb von dir, das erledige ich selbst.« Ich mache einen Schritt auf ihn zu. »Du scheinst ein guter Kerl zu sein, Pablo. Aber du sagst mir nicht die ganze Wahrheit.« Ich tippe mit dem Zeigefinger auf seine Brust. »Wir beide reden noch miteinander. Dann will ich keinen Bullshit mehr hören. Haben wir uns verstanden?«

Sein Adamsapfel macht einen Hüpftanz. »Ehrlich, Madame … Cora, ich will nichts von Ihnen, ich habe mir nur –«

»Sorgen gemacht, ich weiß. In Ordnung, komm nicht zu spät zu deiner Verabredung.«

Anstatt sich auf den Weg zu machen, steht er da wie ein begossener Pudel. Er tut mir fast leid.

»Ist noch was?«

»Wegen Mila, ich liebe sie, das müssen Sie mir glauben, bitte. Ich werde nie zulassen, dass ihr etwas passiert.«

Liebe. Ein Wort, dessen Bedeutung nicht mal ich vollständig erfasse.

»Komm gut nach Hause, Pablo.«

Mein Handy zeigt zwei Minuten nach Mitternacht an. Das heißt, ich habe knapp zwei Stunden geschlafen. Jetzt liege ich hellwach in völliger Dunkelheit. Bis auf das Rauschen des Regenwassers, das von den Bäumen tropft, geben die Nacht und der Wald keine Geräusche von sich. Just in dem Moment, als ich mich hinlegen wollte, brach ein heftiges Wetter über den

Doubs herein. Innerhalb weniger Minuten durchzuckten Dutzende Blitze den schmalen Streifen Nachthimmel hoch über mir. Mit den von den Bergwänden hin und her geschleuderten Echos der Donnerschläge verwandelten sie den Talboden in ein stroboskopisches Inferno. Als es vorüber war, fühlte ich mich von der elektrischen Atmosphäre derart aufgeladen, dass ich nicht in der Lage war, gleich einzuschlafen. Um herunterzukommen, gab ich Mila und Marie-Claude per SMS Bescheid, wo ich mich befand und dass es mir gut ging. Mein Abendessen davor war frugal gewesen und hatte aus ein paar Keksen und einem Schokoriegel bestanden, die ich mit ein paar Schlucken Wasser heruntergespült hatte. Den Holzofen anzufeuern war einfacher gewesen als gedacht. Der Holzvorrat ist gut ausgetrocknet.

Ich wickle mich aus dem schmalen, harten Bett. Das Feuer ist ausgegangen, hat aber genügend Glut, sodass ich es mit zwei nachgelegten Scheiten neu entfachen kann. Das sollte bis zum Morgen reichen. Die Hütte ist gut in Schuss, sauber und aufgeräumt, das vorhandene Brennholz mehr als ausreichend. Ich habe schon weit unbequemer genächtigt. Da war diese eiskalte Nacht in einem Wadi im Maghreb. Sie war nur deshalb erträglich gewesen, weil ich mich an Marzuk – ich wusste damals noch nicht, dass ihn das zu Julians Erzeuger machen würde – wärmen konnte. Ein paar Jahre später war ich gezwungen, eine Nacht in einer zugigen Grotte im kurdischen Nordirak zu verbringen. Zusammen mit der Übersetzerin und meinem Führer musste ich mich von einer Straße fernhalten, die nachts nicht vom Militär überwacht wurde. Im Vergleich dazu gebe ich der Schutzhütte »La Mort« am Doubs ohne Weiteres fünf Sterne.

Um den Akku zu schonen, habe ich das Handy ausgeschaltet. Ich mache es kurz an. Mila hat meine SMS mit drei Emojis, Kuss, Herzchen, Schläfer und einem »Sweet dreams, Mum« beantwortet. Dass ihre Mutter allein in der jurassischen Wildnis nächtigt, scheint sie wenig zu beeindrucken.

»Ich liebe dich auch, mein Schatz«, murmle ich und schalte

das Gerät wieder aus. Die sich erneut im Raum ausbreitende Wärme wirkt entspannend. Ich spüre, wie meine Glieder schwer werden, bis ein Geräusch mich aus dem Dämmerzustand reißt.

Im ersten Moment bin ich nicht sicher, ob es von draußen kam. Vielleicht war auch nur ein Holzscheit im Feuer geplatzt. Oder ein Tier schleicht um die Hütte. Dagegen sprechen jede angespannte Faser in meinem Körper und das Kribbeln im Nacken, das mich bisher selten getäuscht hat.

Das Geräusch ist wieder da, diesmal ganz klar außerhalb der vier Wände. Ein leises Knacken, begleitet von etwas anderem. Um mich darauf zu konzentrieren, schließe ich die Augen. Zuerst höre ich nur das Rauschen des Waldes, der in einer Niederschlagspause das Regenwasser von Blättern und Zweigen abschüttelt. Ich gehe ans Fenster und öffne es leise. Die Läden lasse ich zu. Jetzt höre ich es deutlich, ein saugendes Geräusch, Schritte schwerer Schuhe auf regensatter Erde.

Ich bin nicht mehr allein.

Das Rütteln an der verrammelten Tür ist wie der Donnerschlag unmittelbar nach einem Blitz, nicht unerwartet, dennoch erschreckend. Wer immer da draußen ist, weiß, dass sich jemand in der Hütte befindet. Kaminrauch kann man im Dunkeln vielleicht nicht sehen, riechen schon.

Ich gehe meine Optionen durch. Hier warten und hoffen, dass er oder sie draußen wieder geht oder …

Ich wähle die zweite Variante. »Ist da jemand?«

Für einen Augenblick scheint die Welt draußen in Stille zu verharren. Antwort bekomme ich keine.

»Ich weiß, dass Sie da draußen sind.« Ich merke, dass ich es auf Deutsch gesagt habe, und wiederhole die Ansage auf Französisch.

»Frau Johannis?«

Statt einem setzt mein Herz gleich drei Schläge aus. Mir wird leicht schwindlig. Ich kenne die Stimme nicht. »Wer sind Sie?«

»Bitte öffnen Sie. Sie haben nichts zu befürchten.«

»Sagen Sie mir zuerst Ihren Namen.«

»In dieser Gegend verschließen sich die Türen, wenn sie ihn hören.«

Was soll das werden? Eine Sonderausgabe heiteres Namen-raten nach Mitternacht? »Ich kann auch die Polizei rufen, wenn Ihnen das lieber ist.«

»Ich nenne Ihnen zwei Namen«, meldet sich die Stimme erneut. »Wenn Sie ihnen vertrauen, können Sie das bei mir auch.«

»Ich höre.«

»Françoise Gravier ist eine Freundin und Mentorin von mir. Mathilde Muriaux haben Sie vor Kurzem kennengelernt. Sie ist meine Mutter.«

Ich bin so verblüfft, dass ich ein paar Sekunden brauche, um es auszusprechen. »Gérard Murival?«

»Richtig, was ist jetzt? Machen Sie mir auf?«

Ich nehme ein Scheit vom Stapel neben dem Ofen. »Kommen Sie langsam rein. Ich will Ihre Hände sehen.«

»In Ordnung.«

Ich entriegle die Tür und halte das Holzscheit schlagbereit in die Höhe.

Er tritt über die Schwelle.

»Bleiben Sie stehen, Hände bleiben oben.«

»Verstanden.«

Ich erkenne ihn wieder. Es ist der Mann, den ich in Solothurn mit Françoise gesehen habe. »Sind Sie bewaffnet?«

Er schüttelt den Kopf. »In meinem Rucksack ist ein Taschen-messer. Er liegt draußen.«

»Drehen Sie sich um.« Ich taste ihn mit einer Hand ab, was er widerstandslos geschehen lässt. Jetzt bleibt mir nichts anderes übrig, als meinem Instinkt zu vertrauen. »Sie können die Arme runternehmen.«

Er trägt dieselben abgewetzten Jeans und schweren Stiefel, die er schon in Solothurn anhatte. Lediglich den schwarzen Ledermantel hat er gegen einen gebirgstauglichen Anorak aus-getauscht. Haare und Bart warten noch auf einen Schnitt beziehungsweise eine Rasur. Die hellen wachen Augen erinnern mich an Daniel vom Staal.

»Ich habe nicht erwartet, Sie hier anzutreffen, Frau Johannis.«

»Ich hatte auch nicht vor, die Nacht an diesem gastlichen Ort zu verbringen. Aber es könnte schlimmer sein.«

»Sie sehen anders aus als auf den Bildern.«

»Schleichen Sie hier herum, um mir zweifelhafte Komplimente zu machen? Von was für Bildern sprechen Sie?«

»Haben Sie sich nie selbst gegoogelt?«

Habe ich nicht oder schon lange nicht mehr. Ich mache eine mentale Notiz, es bei Gelegenheit nachzuholen.

»Darf ich?« Er zeigt auf einen von zwei Stühlen.

»Bitte.« Damit der Abstand gewahrt bleibt, setze ich mich auf meine Pritsche.

»Ich hatte vor, die Nacht hier zu verbringen, wie ich es oft tue. Heute sind Sie mir zuvorgekommen.«

»Sie verstecken sich hier unten? Schon die ganze Zeit?«

»Nicht die ganze Zeit, manchmal bringt mich meine Mutter in einem ihrer Häuser unter. Oben werde ich nicht überall gern gesehen. Aber das muss ich Ihnen wohl nicht sagen.«

»Nicht gern gesehen ist relativ. Die Solothurner Polizei brennt darauf, Ihnen ein paar Fragen zu stellen. Das Fedpol ist auch interessiert, wie ich hörte.«

»Das ist mir bekannt. Können Sie mir sagen, wie es Françoise geht?« Seine Anteilnahme klingt glaubhaft.

»Nach meinem letzten Wissensstand liegt sie nach wie vor im Spital Solothurn im Koma. Ihr Zustand soll unverändert, aber stabil sein.«

»Sie ist nicht ansprechbar?«

»Vorläufig nicht, verraten Sie mir, was Donnerstagnacht passiert ist?«

Murival lacht verhalten. »Sie glauben auch, dass ich schuld bin, nicht wahr?«

»Wenn Sie sich nicht nur Fotos von mir angeschaut haben, wissen Sie, was ich mache.«

»Sie sind Journalistin, eine von den seriösen, wenn es stimmt, was über Sie gesagt und geschrieben wird.«

»Hängt davon ab, was Sie unter seriös verstehen. Ich halte mich an Fakten. Und Fakt ist, dass Sie letzten Donnerstag mit Françoise kurz vor dem Vorfall einen Streit hatten. Ich war übrigens dabei. Worum ging es da?«

Murival fährt sich mit der Hand über den Mund. »Haben Sie etwas zu trinken für mich? Mein Getränk ist im Rucksack.«

Ich gebe ihm eine ungeöffnete Wasserflasche.

Er bedankt sich und trinkt, bevor er fortfährt. »Sie sagen, Françoise sei überfallen worden. In den Zeitungen, die ich gelesen habe, stand etwas von einem Unfall.«

»Es gibt Zeugenaussagen, die auf Dritteinwirkung hinweisen. Ich frage Sie noch mal: Worum ging es bei Ihrem Streit?«

»Françoise bewahrt Unterlagen auf, die mir gehören. Es sind Dokumente, Papiere, Fotos von Thérèse von früher, darunter welche von Camille. Sie wollte sie mir erst geben, wenn alles vorbei ist.«

»Wenn was vorbei ist?«

»Eine Familiensache, spielt hier keine Rolle. Ich bin ein ungeduldiger Mensch und wollte die Sachen sofort. Ein Wort gab das andere, da bin ich ausgerastet.«

Was für Dokumente konnten das sein? Sind sie auf Françoises Datenstick, den Wagners Hackerfreund hoffentlich bald knackt?

»Bin ich der Hauptverdächtige für die Polizei?«, fragt Murival.

»Versetzen Sie sich in ihre Lage. Sie haben sich mit Françoise in aller Öffentlichkeit gestritten und sie attackiert.«

»Ich habe sie nicht attackiert.«

»Ich habe mit eigenen Augen gesehen, wie Sie sie angerempelt haben. So was gilt als tätlicher Angriff.«

Murival senkt den Kopf. »Es hat mir selbst leidgetan. Françoise, sie … ich verdanke ihr viel, wenn nicht gar alles. Ich hatte mich für einen Moment nicht im Griff.«

Das scheint ihm öfter zu passieren. »Als Sie sie die Treppe hinuntergestoßen haben? Hatten Sie sich da auch nicht im Griff?«

Er richtet sich kerzengerade auf und sieht mir direkt in die Augen. »Damit habe ich nichts zu tun, das müssen Sie mir glauben. Zu dem Zeitpunkt war ich nicht mehr in Solothurn. Ich saß in der Bahn, auf dem Rückweg hierher.«

»In diesem Fall haben Sie nichts zu befürchten. Gehen Sie zur Polizei und machen Sie eine Aussage.«

»Wenn es so einfach wäre. Mit meiner Vorgeschichte kann ich nicht einfach auf einem Polizeiposten aufkreuzen.«

»Ich habe nicht gesagt, dass es einfach ist. Ich fürchte, Sie haben keine Wahl. Oder wollen Sie ständig davonlaufen? Es wäre besser für Sie, sich zu stellen.«

Er lehnt sich zurück und blickt an die Decke.

»Herr Murival?« Sein Schweigen dauert mir zu lange.

Sein Blick richtet sich wieder auf mich. »Zuerst muss ich etwas erledigen. Kann ich auf Ihre Hilfe zählen?«

»Kommt darauf an. Erklären Sie's mir.«

20

Gérard stand in der dritten Reihe der »Béliers«, die sich der Übermacht der Pro-Berner »Sangliers« entgegenstellten, von denen sie mit Knüppeln und Steinen empfangen worden waren. Einer von denen hatte einen Molotowcocktail geworfen, den ein Separatist zum Glück abwehrte, bevor er mitten unter ihnen explodieren konnte. Sein heroisches Verhalten hatte ihm Verbrennungen eingebracht. Wo war die Polizei, die die offiziell bewilligte Versammlung schützen sollte? Das »Ours« gehörte der RJ. Es war das gute Recht der Separatisten, auf ihrem eigenen Grund und Boden zusammenzukommen. Es hatte schon mehrere Verletzte gegeben, darunter ein Journalist, ohne dass sich ein Uniformierter gezeigt hätte.

Ein paar Sangliers trugen eine Jura-Fahne in die Mitte des Platzes und zündeten sie unter Gejohle und Anfeuerungen ihrer Kameraden an.

Wenn nicht bald etwas passierte, würde das Ganze außer Kontrolle geraten. Im Komitee hatte Gérard sich gegen die Versammlung in Cortébert, mitten im »Feindgebiet«, ausgesprochen. Das Rassemblement hatte schon viel erreicht. Was brachte es, die Berner weiter zu provozieren? Dabei hatte man alle Hände voll zu tun, den neuen Kanton in die Gänge zu bringen. Die Verwaltung, Schulen und Spitäler, das alles musste funktionieren. Das neu gegründete Korps der Gendarmerie hatte das Laisser-faire zu beenden, das die Berner in den Jahren des Übergangs einreißen ließen. Waren Recht und Ordnung nicht gewährleistet, hatte das neue Staatswesen von vornherein keine Überlebenschance. Straßen mussten unterhalten oder, wie die »Transjurane«, neu gebaut werden, um den jungen Kanton besser an den großen Nachbarn Frankreich und den Rest der Schweiz anzubinden.

Auch Gérard wollte, dass die rot-weiße Flagge mit dem Bischofsstab überall zwischen Biel und Boncourt, Moutier und La Neuveville wehte und den Berner Bär, Symbol jahrzehntelanger Repression, in die Flucht schlug.

Die Hitzköpfe innerhalb des Rassemblement wollten nichts von Zurückhaltung wissen. Jetzt erst recht, meinten sie, das Momentum muss ausgenützt werden. Der Saal im »Hôtel de l'Ours« war bereit und die Autobusse bestellt gewesen, welche die Genossen aus den Freibergen herankarren sollten. Von Anfang an war klar gewesen, dass die reaktionären und konservativen Köpfe im Berner Rathaus sich das nicht bieten lassen wollten. Heute war der 16. März 1980, der fünfte Jahrestag des zweiten Plebiszits, das den Grundstein für den Kanton Jura gelegt hatte. Die Verlierer von damals wollten es auf eine Revanche mit den linken Anarchisten aus dem Norden ankommen lassen.

Gérard hatte sich nicht in erster Linie aus politischen Gründen gegen die Aktion ausgesprochen. Die Angst um Thérèse, die im zweiten Stock des »Ours« wohnte, hatte ihn dazu getrieben. Seine Genossen wurden mehr und mehr zum Gasthof zurückgedrängt. Es fehlte nicht mehr viel, und die Scharmützel würden auf das Haus übergehen.

Vor ihm schoss eine Stichflamme in die Höhe. Ein Berner hatte einen weiteren Cocktail geworfen. Der Idiot hatte sich so tollpatschig angestellt, dass er gestolpert war und die Flasche mit der brennenden Lunte fallen ließ. Dabei fing er selbst Feuer. Er hatte Glück, dass einige seiner Kameraden sofort mit Wolldecken zur Stelle waren. Begleitet von den Buhrufen der Béliers trugen sie ihn vom Platz.

Gérard durfte nicht warten, bis das hier in eine Katastrophe ausartete. Thérèse und das Kleine in ihrem Bauch waren im Gasthof nicht mehr sicher. Gestern Nachmittag hatte er versucht, sie von hier wegzubringen. Thérèse war wütend geworden und hatte sich dagegen gesträubt. Er hatte es falsch angepackt, hätte behutsamer bei ihr vorgehen sollen. Es war falsch gewesen, ihr nahezulegen, mit ihm ins Ausland zu gehen.

Thérèse unterstützte die Sache der Separatisten, aber sie hatte eben auch einen harten Berner Schädel. Wenn man ihr autoritär kam und Befehle gab, schaltete sie auf stur. Er erinnerte sich nicht, je mal heftiger mit ihr gestritten zu haben als gestern. Schließlich hatte sie ihn aus der Wohnung geworfen.

Er blickte die Fassade hoch zu Thérèse' kleiner Wohnung unter dem Dach. Eines der Fenster stand offen. Er erkannte Thérèse' Umriss am ausladenden Bauch im Gegenlicht. Vor ein paar Tagen hatte er sie damit aufgezogen und sie eine überdimensionierte Birne genannt. Lachend hatte sie ein Handtuch nach ihm geworfen.

»Thérèse!«

Er konnte nicht erkennen, ob sie ihn gehört hatte. Er setzte an, noch mal zu rufen, als ein Schuss krachte. Für einen Sekundenbruchteil schien die Schlacht innezuhalten. Auf beiden Seiten hatten sich einige geduckt oder kauerten auf dem Boden. Thérèse musste den Knall auch gehört haben. Sie stand immer noch am Fenster. Ihr Blick war auf einen Punkt auf der Gegenseite gerichtet. Es knallte ein zweites Mal. Gleich darauf ertönte das Klirren von berstendem Glas. Eine der Fensterscheibe von Thérèse' Wohnung war in die Brüche gegangen.

»Geh weg vom Fenster, Thérèse!« Sie stand immer noch wie erstarrt dort, den Blick auf einen fixen Punkt in der Menge gerichtet.

Der dritte Schuss fiel.

Thérèse wich zurück.

Aus der Ferne hörte Gérard Zweiklanghörner. Die Polizei war endlich erwacht. Er musste zu ihr, doch er konnte weder vor noch zurück. Er kämpfte sich seitlich einen Weg frei, bis er eine Lücke fand, durch die er nach hinten aus der Reihe schlüpfen und zum Haus gelangen konnte. Die Treppe zum Eingang des Gasthauses war noch frei, die Eingangstür stand offen. Er stolperte mehr die Treppe hoch, als dass er sie hochrannte. Die Wohnungstür war abgeschlossen. Er hämmerte mit den Fäusten dagegen. »Thérèse, mach auf, ich bin's, Gérard!«

Er wartete nicht lange, bevor er die Tür eintrat, die schon beim ersten Versuch aufsprang. In der winzigen Diele schlug ihm der Lärm von draußen durch das offene Fenster entgegen.

In der Wohnung rührte sich nichts. Fast gegen seinen Willen betrat er das Zimmer.

»Thérèse!«

Schluchzend ging er in die Knie.

21

»Es war furchtbar und gleichzeitig surreal, Thérèse am Boden liegen zu sehen.« Der Schmerz der Erinnerung an jenen Tag steht Murival ins Gesicht geschrieben. »Das Blut, das sich auf ihrer Brust ausbreitete, wirkte so künstlich. Es ist wie ein Alptraum, aus dem ich seit vierzig Jahren nicht erwachen kann.«

»Sie waren auf dem Platz vor dem Gasthaus, als die Schüsse fielen, ist das richtig?«

Murival reibt sich mit den Handflächen zweimal das Gesicht und sieht mich mit geröteten Augen an. »Ja, ich stand auf dem verfluchten Platz und sah zu, wie jemand den Menschen tötete, mit dem ich mein Leben verbringen wollte.«

»Dann erst sind Sie in die Wohnung gelaufen und haben Thérèse auf dem Boden gefunden. Und weiter?«

»Die Polizei traf ein. Jemand muss gesehen haben, dass ich das Haus betreten habe. Kann sein, dass sie mich für den Schützen hielten, was weiß ich. Thérèse lebte noch, aber ich wusste nicht, was ich tun konnte. Plötzlich stürmten zwei Polizisten herein und drückten mich zu Boden. ›Sie lebt!‹, habe ich ihnen zugerufen, das weiß ich noch ganz genau. ›Helft ihr.‹ Einer von ihnen hat Thérèse' Puls gefühlt und dann über Funk einen Helikopter angefordert.« Gérard lacht traurig. »Ohne sein schnelles Handeln hätte Thérèse es nicht lebend ins Spital geschafft. Ist es nicht Ironie des Schicksals, dass ausgerechnet ein Berner Polizist meiner Camille das Leben rettete? Wären er und sein Kollege früher da gewesen, hätte auch Thérèse weiterleben können.«

Hätte, wäre. Dass Camille zwanzig Jahre später das tragische Los ihrer Mutter teilte, würde ich nicht als Ironie bezeichnen.

»Hatten Sie eine Waffe bei sich, als die Polizei Sie festnahm? Oder wurde in der Wohnung eine Waffe gefunden?«

Murival schüttelt den Kopf. »Ich selbst hatte keine Waffe.

Wenn später eine in der Wohnung gefunden wurde, gehörte sie bestimmt weder mir noch Thérèse.«

»Dann verstehe ich nicht, weshalb man Sie des Mordes an Ihrer Verlobten verdächtigte. Niemand sah, dass Sie geschossen hatten, und Sie trugen keine Waffe auf sich.«

»Ich bin weggerannt. Während sich einer der Polizisten um Thérèse kümmerte, gelang es mir, den zweiten zu überwältigen und zu flüchten.«

»Warum liefen Sie davon, wenn Sie unschuldig waren?«

»Ich weiß, was Sie sagen wollen. Sie müssen verstehen, für die Berner war ich ein Staatsfeind, ein Terrorist und Brandstifter, der schon zwei Menschen auf dem Gewissen hatte. Ich konnte Thérèse nicht helfen. Wäre ich bei ihr geblieben, hätte man mich eingekerkert. Stattdessen setzte ich mich nach Frankreich ab, von dort weiter nach Spanien und später nach Marokko, das damals noch kein Auslieferungsabkommen mit der Schweiz hatte. Erst seit Kurzem bin ich zurück. Die Taten sind seit zehn Jahren verjährt.«

»Stimmt. Trotzdem verstecken Sie sich an diesem ungastlichen Ort.«

»Hier gibt es Leute, denen mein Verschwinden gelegen kam und die alles andere als ein Interesse an meiner neuerlichen Anwesenheit haben. Pierre-Alain Keller würde mich lieber tot als lebendig sehen, Santoni ebenso.«

»Jean-Baptiste Santoni, der Investor? Wie kommen Sie darauf?«

»Sind Sie ihm schon mal begegnet?«

»Bisher hatte ich nur einmal das Vergnügen.«

»Sollten Sie ihn wieder treffen, nehmen Sie sich in Acht. Santoni ist ein gefährlicher Mann.«

Nicht gerade die Schlagzeile des Tages. Leute, die ihre Finger in allen möglichen undurchsichtigen Geschäften haben, um das Vermögen anderer zum eigenen Vorteil zu vermehren, sind in den seltensten Fällen angenehme und vertrauenswürdige Zeitgenossen. Natürlich kommt es dabei auch auf die Natur der

Vermögen an. »Sie haben meine Frage nicht beantwortet. Glauben Sie, Keller und Santoni trachten Ihnen nach dem Leben? Weshalb kehren Sie dann trotzdem in die Höhle des Löwen zurück?«

Murival hält meinem Blick einen Moment stand, bevor er antwortet: »Wegen Camille.«

Habe ich mich verhört? »Reden wir von derselben Person? Camille, Ihre Tochter, die seit zwanzig Jahren tot ist?«

»Santoni hat sie auf dem Gewissen.«

»Was heißt das? Hat er sie umgebracht?«

»Santoni macht sich die Hände nicht schmutzig. Dafür hat er seine Leute, wie diesen Nico.«

Ein weiterer Name, den ich zum ersten Mal höre. »Wer ist Nico?«

»Nico Cagliari ist Santonis Mann fürs Grobe. Er kommt aus demselben korsischen Dorf wie sein Capo und ist ihm treu ergeben. Das ist so ein korsisches Familiending, wie bei der italienischen Mafia. Ergebenheit und Treue bis in den Tod, Familie, Omertà und der ganze Quatsch.«

Ich tendiere dazu, ihm zu glauben. Eine Frage brennt mir trotzdem auf der Zunge. »In den zwanzig Jahren seit ihrer Flucht und vor Camilles Tod haben Sie nie versucht, mit ihr Kontakt aufzunehmen oder sie mit Ihnen?«

Sein Blick verhakt sich mit meinem. »Fragen Sie mich gerade, ob ich meine Tochter getötet habe?«

Im Niederstarren bin ich auch gut. »Ich bin weder Polizistin noch Staatsanwältin. Ich will lediglich wissen, ob Sie und Camille sich je begegneten. Ihre Tochter wurde zuletzt in Frankreich gesehen, Sie waren auch dort.«

»Aber nicht zur gleichen Zeit. Camille ist ohne mich auf die Welt gekommen. Seit Cortébert hatte ich keinen Kontakt mehr mit meiner Familie. Camille kannte mich gar nicht. Es gab keine Veranlassung, uns gegenseitig zu suchen.«

»Existieren Beweise, dass Nico Cagliari Camille vor der bretonischen Küste erschossen hat?«

»Nicht im juristischen Sinn. Für mich ist der Fall klar. Santoni hat den Auftrag gegeben, Camille zu töten.«

»Aus welchem Grund?«

»Camille stand Santoni im Weg, ich tue es heute noch.«

»Wie das?«

»Sie sind die Journalistin. Finden Sie es heraus.« Murival steht auf. »Ich gebe Ihnen einen Tipp, versuchen Sie es bei Keller. Er und Santoni sind dicke Geschäftsfreunde. Leben Sie wohl, Frau Johannis.« Er geht zur Tür.

»Warten Sie, eine Frage haben Sie mir nicht vollständig beantwortet: Warum sind Sie nach all den Jahren trotz allem hierher zurückgekommen?«

Er wendet sich um. Der Licht-Schatten-Wurf der elektrischen Lampe schärft die Konturen seines Gesichtes. »Ich stehe vor der letzten Schlacht um das Leben meiner Familie. Die Schuldigen sollen endlich büßen.«

Ohne Gruß verschwindet er in die Nacht.

Als ich am Morgen meinen Rucksack im Kofferraum des Minis verstaue, steht fest, dass sich mein Aufenthalt in den Freibergen um ein paar Tage verlängert. Die Begegnung mit Gérard Murival hat neue Fragen aufgeworfen und wenigstens eine Antwort geliefert. Die ganze Zeit hatte ich das Gefühl, meine Recherchen mit angezogener Handbremse zu betreiben. Mein Verdacht, dass sowohl im Brandfall von La Chaux-de-Tramelan als auch im Mordfall Trachsler nicht sauber ermittelt wurde, verdichtet sich. Weshalb hätte Murival sein marokkanisches Exil verlassen und hierher zurückkehren sollen, wenn er die Taten begangen hat? Ich glaube, dass er mir die Wahrheit gesagt hat, mindestens was die wichtigsten Fragen betrifft. Die halbe Nacht sind wir beide in der engen Hütte zusammengesessen und haben miteinander geredet. Abgesehen vom holprigen Start unserer Begegnung habe ich mich zu keinem Zeitpunkt in seiner Gegenwart bedroht gefühlt.

Verdacht ist gut und schön. Das Problem dürfte sein, den

Berner Untersuchungsbehörden ihre damalige Schlampigkeit nachzuweisen. War es Inkompetenz, Absicht oder Nachlässigkeit gewesen? Oder eine Kombination von allem? Steckte eine politische Motivation dahinter? War Thérèse Trachsler ein Zufallsopfer, ein Kollateralschaden oder einer Intrige gegen Murival zum Opfer gefallen? Hängt Camilles Tod damit zusammen? Hatte die Tochter etwas über den Tod der Mutter in Erfahrung gebracht, das wiederum ihr das Leben kostete? Befinden sich Murival und seine Mutter noch in Gefahr? Wie komme ich an die Informationen heran, und was gehe ich dabei selbst für ein Risiko ein? Hoffentlich läuten Wagners Ohren. Es wird Zeit, dass sein Freund, der Hacker, langsam mal was liefert.

Das vibrierende Handy unterbricht meine Erwägungen.

»Johannis.«

»Cora? Arielle Marin. Ich bin auf etwas Interessantes gestoßen. Kannst du gleich herkommen?«

22

Der Schmerz überkam Thérèse so plötzlich und stechend, dass sie die Luft scharf einzog. Nicht so heftig, mein Schätzchen, dachte sie.

Dorothée, die damit beschäftigt war, Noten und Münzen ins richtige Kassenfach zu legen, schaute erschrocken zu ihr herüber. »Geht's, Tess, kommen etwa die Wehen? Soll ich einen Krankenwagen rufen?«

Der Schmerz war schon wieder am Abklingen. »Nicht nötig, das Kleine hat mir einen Kick verpasst.« Thérèse atmete ein paarmal ein und aus, wie es ihr die Hebamme gezeigt hatte.

Dorothée kam hinter der Ladentheke hervor. Sie schob Thérèse einen Stuhl hin und half ihr, sich zu setzen. »Dein Bauch ist enorm. Bist du sicher, dass da kein Elefant rauskommen wird?«

Thérèse streichelte ihren kugelförmigen Leib. »Es fühlt sich zwar an wie ein Elefant, aber ich bin noch im Termin, noch zehn Tage, also Ende März. Bis dahin soll es sich gedulden. Gérard will bei der Geburt dabei sein.«

Dorothée ging neben ihr in die Knie. »Darf ich mal?«

»Nur zu.«

Thérèse nahm die Hand ihrer Freundin und legte sie auf die richtige Stelle. »Fühlst du es?«

Dorothée hielt den Atem an, bis ihr ein leiser Aufschrei entfuhr. »Ich spüre es«, flüsterte sie aufgeregt. »Es strampelt.«

Thérèse und Dorothée waren Freundinnen seit der Schulzeit in La Neuveville. Sie verloren sich aus den Augen, als Dorothées Eltern nach Courtelary gezogen waren, um hier den Dorfladen zu übernehmen. Nach dem Tod des Vaters war Dorothée geblieben, um ihrer Mutter im Geschäft zu helfen.

»Glaubst du wirklich, Gérard besucht dich heute?«

»Vorhin haben wir uns am Telefon gestritten, aber ich hoffe es.«

»Aber die Polizei sucht ihn doch wegen des Brandes drüben in Tramelan. Morgen ist die Versammlung der Separatisten bei euch im ›Ours‹. Schon jetzt ist alles voller Flics. Was ist, wenn sie Gérard erkennen und fassen?«

»Gérard passt schon auf. Er war gegen die Versammlung. Er meint, es bringe nichts, die Leute hier unten zu provozieren.«

»Sam Leuenberger mobilisiert bereits die Berntreuen zwischen Moutier und Renan. Wenn sie alle kommen, kann's gefährlich werden. Willst du nicht lieber hierbleiben? Es ist sicherer für dich und es da.« Dorothée zeigte auf Thérèse' Bauch. »*Maman* hat bestimmt nichts dagegen.«

Thérèse schüttelte den Kopf. »Ich will zu Hause bleiben. Dort ist alles vorbereitet, falls die Wehen einsetzen und ich ins Spital muss. Überhaupt ist Sam ein Idiot, wenn er glaubt, dass Gérard etwas mit dem Brand zu tun hat. Der ist nur eifersüchtig.«

»Du meinst wegen damals, als –«

»Ich muss. Ich will zu Hause sein, wenn Gérard kommt.« Thérèse ließ sich von Dorothée aufhelfen. Es wurde Zeit, dass das Kleine kam. Bald würde sie es allein nicht mehr schaffen, hochzukommen.

Auf dem Weg vom Parkplatz zu ihrer Wohnung im Gasthof in Cortébert schnitt ihr ein Wagen den Weg auf dem Trottoir ab. Es war ein schmutzig grünes Cabriolet, dessen Sitze sie besser kannte, als ihr lieb gewesen sein konnte. Thérèse musste so abrupt stehen bleiben, dass sie beinahe das Gleichgewicht verlor.

»Bist du verrückt, Sam? Du hättest mich fast überfahren.«

Grinsend stieg Leuenberger aus dem Auto und nahm die Ray-Ban-Brille ab. Seit er es in einem amerikanischen Film gesehen hatte, waren er und das Gestänge unzertrennlich. Leuenberger fand jeden Blödsinn gut, den Hollywood in seinen Streifen zeigte. Neuerdings trug er seine Haare wie John Travolta im Film »Grease«, mit einer Tonne Gel. Im Gegensatz zu Dannys schwarzen Haaren im Musical war Leuenbergers Schopf feuerrot. Mit dem Gel sah es aus, als stünde sein Schädel in Flammen. Er dachte wahrscheinlich, auf diese Art jede auf den Hintersitz des Cabrios zu kriegen, die er wollte. Dummerweise passten Frisur und Brille nicht zur Bauerntracht aus kariertem Holzfällerhemd und Zwilchhosen. Thérèse und ihre Freundinnen machten sich deswegen über ihn lustig. Der Einzige, der Sam Leuenberger toll fand, war Sam Leuenberger selbst … und die Dummköpfe aus seiner Sangliers-Clique, die seit den verlorenen Volksabstimmungen nicht mehr wussten, wie idiotisch sie sich benehmen sollten.

»Lass mich in Ruhe. Ich habe keine Zeit.« Sie ging um sein Auto herum. Als sie an ihm vorbeiwollte, hielt er ihren Arm fest. »Wir müssen reden.«

»Müssen wir nicht.« Sie riss sich los. Er stellte sich ihr erneut in den Weg. »Triffst du dich etwa mit deinem Macker?«

»Ganz bestimmt nicht. Gérard kann sich hier nicht blicken lassen. Daran seid ihr schuld, du und deine Familie.«

Leuenbergers Gesichtsausdruck verzerrte sich zu einer Fratze. Er packte sie an den Schultern und drückte sie mit dem Rücken gegen die Karosserie des Cabrios.

»Lass mich los, du tust mir weh.«

Leuenberger verstärkte den Druck. »Pass auf, was du sagst, du Separatistenhure. Dein Stecher hat meinen kleinen Bruder und seine Freundin auf dem Gewissen.«

»Woher willst du das wissen, he? Als eure Scheune in Flammen aufging, war Gérard gar nicht dort. Er war mit –«

Leuenbergers rechte Hand legte sich um ihren Hals und drückte zu. »Du miese Schlampe lässt dich von diesem linken Wurm schwängern und lügst auch noch wie gedruckt.«

Thérèse versuchte sich aus dem Würgegriff zu befreien. »Sam, ich bekomme keine Luft, das Kleine …«

Leuenberger ließ los. »Wie kannst du dir von so einem ein Kind andrehen lassen?« Er breitete die Arme aus. »Wir beide könnten es so gut haben zusammen.«

Thérèse wich zwei Schritte zurück. »Bleib mir vom Leib.«

»*Tess, mon bébé.*« Er setzte sein typisches falsches Lächeln auf. »Was willst du mit diesem Mörder, *hein*? Lass uns von vorne anfangen.«

»Vergiss es, Sam. Die Landpomeranze, die du mit deiner Machotour aus ihren Kleidern quatschen konntest, gibt's nicht mehr.« Sie zeigte auf den Hintersitz des Cabrios. »Du hast mich vergewaltigt.«

Er grinste. »Ehrlich, *bébé*. Gib's zu, du wolltest es auch. Bist du freiwillig eingestiegen oder nicht?«

»Du hast gesagt, du würdest mich nach Hause bringen. Das ist alles, was ich damals wollte. Lass mich vorbei.« Thérèse machte einen erneuten Versuch, an ihm vorbeizukommen.

Leuenberger trat zur Seite. »Wie du willst, aber richte Gérard etwas von mir aus, wenn du ihn siehst.«

»Ich habe dir gesagt, dass –«

»Halt die Klappe und hör mir zu.« Er griff mit einer Hand hinter sich. Als sie wieder zum Vorschein kam, hielt sie eine Pistole.

Thérèse wich zurück. »Was soll das?«

Trotz ihres Leibesumfangs gelang es ihm, einen Arm um sie zu legen und sie an sich zu drücken. »Richte deinem Liebsten die besten Grüße von mir aus«, flüsterte er ihr ins Ohr. »Wenn er morgen hier auftaucht, jage ich ihm persönlich eine Kugel in den Kopf. Danach bist du dran, du mieses Stück, und dein Teufelsbraten.« Er drückte den Lauf der Pistole gegen ihren Bauch, genau auf die Stelle, wo sie vorhin die Tritte gespürt hatte. Er hauchte den Knall eines Schusses in ihr Ohr. »Hast du das verstanden?«

Thérèse war wie gelähmt.

»Ob du verstanden hast, was ich gesagt habe?«

Sie brachte ein zitterndes Nicken zustande.

»Ihr beiden da drüben, was treibt ihr da?«, rief eine resolute Stimme von der anderen Straßenseite.

Leuenberger fuhr herum und verbarg die Waffe hinter seinem Rücken. Thérèse kannte nur den Vornamen der Frau. Arielle kam gelegentlich abends auf ein Glas Wein in den Gasthof. Meistens saß sie allein an einem Tisch und schrieb ganze Blätter voll, die sie statt eines Notizheftes mit sich herumtrug. Es hieß, sie arbeite in Biel für die Zeitung.

Arielle kam mit energischen Schritten auf sie zu. »Was hast du mit ihr vor?«, herrschte sie Leuenberger an. Dass sie Leuenberger mit Du ansprach, wollte nichts heißen. Im Gasthof duzte sie alle.

Bevor Arielle bei ihnen war, machte Leuenberger einen Satz über die geschlossene Fahrertür seines Wagens und fuhr mit aufheulendem Motor davon. Thérèse spürte auf einmal ihre Beine nicht mehr. Sie lehnte sich mit dem Rücken an die Hauswand, um nicht zu stürzen. Arielle stützte sie, damit sie sich auf den Boden setzen konnte. »Was ist mit dir, Kleine? Hast du Schmerzen?«

»Es geht gleich wieder, mir ist nur schwindlig geworden.«

Arielle tätschelte ihre Hand. »Was wollte der Grobian von dir? Hatte er etwa eine Pistole in der Hand?«

Thérèse wollte nicht darüber reden. Ihr war heiß und kalt zugleich. Sie hatte das Gefühl, die ganze Welt würde um sie herumkreisen. Die kühle Hauswand an ihrem Rücken und Arielles weiche Hand wirkten beruhigend.

»Hier kannst du nicht sitzen bleiben, sonst erkältest du dich.« Arielle war ihr beim Aufstehen behilflich. »Ich begleite dich nach Hause.«

23

Ich lese Arielles Notizen über eine Begegnung zwischen Thérèse Trachsler und Leuenberger, die sie am Tag vor dem Krawalltag in Cortébert beobachtet hatte. Leuenberger hatte die hochschwangere Frau bedrängt, wenn nicht sogar bedroht. Leuenberger und sie hatten sich gekannt. Offenbar waren sie in einer Beziehung zueinander gestanden, die man heute als toxisch bezeichnet.

»Dein Kaffee, extrastark wie gewünscht.« Arielle stellt die Tasse vor mich hin. »Es tut mir leid, dass ich es dir nicht früher gesagt habe. Das Zusammentreffen der beiden ist mir komplett entfallen. Ich erinnerte mich erst wieder, als ich beim Auspacken der Kartons auf meine alten Notizen stieß.«

Ich zeige auf eine Stelle auf einem der Blätter. »Hier schreibst du: ›Sam Leuenberger – Pistole?‹ Was meinst du damit? Hatte er eine Waffe bei sich?«

Arielle wackelt nachdenklich mit dem Kopf. »Das frage ich mich die ganze Zeit. Wenn ich es so notiert habe, wird es so gewesen sein, oder es hat so ausgesehen. Thérèse war völlig aus dem Häuschen. Das arme Ding war hochschwanger, und er jagt ihr einen solchen Schrecken ein.«

»Aber du weißt nicht genau, ob es eine Pistole war?«

»Mindestens hatte der Gegenstand so ausgesehen. Sam Leuenberger war als Hitzkopf und Waffennarr bekannt. Den Rest musst du dir selbst zusammenreimen.«

»Hast du die Begegnung zwischen Leuenberger und Thérèse der Polizei geschildert?«

»Natürlich habe ich eine Aussage gemacht. Aber es hat keinen sonderlich interessiert. Weil sie teilweise absichtlich zu spät intervenierten, gerieten Polizei und die Untersuchungsbehörden unter wachsenden Druck der Öffentlichkeit. Nachdem zunächst die Separatisten für die Unruhen verantwortlich gemacht worden waren, kehrte die Stimmung, als die nationale Presse mehr und mehr Einzelheiten bekannt gab und die Frage aufwarf, ob die junge Frau noch leben würde, wenn die Polizei sich von Anfang zwischen die Streithähne gestellt hätte, anstatt es darauf ankommen zu lassen. Ab da waren Politik und Behörden damit beschäftigt, ihre Haut auf Kosten der Wahrheit zu retten. Mit Gérard Murival hatte man den idealen Schuldigen an Thérèse' Tod gefunden. Er wurde ja sozusagen in flagranti erwischt.«

»Von wegen in flagranti. Sie haben Murival neben der schwer verletzten Thérèse aufgegriffen, ohne Waffe. Wenn er tatsächlich auf Thérèse geschossen hätte, wäre ihm genug Zeit geblieben, sich aus dem Staub zu machen. Stattdessen ging er in ihre Wohnung und forderte die ankommenden Polizisten auch noch auf, der schwer verletzten Frau zu helfen. Egal, aus welchem Winkel ich die Geschichte betrachte, sie ist unglaubwürdig.«

Mittlerweile ist es Nachmittag geworden. Meine halb durchwachte Nacht fängt an, ihren Tribut zu fordern. Ich verspüre den Drang, nach Les Bois zurückzukehren und mich aufs Ohr zu legen. Doch vorher muss ich noch etwas überprüfen. Ich bedanke mich bei Arielle, die mir verspricht, sich zu melden, wenn sie in ihrem Archiv auf weitere Erkenntnisse stößt. Bevor ich ins Auto steige, checke ich meine Nachrichten. Ich habe drei verpasste Anrufe von Daniel vom Staal.

Das Navi erspart mir diesmal den Umweg über Sonceboz-Sombeval und den Col de Pierre Pertuis. In Corgémont, dem Nachbarort von Cortébert, lotst es mich auf eine Bergstraße Richtung Norden, welche die Talschaft von Saint-Imier direkt mit derjenigen der Trame verbindet, zehn Minuten Zeitersparnis auf der Strecke nach Tramelan, die meinem Schlafkonto zugutekommt. Vor dem Bahnübergang bei der Station »Le Pied-d'Or« kommt mir ein Motorrad mit übersetzter Geschwindigkeit entgegen. Ich würde nicht weiter darauf achten, wenn der Aufzug des Fahrers nicht meine Aufmerksamkeit geweckt hätte. Abgewetzte Jeans, schwarze Stiefel und Ledermantel. Das Gesicht unter einem Helm und mit Brille kann ich auf die Schnelle nicht erkennen, brauche ich auch nicht. Ich drossle die Geschwindigkeit und sehe in den Rückspiegel. Was hat Gérard Murival auf dem Leuenberger-Hof gewollt?

Der Signalton einer eingehenden Nachricht lenkt mich für eine Sekunde ab. Daniel vom Staal hat mich erneut zu erreichen versucht, das vierte Mal innerhalb einer Stunde. Ich müsste ihn bald mal zurückrufen.

Ich wende mich wieder der Straße zu.

Dann passiert alles sehr schnell. Aus einer leichten Linkskurve rast ein blauer Schatten direkt auf mich zu. Ich schaffe es, das Steuer reflexartig nach rechts zu ziehen. Der Mini schert auf die Wiese aus, wo er nach wenigen Metern zum Stehen kommt. Dass ich nicht ins Schleudern geraten bin und auch keine Rolle gemacht habe, verdanke ich Murival. Wegen ihm hatte ich abgebremst. Ich steige aus und renne auf die Straße. Anscheinend unbeeindruckt vom Fast-Zusammenstoß setzt der blaue Wagen, es ist ein blauer SUV, die Fahrt mit unverminderter Geschwindigkeit fort. Das war Absicht, er muss mich gesehen haben.

»Keine Ursache, du Arsch!«, rufe ich ihm nach und hoffe, dass mein erhobener Mittelfinger in seinem Rückspiegel gut zu sehen ist. Das ist zweifellos der gleiche blaue Subaru gewesen, der mich schon die ganze Zeit beschattet hat. Die Kontrollschildnummer konnte ich nicht entziffern, aber das Kantonswappen war ganz bestimmt weiß-rot wie dasjenige des Jura. Solothurn oder Baselland kämen auch in Frage. Wie groß ist die Wahrscheinlichkeit, dass stets ein anderer blauer Subaru SUV jedes Mal dort auftaucht, wo ich gerade Leute befragen will? Es ging so schnell, dass ich nicht einmal auf die Insassen geachtet habe. Wenn es die beiden Discountmafiosi waren, frage ich mich, was sie und Murival zur selben Zeit auf dem Leuenberger-Hof gesucht hatten.

Maries schilfgrüner Twingo ist das einzige Anzeichen, dass jemand zu Hause sein müsste. Ansonsten sieht der Hof verlassen aus. Jedenfalls gehe ich davon aus, dass der Twingo mit der Berner Nummer Marie gehört. Denselben Wagen habe ich das letzte Mal hier und gestern auf dem Reiterhof in Muriaux gesehen. Als ich den Mini daneben parke, sehe ich die sperrangelweit offene Fahrertür des Twingo. Außer einer kurzen Besorgung, wie rasch einen Brief einwerfen, bei der man das Auto im Auge hat, sehe ich keinen Grund, die Wagentür offen zu lassen. Es sei denn in einer Gefahrensituation, bei einem Unfall oder einer Bedrohung.

Ich steige aus und lasse den Blick über die Umgebung schweifen. »Hallo, jemand zu Hause? Marie?«

Niemand lässt sich blicken, stattdessen habe ich das Gefühl, dass eine schwere Stille auf dem Hof lastet. Einzig aus dem Laufstall ist ein gelegentliches Muhen vernehmbar. Sogar Badi, der Berner Sennenhund, der sich bei meinem letzten Besuch vor lauter Bellen fast selbst verschluckte, gibt keinen Laut. Er lässt sich nicht mal blicken. Die Hundehütte liegt neben dem offen stehenden Scheunentor. Gegenüber starren die Fenster des Wohnhauses blind ins Nichts.

»Marie! Frau Leuenberger!«

Kann es sein, dass alle zusammen fort sind? An einem Dienstag um diese Zeit?

Ich wende mich wieder dem Scheunentor zu.

Jetzt sehe ich es.

Die Hundekette.

Zuerst dachte ich, sie liegt lose auf dem Boden, weil der Hund irgendwo herumstreunt. Das Ende, an dem normalerweise das Tier festgemacht ist, führt ins Innere der Scheune. Hat sich Badi in den Schatten gelegt? Die Temperatur auf dieser Höhe liegt heute Nachmittag im mittleren Zehnerbereich. Die Sonne wird immer wieder von Wolken verdeckt. Kein Grund also, sich davor zu verstecken. Selbst wenn der Hund sich in die Scheune verzogen hat, hätte er meine Ankunft bestimmt gehört und angeschlagen. Ich überquere den Platz und betrete das Halbdunkel der Scheune. Sofort steigt mir der staubige Geruch von

Heu und Stroh in die Nase und kitzelt meine Schleimhäute. Und noch etwas anderes schwebt in der Luft, metallisch und auf grauenhafte Weise vertraut.

Der Geruch von Blut.

Der Hund liegt regungslos links von mir neben dem Eingang am Boden. »Hey, Badi.« Ich gehe neben ihm auf die Knie und streichle sein Fell. Es fühlt sich feucht und klebrig an. Ich ziehe die Hand zurück und halte sie ins einfallende Licht des offenen Scheunentores. Sie ist blutverschmiert.

Ich richte mich auf und sehe auf das tote Tier hinab. Ich versuche, an der Wunde zu erkennen, ob er geschlagen wurde oder ob eine Stich- oder Schusswaffe die Wunden verursacht hat, aber es ist zu dunkel. »Armer Badi, wer hat dir das angetan?«

Die anderen, geht es mir durch den Kopf. Wo sind sie. Zumindest Marie sollte doch …

»Marie!«

Ich spüre Panik in mir aufsteigen, dieselbe Mischung aus Angst, Atemnot und dem Gefühl, dem, was immer kommen mag, schutz- und wehrlos ausgesetzt zu sein. Im Gegensatz zu damals, als ich mit der Rasierklinge in der Badewanne endete, klicken die monatelangen Therapien ein, die mir helfen sollen, all die Stimmen zu ignorieren, die wie eine Affenhorde auf mich einbrüllen, mich zu verkriechen. Es gelingt mir auch, das Karussell wiederkehrender Bilder von Tod, Kälte, Blut und Abgrund im Kopf anzuhalten.

Ein Geräusch hinter mir lässt mich herumfahren. »Ist da jemand?«

Wenn mir hier drin jemand auflauert, habe ich schlechte Karten. Wäre das der Fall, hätte er oder sie mir in den letzten Minuten schon zigmal ans Leder gekonnt. Der Gedanke an Marie ist stärker als der Fluchtreflex. Ich gehe auf das Geräusch zu. Ich benutze die Taschenlampenfunktion meines Handys. Im Halbdunkel ist es zunehmend schwieriger, etwas zu erkennen. Der Lichtstrahl fördert etwas zutage, was ich ohne nicht bemerkte: mit Heu und Stroh vermischte blutige Schleifspuren.

Ein paar Meter weiter vorne sehe ich sie.

Das bunte Bandana ist verrutscht. Ihre kupferfarbenen Haare vereinigen sich mit dem Karmesinrot ihres Blutes, das sich von einer Wunde am Hals ausgehend auf dem Scheunenboden zu einer Lache ausbreitet. Ich presse meine Hand auf die Wunde. Marie ist bei Bewusstsein. Sie starrt mich angsterfüllt an, ihr Mund bewegt sich stumm.

»Bleib bei mir.« Ich greife in meine Jackentasche nach der Packung Papiertaschentücher, die ich am Vorabend eingesteckt habe. Ich ziehe sie heraus, presse den ganzen Stapel Tüchlein auf die Wunde und wickle das Kopftuch, so gut es geht, um den Hals. Maries Lider zucken rapide.

»Nein, nein, bitte, Marie, halt durch, hörst du. Ich will, dass du es schaffst.«

Noch während ich mit der freien Hand den Notruf auf dem Handy wähle, höre ich den Folgeton eines Martinshorns.

24

Die Fahrt von Marrakesch hatte weniger Zeit in Anspruch genommen als geplant. Gérard war eine Viertelstunde zu früh dran. Dennoch erwartete ihn Françoise bereits in der Gastvilla des nach dem Vorbild einer Kasbah, einer mittelalterlichen arabischen Burg, gebauten Resorts.

Der vielen Touristen wegen mied er für gewöhnlich dergleichen Orte. Eine Einladung von Françoise konnte er hingegen nicht ausschlagen. Zuletzt hatten sie sich wenige Jahre nach seiner Flucht aus der Schweiz von Angesicht zu Angesicht in Frankreich gesprochen, seither waren fast fünfzehn Jahre vergangen.

»Setzen wir uns nach draußen auf die Terrasse?«, sagte sie, nachdem sie sich mit einer Umarmung begrüßt hatten. »Es ist noch warm genug.«

Umgeben von grünen Gebirgszügen breitete sich das Tal von Ourika vor ihnen aus. Ganz im Süden leuchteten die Gipfel des Hohen Atlas in der Abenddämmerung. Bei Gérard rief es Erinnerungen an die Heimat hervor.

Nicht nur die Landschaft zog ihn in den Bann. Immer wieder wanderte sein Blick über ihre Erscheinung. Françoise trug einen grünen Seidenkaftan mit den im traditionellen Muster goldbestickten Kragen, Borte und Ärmeln. Es war mehr Kunstwerk als Kleidungsstück und garantiert nicht in den Touristenfallen Marrakeschs oder Casablancas zu erstehen. Die grüne Farbe harmonierte mit ihrer sonnengebräunten Haut und dem nach hinten gekämmten blonden Haar. Ihre Sitzposition ließ den Ausschnitt auseinanderklaffen. Sie trug nichts darunter.

Françoise fischte eine Flasche Champagner aus dem bereitgestellten Eiskübel. Vor ihnen auf dem Tischchen hatte der Gästeservice ein Tablett mit einheimischen Vorspeisen hingestellt.

Sie füllte zwei Kristallgläser und setzte sich neben ihn auf das Sofa.

»Wir essen später drinnen. Hier in der Villa haben wir mehr Privatsphäre als im Hotelrestaurant.« Sie musterte ihn von der Seite, bevor sie ihm mit zärtlicher Hand über den Kopf fuhr. »Du siehst gut aus, Gérard. Das Klima scheint dir zu bekommen. Ich bereue nicht, dass wir damals …«

Er auch nicht. Er war knapp zwanzig gewesen und auf der Flucht. Der Schmerz über Thérèse' Tod hatte ihn fast verzehrt. Seine Mutter hatte Françoise gebeten, ihn mit Hilfe ihrer Beziehungen über Spanien nach Marokko zu schleusen. Die beiden waren enge Freundinnen. Ungeachtet des Altersunterschiedes war ihm Françoise in dieser Zeit mehr geworden, sowohl Vertraute als auch Freundin und Geliebte. Sie hatte ihm vorgemacht, wie man über den Schmerz hinaus weiterleben konnte. Von ihr hatte er erfahren, dass ihm Thérèse eine gesunde Tochter geschenkt hatte, bevor sie ihren Wunden erlegen war. Wochen zuvor hatten Thérèse und er sich auf den Namen geeinigt, falls es ein Mädchen werden sollte: Camille, was die Edle oder frei Geborene bedeutete. Françoise war ihre Patentante. Sie und Mathilde waren die Einzigen, die bei Camilles Taufe dabei gewesen waren.

»Konntest du sie lokalisieren?«, fragte er.

Sie zögerte kurz, bevor sie antwortete: »Ja.«

»Wo?«

»Bist du sicher, dass du sie treffen willst? Es könnte gefährlich werden, für dich und für sie.«

»Heißt das, sie wird immer noch verfolgt?«

»Das heißt, wir müssen uns vorsehen. Die Leute, die Camille lieber heute als morgen tot sehen wollen, haben viel Einfluss und sind gefährlich. Sie sind weit vernetzt und verfügen über große Ressourcen.«

»Warum ist Camille für sie so wichtig?«

»Das spielt im Moment keine Rolle. Wir sollten uns eher Gedanken darüber machen, wie wir sie am besten vor ihnen schützen. Ich habe ein paar meiner alten Kontakte aktiviert, die uns helfen können.«

»Wie? Und wie lange?«

»Solange ich sie darum bitte. Sie sind mir ein paar Gefallen schuldig, die sie mir nicht ausschlagen können, auch wenn ich jetzt offiziell für den Quai d'Orsay arbeite.«

»Was heißt offiziell?«

Sie lächelte spitz. »Staatsgeheimnis.«

Das bestätigte ihm, was er seit Langem vermutete. Françoises Tätigkeit im Außenministerium war Front für ihre andere, klandestine Rolle im Dienst Frankreichs.

»Sagst du mir jetzt, wo Camille ist?«

»Vor ein paar Tagen wurde sie in Lille gesehen. Sie arbeitet in einem Restaurant in der Altstadt.« Françoise legte eine Hand auf Gérards Oberschenkel. »Dir ist klar, was du riskierst, wenn du zu ihr gehst? Die Aufmerksamkeit der Schweizer Polizei mag nachgelassen haben, aber du stehst immer noch auf der Fahndungsliste. Ein dummer Zufall genügt, um euch beide in Gefahr zu bringen.«

In der Schweiz verjährt Mord nach dreißig Jahren. Zehn weitere würde er sich noch von der Heimat fernhalten müssen. Nüchtern betrachtet verbrachte er schon sein halbes Leben als Gefangener. Diejenigen, die ihn des Mordes an Thérèse bezichtigten, hatten ihn der Möglichkeit beraubt, sein Kind aufwachsen zu sehen. Jetzt wollten sie es ihm ganz nehmen. Und er saß hier, machtlos, ohne eine Möglichkeit, Camille beistehen zu können.

Françoise lehnte sich an ihn. Er fühlte ihre Wärme und roch dasselbe Parfüm, das sie aufgelegt hatte, bevor sie ihn zum ersten Mal in ihr Bett eingeladen hatte. »Du bist Camilles Vater. Ich werde dich nicht davon abhalten, nach Nordfrankreich zu fahren. Ich will nur, dass du dir des Risikos bewusst bist.«

»Erzähl, was weißt du über Camille?«

»Sie hat mehrere Jobs. Neben der Arbeit im Restaurant arbeitet sie als Reinigungskraft bei Privaten und während der

Wochenenden als Serviererin in einem Club. Vor Kurzem lernte sie einen Mann kennen, ein Spanier. Mehr ist mir zu diesem Zeitpunkt nicht bekannt. Meine Kontakte arbeiten daran, das Bild zu vervollständigen.«

Dass ein anderer die erste männliche Bezugsperson im Leben seiner Tochter war, freute ihn für seine Tochter, gleichzeitig weckte es Eifersucht. Françoise entging es nicht.

»Dein Vaterinstinkt ist auf jeden Fall intakt. Wofür entscheidest du dich?«

Er wusste es noch nicht und sagte es ihr. »Versprich mir, dass die Wachsamkeit von dir und deinen Freunden nicht nachlässt.«

»Du kannst uns vertrauen. Mir liegt Camille ebenso am Herzen wie dir.« Sie stand auf und streckte die Hand nach ihm aus. »Du solltest dich entspannen. Bis das Essen serviert wird, bleibt uns eine Stunde.«

Sie führte ihn ins Schlafzimmer der Suite. Die Aussicht dort war atemberaubender als auf der Terrasse.

25

Im Inneren des VW-Busses bin ich vor dem aufkommenden kühlen Wind geschützt. Trotzdem friere ich. Der Kaffee aus der Thermoskanne wärmt nicht wirklich, obschon ich bereits die dritte Tasse in mich hineinschütte und mir das Gebräu überhaupt nicht schmeckt. Die Wasserflasche auf dem Tischchen im Fahrgastraum habe ich nicht angerührt. In gewissen Situationen ist jedes Mittel recht, um einen abzulenken. Solange ich mich über scheußlichen Kaffee aufrege, kann ich die Bilder verdrängen, die sich ständig in den Vordergrund schieben. Ich vermeide es, meine Hände anzuschauen. Mittlerweile sind sie sauber. Das Blut durfte ich erst abwischen, nachdem mit Klebefolie Proben von meiner Haut und meinen Kleidern genommen worden waren. Um sie auf Schmauchrückstände zu untersuchen, wurde mir gesagt.

Marie ist auf dem Weg ins Spital. Die Kugel, aus einer Pistole abgefeuert, hatte sie im Hals getroffen. Ihr Leben verdankt sie zum einen dem Umstand, dass das Projektil ihre Halsschlagader nur gestreift, aber nicht ganz durchtrennt hat. Zum anderen hat mein provisorischer Druckverband mit dem Bandana den Blutverlust einzudämmen vermocht. Mehr habe ich nicht in Erfahrung bringen können. Keine Ahnung, wie es Marie geht, auch nicht, in welches Spital man sie bringt. Mir bleibt nur Warten – und Beten. Wie damals, als Mila zwischen Leben und Tod schwebte. Selbst in Blutlauenen, wo mein eigenes Leben an einem seidenen Faden hing, war ich zu sehr beschäftigt, mich selbst zu retten, und hatte keine Zeit, das höhere Wesen, das mich geschaffen haben soll, um Hilfe zu bitten.

Es ist nicht das erste Mal, dass ich Menschen sehe, die Opfer der Grausamkeit und Gewalt ihrer Mitmenschen wurden. Seit unserer ersten Begegnung habe ich Marie ins Herz geschlossen. Sie lebensgefährlich verletzt und blutend auf dem Scheunenboden liegen zu sehen hat mir einen Schock versetzt.

Marie hat mehr Glück als ihre Großmutter Delphine und Samuel Leuenberger. Die vom Posten Tramelan angerückten Polizisten waren gleichzeitig mit dem Rettungswagen eingetroffen. Sie fanden Delphines Leiche in der Küche des Wohnhauses. Drei Einschüsse, zweimal Brust, einmal Kopf. Eine Exekution, hat einer der Polizisten gemeint. Samuel Leuenberger lag unweit des Laufstalls mit einer Bauchwunde im Feld. Er ist verblutet. Angeblich wurde neben seiner Leiche eine Pistole gefunden. Ob es sich um die Tatwaffe handelt, steht noch nicht fest.

Bevor man mich in den VW-Bus setzte, bekam ich die Gespräche der Polizisten mit. Für sie war der Fall klar: erweiterter Suizid. Eine Polizistin nahm meine Schilderung über den Beinahezusammenstoß mit dem blauen Subaru mit regloser Miene auf. Außer einem Dank hat sie nichts dazu gesagt. Jetzt sitze ich hier und übersäure meinen Magen mit Koffein, während ich auf den zuständigen Ermittler vom Dezernat Leib und Leben aus Bern warte. Er sei unterwegs, hat es geheißen, als ich vor zehn Minuten nachfragte. Befände sich der Leuenberger-Hof etwa einen Kilometer weiter nördlich, müsste ich auf seinen jurassischen Kollegen aus Delémont warten. Das liegt näher und hätte die Sache vielleicht beschleunigt.

Die blutige Tragödie muss sich kurz vor meiner Ankunft abgespielt haben. Warum war Murival zu dieser Zeit hier gewesen? Die Frage lässt mir keine Ruhe. »Die Schuldigen sollen endlich büßen«, waren seine letzten Worte gewesen, als wir uns letzte Nacht bei der »Todesmühle« verabschiedet hatten. War das hier die Folge davon, Vergeltung nach vierzig Jahren? Dass ich ihn hier gesehen habe, erwähnte ich gegenüber der Polizei nicht. Wahnsinnige oder skrupellose Killer massakrieren ganze Familien. Für mich ist Murival weder das eine noch das andere. Könnte er Samuel Leuenberger für Thérèse' Tod verantwortlich gemacht und sich dafür gerächt haben wollen? Möglich. Aber wozu Delphine erschießen und Marie? Es sei denn, das Ganze ist eskaliert, und es hat ein Kampf stattgefunden. In der Hütte am Doubs konnte ich den kaltblütigen Mörder in Gérard

Murival nicht entdecken. Möglicherweise will ich das gar nicht und lasse mich zu sehr von meinem Bauchgefühl leiten.

Anders ist es beim blauen Subaru oder besser dessen Insassen. Denke ich das Klischee zu Ende, gehen die Morde auf ihr Konto. War Gérard zufälligerweise dazugekommen? Hatte er mit Leuenberger reden wollen und ist Zeuge der Taten geworden? Wäre er in diesem Fall nicht in Gefahr? Das trifft auch auf Marie zu, wenn sie den Mann, der auf sie geschossen hat, gesehen hat und ihn identifizieren kann.

Die Kaffeekanne ist fast ausgetrunken. Der letzte Rest füllt die Tasse nur halb. Sobald sie leer ist, gehe ich, egal ob der von Leib und Leben bis dahin da ist oder nicht. Es gibt keinerlei Handhabe, mich hier festzuhalten. Ich will unbedingt in Erfahrung bringen, in welches Spital man Marie gebracht hat, und sicherstellen, dass sie geschützt wird.

Die Scheinwerfer eines ankommenden Fahrzeuges blenden mich, bevor es sich abwendet und neben dem VW-Bus anhält, ein Skoda mit Berner Kontrollschildern. Die Farbe ist im Dämmerlicht schwer auszumachen, schwarz, grau oder blau. Zwei am Kühler angebrachte blaue Warnleuchten geben den zivilen Dienstwagen der Polizei preis. Scheint so, als hätte die Warterei demnächst ein Ende.

Eine Person steigt aus, sie ist allein. Ich lag falsch, der zuständige Beamte ist eine Sie. Zum Schutz gegen den auffrischenden Wind trägt sie eine dunkle Wollmütze. Sie öffnet den Kofferraum des Skoda und tauscht ihre zu ihrem Hosenanzug passenden Pumps gegen Gummistiefel. Die Haltung und die Art, wie sie sich bewegt, lassen erkennen, dass sie Arbeit im Feld gewohnt ist. Ich werde es nicht mit einer Schreibtischmamsell zu tun haben. Sie sieht kurz in meine Richtung, bevor sie sich an die uniformierte Polizistin wendet, die meine Aussage aufgenommen hat. Sie zieht den weißen Overall und die Schuhüberzieher an und betritt dann das Wohnhaus. Die Uniformierte bleibt mit zwei Männern in schwarzen Anzügen und einem Zinksarg draußen. Keine fünf Minuten später kommt Frau Leib und Leben in Begleitung eines Mannes wieder heraus, vermutlich der Staatsanwalt. Er sieht zu jung aus für den Job und fühlt sich im Overall sichtlich unbehaglich. Ich habe ihn ankommen sehen, in Anzug und Krawatte. An mir hat er kein Interesse bekundet. Das scheint auch jetzt nicht der Fall zu sein. Er nickt den beiden Bestattern zu, worauf diese den Sarg hochheben und ins Haus gehen. Dann verabschiedet er sich von Frau Leib und Leben, die sich sogleich in Begleitung ihrer Kollegin auf den Weg zur Stelle macht, wo ich Leuenbergers Leiche vermute.

Ich lehne mich zurück und leere die Tasse, obschon der saure Geschmack in meinem Mund und mein flauer Magen mir sagen, es endlich gut sein zu lassen. Ich breche das Siegel der Wasserflasche und trinke sie zu zwei Dritteln leer. Weniger aus Durst als aus Rücksicht auf das bevorstehende Gespräch mit Frau Leib und Leben. Saure Ausdünstungen lassen sich in einem engen, geschlossenen Raum kaum kaschieren.

Das metallische Gleitgeräusch der sich öffnenden Schiebetüre des VW-Busses lässt einen Schwall wohltuend frischer Luft herein. Frau Leib und Leben entledigt sich des Overalls und wirft ihn der Uniformierten zu, bevor sie einsteigt. Die Schiebetür lässt sie offen, vermutlich um den Austausch koffeinschwangerer Luft mit frischer zu ermöglichen.

Erst jetzt erkenne ich sie. Ihr ergeht es gleich, nachdem sie ihr Handy und Notizbuch auf den Tisch gelegt hat und mich ansieht. »Täusche ich mich, oder kennen wir uns?«

»Das denke ich auch.« Ich strecke ihr die Hand entgegen. »Schade, Sie unter diesen Umständen wiederzusehen, Frau Frei.«

Bea Frei erwidert den Händedruck. »Umso mehr, da unserem letzten Treffen auch nicht gerade erfreuliche Ereignisse zugrunde lagen.«

Bea Frei war die erste Person, die ich sah, als ich vor zwei Jahren im Spital Zweisimmen erwachte. Wie damals mustert sie mich mit demselben Gesichtsausdruck, mitfühlend und forschend zugleich. Damals dachte ich, sie würde mich jeden Moment ans Spitalbett ketten. Nach dem, was geschehen war, hätte ich es ihr nicht mal verdenken können. Auf die erste Begegnung folgten weitere, bis sich langsam etwas wie Vertrauen und Sympathie zwischen uns etabliert hatte. Wie viel davon geblieben ist, werde ich gleich wissen.

»Tut mir leid, dass Sie so lange warten mussten. Wie geht es Ihnen, Frau Johannis?«

»Wie soll es mir gehen? Erheblich besser als Marie Leuenberger, denke ich, ganz zu schweigen von ihrem Vater und der Großmutter. Was ist mit Marie, und wo ist sie?«

»Sie wurde ins Spitalzentrum Biel gebracht. Soviel ich weiß, wird sie gerade operiert. Mehr kann ich Ihnen nicht sagen.«

Ich halte dem unergründlichen Blick stand. Freis Alter ist schwer zu bestimmen. Anfang, Mitte vierzig? Das fein geschnittene Gesicht mit den kurzen rotblonden Haaren, vor zwei Jahren waren sie schulterlang, macht eine Schätzung schwierig. Ein paar der Falten um ihren Mund glaube ich vor zwei Jahren nicht gesehen zu haben. Von Karin Jäggi weiß ich, dass sie was mit deren Vorgesetzten in der Solothurner Polizei hatte. Die Beziehung sei kompliziert, hatte Karin gemeint. Was heißt das schon? In kompliziert kenne auch ich mich aus.

»Marie ist in Gefahr. Sie braucht Polizeischutz.«

Frei kneift die Augen leicht zusammen. »Wie kommen Sie darauf?«

»Sie ist die einzige Überlebende und kann womöglich die Täter identifizieren. Wenn die erfahren, dass sie lebt, werden sie versuchen, sie aus dem Weg zu räumen.«

»Die Täter? Woher wissen Sie, dass es mehrere sind? Haben Sie sie gesehen?«

Wenn ich so weitermache, gerate ich in Teufels Küche. Doch jetzt ist es raus. »Vielleicht.«

»Was heißt das? Haben Sie oder haben Sie nicht?«

»Ich weiß nicht genau. Ich habe einen blauen Subaru gesehen, in dem zwei Männer saßen. Die habe ich aber nur von hinten gesehen.«

Es beginnt kühl zu werden hier drin. Frei scheint es auch

so zu gehen. Ohne den Blick von ihren Notizen zu nehmen, schließt sie mit einer Hand die Schiebetür. »Meine Kollegin Blanchard hat mir Ihre Aussage geschildert. Der Wagen soll sie fast gerammt haben. Konnten Sie das Kontrollschild erkennen?«

»Nur, dass es eine jurassische Nummer war. Um sie zu entziffern, war ich zu weit entfernt. Aber ich habe dieses Auto schon mehrmals gesehen. Es verfolgt mich seit Tagen.«

Freis Ausdruck verhärtet sich. »Man verfolgt Sie. Sind Sie sicher?«

Ich zeige ihr die Bilder auf meinem Handy. »In den letzten Tagen ist er mir zweimal aufgefallen. Am Samstag in Le Noirmont, dann am Montag in Cortébert. Am Samstag konnte ich das Kontrollschild fotografieren. Am Montag ist er mir leider entwischt.« Ich zeige ihr die Nummer. »Jurassische Immatrikulation wie bei dem Subaru von vorhin. Ich habe sie Frau Blanchard angegeben.«

Frei blättert in ihrem Notizbuch. »Der Wagen ist auf eine ›Diana Leasing & Rental SA‹ mit Sitz in Fahy zugelassen. Ich habe mit den jurassischen Kollegen gesprochen. Sie werden das überprüfen. Die Kollegen von der Wirtschaftsabteilung in Delémont sehen, was sie über diese Firma finden können.«

»Was ist mit Marie, werden Sie sie schützen?«

Frei schenkt mir ein nachsichtiges Lächeln. »Ist bereits veranlasst. Ein Beamter wird vor ihrem Zimmer postiert.« Sie klappt ihr Notizbuch zu. »Möchten Sie mir sonst noch etwas sagen?«

Wieder dieser Blick. Wenn ich ihr etwas verschweige, wovon sie später von anderer Seite erfährt, dass ich es gewusst habe, werde ich ein Problem mit ihr haben. »Ja, da ist etwas, das mir erst vorhin eingefallen ist.« Ich erzähle ihr von der Begegnung mit Murival auf dem Motorrad.

»Richtig.« Frei schlägt ihr Notizbuch wieder auf. »Es gibt die Aussage eines Anwohners, der ein Motorrad mit hoher Geschwindigkeit vorbeifahren sah. Sie haben keinen Zweifel, dass es sich beim Fahrer um Gérard Murival handelt?«

»Er fuhr sehr schnell an mir vorbei. Ich glaube, er war es.«

»Sie glauben oder sind sich sicher?«

»Er war es. Ich habe ihn an seiner Kleidung erkannt.«

»Das Gesicht haben Sie nicht gesehen?«

»Er hatte einen Helm auf.«

»Woher kennen Sie ihn? Hatten Sie schon Kontakt mit ihm?«

»Ich habe im Rahmen einer Recherche mit ihm gesprochen.«

»Recherche worüber?«

»Ich arbeite an einem Artikel zum Jurakonflikt. Herr Murival gab mir Informationen zu einem Vorfall in Cortébert im Jahr 1980.«

»1980? Was soll das für ein Vorfall gewesen sein?«

Ich erzähle ihr, was ich von den Unruhen von Cortébert weiß. Frei macht sich dabei fleißig Notizen. »Gérard Murivals Verlobte ist gestorben, nachdem ihr Kind mit einer Notgeburt gerettet worden war«, schloss ich. »Alle Indizien wiesen auf Murival als Täter, der sich daraufhin ins Ausland absetzte.«

»Sie haben mit Murival gesprochen? Wann war das?«

»Gestern.«

»Ihnen ist bewusst, dass wegen eines Vorfalls in Solothurn schweizweit nach ihm gefahndet wird?«

»Das ist mir bekannt.«

»Sie haben mit ihm gesprochen, ohne ihn bei der Polizei anzuzeigen?«

»Was hätte ich tun sollen? Ihn überwältigen und festnehmen?«

»Sie hätten die Polizei informieren können, bevor Sie sich mit ihm trafen.«

»Das war nicht möglich. Es war ein spontanes Treffen, der Ort abgelegen, und ich hatte kein Netz.« Keine Lüge, höchstens eine halbe.

»Wie muss ich das verstehen?«

Ich gebe ihr die Umstände des Gespräches letzte Nacht wieder. »Herr Murival ist ein Informant.«

»Trotzdem wird er polizeilich gesucht.« Frei beugt sich zu mir vor. »Ich könnte Sie wegen Komplizenschaft belangen oder Begünstigung.«

»Weil ich mit ihm geredet habe? Die Fahndung ist nicht mal öffentlich. Zudem mache ich Quellenschutz geltend. Ich hätte Ihnen das gar nicht sagen müssen.« Ich fühle mich gerade wie auf einem Hochseil ohne Balance. Ich könnte tief fallen. »Kann es nicht sein, dass es Leuenberger selbst gewesen ist? Zuerst erschießt er seine Mutter. Dann versucht er, Marie zu töten, und verfehlt sie. Schließlich geht er aufs Feld hinaus und erschießt sich selbst.«

Frei scheint es nicht zu passen, dass ich Hypothesen aufstelle, geht aber auf das Spiel ein. »Sie denken an erweiterten Suizid? Dagegen spricht inzwischen, dass das Kaliber der Waffe, die man neben Leuenberger gefunden hat, nicht mit dem Projektil übereinstimmt, das man bei Frau Leuenberger fand. Ich zeige Ihnen etwas.«

Sie schiebt ihr Handy in die Mitte des Tisches. »Das ist ein Mitschnitt eines Notrufes, der ein paar Minuten vor Ihrer Meldung eingegangen ist.« Zuerst höre ich klar und deutlich die Beamtin, die in der Alarmzentrale den Anruf entgegengenommen hat. Darauf folgt eine abgehackte Stimme auf Französisch, Delphine Leuenberger, Maries Großmutter.

»Er bringt uns um. Machen Sie schnell.«

»Wer will Sie umbringen?«

»Gérard … Murival, er hat eine Pistole. Bitte schnell, er …«

Dann folgt ein »*Mémé*, was ist –«, bevor Maries Stimme abrupt abbricht. Dann hört man einen Mann etwas brüllen, gefolgt vom Aufschrei einer Frau. Bevor die Verbindung abbricht, ist ein Schuss zu hören. Frei stoppt die Aufnahme. »Wenige Minuten später kommt Ihr Anruf herein. Den Rest kennen Sie. – Ich frage Sie jetzt noch einmal, Frau Johannis: Wann haben Sie Herrn Murival zuletzt gesehen?«

»Wie ich gesagt habe. Vorhin, als ich herfuhr, und davor letzte Nacht.«

»Was hat er für einen Eindruck auf Sie gemacht?«

»Er will, dass die Schuldigen zur Verantwortung gezogen werden. Was immer Sie davon halten, Frau Frei. Ich glaube nicht, dass Gérard Murival für das Blutbad da draußen verantwortlich ist.«

Frei klappt das Notizbuch zu und steckt ihr Telefon ein. »Ich habe Sie als aufrichtige Frau kennen- und schätzen gelernt, Frau Johannis.«

Ich fühle ein »Aber« kommen. Es lässt nicht auf sich warten.

»Wissen Sie, was ich merkwürdig finde? Es ist der zweite Fall, bei dem wir miteinander zu tun haben. Und wie beim ersten Mal führt uns ein grausames Blutbad zusammen.«

»Niemand bedauert das mehr als ich, das dürfen Sie mir glauben.« Etwas Gescheiteres fällt mir auf die Schnelle nicht ein.

Frei verzieht keine Miene. »Weshalb sind Sie hier, ich meine in der Gegend?«

»Das habe ich Ihnen gerade gesagt. Eine Recherche zu einem Artikel.«

»Über den Jurakonflikt, ich weiß. Da ist nur diese innere Stimme, die mir sagt, dass Cora Johannis nicht ohne aktuellen Bezug zu alten Geschichten recherchiert. Ich versuche es noch mal: Weshalb sind Sie hier?«

Kann sie sich vor unserem Gespräch mit Karin Jäggi abgesprochen haben, geht mir durch den Kopf. Wenn nicht, wird sie es ziemlich sicher nachholen. Mit Bea Frei darf und will ich es mir nicht verderben. »Also gut«, fange ich an und erzähle ihr die Geschichte, von der Begegnung mit Françoise über Camille bis zum blutigen Drama hier auf dem Hof.

Frei hört zu, ohne mich zu unterbrechen.

»Ich gebe zu, ich bewundere Sie, Frau Johannis. Auf Ihren Reportagereisen zu den Krisengebieten der Welt haben Sie zweifellos Dinge gesehen, an denen manch andere zerbrochen wären. Dazu kommt die Geschichte im Berner Oberland. Die Gefahr und Sie scheinen auf Du und Du zu sein. Trotzdem bitte ich Sie, sich ab jetzt zurückzuhalten und die Ermittlungen uns zu überlassen.«

»Ich habe in keiner Weise die Absicht, mich in Ihre Arbeit einzumischen. Wie ich gesagt habe, ich befasse mich mit dem

Schicksal von Menschen wie Gérard und Camille Murival vor dem Hintergrund des Jurakonflikts.«

»Dagegen ist nichts einzuwenden. Dennoch mache ich Sie darauf aufmerksam, dass Sie mich oder meine jurassischen Kollegen zu informieren haben, sollten Sie Hinweise zum Verbleib von Herrn Murival haben. Es wäre mir äußerst zuwider, Sie wegen Behinderung der Ermittlungen belangen zu müssen.«

»Und mir erst. Ich habe kein Interesse, das Verhältnis zu Ihnen oder Karin Jäggi aufs Spiel zu setzen. Wenn ich auf etwas stoße, das auf eine Straftat hinweist, werde ich das selbstverständlich zur Anzeige bringen.«

Es klopft an der Scheibe, dann wird die Schiebetür erneut aufgestoßen. Erst glaube ich, die Müdigkeit spielt mir einen Streich, als Daniel vom Staal zu uns in den Bus steigt. »Daniel? Was tust du hier?«, entfährt es mir.

Freis Augen wandern zwischen uns hin und her, bis sie auf ihm ruhen. »Wer sind Sie bitte?«, fragt Frei mit vorwurfsvollem Seitenblick an die Adresse der Kollegin Blanchard, die entschuldigend die Schultern hebt.

»Ihre Kollegin war so freundlich, mich vorzulassen.« Daniel drückt Frei eine Karte in die Hand. »Daniel vom Staal, Kanzlei vom Staal, Strebel und Partner in Solothurn. Ich vertrete Frau Johannis.«

»Ein Anwalt?« Frei sieht mich an. »Sie haben Rechtsbeistand verlangt?«

Daniel kommt meiner Antwort zuvor. »Frau Johannis und ich waren verabredet.«

»Hier?«

»Korrekt. Sie bat mich um Unterstützung bei einem heiklen Gespräch mit dem Besitzer. Leider habe ich mich verspätet. Auf dem Weg hierher hörte ich, was passiert ist, und machte mir große Sorgen um Cora, Frau Johannis.«

Frei hat sich wieder gefasst. »Frau Johannis und ich sind fertig. Ich habe sie lediglich als Auskunftsperson befragt.«

Daniel wendet sich mir zu. Ich erkenne den Ansatz eines

Zwinkerns in seinen Augen. Spiel einfach mit, will es heißen.

»Stimmt das?«

»Ich habe Frau Frei erklärt, was ich mit Herrn Leuenberger besprechen wollte.«

»Sehr schön.« Daniel legt beide Handflächen auf den Tisch. »Dann ist vorläufig alles geklärt. Die furchtbaren Ereignisse haben Frau Johannis mitgenommen. Sie ist müde. Morgen ist auch noch ein Tag.« Er legt seine Hand auf meine. »Wir gehen.«

»Ich muss Sie bitten, sich zur Verfügung zu halten«, sagt Frei, sobald wir im Freien stehen.

»Sie wissen, wo ich in Les Bois wohne. Frau Blanchard hat die Adresse des Gästehauses.«

»Ist mir bekannt. Verständigen Sie mich, falls Sie in den nächsten Tagen nach Hause fahren. Ich will nicht nach Ihnen fahnden lassen müssen.«

»Rechtlicher Beistand?«, frage ich Daniel, als wir allein sind.

»Etwas Besseres ist dir nicht eingefallen?«

»Ich musste improvisieren. Du glaubst nicht, was ich für einen Schreck bekommen habe, als ich im Radio von den Morden hier gehört habe. Freis Kollegin ließ mich erst durch, nachdem ich sie überzeugen konnte, dass ich dein Anwalt bin.«

Er begleitet mich zu meinem Wagen. Ich sehe mich um. »Wo steht dein Auto?«

»Vermutlich schon in Les Bois. Ich habe mich fahren lassen.«

»Stimmt, dumm von mir. Man hat ja Chauffeur.«

»Manchmal ist es durchaus praktisch.« Er streckt seine Hand aus. »Deine Wagenschlüssel bitte. Ich fahre, du bist zu müde.«

Ausnahmsweise lasse ich mich nicht zweimal bitten. Wir schweigen, bis wir die Hauptstraße erreichen.

»Rechts abbiegen«, sage ich.

»Nach Les Bois geht's links.«

»Nach Biel, ins Spital. Ich muss wissen, wie es Marie geht.«

»Bist du sicher? Willst du dich nicht lieber hinlegen? Du siehst wirklich erschöpft aus.«

»Das wird nicht besser, solange ich nicht weiß, wie es um Marie steht. Bitte, Daniel.«

»Wie Madame befehlen.« Er setzt den rechten Blinker.

Um diese Zeit sollte die Fahrt auf der Autobahn nicht länger als eine halbe Stunde dauern. Ich schließe die Augen. Noch vor dem Pierre-Pertuis-Tunnel bin ich eingenickt und bei La Heutte schon wieder hellwach. Ich sehe zu Daniel hinüber, der auf die Straße konzentriert ist. Zum ersten Mal seit Langem fühle ich mich in seiner Gegenwart wohl. »Danke.«

»Wofür?«, fragt er verstört, wohl weil er glaubte, ich schlafe.

»Dass du mich rausgeholt hast, auch wenn es nicht nötig gewesen wäre. Frei glaubt sicher, dass ich mehr in der Sache drinhänge, als ich zugegeben habe.«

»Was hast du zugegeben?«

»Nichts, woraus sie mir einen Strick drehen könnte.« Hoffe ich zumindest.

»Deine Unschuld wird sich rasch herausstellen.« Er wirft mir einen Seitenblick zu. »Es sei denn, du hast die armen Leute wirklich umgebracht.«

»Na hör mal. Ich kann mir dich übrigens nicht leisten, als Anwalt meine ich. Und ich wusste gar nicht, dass du auch Strafrecht machst.«

»Nur für ganz spezielle Freunde … und Freundinnen. Für dich sogar pro bono – falls nötig.«

»Das Haus dankt. Woher wusstest du, dass ich auf dem Leuenberger-Hof war? Ich erinnere mich nicht, dir was davon gesagt zu haben.«

Die Antwort besteht aus einem verlegenen Räuspern.

»Sag schon. Oder darf ich es nicht wissen?«

»Ich … ähm … habe Mila angerufen.«

»Mila? Die hat erst recht keine Ahnung, wo ich was tue. Es interessiert sie auch nicht. Erklär mir das.«

»Sie hat es dir nie gesagt?«

Ich setze mich kerzengerade auf. »Was gesagt? Keine Ahnung, wovon du sprichst.«

189

»Sie hat eine App. Als du … als das mit dir passiert ist, du weißt schon.«

»Sprich es aus, du meinst den Selbstmordversuch. Und?«

»Danach hat Mila eine App auf deinem Telefon installiert, womit sie dich orten kann, falls …«

»Falls ich wieder mal auf die Idee kommen sollte, mir die Pulsadern aufzuschneiden?« Ich weiß nicht, auf wen ich in diesem Moment wütend sein soll. Auf den, der gerade neben mir sitzt, oder auf Mila? Oder auf beide?

»Mila ging es schlecht, Cora. Sie machte sich Vorwürfe, weil sie nicht auf dich aufgepasst hat. Sie muss vergessen haben, die App dir gegenüber zu erwähnen.«

Mir ist klar, dass Mila sich Sorgen um mich machte. Dass es ihr deswegen so schlecht ging, war mir nie bewusst. Ich ließ weder sie noch Daniel an mich heran. Da scheint Gesprächsbedarf vorhanden zu sein.

»Wieso bist du überhaupt hergekommen?«, frage ich, als wir eine Viertelstunde später vom Parkplatz zum Haupteingang des Spitals gehen. »Warst du nicht beschäftigt … mit Frau Courvoisier oder so?«

Er ignoriert den Seitenhieb. »Ich habe meine Termine für heute und morgen abgesagt.«

»Ich habe dich nicht darum gebeten. Wir haben vereinbart, dass …«

»… wir jeden Abend telefonieren. Das war am Sonntag. Seither habe ich dich mehrmals vergebens versucht zu erreichen. Abmachungen sind keine Einbahnstraße, Cora.«

»Ich weiß, und es tut mir leid. Es war einfach zu viel los.«

»Schon gut, ich bin froh, dass es dir gut geht. Aber …« Er bleibt stehen und fasst mich an beiden Schultern. »Ich fürchte, dir ist nicht klar, worauf du dich eingelassen hast.«

»Das klingt dramatisch.«

»Es ist vor allem gefährlich. Du hast es mal wieder geschafft, in ein Wespennest zu stechen, Cora.«

26

Camille wandte den Kopf diskret nach links, bis sie die Person auf einer der Sitzbänke weiter vorne durch eine Lücke zwischen den im Mittelgang des Waggons stehenden Passagieren im Blickfeld hatte. Es war derselbe Mann mit der schwarzen Baseballmütze, der ihr vorhin im Stadtzentrum aufgefallen war. Immer dann, wenn sie aus einem Laden trat, war auch er in der Nähe gewesen, hatte in ein benachbartes Schaufenster geschaut oder in einiger Entfernung ein Getränk aus einem Wegwerfbecher geschlürft. Jetzt saß er in derselben Metro mit einem Magazin in der Hand, das er zu schnell umblätterte, um den Inhalt wahrnehmen zu können. Wäre sie in Delémont, von ihr aus auch in Biel, hätte sie sich nichts weiter dabei gedacht. Lille, Zentrumsstadt der Métropole Européenne de Lille, einem Ballungszentrum mit über einer Million Einwohner, war etwas zu groß für diese Art Zufälle. Bereits am Vortag hatte sie das Gefühl gehabt, verfolgt zu werden, allerdings nur kurz. Entweder hatte sich jene Person schlauer angestellt als ihr heutiger Schatten, oder Camille war gestern einfach weniger aufmerksam gewesen.

Seit ihrer Flucht war ein Jahr vergangen. Zu Beginn hatte sie höllisch aufgepasst und stets ihre Spuren verwischt. Sie war nie länger als zwei oder drei Wochen in einer Stadt geblieben, angefangen in Straßburg. Danach hatte sie in Freiburg und Stuttgart gewohnt. Ein paar Monate später war sie für eine gewisse Zeit in Luxemburg untergetaucht, bevor sie nach Frankreich zurückkehrte. In Lille verweilte sie bis jetzt am längsten, wegen Tiago. Dennoch war sie vorsichtig geblieben.

Vielleicht nicht vorsichtig genug. Hatte sie sich zu sehr in Sicherheit gewogen? Sie hatte ihr Äußeres verändert, die Haare gefärbt und sich ein schmerzhaftes Nasen- und Lippenpiercing machen lassen, das zu ihrem Wochenendjob in der Bar passte.

Am Morgen nach der Ankunft in Straßburg hatte sie ein Wegwerfhandy gekauft und Léonies Nummer gewählt. Daraufhin hatte sie tagelang umsonst auf den Rückruf gewartet. Das Prozedere hatte sie mehrere Male wiederholt, bis sie sich entschlossen hatte, in ein Internetcafé zu gehen. Sie hatte nicht lange suchen müssen, bis sie auf die Meldungen über Léonies Tod gestoßen war. Die Schweine hatten sie erschossen und im Wald verbrannt wie ein Stück Brennholz. Camille hatte sich daraufhin tagelang im Hotelzimmer verschanzt und sich die Seele aus dem Leib geschluchzt. Dann war sie ins Internetcafé zurückgekehrt, hatte Hintergrundartikel durchforstet und alle Kommentare gelesen, die sie zu Léonies Tod finden konnte. Auch über sie selbst war geschrieben worden. Man hatte sie als Prostituierte bezeichnet, die im Verdacht stand, Léonie erschossen und verbrannt zu haben. Was für Idioten, die nicht mal eins und eins zusammenzählen konnten. Aber wozu nach den wahren Tätern suchen, wenn man eine Hure zum Sündenbock machen konnte?

In dieser Zeit hatte sie ein paarmal vor einer Polizeistation in Deutschland gestanden, einmal auch in Frankreich. Jedes Mal hatte sie den Mut verloren, sich zu stellen und die Wahrheit ans Licht zu bringen. Wer war sie, etwas gegen diese Leute ausrichten zu können? Wenn es darauf ankam, gewannen immer die. Niemand würde ihr glauben, bis Léonies Schicksal auch sie eines Tages einholen würde.

Léonie war alles für sie gewesen, Mutter, Schwester und Gefährtin. Camille hatte sich vorgenommen, nie mehr jemand anders zu lieben. Am schwierigsten war es für sie, wenn zu alldem noch das Heimweh nach Mathilde, ihrem Pferd und den Freibergen kam. Sie hatte es nie gewagt, mit ihrer Großmutter Kontakt aufzunehmen, aus Angst, nicht nur sich selbst, sondern auch Mathilde in Gefahr zu bringen. Mehr als einmal hatte Camille in dieser Zeit daran gedacht, ihrem Leben ein Ende zu setzen, bevor es jemand anderem gelingen würde.

Das war, bevor Tiago in ihr Leben trat.

Er war der Grund, weshalb sie in Lille geblieben war. An einem Samstagabend vor drei Monaten hatte sie in der Bar früher Schluss gemacht. Der Heimweg hatte sie über die Grand' Place im Stadtzentrum geführt. Tiago machte dort Musik. Sie war geblieben, bis er zu Ende gespielt hatte. Er hatte sie zu einem Drink eingeladen, bei dem es nicht geblieben war. Nachdem sie ihm ins Ohr geflüstert hatte, sie würde gerne mit seinen schwarzen Locken spielen, hatte er sie mit zu sich genommen. In jener Nacht hatte sie herausgefunden, dass Sex mit Männern völlig anders sein konnte, als sie ihn bisher erlebt hatte.

Straßenmusik spielte Tiago zum Zeitvertreib. Sein Brotjob war freischaffender Informatiker. Er half, die digitalen Probleme kleiner und mittlerer Firmen zu lösen. Meist arbeitete er von seiner Wohnung aus. Seine Kunden befanden sich im Großraum Lille und im benachbarten Belgien. Sie brachten ihm genug ein, dass Camille die Putzerei aufgeben konnte, nur noch aushilfsweise in der Bar einspringen und nicht mehr als drei Tage in der Woche im Restaurant arbeiten musste. Letzten Monat hatte sie sich für einen Fernkurs in Betriebswirtschaft angemeldet und trainierte zweimal wöchentlich Boxen und Mixed Martial Arts.

Die Metro verlangsamte die Fahrt. Sie war derart in Gedanken versunken gewesen, dass sie die erste Ansage nicht gehört hatte. Die letzte Station, die sie mitbekommen hatte, war »Wasquehal Hôtel de Ville« gewesen. Stationsschilder glitten am Fenster vorbei, »Croix Centre«. An der nächsten Station musste sie aussteigen. Der Zug hielt, der Weckruf für mehrere der stumm und teilnahmslos vor sich hin starrenden Passagiere, die sich aus ihren Sitzen erhoben, als hätte jemand bei ihnen einen Schalter umgelegt. Camille verlor ihren vermeintlichen Verfolger aus den Augen, bis der Wagen sich geleert hatte.

Der Mann mit der Baseballmütze war auf seinem Platz geblieben.

Sobald »Mairie de Croix« angekündigt wurde, stand sie auf und passierte die Baseballmütze. Der Mann hielt den Kopf gesenkt, so als würde er schlafen. Vom Ausstieg aus beobachtete sie ihn aus den Augenwinkeln, bis der Zug stoppte und die Türen automatisch geöffnet wurden. Er machte keine Anstalten aufzustehen. Camille stieg aus und wandte sich dem Ausgang zu. Nach ein paar Schritten blieb sie stehen und hielt ihr Handy ans Ohr. Wie beifällig schaute sie zum anfahrenden Zug, bis das Fenster, hinter dem der Mann mit der Baseballkappe sitzen musste, an ihr vorbeiglitt. Er hatte das Handy am Ohr und sah ihr direkt in die Augen.

27

Man lässt uns nicht zu Marie vor. Bevor wir unverrichteter Dinge abziehen, bringt es Daniel mit einer Mischung aus Charme und sanftem Druck fertig, der Stationsschwester Informationen zu entlocken. Maries Zustand ist kritisch, aber stabil. Wie es aussieht, wird sie es schaffen.

»Sie verdankt dir das Leben«, sagt Daniel auf dem Weg nach draußen. »Ohne dich wäre sie verblutet.«

Auf dem Rückweg nach Les Bois schlägt die Müdigkeit bei mir durch. Ich schlafe den ganzen Weg bis zum »Cerneux-au-Maire«. Daniel parkt meines neben seinem Auto, das er mit einem Zweitschlüssel öffnet.

Es ist kurz nach Mitternacht. Am Nachmittag hatte Daniels Kanzlei ein Zimmer für ihn reserviert. Den Zimmerschlüssel hatte der Chauffeur im Handschuhfach deponiert. Ich hätte Daniel angeboten, in meinem freien Bett zu schlafen. Dass er mich nicht in diese Lage bringen wollte, rechne ich ihm hoch an. Irgendwann werden wir uns darüber klarwerden müssen, wie es mit uns weitergeht. Jetzt ist nicht der Moment.

Daniel muss wach geworden sein, während ich noch dabei war, meinen Schlafkontostand aufzufüllen. Als ich den Frühstücksraum betrete, sitzt er mit seinem Handy beschäftigt an meinem Tisch, nicht erst seit Kurzem, schließe ich aus der leeren Kaffeetasse und der ausgegessenen Müeslischale. Sobald er mich sieht, legt er das Handy weg. Wir begrüßen uns mit einer flüchtigen Umarmung.

»Du hättest mich wecken dürfen.«

»Ich habe an deine Tür geklopft«, erwidert er. »Da keine Antwort kam, ließ ich dich schlafen.«

»Lieb von dir.«

Dass seit meiner letzten richtigen Mahlzeit fast vierundzwanzig Stunden vergangen sind, wird mir beim Anblick des Buffets bewusst. Ich stelle eine Tasse unter den Auslauf der Kaffeemaschine. Während sie sich füllt, häufe ich Butter, Käse und eine Portion Schinken auf einen Teller. Entgegen der Gewohnheit bereite ich mir ein Müesli zu und bestelle bei Marie-Claude ein weich gekochtes Ei.

»Dein Zimmer okay?«, frage ich Daniel, bevor ich mich über das Müesli hermache.

»Sehr schön! Wenn ich das nächste Mal zum Golfspiel herkomme, quartiere ich mich hier ein.«

»Du spielst Golf? Hast du gar nie erwähnt.«

»Nur mit Geschäftsfreunden und Mandanten. In einer entspannten Atmosphäre redet es sich leichter über Geschäftliches. Ich komme selten genug dazu, sieht man an meinem Handicap.«

»Spielst du öfter hier oben?«

»Zwei-, dreimal im Jahr. Les Bois ist ein gepflegter Platz, vor allem im Sommer. Auf tausend Metern Höhe ist es weniger heiß.«

»Hast du schon mit Pierre-Alain Keller gespielt, dem Geschäftsführer von Ilios Watch?«

»Gelegentlich, bei einem oder zwei Turnieren waren wir im selben Flight.«

»Worüber sprecht ihr da?«

»Alles Mögliche, Politik, Wirtschaft, Gott und die Welt.«

»Ist er Mandant deiner Kanzlei.«

Daniel schüttelt den Kopf. »Er hat Interesse gezeigt, weil er weiß, dass ich in der Solothurner Regierung war. Ich hatte den Verdacht, dass es ihm nur darum ging, mein Netzwerk anzuzapfen. Ich habe ihn so diplomatisch wie möglich spüren lassen, dass ich nicht darauf eingehen wollte.«

Während ich zuhöre, schmiere ich Butter auf eine Scheibe Brot. Daniels Portfolio umfasst zahlreiche namhafte Personen und Firmen. Ein Prestigeunternehmen wie Ilios Watch würde gut da reinpassen. »Stimmt was nicht mit denen?«

»Deswegen bin ich gestern hergefahren. Was hast du bereits über Ilios und Pierre-Alain Keller in Erfahrung gebracht?«

»Über die Firma nur, was es im Netz und den Medien dar-über gibt. Von Keller weiß ich, dass er CEO und ein Urgestein der Firma ist. Vor ein paar Tagen bin ich ihm im Haus von Mathilde Murival kurz begegnet. Hast du etwas herausgefunden?«

»Einiges. Ich fange mal bei den Besitzverhältnissen an. Zu ihren Lebzeiten hielten Mathildes Eltern sechzig Prozent des Aktienkapitals von Ilios Watch, zwanzig Prozent besaß Pierre-Alain Keller. Weitere zwanzig Prozent wurden an der Börse gehandelt. Nach Erreichen der Volljährigkeit überschrieben die Eltern ihrer einzigen Tochter ein Drittel ihrer Anteile, heißt zwanzig Prozent. 1993 starb zuerst die Mutter an einer verschleppten Lungenentzündung. Kurz danach erlitt ihr Vater einen Herzinfarkt, und Mathilde erbte die verbleibenden vierzig Prozent, zum Leidwesen Kellers.«

»Was hatte er sich erhofft? Wollte er Mehrheitsaktionär werden?«

»Keller war ein Kampfgefährte von Mathildes Vater gewesen. Er strebte nach mehr Einfluss und hatte auf die vierzig Prozent aus der Erbmasse spekuliert. Keine Ahnung, ob da vielleicht mal eine Abmachung existiert hatte. Offenbar hatte er damit gerechnet, Mathilde würde lediglich noch mal zehn und er die restlichen dreißig Prozent erhalten. Stattdessen erhielt Mathilde alles. Keller ging leer aus.«

»Mit anderen Worten, nach dem Tod ihrer Eltern hielt Mathilde mit sechzig Prozent die Mehrheit der Anteile, Keller blieb bei seinen zwanzig.«

»Und weitere zwanzig Prozent wurden zusätzlich an der Börse gehandelt«, ergänzt Daniel. »Keller ist ambitiös und ein guter Geschäftsmann. Er hat Ilios als Weltmarke im Luxusuhrenbereich auf- und ausgebaut, insbesondere das globale Vertriebsnetz. Es gelang ihm innerhalb von zehn Jahren, den Börsenwert der Firma zu verdoppeln.«

»Was ist mit Gérard Murival? Besitzt er Anteile?«

»Ursprünglich wollte Mathilde ihm das Steuer übergeben. Bei Erreichen seiner Volljährigkeit hätte sie ihm einen Großteil ihrer Anteile abgetreten. Nach der Sache mit dem Brand in Tramelan war der Plan in Frage gestellt. Als er nach den Schüssen von Cortébert unter Mordverdacht geriet und sich ins Ausland absetzte, wurde er hinfällig. Stattdessen wollte Mathilde ihre Enkelin Camille zu ihrer Nachfolgerin machen. Allerdings erst ab deren einundzwanzigstem Geburtstag und mit der Auflage, dass Camille die Welt kennenlernte und ein Studium in einer Ivy-League-Universität abschloss, sobald diese fünfundzwanzig war. Danach würden die vollen Anteile auf sie überschrieben.«

»Das ist mal wieder typisch«, entfährt es mir. »Dem jungen Mann wird es in den Schoß geworfen, das Mädchen dagegen muss sich zuerst in Harvard abrackern.«

»Es hätte auch Columbia, Princeton oder Yale sein können«, erwidert Daniel. »Ich selbst war eine Zeit lang Austauschstudent an der Cornell University. Es sind anspruchsvolle Schulen, aber es gibt Schlimmeres im Leben, glaub mir. Trotzdem, ich glaube nicht, dass Mathilde die Messlatte für ihre Enkelin höher legen wollte als für ihren Sohn. Nur habe ich dazu keine Informationen. Ich kann mir gut vorstellen, dass Gérard Murival seine Sporen ebenfalls hätte abverdienen müssen, wenn es so weit gekommen wäre. Bei Camille wurde auch nichts daraus. Sie ist mit neunzehn Jahren von der Bildfläche verschwunden, bis ihre Leiche zwei Jahre später in Frankreich aus dem Meer gezogen wurde.«

»Als würde ein Fluch auf der Familie lasten. Was hat Mathilde mit ihren Anteilen gemacht, sie an Keller verkauft?«

»Teilweise, sie überschrieb ihm zwanzig Prozent. Weitere zehn verkaufte sie an der Börse. Damit wurde Keller 1999 zum Mehrheitsaktionär mit vierzig Prozent.«

»Dreißig Prozent wurden an der Börse gehandelt.«

»Ja, bis Santoni auf den Plan trat.«

»Jean-Baptiste Santoni? Der Investor?«

»Nein, Pasquale, sein Vater. Ihm gehörte die ›Groupe Financier Diana‹, eine Holding, die bei verschiedensten Beteiligungen im Bau-, Industrie- und Dienstleistungssektor aktiv ist. Er stammte aus Korsika, hatte aber auch einen Schweizer Pass, den er erstaunlich schnell bekommen hat. Im Lauf von 1999 erwarb er fünf Prozent aus dem Pool der börsengehandelten Anteile.«

»Das wundert mich nicht. Wenn du genügend Millionen auf dem Bankkonto hast, spielt es keine Rolle, wenn du beim Einbürgerungsgespräch die Namen der sieben Bundesräte nicht auswendig aufzählen kannst oder am Sonntag den Rasen mähst. Den Namen des Dorfmetzgers oder die Farbe der in der Gemeinde verwendeten Müllsäcke nicht zu wissen ist bei entsprechendem Kontostand kein Ausschlusskriterium mehr.«

Daniel sieht mich schmunzelnd an. »Klingt, als hättest du bei deiner Einbürgerung einschlägige Erfahrungen gemacht.«

Ich winke ab. »Ein Wunder, dass ich beim Interview nicht gefragt wurde, ob ich in einem Sarg schlafe oder an Knoblauchunverträglichkeit leide. Mach weiter.«

»Bevor er in der Schweiz aktiv wurde, hatte sich Pasquale Santoni erfolgreich an Unternehmungen der Konsumgüterbranche im Ausland beteiligt. In den neunziger Jahren begann er, handelbare Ilios-Aktien zu erwerben. Vor seinem Tod 1999 besaß er fünf Prozent. Sohn Jean-Baptiste, ebenfalls ausgestattet mit Schweizer Bürgerrecht, übernahm die Geschäfte. Im Gegensatz zu seinem Vater ist Jean-Baptiste ein Produkt der Hochkonjunktur, dem die gebratenen Tauben in den Mund flogen. Der alte Pasquale war weiß Gott kein Lamm gewesen. Zu seiner Zeit war er an vielerlei illegalen Geschäften beteiligt gewesen. Aber er hatte seine Grundsätze: keine Drogen und kein Menschenhandel.«

Daniel steht auf, um sich einen Kaffee zu holen. Ich nutze die Pause und skizziere eine Tabelle auf eine Serviette, wo ich die Besitzverhältnisse von Ilios eintrage, bevor ich den Überblick verliere.

»Jean-Baptiste sah die Dinge etwas anders als sein Vater«, fährt Daniel fort, nachdem er sich mit seiner Tasse hingesetzt hat. »Im Frühling 2001 lancierte er eine Übernahme der restlichen börsenkotierten Anteile. Mathilde sträubte sich dagegen und kratzte alles zusammen, was sie hatte, um ihm die Börsenanteile wegzuschnappen, was ihr auch gelang. Damit steigerte sie ihren Anteil auf fünfundfünfzig Prozent. Nach dem Börsenkrach im Zug des 11. Septembers 2001 erklärte sich Santoni bereit, der ins Wanken geratenen Ilios eine massive Finanzspritze zu verabreichen. Im Gegenzug wollte er die Aktienmehrheit. Dagegen wehrte sich Mathilde. Unter dem finanziellen Druck und dem Schock über den Tod ihrer Enkelin musste sie handeln. Sie behielt ihre Anteile, erlaubte aber Keller, Santoni zwanzig Prozent seiner Anteile zu überlassen. Keller bedingte sich im Gegenzug aus, Geschäftsführer zu bleiben. Damit besaß Santoni fünfundzwanzig Prozent, Keller zwanzig. Mathilde blieb Mehrheitsaktionärin mit fünfundfünfzig Prozent.«

Ich schreibe die letztgenannten Zahlen in die Tabelle und zeige sie Daniel.

Ilios Watch SA

	1980	1993	1999	2001–heute
Eltern Murival	40 %!	–	–	–
Mathilde	20 %	60 %	30 %	55 %
Keller	20 %	20 %	40 %	20 %!
Börse	20 %	20 %	25 %	–
Santoni	–		5 %	25 %

»Wie hoch ist der Wert von Ilios gegenwärtig?«

»Die Firma ist nicht mehr an der Börse. Aus diesem Grund werden keine Geschäftszahlen publiziert. Aufgrund meiner Informationen dürfte sich der Firmenwert auf gut zwei Milliarden Franken belaufen. Damit befindet sich Ilios in der Spitzengruppe der Schweizer Luxusmarken.«

»Das heißt, Santoni hat eine Viertelmilliarde aufgeworfen, nur um maßgebend mitbestimmen zu können.«

»Nicht ganz. Die Viertelmilliarde entspricht der heutigen geschätzten Kapitalisierung seiner Anteile. Als Santonis Vater damals begann, Ilios-Aktien zu kaufen, war sie weit niedriger. Die Anteile gehören übrigens der ›Diana Holding‹, nicht Santoni persönlich.«

»Was auf dasselbe hinausläuft.«

»Das kann man so sehen.«

»Hat Mathilde es einfach so hingenommen, dass Santoni junior maßgebend Einfluss auf ihre Firma nehmen konnte?«

»Welche Alternativen hatte sie? Gérard, ihr Sohn, war ein gesuchter Mörder. Ihre Enkelin Camille, auf der ihre Hoffnung danach geruht hatte, war tot. Die Frau hatte alles verloren, wofür sie gelebt hatte. Heute sitzt sie als Verwaltungsratspräsidentin auf ihren Anteilen. Sämtliche Versuche Kellers und Santonis, sie zu einem Verkauf zu überreden, scheiterten bisher. Ich denke, solange Mathilde Murival sich guter Gesundheit erfreut, wird das so bleiben. Früher oder später wird sie sich jedoch entscheiden müssen. Entweder die Aktien Keller und Santoni zu überschreiben oder …«

»Oder was? Sie verschenken?«

Daniel hebt die Schultern. »Sie wäre gut beraten, das sorgfältig zu überlegen, wenn sie die Zukunft ihres Lebenswerkes und ihrer Familie nicht aufs Spiel setzen will. Unter Kellers Führung hat sich die Firma in den letzten zwanzig Jahren ausgezeichnet entwickelt. Auch Santoni scheint kein schlechter Geschäftsmann zu sein, wenigstens nach außen hin. Wenn Mathilde sich dazu bewegen ließe, einem oder beiden von ihnen ihren Anteil zu vermachen, wäre das aus jetziger Sicht das Beste.«

»Was ist Santoni für ein Typ?«

Daniel macht eine Miene, als hätte er in einen sauren Apfel gebissen. »Wie hättest du es gern? Mit Zuckerguss oder nature?«

»Du weißt ja, ich und zu viel Süßes …«

»Dann so: In den fünfziger und sechziger Jahren gehörte der

Santoni-Clan der berühmt-berüchtigten ›French Connection‹ an. Zusammen mit der italo-amerikanischen Mafia nutzte diese den Hafen von Marseille als Drehscheibe für den Heroinhandel zwischen Amerika, Europa sowie dem Nahen und Mittleren Osten. Die Santonis gehörten mit den Guérinis und den Carbones zu den wichtigsten Akteuren.«

Die »French Connection« kenne ich vom gleichnamigen Hollywoodfilm aus den Siebzigern mit Gene Hackman. »Die Santonis sind also nichts weiter als eine Bande von Drogenschiebern, sehe ich das richtig?«

»Die ›French Connection‹ wurde in den frühen Siebzigern von den französischen und amerikanischen Antidrogenbehörden zerschlagen. Das war einer der Gründe, weshalb Vater Pasquale aus dem Drogengeschäft ausgestiegen war. Selbst sein Sohn Jean-Baptiste Santoni wird heute vordergründig als seriöser Geschäftsmann angesehen. Einer der Schwerpunkte seiner ›Diana Holding‹ ist der Immobilien- und Infrastrukturbau, also Kunstbauten wie Brücken, Tunnel und Staudämme. Wo Beton in großen Mengen verbaut wird, ist Santoni dabei. Vor allem in Südamerika, Frankreich, Italien, in der Türkei und im Mittleren Osten ist er groß im Geschäft.«

»Und bei uns?« Ich erinnere mich nicht, in unserer Gegend Baustellen mit dem Namen Santoni gesehen zu haben.

»In Deutschland, Österreich und der Schweiz beteiligt er sich an Projekten der Tourismusbranche – und an Luxuskonsumgütern wie Ilios-Uhren.« Daniel macht eine Kunstpause. »Rate mal, wer am Leuenberger-Hof beteiligt ist?«

Der letzte Bissen Brot bleibt mir fast im Hals stecken. »Doch nicht etwa Santoni? Ernsthaft? Was will er mit einem Bauernhof?«

»Mit dem Hof nichts, aber mit dem Land, auf dem er steht. In letzter Zeit kaufen Gesellschaften der ›Diana-Holding‹ Objekte in der Gegend auf. Santoni ist vor fünf Jahren dort eingestiegen.«

Das hat mir Marie verschwiegen, geht es mir durch den Kopf. Oder weiß sie am Ende davon gar nichts?

»Nach der Pandemie und mit der sich anspannenden internationalen Lage sind vermehrt Orte gefragt, wo man seinen Urlaub sicher verbringen kann. Die Freiberge entwickeln sich in Richtung attraktive und vielseitige Freizeitregion. Neben dem Golfplatz hat sich eine Sterne-Gastronomie für den gehobenen Geschmack etabliert. Offenbar gibt es Leute, welche die Gegend als förderungswürdig für große Portemonnaies erachten.«

»Ist das nicht ausgelutscht? Glaubt man ernsthaft, die Freiberge könnten mit dem Schwarzwald, dem Elsass und anderen Gebieten in den Nachbarländern konkurrenzieren?«

Daniel schürzt die Lippen. »Gute Frage, in einem bestimmten Segment mit hohen Ansprüchen wäre das vielleicht vorstellbar.«

»Würdest du deinen Mandanten empfehlen, hier zu investieren?«

»Es gibt sicher den einen oder anderen, den es interessieren könnte. Santonis ›Diana Holding‹ zielt auf eine andere Klientel mit viel Kapital ab. Wenn ich viel sage, meine ich richtig viel, Dutzende oder Hunderte von Milliarden, die auf Offshore-Konten in der Karibik, im Arabischen Golf, in Delaware, Luxemburg und bei uns herumliegen und darauf warten, Renditen abzuwerfen, die sie auf legalem Weg nicht erzielen können.«

»Du meinst Schwarzgeld?«

»Laut UNO werden jährlich weltweit zwischen achthundert und zweitausend Milliarden US-Dollar gewaschen. Dabei handelt es sich um unversteuerte Firmen- oder Privatgelder in Steuerparadiesen, Einkünfte aus dem Drogen-, Waffen- und Menschenhandel und anderen Branchen der Organisierten Kriminalität. Zum Vergleich: Das Bruttoinlandprodukt der Schweiz belief sich im letzten Jahr auf knapp achthundert Milliarden Dollar.«

»Achthundert bis zweitausend Milliarden?« Ich denke an meine Steuererklärung und fühle mich armselig. »Mit anderen Worten: Santoni ist ein Geldwäscher.«

»Als dein Anwalt rate ich dir, die Aussage nicht im Indikativ zu formulieren«, sagt Daniel augenzwinkernd. »Gerüchten zufolge steht Santoni zurzeit im Fokus von Europol und Interpol. Jeglicher Versuch, ihm etwas anzuhängen, ist bisher im Sand verlaufen. Die ›Diana Holding‹ beschäftigt eine Gruppe spezialisierter Anwaltsfirmen, deren Aufgabe in nichts anderem besteht, als Anträge gerichtlich abzuschmettern und Verfahren über Jahre in die Länge zu ziehen. Sie machen das so lange, bis überforderte Staatsanwälte den Bettel hinwerfen. Wenn es auf diese Weise nicht funktioniert, findet Santoni andere Mittel und Wege, bis sie aus Sorge um die eigene Gesundheit und die ihrer Angehörigen aufgeben.«

Dass Daniel stets gut informiert ist, weiß ich seit Langem. Aber das hier? »Woher hast du all diese Informationen?«

»Bei aller Liebe, Cora, aber meine Quellen werde ich dir nicht nennen. Sagen wir so: Golfplatztratsch auf hohem Niveau und gut dokumentierte Recherche. Alles in allem ist die Schweiz mit ihrer Kaufkraft und hohen Renditen ein lukratives Territorium für Santonis Geldwäscheimperium. Es verbirgt sich hinter einem Netzwerk mehr oder weniger legitimer Gesellschaften. Deshalb wird er alles daransetzen, um letzten Endes doch an die restlichen Ilios-Anteile zu kommen.«

»Die Mathilde ihm nicht verkaufen wird.«

»Kommt drauf an. Sie geht auf die achtzig zu. Egal, was sie tut oder lässt, sie hat ausgesorgt. Neben ihren Aktien besitzt sie eine Reihe von Immobilien an der Waadtländer Riviera, in Genf, Fribourg und Bern. Dazu kommt eine beträchtliche Kunstsammlung. Deren Wert dürfte im niederen dreistelligen Millionenbereich liegen.«

»Der einzige Erbe ist Gérard Murival?«

»Sofern er nicht wegen des vermeintlichen Anschlags auf Françoise Gravier festgenommen und verurteilt wird.«

»Damit hätte Santoni ein Motiv«, sage ich.

»Wofür?«

»Ich bin überzeugt, dass Santoni oder vielmehr seine Soldaten die Leuenbergers auf dem Gewissen haben und dass sie die

Morde Murival anhängen wollen. Für ihn besteht immer noch das Risiko, dass Murival trotz seiner anfänglichen Abneigung das Erbe akzeptieren und die Kontrolle der Firma übernehmen wird. Wenn er von der Bildfläche verschwindet, hat Santoni freie Bahn, sich Ilios ganz unter den Nagel zu reißen.«

»Ist das nicht etwas weit hergeholt? Warum sollte Santoni eine ganze Familie umbringen lassen? Wenn schon, wäre es für ihn einfacher, nur Gérard Murival aus dem Weg zu räumen.«

»Mag sein, aber dann setzt er sich einer Untersuchung aus, die er bestimmt vermeiden möchte, wenn er sonst schon im Visier der Justiz ist. Möglicherweise wird dann auch Camilles Tod neu aufgerollt.«

Daniel sieht mich mit großen Augen an. »Glaubst du wirklich, Santoni hat Mathilde Murivals Enkelin in Frankreich umbringen lassen?«

»Ich denke nur laut. Zum jetzigen Zeitpunkt dürfte öffentliche Aufmerksamkeit das sein, was Santoni am allerwenigsten brauchen kann.«

Daniel nimmt meine Hand in seine. »Genau das meinte ich mit dem Wespennest. Sei vorsichtig, Cora, und halte dich von ihm fern. Wer weiß, wie er reagiert, wenn du seine Kreise störst.«

»Meinst du, er lässt mich beobachten, damit er mich aus dem Weg räumen kann, wenn ich ihm zu nahe komme?«

»Er kennt deinen Ruf und weiß, dass du ihm gefährlich werden kannst. Leute wie Santoni reagieren wie wilde Tiere. Wenn sie sich in die Enge getrieben fühlen, greifen sie an. Gestern auf dem Leuenberger-Hof hattest du Glück. Wärst du ein paar Minuten früher dort gewesen, würdest du jetzt vielleicht auch auf einem Tisch der Rechtsmedizin liegen. Dann hieße es, Murival hätte dich als unbequeme Zeugin aus dem Weg geschafft.«

»Aber der Subaru –«

»Ich habe im Handelsregister nachgesehen. Der Firmenzweck der ›Diana Leasing & Finance‹ umfasst unter anderem Leasing und die Finanzierung von Fahrzeugen und Liegenschaften für private und geschäftliche Zwecke. Der Leuenberger-Hof ist eines der Objekte, die von einer anderen Abteilung, der ›Diana Finance‹ in Delémont, betreut werden.«

Was das Auftauchen eines Firmenautos auf dem Hof erklären könnte. Auf diese Erkenntnis würde Bea Frei ebenfalls kommen. Bei Abwägung möglicher Motive wird sie sich die Frage stellen, was plausibler ist: Dass ein etabliertes Unternehmen seine Klienten brutal abschlachtet oder doch eher die Version des einsamen Wolfes vom Schlage eines Gérard Murival, der an einem alten Widersacher Rache übt? Im Moment bin ich wohl die Einzige, die von seiner Unschuld überzeugt ist, wegen meines Bauchgefühls.

»Ich würde viel darum geben, zu erfahren, was du jetzt denkst«, sagt Daniel.

»Ich muss Murival finden und mit ihm reden.«

»Willst du das nicht Bea Frei und ihren Kollegen überlassen? Sie wissen, was sie tun.«

Was will er mir damit sagen? Dass ich es nicht weiß? »Daran zweifle ich nicht. Doch sobald die Medien den Zweifachmord breitschlagen, wird Frei massiv unter Druck geraten, rasch Schuldige zu produzieren. Murival hat die größte Zielscheibe auf der Brust.«

»Würdest du nicht auch zuerst die Spur verfolgen, die am meisten Erfolg verspricht?«

»Schon, aber im Unterschied zu Frei habe ich mit Murival geredet und kann ihn einschätzen. Für mich ist er kein skrupelloser Mörder.«

»Ich sage nicht, dass er das ist. Möglicherweise wollte er Samuel Leuenberger für den Tod seiner Verlobten zu später Rechenschaft ziehen. Die Auseinandersetzung eskalierte, Mutter und Tochter Leuenberger kamen dazu und voilà. Dafür spricht, dass Marie noch lebt. Murival hat die Nerven verloren, auf sie geschossen und ist dann geflüchtet. Wäre es ein von Santoni beauftragter Profi gewesen, hätte er ihr den Fangschuss gegeben.«

»Vielleicht blieb ihm keine Zeit. Ich habe Marie in der

hintersten dunklen Ecke der Scheune gefunden. Den Spuren zufolge ist sie dorthin geflüchtet, nachdem sie angeschossen wurde. Vielleicht war der Mörder auf der Suche nach ihr. Dann kommt Murival dazu. Er sieht, was passiert ist, und flieht. Die Killer nehmen die Verfolgung auf.«

Daniel erwidert nichts. Das ist seine Art, mich herunterkommen zu lassen, wenn ich aufgebracht bin. »Ich bin sicher, Frau Frei wird die richtigen Schlussfolgerungen ziehen«, meint er nach der Redepause. »Du kannst nichts für Murival tun, für Camille noch weniger. Lass sie los, beide. Früher oder später wird Murival sich stellen müssen, oder er wird gefasst.«

Daniel drückt meine Hand. »Ich kann und will dir nichts vorschreiben, Cora. Ich sage es trotzdem, vielmehr bitte ich dich: Pack deine Sachen, komm mit mir zurück nach Solothurn. Du hast getan, was du kannst.«

Er hat keine Ahnung, wie gern ich ihm den Wunsch erfüllen würde, aber bei mir fühlt es sich nicht so an. Ich löse meine Hand aus seiner. »Tut mir leid, Daniel. Ich brauche noch etwas Zeit.«

Er nickt. Eine andere Antwort hat er nicht erwartet.

Der schnellste Weg zu Gérard Murival führt über seine Mutter. Nachdem Daniel Richtung Solothurn abgefahren ist, mache ich mich auf nach Le Noirmont. Keine zehn Minuten später fahre ich auf der Hauptstraße vom Dorfzentrum Richtung Norden. Vor der Verzweigung in die Rue de l'Aurore setze ich den Blinker. Bevor ich abbiege, schießt ein Wagen mit hoher Geschwindigkeit aus der Straße. Mit einer Vollbremsung vermeide ich einen Zusammenstoß. Gegen den Land Cruiser hätte mein Mini den Kürzeren gezogen. Am Steuer sitzt Mathilde, die es offenbar eilig und mich nicht gesehen hat.

Ich wende und folge ihr. Bestimmt ist sie unterwegs zu ihrem Sohn. Die Vermutung wird zur Gewissheit, als sie kurz darauf Richtung Norden abbiegt. Ich glaube zu wissen, wo sie hinfährt, und vergrößere den Abstand. Kurz darauf sehe ich den

Land Cruiser am Wegrand stehen, an der gleichen Stelle, wo ich vorgestern den Mini zurückgelassen habe, um in die Schlucht hinabzusteigen, ohne Mathilde.

Sie ist besser zu Fuß, als ich es ihr zugetraut hätte. Bis zur Abzweigung des Pfades zum Fluss hinab gelingt es mir nicht, sie einzuholen. Erst weiter unten, wo das Gelände am steilsten abfällt, sehe ich sie. Die schwierigste Passage zwischen den Felsen hindurch hat sie beinahe hinter sich. Behutsam setzt sie einen Schritt vor den anderen. Weshalb nimmt sie den schwierigen Abstieg auf sich? Ich sehe nur einen triftigen Grund.

»Mathilde!« Aus der prekären Situation heraus rufe ich sie spontan beim Vornamen.

Sie sichert ihren Stand, bevor sie zu mir aufschaut. Gerade überrascht scheint sie nicht zu sein. »Frau Johannis.«

»Ich komme zu Ihnen.« Bei diesem zweiten Mal fällt mir der Abstieg leichter als vor zwei Tagen.

»Was machen Sie hier?«, fragt sie, sobald ich bei ihr anlange.

»Ich wollte zu Ihnen. Haben Sie mich vorhin nicht gesehen? Wir haben uns gekreuzt.«

Sie geht nicht darauf ein. »Weshalb? Ich habe alle Ihre Fragen beantwortet.«

»Eigentlich muss ich mit Gérard reden. Ich hoffte, ihn bei Ihnen zu Hause anzutreffen. Offenbar liege ich falsch.« Ich deute nach unten. »Soll ich vorausgehen?«

»Danke, aber ich bin diesen Weg schon zigmal gegangen.«

»Wie Sie wünschen.« Ich gestikuliere, dass sie vorgehen soll.

»Was wollen Sie von Gérard?«, fragt sie, sobald wir zur Stelle kommen, wo der Pfad wegsamer wird.

Bevor ich antworten kann, höre ich einen Knall. Gleichzeitig splittert neben mir ein Stück vom Felsen ab. Mathilde schreit erschrocken auf.

»Jemand schießt auf uns«, präzisiere ich unnötigerweise.

28

Ungeachtet verärgerter Ausrufe rannte Camille sich zwischen stehenden Passanten durchschlängelnd die Rolltreppe hoch. Oben angekommen, machte sie eine Hundertachtzig-Grad-Wendung und lief auf der Rue Jean Jaurès Richtung Südwesten. Sie würde sich so lange von ihrer Wohnung wegbewegen, bis sie sicher sein konnte, nicht verfolgt zu werden. Im Gehen wählte sie Tiagos Nummer und hielt das Handy ans Ohr. Dann blieb sie stehen und drehte sich abrupt um. Da war niemand, der anhielt oder unvermittelt die Straßenseite wechselte. Eine Frau mit einem kleinen Jungen an der Hand ging an ihr vorbei. Ohne auf Camille zu achten, erklärte sie ihrem Sohn, warum es kurz vor dem Abendessen keine Süßigkeiten mehr gäbe. Der Kleine nahm es düster vor sich starrend hin. Camille schimpfte sich im Stillen paranoid. Offenbar sah sie schon Gespenster. In Straßburg und in Deutschland hatte sie ständig über die Schultern geblickt. Hinter jeder Hausecke, jedem Mauervorsprung und Baum hatte sie Markos Männer gewähnt. Damals war sie überzeugt gewesen, dass er auch hinter ihr her war.

»*Hola, mi vida, qué pasa?*« Tiago nannte sie immer so, »mein Leben«. Beim ersten Mal waren ihr die Tränen gekommen. Nie hatte ihr jemand gesagt, sie bedeute ihm oder ihr das Leben. Für Léonie war sie immer *chérie* gewesen.

»Bist du zu Hause?«

»Und habe Sehnsucht, nach dir. Wo steckst du?«

»Ich brauche vielleicht noch zehn Minuten. War was?« Während sie sprach, suchten ihre Augen die Umgebung ab. Sie hatte die Metrostation im Blick, die eine weitere Zugladung Menschen ins Freie entließ. Sonst erregte nichts ihre Aufmerksamkeit.

»Was soll gewesen sein?«

»Bist du allein?«

Am anderen Ende der Leitung blieb es still. Camilles Herz setzte einen Schlag aus. »Tiago?«

»Jetzt, wo du es sagst. Da ist die kleine Studentin aus dem Süden, der ich den Computer neu aufgesetzt habe. Sie wollte unbedingt mit zu mir in die Wohnung kommen, um sich zu bedanken. Sie ist gerade unter der Dusche. Ist doch okay für dich, *guapa*?«

Camille sah ihn förmlich grinsen. »Idiot, sorg dafür, dass sie draußen ist, bis ich komme.«

»Alles klar, wo möchtest du heute Abend essen? In der Rue Saint-Pierre gibt's einen neuen Inder.«

Sie biss sich auf die Lippen. Sie hatte völlig vergessen, dass sie auswärts essen gehen wollten. »Entschuldige, aber ich bin todmüde und habe Kopfschmerzen. Können wir das morgen machen?«

»Kein Problem, dann bestelle ich uns was. Thai, Kebab oder Pizza?«

»Pizza, bis gleich, *te quiero*.«

Die Kopfschmerzen waren nicht gelogen. Am Morgen hatte sie sich übergeben müssen. Danach war ihr den ganzen Tag komisch gewesen. Sie hatte am Vorabend Fisch gegessen, war vielleicht nicht der frischeste gewesen.

Sie wechselte die Straßenseite und setzte ihren Weg in der entgegengesetzten Richtung fort, zur Wohnung.

Vor ihrer Flucht hatte sie Léonie geglaubt, die ihr versichert hatte, gut mit Marko zu stehen. Anfangs hatte sie ja gedacht, die beiden hätten was zusammen. Léonie hatte sie ausgelacht, nachdem Camille ihren Mut zusammengenommen und sie darauf angesprochen hatte. Sie liebe nur sie, hatte sie versichert. Es spielte keine Rolle mehr, Léonie war naiv oder einfach nur leichtsinnig gewesen und hatte es mit dem Leben bezahlt. Seither hatte sich Camille oft den Kopf zerbrochen, weshalb Marko immer noch hinter ihr her war. Tiago hatte von alldem keine Ahnung, weder von Camilles Geschichte noch von der Gefahr, in die sie ihn möglicherweise mit hineinzog. Sie musste mit ihm reden, bald.

Seit einiger Zeit sprach er davon auszuwandern, nach Kanada oder in die Staaten. Camille würde Québec vorziehen, weil dort Französisch gesprochen wurde. Ihr Englisch war zwar passabel, doch sie bevorzugte ihre Muttersprache.

Nachdem sie erneut an der Metrostation vorbeigekommen war, wandte sie sich nach links. Ihr Wohnviertel lag in der Nachbarschaft des Rathauses von Croix. Es bestand aus einer Reihe fünfgeschossiger Plattenbauten mit Klinkerfassaden. Sie folgte dem Fußweg bis zur ersten Verzweigung. Dort bog sie links in die Allée Jules Watteeuw ein. Tiagos Wohnung lag im dritten Stock des Gebäudes mit der Nummer zehn. Camille drückte auf den Klingelknopf unter dem Namensschild, das mit »T. + C. Lopez« beschriftet war. Das + C. war mit blauem Filzstift ergänzt. Anstelle der üblichen Begrüßung über die Gegensprechanlage schnarrte der Türöffner sofort. Sie lächelte in sich hinein. Tiago hatte es offenbar eilig, sie in die Arme zu schließen. Zwei Stufen auf einmal nehmend, rannte Camille die Treppen hoch. Kaum stand sie vor der Wohnungstür, öffnete sie sich wie von Geisterhand. Er konnte es wirklich nicht erwarten.

»Danke, Schatz, bist du die kleine Studentin losge–«

Der Scherz blieb ihr im Hals stecken.

29

Mathilde geht neben mir in Deckung.

»Verwechselt uns da oben ein Jäger etwa mit Wild?«, frage ich sie.

»Zu früh.« Ihre Stimme verrät keine Spur von Angst. »Die Jagdsaison für Rotwild beginnt erst in einer Woche. Nur Wildschweine dürfen seit Juni gejagt werden. Die kommen aber nicht hier runter. Außerdem war das kein Jagdgewehr, sondern eine Pistole.«

»Sie kennen sich aus?«

»Ich war Einzelkind, also musste ich meinen Vater auf die Jagd begleiten. Pistolenschießen hat er mir mit seiner Dienstwaffe beigebracht. Er war Offizier in der Armee.«

»Sie haben sie nicht zufällig dabei? Die Pistole, meine ich.«

»Tut mir leid.«

»Schade.« Ich strecke den Kopf vorsichtig hinter dem Felsvorsprung hervor und spähe nach oben. Ich erhasche einen Blick auf den Schützen und gehe gleich wieder in Deckung. Ich müsste mich stark täuschen, wenn es nicht der Fahrer des blauen Subaru ist. Daniel hatte recht mit dem Wespennest. Sie sind ausgeschwärmt und haben die Stacheln ausgefahren.

»Wie viele sind es?«, fragt Mathilde.

»Ich sehe nur einen. Hier können wir nicht bleiben, wir müssen zur Hütte runter. Dort finden wir bessere Deckung.« Ich blicke auf mein Handy – keine Balken. »Und hoffentlich Empfang.«

Mathilde richtet sich auf und geht den Pfad hinunter. Ich folge ihr. Auf diesem Wegabschnitt sind wir sicher, solange der Couloir zwischen den Felswänden die Sicht des Schützen einschränkt. Unser Vorsprung reicht aus, um das Unterholz beim Fluss zu erreichen. Es ist unser letzter Fluchtpunkt an diesem Ort, umgeben von steilen Bergflanken. Allein könnte ich versuchen, den Fluss zu überqueren, um die Straße auf der französischen Seite zu erreichen. Mit Mathilde im Schlepptau ist es mir zu unsicher. Auch wenn er nur wenige Meter breit ist, geben wir ideale Zielscheiben ab, und mein Handy hat immer noch keinen Empfang.

Ich bitte Mathilde, sich von der Hütte weg flussabwärts zu verstecken. Sie scheint zu verstehen, was ich vorhabe, und nickt. Ich hoffe, der Schütze denkt wie ich und sucht uns zuerst bei der Hütte. Damit wäre Mathilde aus der Schusslinie, vorerst zumindest. Gestern habe ich an der Rückwand der Hütte Holzpfähle von zwischen dreißig und fünfzig Zentimetern Länge gesehen. Keine Ahnung, wofür die gut sein sollen, in unserer Lage könnten sie sich als nützlich erweisen. Ich spähe hinüber zum Hang. Unser Angreifer steigt behutsam und ständig um sich blickend mit der Waffe im Anschlag zwischen den Bäumen herab. Ich ergreife einen der Pflöcke und wiege ihn in der Hand. Er könnte passen. Ich lege mich auf die Lauer und gehe meinen Plan noch mal durch, während mein Herz bis zum Kehlkopf pocht. Ich spüre den Schweiß zwischen meinen Schulterblättern hinunterlaufen. Ich stelle mir vor, wie es wäre, anstatt hier mit Daniel nach Solothurn unterwegs zu sein, und vergesse es gleich wieder, nicht hilfreich.

Das Knacken eines Astes in meiner Nähe sagt mir, dass der Kerl sich auf die Hütte zubewegt. Ich habe mich ein paar Meter entfernt, hinter einem Erdhügel nahe am flussaufwärts gelegenen Waldrand, verschanzt. Wie erhofft richtet sich die Aufmerksamkeit meines Gegners auf die Terrasse und den Eingang der Schutzhütte. Dabei dreht er mir den Rücken zu.

Jetzt.

Ich stürme mit erhobenem Pflock aus meinem Versteck. Doch der Killer ist wachsamer als erwartet. Es gelingt ihm, sich halb umzudrehen, bevor ihn mein Schlag an der rechten Schulter erwischt und nicht, wie beabsichtigt, am Kopf. Zu allem Ungemach ist er Linkshänder. Er geht zu Boden, ohne die Waffe zu verlieren. Bevor ich ein weiteres Mal zuschlagen kann, ist die Pistole auf mich gerichtet. Nur ein hundslausiger Schütze könnte aus dieser Distanz verfehlen. Ich verlasse mich lieber nicht darauf und hebe die Hände.

»Drei Schritte zurück«, schnarrt er.

Ich tue, was er verlangt. »Hören Sie –«

»Maul halten!«

Ich schlucke leer. Wenn er tatsächlich einer der beiden ist, die das Blutbad auf dem Leuenberger-Hof angerichtet haben, stehen meine Chancen schlecht.

»Niederknien!«

Ich habe keine Wahl und gehorche. War es das gewesen? Ich denke an Mila und an Daniel und seine Warnung vor dem Wespennest. Ich werde es nie lernen.

Der Killer unterbricht meine mutmaßlich letzten Gedanken. »Wo ist die andere?«

»Weg.« Ich sehe ihm in die Augen, in der Hoffnung, ihn von Mathilde abzulenken, die sich mit einem Stein in der Hand von hinten an ihn heranschleicht. Mein Respekt dieser Frau gegenüber wächst.

»Was heißt weg?« Er macht zwei Schritte auf mich zu. Der Pistolenlauf nähert sich bedrohlich der Mitte meiner Stirn.

»Sie ist flussaufwärts gelaufen.«

Mathilde ist fast bei ihm. Sie hebt die Hand mit dem Stein. Es hätte funktioniert, doch dann dreht er sich nach ihr um. Bevor ich etwas tun kann, fällt ein Schuss.

30

Es gibt Träume, bei denen einem bewusst ist, dass man träumt und früher oder später erwachen wird. Camille wusste, dass das, was in diesem Moment an der Schwelle zu ihrer Wohnung passierte, kein Klartraum war. Sie würde nicht erwachen, und die auf sie gerichtete Pistole würde sich nicht in nichts auflösen. Nur was die Person betraf, die auf sie zielte, war sie nicht sicher, ob ihr Bewusstsein ihr nicht doch einen Streich spielte.

»Léonie, was –«

Léonie legte einen Finger auf die Lippen und bedeutete ihr reinzukommen.

Wie in Trance trat Camille über die Schwelle. Hinter ihr schloss Léonie die Wohnungstür und verriegelte sie. »Stopp!«

Camille blieb stehen. »Léonie, warum –«

»Halt den Mund. Hände auf den Rücken und stillhalten.«

Widerstandslos ließ sich Camille mit Kabelbinder fesseln. Das Hartplastikband schnitt ihr ins Fleisch, als Léonie es zusammenzog. »Du tust mir weh.«

Léonie stieß ihr den Pistolenlauf in den Rücken. »Ins Wohnzimmer, vorwärts!«

Die Einrichtung war die eines Singles, der die meiste Zeit vor Bildschirmen verbrachte. Drei großformatige Exemplare nahmen die Hälfte des Esstisches im vorderen Teil des Wohnzimmers ein. Vor dem Fenster steht eine Sitzgruppe mit einem dunkelbraunen Chesterfield-Sofa. Die beiden dazugehörenden Sessel passten weder vom Material noch vom Muster her dazu. Nachdem Camille eingezogen war, hatte sie die Stücke gemeinsam mit Tiago auf privaten Trödlermärkten ergattert.

Tiago lag halb auf dem Sofa. Seine Hände waren vorne gefesselt. Seine Augen geschlossen. An der Schläfe klaffte eine blutende Wunde.

»Tiago!«

Der Ausruf brachte Camille einen Schlag mit dem Pistolenknauf am Hinterkopf ein, der ihr die Tränen in die Augen trieb.

»Du sollst die Klappe halten, habe ich gesagt. Wenn du noch mal ungefragt einen Ton sagst, schieße ich deinem Schätzchen ins Knie, verstanden?«

Léonie schubste sie aufs Sofa. Tiago machte die Augen auf. »Camille?« Er sah Léonie an, die auf beide herabblickte. »Was willst du von uns?«, fragte er mit erstickter Stimme. »Du kannst alles haben. Das Bargeld steckt in einem Umschlag in der Schlafzimmerkommode.«

Léonie grinste. »Glaubst du, ich interessiere mich für euer Trinkgeld?« Sie stellte einen Stuhl vor Camille hin und setzte sich rittlings darauf. Mit dem Pistolenlauf fuhr sie den Konturen ihres Gesichts nach. »Schön, dich wiederzusehen, *chérie*. Du bist noch hübscher geworden. Hast du zugenommen?«

Camilles Blick glitt zu Tiago. Zwischen ihnen war knapp ein Meter Abstand. Sie konnte ihm ansehen, dass er Schmerzen hatte. »Warum hast du ihn geschlagen? Er hat dir nichts getan.« Sie wollte näher zu ihm rutschen.

Léonie hob die Pistole. »Bleib schön, wo du bist. Dein Hidalgo wollte den Helden markieren. Ich musste ihm Manieren beibringen.«

Camilles Verstand versuchte immer noch zu erfassen, was ihre Augen sahen. Die Person, die ihr gegenübersaß, sah aus wie Léonie und hatte ihre Stimme. Doch wo war der Mensch, die Frau, die sie geliebt und deren Tod sie tagelang beweint hatte?

»Warum, Léonie? Ich habe deinen Schrei gehört und dann den Schuss. Ich dachte … in den Zeitungen stand, dass du tot bist, verbrannt. Es tut mir leid, ich wollte dich nicht im Stich lassen. Du hast mich fortgeschickt.«

»Arme Camille.« Léonies Miene verriet keine Regung. Sie zündete sich eine Zigarette an. »Liebe, schöne, dumme Camille.« Sie nahm einen Zug und blies Camille den Rauch ins Gesicht. »Aber du hast recht, ich bin dir eine Erklärung schuldig.«

»Erklärung wofür?«

Léonie schnalzte vorwurfsvoll mit der Zunge. »Warum unterbrichst du mich dauernd. Hör mir endlich zu, ich erkläre es dir ja gerade. Doch zuerst sollst du wissen, dass ich die Zeit mit dir genossen habe.«

Léonie rückte mit dem Stuhl näher an Camille heran, sodass sie ihr Knie zwischen ihre Beine rammen konnte. Dann ließ sie den Lauf ihrer Pistole an der Innenseite von Camilles linkem Oberschenkel hochgleiten. Camille zuckte zusammen, als sie am Schritt innehielt, bevor der Lauf über die andere Seite wieder hinunterglitt.

»Weißt du noch?«, flüsterte Léonie ihr ins Ohr. »Es hat dich immer geil gemacht, wenn ich dich an diesen Stellen streichelte. Wie ist es jetzt?«

»Hör auf damit.« Camille verzog angewidert den Mund und kniff die Beine zusammen. Sie versuchte von Léonie wegzurutschen, was deren Knie zwischen ihren Beinen verhinderte.

Léonie grinste. »Ich wusste, es gefällt dir immer noch.«

»Ich habe dich geliebt, ich dachte, dass du –«

»Was? Dass ich dich zurückliebte?« Léonie nahm einen weiteren Zug von der Zigarette. Diesmal blies sie den Rauch von Camille weg, bevor sie sie zuerst auf die Lippen küsste und dann mit der Zunge zweimal ihre Wangen leckte.

»Lass mich!«, rief Camille und wollte ihr einen Kopfstoß versetzen. Léonie wich zurück und schlug sie mit der flachen Hand ins Gesicht, bevor sie die Pistole wieder auf Tiago richtete. »Mach so was noch mal, und dein Liebster wird es büßen.«

»Sag endlich, was du von uns willst?«

Léonie machte eine herablassende Geste in Richtung Tiago. »Von ihm gar nichts, nur von dir. Wenn du brav bist und tust, was ich von dir verlange, bleibt er vielleicht am Leben.«

Tiago saß mit auf die Brust gesenktem Kopf neben Camille. Das Blut aus der Wunde lief über seine Wange. Wahrscheinlich hatte er eine Gehirnerschütterung. »Er braucht einen Arzt. Bitte, Léonie, lass mich ihn in die Klinik bringen. Dann tue ich, was du verlangst.«

»Nicht bevor du deinen Teil getan hast, dann sehen wir weiter.«

»Dann sag jetzt, was ich tun soll.«

Léonie lehnte sich komfortabel in ihrem Stuhl zurück. »Das ist einfach und schnell erledigt, wenn du dich nicht wehrst.« Sie steckte ihre freie Hand in die Tasche ihrer Jacke und zog ein Fläschchen heraus, das eine klare Flüssigkeit enthielt. »Du brauchst nur das da zu trinken, alles auf einmal.«

»Was ist das?«

»Pentobarbital.«

Camille spürte, wie ihr innerlich kalt wurde. »Wenn ich das alles auf einmal nehme, dann ...«

»Du brauchst keine Angst zu haben«, feixte Léonie. »Es geht ganz schnell, du wirst nichts spüren.«

»Ich soll ... Warum?«

»Es ist nichts Persönliches, *chérie*. Es geht um dein Geld.«

»Mein Geld? Ich habe überhaupt kein Geld. Tiago hat doch gesagt –«

»Noch mal, eure paar Kröten interessieren mich nicht. Wir wollen an deine Millionen.«

Unter anderen Umständen hätte Camille laut herausgelacht. »Bist du verrückt? Was für Millionen denn? Du bist an der falschen Adresse, ich habe keine Millionen.«

»Oh doch, die hast du, mehrere hundert davon. Sag nicht, dass du es nicht weißt. Nächstes Jahr wirst du einundzwanzig, und Mathilde wird dich zu ihrer Nachfolgerin machen. Mit einem Schlag wirst du zur Milliardärin.« Léonie zeichnete eine Blase in die Luft. »Camille Murival, eine der reichsten Frauen der Schweiz. Wow!«

»Milliardärin? Ich? Glaubst du wirklich, Mathilde vermacht mir etwas, nach allem, was passiert ist? Einen Scheiß wird sie tun. Und überhaupt, das sind Namenspapiere. Die könnten nicht frei gehandelt werden, sondern erst nach Ablauf einer Sperrfrist von vier Jahren.«

»Halt mal die Luft an. Deine Aktien interessieren mich einen feuchten Dreck. Wenn ich das hier zu Ende gebracht habe, werde ich ausgesorgt haben.«

»Wie meinst du das?«

»Spielt keine Rolle. Wenn du stirbst, komme ich an mein Geld. Marko, er hat –«

»Marko und du? Seid ihr … ihr seid zusammen. Ihr habt –«

»Hey!« Léonie hob die Pistole und feuerte knapp an Tiagos Kopf vorbei ins Polster des Sofas. »Wie oft muss ich dir noch sagen, nicht herumzuschreien? Hör mir gefälligst zu, wenn ich mir schon die Mühe mache, es dir zu erklären. Ich tue das nur, weil ich denke, es dir schuldig zu sein.« Léonie lehnte sich wieder zurück. »Ja, Marko und ich sind zusammen. Das Ganze ist seine Idee, also eigentlich von …« Léonie machte eine wegwerfende Geste. »Spielt keine Rolle, den wichtigsten Teil des Planes kennst du ja. Zweck dieser Übung ist, Mathilde dazu zu bringen, ihre Aktien auf den netten Onkel Pierre-Alain zu überschreiben. Das wird passieren, sobald du das Zeitliche gesegnet hast.«

Camille begriff, Alptraum oder nicht, für sie würde es in jedem Fall ein böses Erwachen geben oder gar keines mehr. »Du und Marko? Ihr habt das die ganze Zeit geplant? Deine Freundschaft, unsere Liebe waren nur Theater, damit ihr an mein Erbe herankommt? Unsere Flucht, deine Verletzung am Doubs, das alles habt ihr ausgeheckt? Wozu der Aufwand? Warum habt ihr mich nicht zu Hause, an Ort und Stelle, erledigt?«

»Das hätte zu viel Aufsehen erregt. Die Polizei hätte Fragen gestellt. Die Nutte Camille hingegen, die einen Typ halb totschlägt und sich aus dem Staub macht, ist selbst schuld, wenn sie sich im bösen Ausland abmurksen lässt. Das kommt davon, wenn man sich mit den falschen Leuten abgibt.«

»Wie hast du mich gefunden?«

»Wir haben dich nie verloren. Ein paarmal wärst du uns fast entwischt, aber Marko verfügt über gute Verbindungen. Außerdem bist du unvorsichtig geworden.« Léonie drückte die Zigarette auf der Stuhllehne aus. Sie beugte sich über Camille und nahm ihren Kopf in beide Hände, bevor sie sie noch mal auf den Mund küsste. Mit gefesselten Händen hatte Camille keine Möglichkeit, sich dagegen zu wehren, bis Léonie von ihr abließ.

Camille spuckte sie an.

Unbeeindruckt wischte sich Léonie mit dem Ärmel den Speichel aus dem Gesicht. »Genauso mag ich dich, *chérie*, eine richtige Furie. Die Art, wie du abgegangen bist, wenn ich dich anfasste, hat mich jedes Mal angetörnt. Aber was willst du? Ich habe eine Million Gründe, das zu tun, was ich jetzt tun muss. Zweihunderttausend sind schon eingesackt, Rest bei Erledigung.«

Léonie versuchte noch mal, sie zu küssen. Dieses Mal spuckte sie Léonie an, bevor sich ihre Lippen berührten. »Bleib weg von mir, du verräterisches Dreckstück.«

Léonie schlug ihr mit dem Handrücken zweimal ins Gesicht. »Du hast es noch nicht begriffen, was? Du hast verloren, Camille, auf der ganzen Linie. Dein Leben war scheiße, und jetzt sorge ich dafür, dass du auf eine Scheißart sterben wirst.«

Camille leckte sich über die Lippen und schmeckte Blut. »Du bist die, die auf dem Holzweg ist, Léonie. Du hast verloren und merkst es nicht einmal. Glaubst du allen Ernstes, Mathilde wird ihre Anteile auf das perverse Arschloch Pierre-Alain überschreiben?«

Léonie schnaubte herablassend. »Glaubst du, das kratzt mich? Marko und ich bekommen den Rest von dem, was uns zusteht, sobald wir nachweisen, dass du nicht mehr unter uns weilst. Dann haben wir beide ausgesorgt. Was dann passiert, ist mir so egal wie mein erster Schlüpfer.«

Camille schloss die Augen und hoffte, dass Léonie ihre Tränen nicht sehen konnte. Ihr fiel nichts mehr ein, wie sie Léonie hinhalten konnte. Es ging zu Ende, hier, in dieser Wohnung, in der vor ein paar Wochen erst ihre Hoffnung auf einen Neubeginn geboren worden war.

»Es wird Zeit.« Léonie nestelte an ihrem Zigarettenpäckchen.

»Noch eine Kippe, dann darfst du dich von deinem Macho und von dieser Welt verabschieden.« Die Häme in ihrer Stimme verriet, wie viel Freude es ihr machte, ihre Opfer nach der körperlichen Qual seelisch leiden zu sehen. Während Léonie mit ihrer Zigarette beschäftigt war, wagte Camille einen raschen Seitenblick zu Tiago. Er lag immer noch mit geschlossenen Augen und gesenktem Kopf halb im Sofa. So musste es für Léonie aussehen. Camille erkannte die kleinen Veränderungen an seinem Körper, Arme und Beine, deren Muskeln sich spannten.

»Was passiert jetzt?«, fragte sie laut, um Léonies Aufmerksamkeit auf sich zu lenken.

Mit der Zigarette im Mundwinkel richtete Léonie die Pistole auf Camilles Brust. »Im Andenken an die gemeinsame Zeit mit dir mache ich es schnell und schmerzlos. Du kannst wählen: Entweder du schluckst das Gift, oder du bekommst eine Kugel. In jedem Fall wirst du dich im Paradies wiederfinden oder in der Hölle, ganz wie du willst.«

Camille beugte sich so weit vor, wie es ihr die Fesseln ermöglichten. »Ach ja? Und du glaubst, dass ich es dir so einfach mache?«

Mit der Pistole im Anschlag rutschte Léonie auf dem Stuhl zu ihr. »Ja, das glaube ich. Was willst du tun? Mich bequatschen, bis ich aufgebe?«

Léonie sah Tiago nicht kommen. Mit gefesselten Händen warf er sich auf sie und riss sie mitsamt dem Stuhl zu Boden. Beim Aufprall verlor sie die Pistole.

»Verschwinde, Camille! Hol Hilfe«, rief er.

Beim zweiten Anlauf gelang es Camille, sich aus dem Sofasitz zu hieven. Sie starrte auf Tiago, der mit Léonie um die Pistole kämpfte, die unter das Sofa gerutscht war.

»Mach, dass du wegkommst«, herrschte Tiago sie an. »Ich schaffe das.«

Camille machte zwei Schritte rückwärts, bevor sie sich umwandte und aus dem Zimmer rannte. Als sie die Türklinke in der Hand hielt, hörte sie zwei Schüsse. Dann war nur noch Stille.

»Tiago!«

Langsam einen Fuß vor den anderen setzend ging sie zurück zum Wohnzimmer. Aus dem hinteren Teil des Raumes hörte sie keuchendes Atmen.

»Tiago?«

Von ihrem Standort aus konnte sie nichts sehen. Schritt um Schritt ging sie auf die Sitzgruppe zu. Sie sah den am Boden liegenden Stuhl, dann zwei Beine und einen Rumpf. Tiago. Camille war weder imstande zu schreien noch sich zu rühren.

»So ein verdammter Idiot!« Léonie rappelte sich hoch, die Pistole in der Hand. »Hinsetzen.«

Camilles Lähmung löste sich und machte dem Schmerz Platz. »Du hast ihn getötet, warum?«

»Tut mir leid. Es hätte anders ablaufen sollen.« Sie richtete die Pistole erneut auf Camille. »Es ist gleich vorbei.«

Camille schloss die Augen. Sie hatte nicht mehr die Kraft zu kämpfen. Mit Tiago hatte sie ihre Zukunft verloren, zum zweiten Mal.

Aus der Ferne näherten sich Polizeisirenen.

Zu spät.

31

Es hat geklungen wie ein lautes Knacken. So, als würde irgendwo oben am Hang ein Ast abbrechen. Das Nächste, was ich sehe, ist eine blutige Fontäne, die aus dem Kopf unseres Angreifers schießt, bevor ihm das Gesicht fast zur Hälfte weggerissen wird.

Ich werfe mich zu Boden. Der Scharfschütze hat zuerst unseren Angreifer ausgeschaltet, bevor der uns töten konnte. Ein gutes Zeichen, aber das heißt nicht, dass er es nicht auch auf uns abgesehen haben könnte. Erst mal ist es besser, den Kopf unten zu halten.

»Es ist vorbei, Frau Johannis«, höre ich Mathilde über mir. Sie ist neben mir stehen geblieben. »Keine Gefahr mehr. Alles in Ordnung mit Ihnen?«

Ich stehe auf. Unser Gegner liegt in Seitenlage am Boden. Die Eintrittswunde zeigt nach oben. Die Austrittsstelle will ich lieber nicht sehen. »Was war das?«

»Ein Jagdgewehr«, sagt Mathilde. »Vermutlich Kaliber 8x57 für großes Wild.«

Meine Verblüffung scheint sie zu belustigen. »Sehen Sie mich nicht so an. Heutzutage sind Frauen auf der Jagd keine Seltenheit.« Sie zeigt auf den Kopf des Toten. »Mit solchem Kaliber schießen wir auf Hirsche. Den Schädel eines Menschen zertrümmert es.«

»Wir sollten die Polizei rufen.«

Mathilde nickt. »Die Verbindung ist nicht optimal hier unten. Versuchen wir es weiter oben.«

Ich probiere es trotzdem und habe diesmal Glück. Ich schalte den Lautsprecher ein, damit sie mithören kann. Man fragt uns, ob wir uns sicher fühlen. Ich sehe Mathilde an. Sie nickt. Sie geht weiter zum Fuß des Hanges und blickt nach oben. Ich beende das Gespräch und sehe, wie sie die Hand hebt. Ich stelle mich neben sie. »Ist da oben jemand?«

»Erst dachte ich es, aber es war nur ein Schatten, vermutlich eine vorüberziehende Wolke.«

Ich sehe in das Stück Himmel über uns. Am Morgen war er bedeckt gewesen, jetzt ist er wolkenlos. »Gérard kann mit einem Jagdgewehr umgehen, nicht wahr?«

»Ja, kann er. Aber Schießen war nie seine Passion, es machte ihm keinen Spaß. Anders als … als bei mir. Ich liebe es.«

Ich lasse den Blick über das Gelände schweifen und versuche abzuschätzen, von wo unser Lebensretter geschossen haben könnte. Es muss aus großer Entfernung gewesen sein, wahrscheinlich mit einer Präzisionswaffe. Nicht dass ich viel davon verstehe, ich denke aber, dass nur ein erfahrener Schütze einen solch genauen Schuss zustande bringt. Mathilde will mich glauben machen, dass Gérard dafür nicht in Frage kommt. Ich dagegen bin nach wie vor überzeugt, dass sie ihn hier treffen wollte.

Mathilde will sich ihre Erschöpfung nicht anmerken lassen. Andere in ihrem Alter würden nach so einem Erlebnis wahrscheinlich nicht mehr auf den Beinen stehen. Ich biete ihr meinen Arm an. »Gehen wir zurück zur Hütte?«

Wir setzen uns auf der Holzbank der gedeckten Terrasse so hin, dass wir die Leiche nicht ansehen müssen. »Sie wollten Gérard hier treffen, nicht wahr?«

»Wer sagt, dass ich jemanden treffen wollte? Ich gehe oft hier spazieren.«

Ich glaube ihr nicht, und das spürt sie.

»Wozu wollen Sie unbedingt herausfinden, wer den Mann erschossen hat? Wir sind am Leben. Das zählt, oder nicht?«

»Was werden Sie der Polizei sagen?«

»Die Wahrheit, was sonst? Es ging alles so schnell, dass ich nichts erkennen konnte. Sie auch nicht.«

Sie lügt und weiß, dass ich es weiß. Ich in ihrer Lage würde mich genauso verhalten, um mein Kind zu schützen, auch wenn das Geschehene dadurch nicht richtig wird. Je länger Gérard untergetaucht bleibt, desto schwieriger wird seine Lage. »Haben

Sie gehört, was gestern auf dem Hof der Leuenbergers geschehen ist?«

»Es war in allen Nachrichten.«

»Ich war dort. Es ist passiert, kurz bevor ich dort eintraf. Ich habe gesehen, wie Gérard sich vom Tatort entfernte. Wollen Sie mir etwas dazu sagen?«

»Was haben Sie dort gesucht?«, fragt sie, als hätte sie meine Frage nicht gehört.

»Sie kennen die Familie Leuenberger?«

»Vom Hörensagen.«

»Sie hatten nie Kontakt?«

Mathilde schüttelt den Kopf.

»Delphine und Samuel Leuenberger sind tot. Samuels Tochter liegt schwer verletzt im Spital. Sie ist nicht viel mehr als zwanzig Jahre alt.«

Mathilde sieht mir direkt in die Augen. »Das ist furchtbar, und es tut mir leid, vor allem für die Tochter. Ein Kind sollte nicht für die Sünden seiner Vorfahren büßen müssen. Mein Sohn hat damit nichts zu tun, und ich habe das Gefühl, dass ich Sie nicht überzeugen muss.«

Sie weiß, dass ich mit Gérard gesprochen habe. Warum macht sie ein Geheimnis daraus? »Wie gut kannten Sie Thérèse Trachsler?«

»Ich habe sie ein- oder zweimal getroffen, ein sympathisches Mädchen. Gérard liebte sie. Das reichte mir. Er ist keiner, der sich leichtfertig auf Frauen einlässt.«

»Wussten Sie von Thérèse' Schwangerschaft?«

»Natürlich. Gérard wollte sie heiraten, er hatte meinen Segen.«

»Verzeihen Sie mir die Frage: Trauen Sie Ihrem Sohn zu, Thérèse getötet zu haben?«

»Ich sage Ihnen, was ich stets allen und jedem gesagt habe. Gérard war ein Hitzkopf, der sich leidenschaftlich für einen freien Jura einsetzte. Er hat in seinem Leben vieles angestellt, was ich bis heute nicht gutheiße, aber niemals hätte er der Mutter seines Kindes ein Haar gekrümmt, geschweige denn sie getötet. – Warum fragen Sie mich das?«

Ich schildere ihr, was ich von Arielle Marin erfahren habe, und berichte von den Hinweisen, dass sowohl der Mord an Thérèse als auch der Brandanschlag Gérard in die Schuhe geschoben worden war.

»Waren Sie deswegen gestern auf dem Leuenberger-Hof?«

»Ich war dort, weil ich Samuel Leuenbergers Version hören wollte. Leider war ich zu spät.«

»Damals wurde vieles für viele Menschen zerstört. Die Hoffnung auf Liebe und ein erfülltes Leben. Zuerst für Gérard und Thérèse, dann für Camille und jetzt für die Leuenbergers. All das wegen einer Wahnsinnstat vor vierzig Jahren. – Es ist Zeit loszulassen, Frau Johannis, bevor Sie hereingezogen werden.«

Ein gut gemeinter Ratschlag oder eine Drohung? »Was wollen Sie mir damit sagen?«

»Sie glauben, Gérard wurde unschuldig verdächtigt. Deswegen wollten Sie Samuel Leuenberger sprechen. Jetzt sind er und seine Mutter tot, und seine Tochter liegt im Spital. Niemand wird Ihnen sagen können, was vor vierzig Jahren wirklich passiert ist. Spielt es überhaupt noch eine Rolle? Warum lassen Sie es nicht gut sein und fahren nach Hause? Wenn Sie weitermachen, reißen Sie noch mehr alte Wunden auf und fügen womöglich neue hinzu.«

Damit nimmt sie mir den Wind aus den Segeln. Hat sie recht? Habe ich mit meinen Nachforschungen das Rad der Ereignisse in Bewegung gesetzt, welches zu dieser Tragödie führte und eine Familie nahezu auslöschte? Marie wird sich fortan allein um ihre Mutter kümmern müssen. Wer trägt dafür die Verantwortung? Ich oder diejenigen, welche die Taten beauftragt beziehungsweise begangen haben?

Mittlerweile liegt die Lichtung im Schatten. Ich fange an zu frieren und sehne mich nach meiner Familie und denjenigen, die ich dazuzähle. Wie schön könnte es sein, mit Daniel und mit Mila auf seiner Terrasse in Oberdorf zu sitzen, meinetwegen

Pizza zu essen und guten Wein zu trinken? Ich sehne mich sogar nach Van Helsing, obschon dieses Gefühl bestimmt einseitig ist. Hat Mathilde recht? Soll ich es gut sein lassen?

Mein Problem ist nur, dass ich es nicht kann. Nicht, solange ich die Antwort auf die eine Frage nicht habe: Warum? Wenigstens den Toten bin ich sie schuldig.

32

Wir sind entlassen, nachdem Mathilde und ich unsere Aussagen gemacht haben und man uns die Fingerabdrücke abgenommen und Hände und Kleider auf Schmauchspuren überprüft hat. Ich lehne das Angebot ab, mit einem Streifenwagen auf der französischen Seite zurückgefahren zu werden, und verabschiede mich von Mathilde.

Beim Mini angekommen, brauche ich eine Pause. Im Handschuhfach bewahre ich ein paar Getreideriegel für den Fall einer Hungerattacke auf. Wie lange sie dort dringelegen haben, kann ich nicht mehr sagen. Nach einem Probebiss erweisen sie sich als genießbar. Während ich kauend auf einem Stein sitze, vibriert mein Handy in der Hosentasche.

»Wo stecken Sie gerade, Frau Johannis?«, fragt Bea Frei anstelle einer Begrüßung.

Ich sage ihr, was geschehen ist.

»Ihnen wird's nie langweilig, was? Haben Sie den Schützen gesehen?«

»Welchen von beiden meinen Sie?«

Eine flapsige Antwort. Frei reagiert nicht. »Wenn Sie mit Schützen unseren Retter meinen, dann nein.«

»Warum nicht eine Schützin?«

»Außer der Person, die neben mir stand, als die Schüsse fielen, fällt mir keine Frau ein, die dazu in der Lage wäre.«

»Und welcher Mann könnte es Ihrer Meinung nach gewesen sein?«

Ich beiße auf die Unterlippe. Verfluchte Bitch, würde meine Tochter jetzt sagen. »Keine Ahnung.« Ich werde Frei nicht vorkauen, wovon sie eh überzeugt zu sein scheint. Abgesehen davon liegt dieser Fall ohnehin nicht in ihrem Zuständigkeitsgebiet.

»Weshalb ich Sie anrufe«, fährt sie nach der Verlegenheitspause fort. »Ich wollte Ihnen nur mitteilen, dass es Marie besser geht.«

Meine Lebensgeister sind mit einem Schlag geweckt. »Kann ich sie besuchen?«

»Nein, ich meine, nicht im Spital. Sie wurde auf eigenen Wunsch entlassen. Sie scheint sich erstaunlich schnell erholt zu haben. Der Arzt hat sie mit der Auflage gehen lassen, sich auszuruhen.«

»Sie ist aber nicht etwa nach Hause zurückgekehrt?«

»Nein, sie ist nach Muriaux gefahren, zum … Moment …« Ich höre, wie sie in ihrem Notizbuch blättert.

»Reiterhof ›Equus‹«, komme ich ihr zuvor.

»Richtig, ich bin noch auf dem Posten in Tramelan, mache mich aber gleich auf den Weg dorthin. Wenn Sie sich in der Lage fühlen, können Sie –«

»Wir sehen uns dort.«

Frei trifft keine Minute nach mir ein. Mila, die mich soeben begrüßt hat, dreht sich nach ihr um. »Was will die denn hier?«

»Erinnerst du dich an Bea Frei? Du scheinst nicht gerade erfreut zu sein, sie zu sehen.«

Mila rümpft die Nase. »Weiß nicht, was ich von der halten soll. Als du im Spital warst, hat sie mir wegen dir Löcher in den Bauch gefragt.«

»Was habt ihr denn so über mich gesprochen?«

»Nichts Weltbewegendes. Sie hat ihren Polizistenkram runtergelabert, und ich habe geantwortet.«

Ich habe keine Zeit nachzuhaken, Frei kommt auf uns zu. Was Mila betrifft, verläuft die Begrüßung kühl.

»Marie Leuenberger sollte auf ihrem Zimmer sein«, sagt Frei. »Wo sind die Unterkünfte für das Personal?«

»Maries Zimmer ist im Wohnhaus«, sagt Mila. »Ich bringe euch hin.«

»Danke, lieb von Ihnen, Frau Marthaler.« Frei lässt sie vorgehen.

»Sie können mich ruhig weiter beim Vornamen nennen«, sagt Mila über ihre Schulter. »Haben Sie damals auch getan.«

»Das war vor zwei Jahren. Inzwischen sind Sie achtzehn und erwachsen.«

»Offiziell bin ich noch siebzehn«, sagt Mila im Gehen und ohne sich umzudrehen.

Frei wechselt einen Blick mit mir. Ich zucke mit den Achseln.

Pablo kommt aus dem Stallgebäude. Er bleibt stehen, als er uns bemerkt. Mila gibt ihm diskret zu verstehen, dass er verschwinden soll. Er geht in der entgegengesetzten Richtung davon. Es würde mich überraschen, wenn Frei die stille Kommunikation zwischen den beiden nicht bemerkt hätte.

»Wer ist der junge Mann, Mila?«

Na bitte.

»Pablo, er macht auch ein Praktikum hier.«

»Kennt ihr euch näher?«

»Nö, warum?«

»Ich dachte nur. Hat so ausgesehen.«

Milas Reaktion ist von hinten nicht erkennbar. Bevor wir beim Wohnhaus ankommen, geht die Tür auf. Marie kommt mit einer Decke und einem Kissen heraus. Bis auf ein großes Pflaster am Hals ist ihr nicht anzusehen, dass ihr vor nicht mal vierundzwanzig Stunden der Tod über die Schultern blickte. Von der fahlen Gesichtsfarbe abgesehen scheint sie wieder die Alte zu sein. Heute ist ihr Bandana grün.

»Frau Leuenberger«, sagt Frei energisch. »Sie wissen, dass Sie nicht draußen sein dürfen, zu Ihrer Sicherheit. Überhaupt sollten Sie im Bett liegen.«

»Ich habe Ihnen gesagt, Sie sollen mich Marie nennen. Vom ewigen Frau Leuenberger wird mir schwindlig, egal ob ich stehe oder liege.«

Maries Aussprache ist etwas verschwommen, bestimmt von den Medikamenten, mit denen sie vollgepumpt wurde. Warum hatte niemand darauf bestanden, dass sie mindestens einen Tag länger im Spital blieb?

»Ich nenne Sie bei jedem Namen, den Sie wollen«, sagt Frei, »vorausgesetzt, Sie gehen rein und legen sich hin. Wir kommen gleich zu Ihnen.«

Ich habe eine Auseinandersetzung erwartet, doch Marie macht auf dem Absatz kehrt und marschiert zurück ins Haus.

»Braucht ihr mich noch?«, fragt Mila.

»Danke, nein«, sagt Frei. »Hat mich gefreut, Sie wiederzusehen.«

Mila kehrt Frei den Rücken zu und sieht mich mit hochgezogenen Augenbrauen an. Dann zieht sie eine Grimasse, die ich nicht recht deuten kann. Frei scheint definitiv nicht zu ihren Lieblingsmenschen zu gehören.

»Ich schaue später bei dir vorbei«, rufe ich ihr nach.

Ohne sich umzudrehen, hebt sie die Hand und überquert den Hof. Pablo wartet vor dem Stall auf sie. Frei und ich sehen ihr nach.

»Mila und der junge Mann haben was miteinander, oder täusche ich mich?«, fragt Frei.

»Das fragen Sie am besten Mila selbst.«

»Wie heißt er?«

»Pablo … irgendwas. Sorry, da müssen Sie sich auch an Mila wenden.«

Frei macht sich eine Notiz. »Was wissen Sie über ihn?«

»Nicht viel mehr als Sie.« Ich erwähne die merkwürdige Begegnung mit Pablo bei der »Moulin de la Mort« nicht. »Warum interessieren Sie sich für ihn?«

Frei zeigt zum Haus. »Ich erkläre es Ihnen drinnen.«

Maries Zimmer ist ein schmucker Raum mit weiß getünchten Wänden und sichtbaren Deckenbalken. Er bietet gerade genug Platz für das, was schon drinsteht: ein Bett, ein Schrank, zwei Stühle und ein kleiner Tisch. Im Gegensatz zum übrigen Personal, das sich mit Gemeinschaftswaschgelegenheiten begnügen muss, verfügt Marie über eine eigene Nasszelle mit Dusche und Toilette. Auf dem Tisch stehen eine Vase mit frischen Blumen, eine Thermoskanne, Tassen und ein Stapel Medikamente. Marie liegt im Bett, Frei und ich zwängen uns in das Zimmer, womit die Platzkapazität voll ausgeschöpft ist.

»Ich schlafe selten hier«, sagt Marie. »Meistens wenn ich lange arbeite oder wir nach Feierabend noch ausgehen und es spät wird. Und jetzt darf ich ja nicht nach Hause.«

»Warum bist du nicht im Spital geblieben?«, frage ich.

»Erstens, weil ich dort nicht das Gefühl habe, mich erholen zu können ...« Marie sieht Frei an.

»Aus personellen Gründen können wir Frau Leuenbergers ... Maries Sicherheit dort nicht garantieren«, sagt Frei. »Sie hat gesehen, wer auf sie geschossen hat.«

»Also doch«, sage ich zu Marie gewandt.

Sie nickt. »Wenn ich nicht zu Hause bin, fühle ich mich hier am wohlsten.«

Frei zeigt mir das Foto eines Mannes auf ihrem Handy. »Erkennen Sie diese Person?«

Der Anblick löst bei mir einen Schluckreflex aus. »Das ... das ist der Kerl, der Mathilde Murival und mich vorhin erschießen wollte. Er hätte es fast geschafft, wenn nicht –«

»Er heißt Joseph Petri, französischer Staatsbürger, wohnhaft in Renan im Vallon de Saint-Imier, Berner Jura.« Frei tippt erneut auf ihrem Handy herum. »Sein Vorstrafenregister ist so lang wie mein Arm: versuchte Tötung, schwere Körperverletzung, Hooliganismus, Einbruch- und Fahrzeugdiebstahl, Beamtenbeleidigung et cetera. Er wurde vor drei Monaten wegen guter Führung aus der JVA Thorberg auf Bewährung entlassen.«

»Er und ein anderer saßen im Subaru, den ich Ihnen gestern beschrieben habe. Glauben Sie mir jetzt, dass Gérard Murival unschuldig ist?«

»Erst mal glaube ich, dass es nicht Herr Murival war, der Marie angeschossen hat.« Frei wendet sich an Marie. »Schildern Sie uns bitte noch mal, wie es gestern abgelaufen ist.«

Marie sinkt in ihr Kissen zurück. Im dämmrigen Licht des niedrigen Zimmers wirkt ihr Gesicht noch blasser. Frei setzt sich an den Bettrand und ergreift ihre Hand. »Wenn Ihnen nicht gut ist, können wir –«

»Geht schon. Ich brauche nur einen Moment.«

Wir warten, bis sie sich gefasst hat und mit fester Stimme sprechen kann. »Ich bin nach Hause gefahren, um Wechselkleider zu holen, weil ich die Nacht von gestern auf heute hier übernachten wollte. Es gab viel zu tun. Eine Gruppe hatte sich für heute angemeldet. Als ich bei uns vorfuhr, stand dieser blaue Subaru dort. Ich dachte, es seien die Leute von der Finanzgesellschaft, die etwas mit meinem Vater besprechen wollten, wegen der Investitionen für die Erweiterung oder so.«

Ich will einwerfen, dass sie die Beteiligung von Santonis »Diana Holding« am Bauernhof nicht erwähnt hatte, lasse es aber bleiben, um ihren Erzählfluss nicht zu unterbrechen. Ich hatte sie ja auch nur zum Brandfall vor vierzig Jahren befragt.

»Beim Aussteigen fiel mir auf, dass Badi, ich meine unser Hund, mich nicht begrüßte. Normalerweise kommt er sofort angerannt, um sich Streicheleinheiten zu holen. Dann bemerkte ich die Leine, die ins Innere der Scheune ging. In dem Moment merkte ich, dass etwas nicht stimmte. Ich rannte zur Scheune. Dort sah ich das Blut und ... Badi, tot.« Mit einer fahrigen Handbewegung wischt sich Marie eine Träne aus dem Gesicht.

»Und dann?«, frage ich.

»Ich verstand die Welt nicht mehr. Ich ging hinüber zum Wohnhaus. In der Küche waren meine Großmutter und ein anderer Mann. *Mémé* hielt das Telefon in der Hand. Als ich fragte, was los sei, begann der Mann zu brüllen und riss die Basisstation mitsamt Kabel aus der Wand. Er hatte eine Pistole in der Hand mit so einem Dings, das man in den Filmen sieht, damit man den Knall nicht hört.«

»Schalldämpfer«, sage ich.

Marie nickt. »Dann hat er ...« Marie senkt den Kopf und schüttelt ihn langsam, als müsse sie das Grauen erst noch begreifen. »Dieser ... Kerl hat auf *mémé* geschossen, einfach so, dabei …« Marie vergräbt den Kopf in den Händen und fängt an zu weinen. »Sie hat doch nie jemandem was getan.«

Frei steht auf. »Wir können später, wenn Sie sich –«

Marie sieht uns aus verweinten Augen an. »Schon gut, wir können weitermachen.«

»Bitte.« Frei setzt sich erneut auf den Bettrand und zeigt ihr Petris Foto. »Hat dieser Mann auf Sie geschossen?«

Marie nickt. »Ich geriet in Panik und flüchtete aus dem Haus. Dort sah ich den anderen vom Feld her auf mich zukommen, auch mit einer Pistole in der Hand. Derjenige, der auf *mémé* geschossen hatte, kam aus dem Haus. Er stand zwischen mir und meinem Auto. Ich konnte nicht fliehen. So fiel mir nichts Besseres ein, als mich in der Scheune zu verstecken. Noch bevor ich drin war, hörte ich hinter mir ein Geräusch, als würde ein Reifen platzen. Als neben meinem Kopf Holz vom Scheunentor splitterte, realisierte ich, dass der Mann aus dem Haus auf mich geschossen hatte.«

»Das Projektil konnte sichergestellt werden«, wirft Frei ein. »Es steckte in einem Torbalken.«

»Ich konnte mich in der Scheune nach hinten retten und dann …« Maries Stimme stockt. »An den Rest erinnere ich mich nicht mehr.«

»Das ist schon in Ordnung, danke, Frau Leuenberger.« Frei drückt Maries Hand kurz, bevor sie sie loslässt. »Der zweite Schuss hat Ihren Hals gestreift. Das Projektil konnten wir ebenfalls sicherstellen. Es steckte in der hinteren Scheunenwand. Das Kaliber ist identisch mit demjenigen im Scheunentor. Ihre Großmutter wurde mit derselben Waffe getötet.«

Kaum vierundzwanzig Stunden später wollte Petri Mathilde Murival und mir an den Kragen.

»Cora?« Marie streckt die Hand nach mir aus. »Frau Frei hat mir gesagt, dass ich dir mein Leben verdanke.«

Ich nehme ihre Hand. »Sehr gern geschehen. Tut mir leid wegen des Bandanas. Ich kaufe dir ein neues, sobald ich kann.«

»Nicht nötig, von denen habe ich eine Unmenge.«

»Was ist mit dem anderen Täter. Konnten Sie ihn identifizieren?«, wende ich mich an Frei.

»Mit Hilfe eines der Bilder, die Sie vom Subaru gemacht haben.« Sie liest erneut von ihrem Handy ab. »Er heißt Nico Cagliari, ebenfalls Franzose aus Ajaccio, Korsika.«

»Santonis rechte Hand und Mann fürs Grobe«, sage ich.

Freis Kopf schnellt hoch. »Was haben Sie gesagt?«

»Jean-Baptiste Santoni, der korsische Financier, ist er Ihnen bekannt?«

»Ja, und es nimmt mich wunder, woher Sie ihn kennen. Standen Sie mit ihm in Kontakt?«

Offenbar habe ich bei ihr einen wunden Punkt getroffen. »Man hat mir von ihm erzählt.«

»Wer ist man?«

»Tut mir leid. Quellenschutz.«

»Das ist eine Morduntersuchung, Frau Johannis.«

»Das ist mir bewusst, und ich sichere Ihnen meine volle Mithilfe zu. Meine Quellen gebe ich trotzdem nicht preis.« Jedenfalls nicht, solange mir Daniel nicht die Erlaubnis dazu erteilt hat. »Ich bin Santoni ganz kurz bei Frau Murival begegnet. Wir haben uns begrüßt, das ist alles. Er ist Aktionär der Ilios Watch und Eigentümer der ›Diana Holding‹, der wiederum euer Hof gehört«, sage ich zu Marie, die nickt.

Frei schreibt fleißig in ihr schlaues Notizbuch. »Nico Cagliari ist ein enger Mitarbeiter Santonis.«

»Sagte ich bereits«, entgegne ich. »Sein Mann fürs Grobe.«

»Stimmt. Er fungiert auch als Santonis Chauffeur, Leibwächter und allerlei anderes.«

»Sie meinen allerlei anderes wie Stalking und Auftragsmord?«

»Von Letzterem müssen wir seit gestern ausgehen. Es ist das erste Mal, dass wir Cagliari mit einem Kapitalverbrechen in Zusammenhang bringen können.« Frei zeigt auf Marie. »Deshalb sind Sie hier. Es ist sicherer als im Spital. Wir können das Kommen und Gehen besser im Auge behalten. Offiziell sind Sie heute Morgen ihren Verletzungen erlegen. Ein entsprechendes Communiqué ging an die Medien. So hoffen wir, Zeit für unsere Ermittlungen zu gewinnen und Sie besser schützen zu können. Genau darum sollten Sie im Haus bleiben.«

»Danke, ich hab's kapiert«, tönt es milde genervt aus dem Kissen.

»Ist es wirklich eine gute Idee, Marie auf dem Reiterhof zu behalten?«, frage ich. »Es kann doch nur eine Frage der Zeit sein, bis Santoni mit seinen Verbindungen erfährt, dass Marie in Wirklichkeit am Leben ist, wenn er es nicht schon weiß. Verfügt die Berner Kapo nicht über eine Wohnung, ein Safe House oder etwas in der Art?«

»Das gibt es wohl, setzt aber die Kooperation aller Beteiligten voraus«, sagt Frei mit Seitenblick auf Marie.

»Woher sollten die wissen, dass ich hier bin?«, wendet Marie ein.

»Was ist, wenn jemand von den Leuten hier sich verplappert?«, entgegne ich.

»Im Moment sind nur Mila, Pablo und ich hier. Mila kann schweigen.«

Da hat sie recht. Wäre Geheimniskrämerei eine Sportart, würde meine Tochter in der Spitzenliga spielen.

»Es geht vor allem darum, Zeit zu gewinnen, bis wir alle Indizien beisammenhaben«, sagt Frei. »Kein Glied der Kette darf fehlen, wenn wir Santoni oder auch nur Cagliari festnageln wollen, ohne dass uns der Fall um die Ohren fliegt. Pablo müssen wir allerdings noch überprüfen.«

»Nicht nötig, ich verbürge mich für ihn«, sagt Marie.

»Mila schließt sich dem sicher an«, füge ich hinzu.

»Na schön«, lenkt Frei ein. »Gleich sollten zwei jurassische Kollegen hier sein, die ein Auge auf Sie haben werden.«

Marie verdreht die Augen. »Muss das sein?«

Frei sieht sie kopfschüttelnd an. »Ja, es muss. Ich erkläre es Ihnen gern noch mal: Gestern hätte man Sie beinahe in einem Sarg weggetragen. Solange ich für Ihren Schutz verantwortlich bin, wird das nicht geschehen. Es ist ja nur, bis wir die Verantwortlichen dingfest gemacht haben.«

Wir verabschieden uns von einer schicksalsergebenen Marie.

»Haben Sie noch einen Moment Zeit für mich?«, fragt mich Frei.

Wir setzen uns auf die Bank vor der Scheune.

Ich bin erleichtert, dass Marie Gérard Murival entlastet hat. Frei teilt meine Genugtuung nur bedingt. »Was den Mord an Delphine Leuenberger und Maries Verwundung betrifft, scheint er tatsächlich aus dem Schneider zu sein. Bleibt der Mord an Samuel Leuenberger.«

»Wieso? Marie hat Cagliari vom Feld kommen sehen, wo Samuels Leiche gefunden wurde. Es war bestimmt Cagliari, der ihn auf dem Gewissen hat.«

»Das ist ein Indiz, kein Beweis. Etwas hat Marie nicht erwähnt: Kurz bevor sie auf den Vorplatz ihres Hofes fuhr, kam ihr Gérard Murival auf seinem Motorrad entgegen.«

»Was? Nur wenig später habe ich ihn gekreuzt. Wäre ich etwas früher gekommen, hätte ich –«

»Hören Sie damit auf, Frau Johannis«, fällt sie mir ins Wort. »Wären Sie früher dort gewesen, hätten wir jetzt wohl vier Tote, statt deren zwei.« Sie räuspert sich. »Was ich sagen will: Die Umstände von Samuel Leuenbergers Tod sind unklar. Wir wissen nicht mit Bestimmtheit, ob Murival vor Petri und Cagliari auf dem Hof gewesen war und was vorgefallen ist. Kam es zwischen Leuenberger und ihm zu einem Streit, der eskalierte? Ebenso unklar ist, wem die Waffe gehörte, die wir am Tatort gefunden haben. Laut Ballistik wurde Leuenberger damit erschossen. Die Frage ist nun, hat Leuenberger Murival damit bedroht, oder war es umgekehrt? Auf der Pistole wurden sowohl Murivals als auch Leuenbergers Fingerabdrücke sichergestellt.«

»Was heißt, dass beide die Waffe besessen und beide geschossen haben könnten.«

»Besser könnte ich es nicht ausdrücken. Was wir auch wissen, ist, dass Leuenberger vor seinem Tod damit geschossen hat. An seinen Fingern wurden Schmauchspuren sichergestellt.«

»Dann ist es auch möglich, dass Leuenberger Murival bedroht hat. Es kommt zu einem Zweikampf, bei dem sich ein tödlicher Schuss löst, ein Unfall also oder Notwehr.«

Anstelle einer postwendenden Antwort zeichnet Frei mit der Schuhspitze Striche und Kreise in die Erde.

»Habe ich was Falsches gesagt?«, bohre ich nach.

Freis Kieferknochen mahlen. Es ist das erste Mal, dass ich ihr die Anspannung ansehe. Sie hat mir gegenüber viel mehr Informationen preisgegeben, als sie dürfte. Vermutlich überlegt sie, wie viel es noch leiden kann.

»Sie lassen nie locker, wenn Sie von jemandes Unschuld überzeugt sind, was? Leider muss ich Sie enttäuschen. Das alles reicht nicht, um Murival endgültig vom Mordverdacht zu befreien.«

Ich setze mich kerzengerade hin. »Hören Sie, Frau Frei. Ich habe einen langen, harten Tag hinter mir. Warum sagen Sie mir nicht geradeheraus, wie sich was verhält und weshalb?«

»Die Pistole wurde Murival zugeordnet.«

»Sagen Sie das noch mal.«

»Sie haben mich schon richtig verstanden. Die Pistole ist in unseren Akten.«

»Was heißt zugeordnet? Gehört sie Murival?«

Ich kann nicht beurteilen, ob Freis Seufzer ein Zeichen der Frustration ist, die mir gilt, oder ein Zeichen, dass sie eine unangenehme Wahrheit aussprechen muss. »Also gut, was ich Ihnen jetzt sage, muss unter uns bleiben, jedenfalls bis ich Ihnen was anderes sage, klar?«

Ich nicke.

»Die Pistole, die wir bei Leuenbergers Leiche gefunden haben, ist eine SIG P210. Bis 1975 wurde dieses Modell unter der Bezeichnung ›Pistole 49‹ von der Armee verwendet. 1969, während der heißen Phase des Jurakonflikts, verschwanden zwanzig Stück davon aus einem Armeemagazin des Waffenplatzes Bure in der Ajoie. Man vermutete damals, die Tat ging auf das Konto der FLJ.«

»Das haben Sie seit gestern alles herausgefunden?«

»Gewissenhafte Erledigung der Hausaufgaben gehört zu meinem Job.«

»Natürlich. Sie glauben, die fragliche Pistole stammt aus besagtem Diebesgut?«

»Nein, ich glaube es nicht, es ist erwiesen. Die Diebe hatten damals zwar die Seriennummer auf dem Haltergehäuse weggefeilt. Aus Unwissen oder Blödheit hatten sie den Lauf vergessen. Unsere Forensiker konnten sie identifizieren. Die Pistole war eine der gestohlenen Waffen. Und jetzt kommt's: Vor vierzig Jahren tauchte sie in Cortébert auf.«

»Wollen Sie damit sagen, es ist dieselbe Pistole, mit der Thérèse Trachsler erschossen wurde?«

»Davon gehen wir im Moment aus.«

»Wie ist das möglich? Die Pistole wurde damals sichergestellt und asserviert. Wie kann sie vierzig Jahre später an einem anderen Tatort wieder auftauchen?«

»Das, Frau Johannis, ist die Millionenfrage. Je nach Handelbarkeit werden beschlagnahmte Gegenstände nach einer gewissen Zeit zuhanden des Staates verwertet. Verbotene Objekte und Stoffe wie Drogen oder Waffen werden vernichtet. Diese Pistole dürfte eigentlich gar nicht mehr existieren, möglicherweise ein Versehen oder ein Fehler im System. Oder es wurde gemauschelt.«

»Gemauschelt? Heißt das, jemand hat die Pistole aus der Asservatenkammer …« Ich suche nach dem geeigneten Wort. »… ›entnommen‹?«

»Geklaut, entwendet, verschwinden lassen, irgendwann nach 1980. Sagen Sie dem, wie Sie wollen. Im Moment habe ich keine Möglichkeit, es auszuschließen.« Der rigorosen Polizistin ist anzusehen, wie sehr sie das in ihrem Berufsstolz verletzt.

»Vielleicht ist sie gar nie in der Asservatenkammer gewesen.«

»Doch, das war sie. Noch gestern Nacht habe ich die Pistole höchstpersönlich in die Ballistik gebracht und selbst getestet. Die Oberflächenanalyse der von mir abgefeuerten Projektile stimmt mit der Struktur derjenigen überein, die man 1980 in der Wohnung von Thérèse Trachsler sowie gestern auf dem Leuenberger Hof sichergestellt hat.«

»Ach? Ich dachte, die Akten von damals sind verschollen.«

Zum ersten Mal seit unserem Wiedersehen grinst Frei über das ganze Gesicht. »Manchmal braucht es beim Ermitteln ein wenig Glück und einen alten Hasen in der Ballistik, mit dem man es gut kann und der kurz vor der Pension steht. Eines seiner Hobbys ist ein eigenes Archiv, das sich in seinem Büro befindet. Die Analyse der Tatwaffe von Cortébert gehört zu den frühesten Dokumenten seiner Sammlung.«

»Das heißt, die Waffe wurde damals ballistisch untersucht.«

Frei zieht die Augenbrauen hoch und legt den Kopf schief. Ich lache laut heraus. Es ist immer dasselbe. Wer immer die Kriminalakte von damals absichtlich oder unabsichtlich verschlampte, hat garantiert nicht mit dem irregulären Archiv eines Berner Kriminaltechnikers gerechnet.

»Wieso macht sich jemand die Mühe, eine alte Tatwaffe für einen weiteren Mord zu verwenden?«

»Damit dem damals vermeintlichen Mörder die Tat erneut in die Schuhe geschoben werden kann«, bringt Frei meinen lauten Gedanken mit säuerlicher Grimasse zu Ende. »Das riecht stark nach einem großen Bockmist, den einer oder mehrere meiner damaligen Kollegen gebaut haben.«

Wasser auf meine Mühlen. »Was gegen Gérard Murival als Täter spricht. In Cortébert fand man weder bei ihm noch in der Wohnung eine Pistole.«

»Stimmt. Trotzdem sollte er sich bei mir melden. Es macht sich besser, wenn er es freiwillig tut.«

»Werden Sie Santoni und Cagliari befragen?«

»Sofern ich ihrer habhaft werden kann. Bei der ›Diana Holding‹ hieß es, beide seien in wichtiger Angelegenheit geschäftlich abwesend und vorübergehend nicht erreichbar. Vielleicht stecken sie im Ausland.«

Frei steht auf und streckt sich. »Ich muss mich verabschieden. In Bern wartet eine Menge Arbeit auf mich.« Sie streckt mir die Hand hin. »Übrigens: Da der Fall in die Kantone Bern und Jura greift, wurde ich gebeten, die Ermittlungen zwischen Bern und Delémont zu koordinieren. Sollte sich das Ganze auf Santoni ausweiten, schaltet sich das Fedpol ein. Deshalb, Frau Johannis, bitte keine Alleingänge. Wenn Sie was finden, sprechen Sie sich mit mir ab, klar?«

»Glasklar.«

Kaum ist Frei weg, kommt eine Textnachricht von Karin Jäggi rein.

Gravier aus Koma erwacht, will dich sprechen. Morgen früh?
LG Karin.

33

Der Geruch war das Erste, was sie wahrnahm. Ein Duftcocktail aus Desinfektionsmitteln, Industrienahrung und menschlichen Ausscheidungen. Als Kind hatte sie Mathilde oft zu Krankenbesuchen begleitet, wenn ein Mitarbeiter oder eine Mitarbeiterin erkrankt war oder einen Unfall hatte. Manchmal besuchten sie auch Kinder aus dem Institut »Croix de Grâce«. Jedes Mal wenn sie das Spital betreten hatten, war ihr schlecht geworden. Aus Angst, sich übergeben zu müssen, war sie jeweils zur Toilette gerannt. Nach wenigen Minuten war die Panik vorüber gewesen, und sie hatte sich auf Schokolade oder Bonbons freuen können, die ihr Mathilde zur Belohnung fürs Durchhalten gekauft hatte. Einmal, sie muss sieben Jahre alt gewesen sein, hatten sie ein Mädchen aus dem Institut besucht. Es war etwas älter gewesen als Camille. Es lag mit eingegipstem Bein und verschränkten Armen im Bett, ohne ein Wort zu sagen. Mathilde hatte sie mit Léonie angesprochen, ein Neuzugang im »Croix de Grâce«. Danach hatten sie und Camille sich nicht mehr getroffen, erst Jahre später fand die Begegnung statt, die sie zu besten Freundinnen und darauf zu Liebenden gemacht hatte.

Bis Léonie ihre Liebe getötet hatte.

Camille schlug die Augen auf. Das grelle Neonlicht vertrieb die Bilder, die sie noch gesehen hatte, bevor alles um sie herum schwarz geworden war: Tiago, Léonie, die Pistole, Blut und ein plötzlicher höllischer Schmerz.

»Sie ist aufgewacht.«

Camille hörte nur die fremde Stimme mit dem singenden Akzent. Die dazugehörende Person befand sich außerhalb ihres Gesichtsfeldes.

»Mademoiselle?«

Jetzt sah sie das Gesicht, das sich über sie beugte, wenigstens den Teil, der nicht von einer weißen Schutzmaske verdeckt wurde, streng nach hinten gestraffte und zu einem Knoten gebundene schwarze Krauslocken. Ein Paar warmherziger schwarzbrauner Augen lächelte sie an. »Wie fühlen Sie sich?«

»Wo bin ich?«

»Im Centre Hospitalier Universitaire de Lille. Ich bin Schwester Youma und für Ihre Pflege zuständig.«

»Wie lange bin ich schon hier?«

»Sie wurden vorgestern Abend eingeliefert. Haben Sie Schmerzen?«

»Mein Kopf platzt fast.«

»Ich hole ein Schmerzmittel für Sie.« Schwester Youma verschwand aus ihrem Blickfeld.

Camille lag seit zwei Tagen hier und hatte keine Ahnung, wie es dazu gekommen war. Es fühlte sich an, als würde sie aus einem schwarzen Loch klettern. Den Versuch, den Kopf zu drehen, brach sie ab, nachdem ihr von Schwindel schwarz vor Augen geworden war. Es schien, als wäre sie allein im Raum. Von einem Zugang an ihrem rechten Arm führte ein Schlauch in einen Infusionsbeutel, der an einer Rollstange hing. Sie hörte piepsende Geräusche der Apparate neben oder hinter ihr. Mit der Hand ihres freien Armes betastete sie ihren Kopf. Sie trug einen dicken Verband. Was war ihr zugestoßen? Und wo war …?

Tiago?

Ihr Gedächtnis begann, neue Bilder hochzuladen. Er hatte neben ihr auf der Couch gelegen. Wo war er jetzt? Auch in diesem Spital, in einem anderen Zimmer?

Schwester Youma kam zurück. »Das haben wir gleich.« Sie reichte Camille einen halb vollen Wasserbecher und drückte eine Tablette aus dem Blister direkt in ihre Hand. Dann half sie Camille, die Tablette mit dem Wasser hinunterzuspülen.

»Wo ist Tiago?«

»Wer?«

»Tiago Lopez, mein Freund. Ist er auch hier?«

»Sie wurden allein eingeliefert, mit einer Schusswunde. Eine

Kugel hat ihre Schläfe gestreift. Nur ein paar Millimeter weiter rechts, und wir hätten nichts mehr für Sie tun können.« Schwester Youma legte die Hand auf der Höhe ihres Bauches auf die Bettdecke. »Sie hatten Glück, das Kind auch.«

Die Kopfschmerzen traten in den Hintergrund. »Ein Kind? Bin ich etwa …?«

»Achte Woche.« Schwester Youmas Augen wurden größer und runder. Es waren schöne Augen. Der Kontrast mit dem Weiß der Sklera brachte die Iris dunkler und wärmer zum Leuchten. »*Mon Dieu*, Sie wussten es noch nicht?«

»Ich …« Camille hatte in den letzten Tagen ein paarmal Übelkeit verspürt. Sie hatte sich nichts weiter dabei gedacht und es auf eine Magenverstimmung geschoben, die gerade umging. »Ich hatte doch meine Periode.«

»Hat es stark geblutet?«

»Weniger als sonst, aber ich dachte –«

»Es kann eine Schmierblutung gewesen sein. Das kommt vor, vor allem zu Beginn einer Schwangerschaft. Jedenfalls ist mit Ihrem Baby alles okay, herzlichen Glückwunsch. Wie sind die Schmerzen? Ich kann Ihnen kein starkes Mittel geben, wegen …« Schwester Youma zeigte auf Camilles Bauch. »In ein paar Minuten sollten Sie sich trotzdem besser fühlen.« Sie deutete mit dem Daumen zur Zimmertür. »Draußen warten zwei Leute von der Polizei, die Sie sprechen wollen. Der Arzt meint, fünf Minuten sind okay. Wollen Sie jetzt mit Ihnen reden?«

»Von der Polizei?« Vielleicht wussten sie etwas über Tiago. »Ist gut, ich spreche mit ihnen.«

Schwester Youma verließ das Zimmer. Kurz darauf betraten eine Frau und ein Mann in Zivil den Raum. Sie trugen die bei der französischen Polizei üblichen orangen Armbinden. Die Frau zeigte ihren Ausweis und stellte sich als Capitaine Joubert von der Police Judiciaire vor. Sie deutete auf ihren jüngeren Kollegen. »Lieutenant Meesters. Wie fühlen Sie sich, Mademoiselle?«

Der freundliche Ton der Polizistin mittleren Alters harmonierte nicht mit ihren harten Gesichtszügen und dem bohrenden Blick.

»Gut«, antwortete Camille. »Wie geht es meinem Freund?«

Joubert ging nicht darauf ein. »Sie wurden mit einer Schussverletzung eingeliefert. Können Sie sich erinnern, was passiert ist?«

»Da ist nur eine weiße Wand. Mein Freund —«

»Sie wissen nicht, wer auf Sie geschossen hat?«

»Das sage ich Ihnen doch. Und Tiago? Sagen Sie mir endlich, was mit ihm passiert ist.«

Joubert und Meesters wechselten einen Blick. Meesters räusperte sich. »Ihre Nachbarin war glücklicherweise an diesem Tag etwas früher zu Hause als üblich. Sie setzte den Notruf ab und meldete eine Schussabgabe.«

Das musste der Schuss gewesen sein, den Léonie ins Sofakissen gefeuert hatte. Dumm von ihr, keinen Schalldämpfer verwendet zu haben. Glück für Camille. Wahrscheinlich musste Léonie rasch aus der Wohnung verschwinden und konnte nicht beenden, was sie vorgehabt hatte.

»Die uniformierten Kollegen fanden Sie, Mademoiselle, bewusstlos und verletzt auf dem Boden des Wohnzimmers neben einem reglosen Mann mit zwei Schusswunden. Die Wiederbelebungsversuche unserer Kollegen und der Rettungskräfte waren leider vergeblich. Die Nachbarin hat bestätigt, dass es sich um Tiago Lopez handelt.«

Alles in Camille fühlte sich plötzlich taub an. »Tiago«, flüsterte sie.

»Unser Beileid, Mademoiselle«, sagte Joubert trocken. »War Monsieur Lopez Ihr Freund, lebten Sie mit ihm gemeinsam in der Wohnung?«

Camille spürte den Druck hinter den Augen, aber die Tränen kamen nicht. Sie nickte.

»Was machte Herr Lopez beruflich? Stand er in Konflikt mit jemandem, hatte er eine Auseinandersetzung?«

»Tiago hat mit Computern gearbeitet. Er entwickelte Anwendungen für Privatpersonen und kleine Betriebe. Nebenbei machte er Straßenmusik. Er ist in nichts Illegales verwickelt, wenn Sie das meinen.«

»Wie lange kennen Sie sich?«

Camille rieb sich die Stirn. Die Kopfschmerzen meldeten sich zurück.

»Mademoiselle?«, fragte Joubert. »Sind Sie in Ordnung? Soll ich jemanden rufen?«

Camille wischte sich über die Augen. »Drei Monate«, sagte sie. »Wir haben uns vor drei Monaten kennengelernt.«

Meesters machte sich eine Notiz.

»Seither wohnen Sie mit ihm in der Wohnung an der Allée Jules Watteeuw?«, fragte Joubert weiter.

»Etwas weniger lang, vielleicht zweieinhalb Monate.«

»Wo lernten Sie sich kennen?«

»Hier in Lille, ich habe in einem Restaurant in der Altstadt gejobbt. Wir sind uns zum ersten Mal auf der Grand' Place begegnet, wo er Musik machte.«

»In der Wohnung haben wir Kampfspuren gefunden. Ihr Körper weist Prellungen auf. Hatten Sie und Herr Lopez Streit?«

»Streit? Nein, wie kommen Sie …« Sie wollte sich aufsetzen, ließ es aber sofort bleiben. »Sie glauben, ich hätte Tiago umgebracht?«

Joubert hob beschwichtigend die Hände. »Routine, wir müssen Sie das fragen. An Ihren Händen und Kleidern wurden keine Schmauchspuren festgestellt. War zum Zeitpunkt des Kampfes eine Drittperson in der Wohnung? Hatten Sie Besuch?«

»Wenn ich Ihnen doch sage, ich erinnere mich nicht.«

»Auch nicht, ob es ein Mann oder eine Frau gewesen sein könnte?«

»Eine Frau? Wieso?«

»Unsere Kriminaltechnik hat bei Ihnen und Herrn Lopez Fremd-DNA sichergestellt, weiblich. Hilft das, Ihre Erinnerung aufzufrischen?«

Camille zuckte mit den Achseln.

»Hatte Herr Lopez eine Ex-Freundin? Hat er mal erwähnt, Streit mit einer anderen Frau zu haben?«

»Bevor wir zusammenkamen, hatte Tiago Beziehungen mit anderen Frauen, nicht von Dauer und nicht hier in Lille. Weshalb sollte eine von denen plötzlich mit einer Pistole in seiner Wohnung auftauchen?«

»Wir ziehen alle Möglichkeiten in Betracht«, sagte Joubert. »Wie ist es mit Ihnen? Haben Sie frühere Freunde oder Bekannte, die Sie verfolgen könnten?«

Camille schloss die Augen, der Schmerz pochte dumpf an ihre Stirn. Sollte sie es ihnen sagen, und was würde es bringen, wenn sie es tat? Würden sie ihr helfen, Tiagos Tod zu sühnen?

»Mademoiselle?«, fragte Joubert.

»Da gibt es niemanden. Seit einem Jahr reise ich in Europa herum.«

Sie öffnete die Augen und begegnete Jouberts hartem Blick.

Meesters klinkte sich erneut ein. »Sie gaben an, Herr Lopez arbeitete mit Computern. Wie müssen wir das verstehen?«

»Ich kenne mich da nicht aus. Er half Privatpersonen und kleinen Betrieben, ihre Systeme aufzusetzen, Internetanwendungen zu entwickeln und solche Dinge. Damit verdiente er nicht schlecht.«

»Wie kam er mit den Kunden zurecht? Gab es Konflikte, Streit um Geld?«

»Er hat nie etwas erwähnt.«

»War er in andere Geschäfte verwickelt?«

»Was für Geschäfte? Illegale, meinen Sie?«

Die beiden sahen sie abwartend an.

»Ich habe Ihnen vorhin schon gesagt, Tiago hat sich auf so was nie eingelassen. Das wissen Sie sicher auch, wenn Sie sein Vorstrafenregister geprüft haben.« Camille fühlte sich erschöpft. Die fünf Minuten müssten längst um sein. Sie wollte, dass die Polizisten gingen, damit sie in Ruhe nachdenken konnte. Vor allem musste sie so schnell wie möglich von hier verschwinden.

Anscheinend konnte Léonie der Polizei entkommen und möglicherweise jeden Moment im Spital auftauchen. Diese Geschichte durfte sie den beiden Flics keinesfalls unter die Nase reiben.

»Danke, Mademoiselle«, sagte Joubert. »Das wär's für den Moment.«

Camille atmete innerlich auf.

»Da ist nur noch eine Kleinigkeit, die wir klären müssen.« Joubert hielt Camille den Personalausweis in die Höhe, den sie sich in Stuttgart für teures Geld beschafft hatte. »Die haben wir in Ihren Sachen in der Wohnung gefunden. Ihr Name ist Camille Keller, deutsche Staatsbürgerin, stimmt das?«

Camille wurde schummrig. »Steht ja drauf.« Jetzt würde sich erweisen, ob der Fälscher seinen Preis wert war. Für den Personalausweis und einen deutschen Führerschein hatte sie ihm zweitausend Franken hingeblättert.

»Die Dokumente sind so weit in Ordnung«, sagte Joubert. »Trotzdem werfen sie Fragen auf. Wir haben uns auf dem deutschen Konsulat erkundigt. Eine Camille Keller ist an der Kölner Adresse, die auf dem Ausweis angegeben ist, nicht gemeldet.«

Camilles Kartenhaus begann bedenklich zu wackeln. Ihr fiel nichts mehr ein. Sie musste Zeit gewinnen. »Ich … fühle mich nicht gut. Können wir das Gespräch morgen fortsetzen?« Sie tastete nach dem Rufknopf.

Bevor Joubert antworten konnte, schwang die Zimmertür auf. Eine groß gewachsene Frau in einem grauen Hosenanzug marschierte herein. Camille erkannte sie sofort. Ein Blick und ein kaum wahrnehmbares Kopfschütteln der Frau hielten sie davon ab zu manifestieren, dass sie sich kannten. Deren Haltung und das Auftreten machten klar, wer hier ab sofort das Sagen hatte. Hinter der Frau trat ein Mann ins Zimmer. Ihn kannte Camille nicht. Sein schwarzer Ledermantel fiel ihr als Erstes auf. Im Gegensatz zur attraktiven Blonden wirkte seine Kleidung nachlässig, eher schäbig. Haarschnitt und Rasur waren überfällig. Einzig die Art, wie er sie ansah, weckte in ihr ein unerklärlich vertrautes Gefühl.

Joubert fasste sich nach dem überfallartigen Eindringen als Erste. »Police Nationale, wir sind mitten in einer Befragung. Bitte warten Sie draußen.«

Die Blonde zeigte sich wenig beeindruckt. Sie zückte ihrerseits einen Ausweis. »Vielen Dank, Capitaine, wir übernehmen ab jetzt.«

Während sie den Ausweis betrachtete, wurde Jouberts Gesicht zusehends länger. »DST?«

»Commandant Gravier«, sagte die Frau und deutete auf den Mann hinter ihr. »Mein Kollege und ich wurden dem Fall zugeteilt.«

»Darf ich fragen, weshalb sich der Inlandgeheimdienst für Mademoiselle Keller interessiert?«

»Natürlich dürfen Sie«, sagte Gravier. »Leider bin ich nicht befugt, Ihnen Auskunft zu geben. Nationale Sicherheit, Sie verstehen.«

Joubert verstand nicht oder nicht gleich. »Ist das mit meinen Vorgesetzten abgesprochen?«

»Meines Wissens hat meine Dienststelle die Ihre informiert. Am besten besprechen Sie das mit Ihrem Commissaire divisionnaire.« Gravier lächelte spitz. »Es steht Ihnen auch frei, den Innenminister anzurufen, in dessen Auftrag wir hier sind.«

Die Diskussion war beendet. Ohne Camille eines weiteren Blickes zu würdigen oder eine Verabschiedung verließen die Polizisten das Zimmer.

Sobald sie draußen waren, fiel die kühle Maske von Gravier ab. Mit zwei Schritten war sie bei Camille und umarmte sie. »Mein Engel, du hast uns einen schönen Schreck eingejagt. Wie geht es dir?«

»*Tata France*«, sagte Camille. »Was machst du hier? Bist du wirklich im Geheimdienst? Wie hast du mich –«

Gravier küsste Camille auf die Stirn. »Das erfährst du gleich.« Sie winkte den Mann heran. »Zuerst sollst du deinen Vater kennenlernen.«

34

Sämtliche Plätze der Parkzone für Spitalbesucher sind besetzt. Ich parke den Mini auf das letzte freie Feld beim Bettenhochhaus, dessen Tage seit der Eröffnung des Neubaus gezählt sind. Das ist zwar kein baukultureller Verlust, aber immerhin gehört das Bettenhochhaus des Bürgerspitals auf der Schöngrünhöhe seit Jahrzehnten zum Solothurner Stadtbild und zu meinen Erinnerungen. Dort habe ich Mila und Julian zur Welt gebracht.

Über einen provisorischen Steg gelange ich zum, wenige Monate zuvor in Betrieb genommenen, neuen Spitalgebäude, ein kompakter Bau aus Glas und Beton. Ich habe Marie-Claudes Frühstück in Les Bois ausfallen lassen und benötige als Erstes eine Dosis Koffein. Ich steuere den bescheidenen Kiosk in einer Nische des Eingangsbereiches an, dem das Provisorium auf jedem Quadratmeter anzusehen ist. Es dürfte noch Jahre dauern, bis die Neubauarbeiten auf dem Spitalareal abgeschlossen sind, einschließlich eines Restaurants für Besucher und Personal. Darunter leidet vor allem Letzteres, welches lange Wege und eine Holzbaracke als Kantine in Kauf nehmen muss. Bereits jetzt denkt eine lebensferne und abgehobene Politik laut darüber nach, genau dort zu sparen. Schalmeienklänge über Personalmotivation und den Menschen als wertvollste Ressource hören sich in hippen Internetauftritten und Worthülsen hoch dotierter Direktoren und Verwaltungsräte nett an. Wenn es um Geld oder Macht geht, zählt nach wie vor die Realpolitik alter Männer, zu denen ich auch manche Frau zähle.

Ich bin etwas zu früh dran und muss auf Karin Jäggi warten. Ohne ihren Polizeiausweis werde ich nicht zu Françoise in die Intensivstation vorgelassen. Mir fehlt die Geduld, mich in die Schlange bei der Kasse am Kiosk einzureihen. Stattdessen kaufe ich einen Kaffee und ein Gebäck vom Automaten. Kaum habe ich einen der raren Sitzplätze ergattert, marschiert einige Meter vor mir eine bekannte Gestalt im Eilschritt Richtung Ausgang.

»Frau Fischer!« Was hat die Leiterin des Gnadenkreuz-Instituts hier zu tun?

Obschon sie mich gehört haben muss, setzt sie ihren Weg fort. Ich lasse Kaffee und Croissant stehen und eile ihr nach. »Sr. Bernadette, warten Sie!« Sie passiert den Ausgang und überquert den Besucherparkplatz, wo sie in ein wartendes Auto steigt und davonfährt. Täusche ich mich, oder hat Gérard Murival am Steuer gesessen?

Ein wenig konfus von der Begegnung, die keine war, kehre ich an meinen Platz zurück. Während ich den inzwischen trinkwarmen Kaffee schlürfe, frage ich mich, weshalb Sr. Bernadette mich ignoriert hat und in welcher Beziehung sie zu Gérard Murival stehen könnte? Sie muss gehört haben, dass ich sie gerufen habe. War sie bei Françoise? Warum sonst würde sie frühmorgens den Weg von den Freibergen nach Solothurn unter die Räder nehmen?

»Da bist du ja.«

Karin steht wie aus dem Nichts vor mir. »Ich wartete oben auf dich.«

»Waren wir nicht hier unten verabredet, beim Empfang?«

»Waren wir? Ich war früh hier und habe schon mit Frau Gravier gesprochen.«

»Wie, oben? Liegt sie nicht mehr auf der Intensivstation?«

»Sie wurde heute Morgen in ein Privatzimmer verlegt.«

»Hatte sie Besuch?«

»Ich habe niemanden gesehen, warum?«

»Vorhin ist ein bekanntes Gesicht aus Le Noirmont hier rausgelaufen.«

»Als ich bei ihr war, ist niemand gekommen. Nachher hatte ich noch ein langes Telefongespräch. In der Zeit könnte jemand bei Frau Gravier gewesen sein. Gehen wir hinauf?«

»Warte.« Ich zeige auf den freien Stuhl an meinem Tisch.

»Setz dich rasch hin. Ich muss dir was erzählen. Nimmst du einen Kaffee? Ich bezahle.«

»Espresso gerne, ich hatte heute noch keinen. Unsere Maschine streikt.«

»Habt ihr eine Spur von Gérard Murival?«, frage ich, nachdem ich ihr das Gewünschte hingestellt habe. Solange ich nicht Gewissheit habe, dass es Gérard Murival war, der vorhin im Auto wartete, werde ich Karin nicht davon erzählen.

Sie bläst in den Becher, bevor sie den ersten Schluck trinkt.

»Was ich dir am Sonntag gesagt habe, gilt noch immer.«

»Keine Informationen zu laufenden Verfahren, klar. Du hattest nicht zufällig in letzter Zeit Kontakt mit Bea Frei?«

»Vom Berner Dezernat Leib und Leben? Was hast du mit ihr zu tun?«

Nach meiner Schilderung der Ereignisse der letzten achtundvierzig Stunden schüttelt Karin verständnislos den Kopf. »Wenn in einem riesigen Feld nur eine einzige scharfe Mine vergraben ist, bist du garantiert die Einzige, die es fertigbringt, daraufzutreten. Wahrscheinlich gibt es da oben eine Armee Schutzengel, die nur wegen dir Überstunden leistet.«

»Die hätten andere eher brauchen können. Ich mache mir Sorgen um Gérard Murival.«

»Wenn er euren Angreifer am Doubs ausschalten konnte, wie du vermutest, scheint er gut zurechtzukommen. Wirklich, Cora, ich könnte besser schlafen, wenn ich dich nicht ständig als Zielobjekt auf einem Präsentierteller wüsste. Überlass das Bea. Die ist ausgebildet und wird bezahlt, mit so was umzugehen.«

»Zur Kenntnis genommen. Noch mal fürs Protokoll: Ihr habt also keine Hinweise auf Gérard Murival erhalten?«

Karin zerknüllte den ausgetrunkenen Pappbecher. »Lass uns nach Frau Gravier sehen, sie erwartet uns.«

Der Diplomatenstatus hat Françoise das schönste und größte Privatzimmer des Bürgerspitals verschafft. Von der nordöstlichen Ecke des obersten Stockes hat sie die schönste Aussicht auf die Altstadt mit der St.-Ursen-Kathedrale vor dem Hintergrund der ersten Jurakette. Nebst dem üblichen Spitalbett verfügt das Zimmer über einen Wohnbereich mit Großbildschirm.

Françoise frühstückt am Esstisch, als wir eintreten. Anstelle eines der unmöglichen Spitalhemden trägt sie einen dunkelfarbigen Homedress von Hanro.

»Cora!« Sie breitet die Arme aus. Ich beuge mich zu ihr hinunter und lasse mich herzen. »Entschuldige, wenn ich sitzen bleibe. Der Arzt sagt, ich soll nicht zu schnell aufstehen.« Françoise nickt Karin zu, die sie schon gesehen hat. »Setzt euch. Habt ihr schon gefrühstückt?« Sie schiebt den Brotkorb zu uns. »Bedient euch mit Kaffee.« Sie zeigt auf die Kapselmaschine auf einem rollbaren Beistelltisch neben dem Bildschirm.

Beide lehnen wir dankend ab. »Wie fühlst du dich?«, frage ich.

»Die Ärzte sind zufrieden. Ich soll noch einen oder zwei Tage zur Beobachtung hierbleiben. Unser Botschafter wollte mich in eine Privatklinik bei Bern verlegen lassen. Ich habe abgelehnt. Die Aussicht von hier oben ist unschlagbar.«

»Hatten Sie Besuch, nachdem ich bei Ihnen war, Frau Gravier?«, fragt Karin.

»Nein, warum fragen Sie?«

Ich erzähle ihr, dass ich Sr. Bernadette beim Empfang gesehen hatte. »Ich habe das Gefühl, sie ignorierte mich absichtlich.«

Françoise winkt ab. »Mach dir nichts draus. Bernadette ist oft in Gedanken und vergisst, was um sie herum vorgeht. Der Polizist vor dem Zimmer muss sie davon abgehalten haben, mich zu sehen. Sie hätte vorher anrufen sollen. Wahrscheinlich hatte sie es eilig, zurück ins Institut zu kommen.«

»Woher wusste Frau Fischer, dass Sie ansprechbar sind?«, will Karin wissen. »Von unserer Seite wurde nichts verlautbart.«

»Ich habe sie angerufen und eine Nachricht hinterlassen, dass es mir wieder gut geht. Damit, dass sie gleich herkommen würde, habe ich nicht gerechnet.«

»Die Informationssperre ist Bestandteil des Sicherheitsdispositives, das mit der Botschaft und dem Fedpol vereinbart wurde«, sagt Karin. »Hatten Sie mit jemandem sonst Kontakt?«

»Selbstverständlich nicht. Und über meine Sicherheit bestimme ich gern immer noch selbst, vielen Dank.«

»Mit Verlaub, Frau Gravier, die Verantwortung für Ihre Sicherheit tragen wir. Ich muss Sie bitten –«

Françoise schneidet Karins Worte mit erhobener Hand ab. »Schon gut, wird nicht mehr vorkommen.«

»Ich habe Gérard getroffen, Françoise«, versuche ich die Stimmung zu entspannen.

»Gérard? Wo? Wann?«

»In der Nacht von Montag auf Dienstag, bei der ›Moulin de la Mort‹.«

»Einfach so?«, fährt Karin dazwischen. »Dass immer noch nach ihm gefahndet wird, ist dir bewusst, oder?«

Tolles Manöver von mir. Es ist mir gelungen, Karins Unmut von Françoise auf mich zu lenken.

»In diesem Loch unten am Doubs?«, fragt Françoise. »Was treibt er dort?«

»Die Schutzhütte dient ihm als gelegentlicher Unterschlupf.«

Das ist Karins Stichwort. »Zurück zum letzten Donnerstagabend, Frau Gravier, schildern Sie noch mal genau, woran Sie sich erinnern, bitte.«

Françoise presst die Lippen zusammen. »Ich bleibe bei dem, was ich bereits ausgesagt habe. Es muss so ungefähr zehn Uhr gewesen sein, als ich mich von meinen Gästen verabschiedete. Ich wollte vor dem Schlafengehen etwas frische Luft schnappen und bin vom Hotel aus die Gasse hoch bis zum Stadttor gelaufen.«

»Zum Baseltor?«, fragt Karin.

»Das bei der Kathedrale, ja. Vor dem Tor bin ich rechts abgebogen und an der Rückseite der Kathedrale entlanggegangen. Dann …« Sie schließt die Augen erneut, nur um sie gleich wieder zu öffnen. »Tut mir leid, ab da ist bei mir immer noch alles blank.«

»Ist Ihnen aufgefallen, dass Ihnen jemand gefolgt ist?«

»Es waren vereinzelt Leute unterwegs, aber niemand, der mir besonders aufgefallen wäre.«

»Sie wurden nicht angesprochen?«

Obwohl Françoise die Kunst des Pokerface beherrscht, wandert ihr Blick kurz zu mir, bevor sie antwortet: »Nicht, soweit ich mich erinnere.«

Das entspricht eindeutig nicht der Wahrheit. Auch Karin nimmt es nicht für bare Münze. »Frau Johannis gegenüber sagten Sie, Gérard Murival kurz vor dem Vorfall gesehen zu haben.«

Françoise sieht mich an. »Habe ich das?«

»Du hast erwähnt, dass du ihm auf deinem Spaziergang möglicherweise begegnet bist.«

Françoise bläht die Backen auf, bevor sie die Luft langsam entweichen lässt. »*Mon Dieu*, da muss ich schon halb weggetreten gewesen sein. – Hören Sie, Frau Jäggi, dass Sie weiterhin Gérard verdächtigen, ist Unsinn. Er kann es nicht gewesen sein.«

»Dessen sind Sie sich sicher, obschon Sie sich nicht erinnern können?«

»Ich weiß es einfach. Wir kennen uns ein ganzes Leben lang. Weshalb sollte er mich angreifen?«

»Außerdem hat er ein Alibi«, werfe ich ein. »Er hat mir gegenüber erwähnt, nach der Auseinandersetzung am Nachmittag sei er mit dem Zug zurück in die Freiberge gefahren. Das müsste sich nachprüfen lassen.«

Karin sieht mich lange an. Von ihr bekomme ich heute wohl kein Fleißbienchen in Kooperation mehr. »Warum sagt er uns das nicht selbst? Ich sehe, was ich rausfinden kann.« Sie wendet sich wieder an Françoise. »Worüber haben Sie sich während des Empfangs im Ambassadorenhof mit ihm gestritten?«

»Nebensächlichkeiten, es ging um Papiere und Fotos von

früher. Er wollte sie sofort. Ich habe sie nicht bei mir und vertröstete ihn auf später, wenn ich zurück in Paris bin.«

Karin bewegt keine Miene. Wie sie bin ich überzeugt, dass es um mehr gegangen sein musste als ein paar banale Fotos. Es brennt mir auf der Zunge, etwas zu sagen, aber ich will Karin nicht noch mehr in die Parade fahren. Diese geht in die Offensive. »Ich frage Sie noch mal, Frau Gravier: Können Sie uns einen Hinweis geben, wo sich Herr Murival aufhält? Es sind Menschen gestorben. Wenn er sich entlasten will, sollte er unbedingt mit uns sprechen.«

Françoise tastet unvermittelt nach meiner Hand. »Entschuldigt mich, aber ich muss mich hinlegen.« Sie lässt sich von mir zu ihrem Bett begleiten.

Karin wartet mit verschränkten Armen, bis ich Françoise zugedeckt habe. Ich sehe ihr an, dass sie dasselbe denkt wie ich. Françoise weicht uns aus. Sie ist aber auch feinfühlig genug, Karins Skepsis zu erkennen. »Es tut mir leid, Frau Jäggi. Ich lag fast eine Woche im Koma. Woher soll ich wissen, wo sich Gérard aktuell aufhält?«

Karin setzt zu einer Entgegnung an, lässt es aber bleiben. »Wir wollen Sie nicht länger belästigen. Vielen Dank, dass Sie mit uns gesprochen haben.«

»Ich bin noch nicht ganz fertig«, sage ich. »Eine allerletzte Frage.«

Françoise sieht mich erwartungsvoll an.

»Es geht um Camille.«

»Camille, mein Patenkind? Woher kennst du sie?«

»Letzte Woche, bevor du das Bewusstsein verloren hast, hast du –«

Françoise schüttelt den Kopf. »Du täuschst dich, Cora. Camille ist seit zwanzig Jahren tot. Weshalb sollte ich mit dir über sie geredet haben?«

»Aber –«

»Ich erinnere mich nicht mal mehr daran, dass du kurz nach dem Unfall bei mir im Spital warst. Aber eines weiß ich gewiss:

Camille ist tot. Ich war dabei, als ihre Leiche aus dem Meer geborgen wurde, und habe sie mit eigenen Augen gesehen. Sie wurde erschossen. Der Mörder ist bekannt.«

Mir ist, als würde mir der Boden unter den Füßen weggezogen. »Wer ist Camilles Mörder?«

»Eine Mörderin. Sie heißt Léonie Ory.«

35

Auf der Rückfahrt in die Freiberge geht mir die ganze Zeit das Gespräch durch den Kopf. Im Jahr vor Camilles Tod hatte Françoise sie in einem Spital in Lille aufgespürt. Allerdings war Léonie Ory schneller gewesen, was für Camille um ein Haar fatal geendet hätte. Ory hatte sie und ihren Freund in ihrer Wohnung überrascht. Sie hatte Lopez getötet, Camille aber nur schwer verletzt. Françoise hatte dann dafür gesorgt, dass Camille untertauchen konnte.

Das Schicksal hatte Camille im Sommer 2001 während eines Segeltörns vor der bretonischen Küste ereilt. Sie war in Begleitung eines Mannes, vielleicht ein Freund oder jemand, den sie unterwegs kennengelernt hatte. Es könnte auch der Skipper gewesen sein. Mit Hilfe der Radar- und Funkdaten war versucht worden, die Ereignisse von jenem Sonntagmorgen im Jahr 2001 zu rekonstruieren. Im wahrscheinlichsten Szenario hatte sich ein Motorboot dem Segler genähert. Was dann passiert war, konnte nie genau nachvollzogen werden. Der unbekannte Mann war mit Schussverletzungen an Kopf und Brust auf dem Oberdeck des Bootes gefunden worden.

Die Ermittler gingen davon aus, dass Camille versucht hatte, den tödlichen Schüssen mit einem Sprung ins Meer zu entkommen, oder aber sie wurde ins Wasser gestoßen. Dass die Kugel sie getroffen haben könnte, als sie im Wasser war, war nicht ausgeschlossen worden. Es hätte nichts an Camilles Schicksal geändert. Möglicherweise hatte sie versucht, das rettende Ufer schwimmend zu erreichen. In Küstennähe hätte sie unter Umständen eine Chance gehabt. Dem Bericht der Unité Médico-Judiciaire in Lorient zufolge muss sie das Bewusstsein im Wasser verloren haben. Todesursache war nicht die Schussverletzung gewesen. Camille war ertrunken. Auf dem Boot war, nebst Camilles, weitere weibliche Dritt-DNA festgestellt worden. Sie stimmte mit Vergleichsproben einer unbekannten Fremden aus Camilles und Tiago Lopez' Wohnung in Lille überein, welche die Polizei dort sichergestellt hatte. Ein von Françoise bei der Staatsanwaltschaft Kanton Jura beantragter Abgleich ergab eine Übereinstimmung mit den Drittspuren auf dem Boot. Somit war erwiesen, dass Léonie Ory Camille erschossen hatte.

Mehr konnte Françoise uns nicht sagen, bevor die Ärztin hereingekommen war und uns mit Nachdruck zum Gehen aufgefordert hatte.

Wie Léonie Ory ihre einstige Gefährtin Camille auf einem Boot vor der bretonischen Küste überfallen und erschossen haben konnte, wenn ihre Leiche zwei Jahre zuvor am Ufer des Doubs entdeckt worden war, ist nie restlos geklärt worden. Françoise meinte, man sei nach einer eher oberflächlich geführten Untersuchung zum Schluss gekommen, dass im Fall der sterblichen Überreste einer nunmehr Unbekannten bei der Todesmühle Ermittlungsfehler begangen worden waren. Bei der Identifikation hatte man sich lediglich auf die vor Ort gefundenen Reste der Kleidung, eines Rucksackes und einer angekohlten Identitätskarte gestützt, die auf Léonie als Opfer hindeuteten. Auf eine DNA-Analyse war 1999 aus Kostengründen verzichtet worden, da offenbar Camille als Täterin feststand. Die sterblichen Überreste Camilles wie diejenigen der vermeintlichen Léonie waren kremiert worden, was die Identifikation der fortan unbekannten Toten von der Todesmühle wohl verunmöglichte. Über den tatsächlichen Verbleib von Léonie Ory wurde nie etwas bekannt. Die gängige Hypothese ist, dass sie sich nach Südamerika, Afrika oder Asien abgesetzt hatte. Sollte sie noch am Leben sein, dürfte sich die mittlerweile über Vierzigjährige auf einem dieser Kontinente eine neue Identität und ein neues Leben zugelegt haben.

Françoises Schilderungen haben mir einen Schlag versetzt. Was konnte die in der Blüte ihres Lebens stehende Camille getan haben, um einen solchen Tod von der Hand ihrer Freundin zu verdienen? Welche Vorsehung kann gewollt haben, dass sie und ihre Mutter im nahezu selben Alter das gleiche Schicksal teilen mussten, getötet zu werden von Menschen, die ihnen vertraut waren?

Für Camille kann ich nichts mehr tun, für ihren Vater schon. Ich bin unterwegs, um noch mal mit Mathilde zu sprechen. Wenn ich ihr erzähle, was ich von Françoise erfahren habe, ist sie möglicherweise eher geneigt, mir Gérard Murivals Aufenthaltsort zu verraten.

Vom Auto aus versuche ich, Bea Frei zu erreichen. Man richtet mir aus, sie sei in einer längeren Besprechung mit ihren Kollegen in Delémont. Wie es aussieht, bin ich vorläufig auf mich allein gestellt, was mir recht ist.

Beim Einbiegen auf Mathildes Grundstück erklingt das Nachrichtensignal meines Handys. Wagner hat mir eine SMS geschickt. Wird auch langsam Zeit.

Was er schreibt, ist allerdings ernüchternd. Die Dateien auf dem Stick sind äußerst kompliziert verschlüsselt. Sein Hacker braucht mehr Zeit, vor allem wird es viel teurer als gedacht.

Karin sagte mir, dass weder sie noch das Fedpol Françoises beschlagnahmten PC angerührt haben, von wegen sensibler Daten einer fremden Macht. Françoise ist wieder auf dem Damm. Ich habe keine Veranlassung mehr, weiter in dieser Richtung nachzuforschen. Ich bitte Wagner, die Sache vorläufig auf sich beruhen zu lassen, und sage ihm, dass ich mich wieder melde. Er machte nicht den Anschein, sehr unglücklich zu sein.

Bevor ich in Delémont von der A 16 abfahre, kündige ich Mathilde meinen Besuch telefonisch an.

Die Eingangstür von Mathildes Villa steht einen Spalt offen, was bei mir sofort ein mulmiges Gefühl auslöst.

»Mathilde, ich bin's, Cora Johannis.«

»Wir sind im Wohnzimmer.«

Wer »wir« ist, werde ich wohl gleich erfahren.

Mathilde sitzt in ein Dokument vertieft am Esstisch. Pierre-Alain Keller, in edlen Stoff passend zu seiner Golfplatzbräune gekleidet, sieht ihr dabei über die Schulter. Neben ihm steht Jean-Baptiste Santoni, nach wie vor das Klischee des korsischen Freibeuters in altersgerechter Version. Seine Augen taxieren mich wie bei unserer ersten Begegnung. Wie ich Männer seines Schlages einschätze, fragt er sich jetzt bestimmt, was ich für ihn darstellen könnte: Gegenspielerin oder prospektive Bettgenossin.

Auf dem Sofa sitzt ein elfenähnliches Wesen, blasser Teint, Pixiefrisur, Minikleid, und spielt mit seinem Handy. Sie kann nicht viel älter sein als Mila. Santoni enttäuscht mich. Männer seines Schlages sind für gewöhnlich toxische Machos, dennoch habe ich ihn nicht so eingeschätzt, es nötig zu haben, Teenies in sein Bett zu holen.

»Gut sind Sie da, Cora.« Mathilde büschelt die losen Blätter zu einem Bündel. »Wir machen morgen weiter.«

»Aber, Mathilde, wir wollten doch die Transaktion heute Abend finalisieren«, sagt Keller mit mühsam verhohlener Enttäuschung und nicht ohne mir einen gehässigen Seitenblick zuzuwerfen. Wobei könnte ich ihn und seinen Kumpel Santoni gestört haben? »Warum erledigen wir das nicht jetzt gleich? Es fehlt nur deine Unterschrift. Morgen ist …«

»… auch noch ein Tag, genau.« Mathilde schiebt das Dokument in eine Unterschriftenmappe, die sie Keller aushändigt. »Darauf dürfte es nicht ankommen.« Sie nickt Santoni zu. »Bitte entschuldigt mich. Ich habe etwas mit Madame Johannis zu besprechen.«

Santoni, der den Wortwechsel stumm und fast teilnahmslos verfolgt hat, lächelt mich an. Lediglich ein Funkeln in seinen Augen verrät mir, dass die uns verbleibende Lebenszeit nicht mehr ausreichen wird, um Freunde zu werden. Wovor könnte ich Mathilde mit meinem Auftauchen bewahrt haben?

Santoni breitet jovial die Arme aus. »Ich bitte Sie, Pierre-Alain, es ist nicht höflich, einer Dame zu widersprechen, Mathilde schon gar nicht.« In einer aus der Zeit gefallenen Geste ergreift er Mathildes Hand und küsst sie. »Vielen Dank, *ma chère*, dann bis morgen. – Kommst du, mein Schatz«, ruft er in Richtung des Sofas.

Die Elfe reißt sich vom Handy los und sieht nach draußen. »Wo ist der Wagen?«

»Nico musste etwas erledigen. Er kommt gleich, mach schon.«

»Draußen ist's kalt, ich will hier warten, bis Nico zurück ist.«

In diesem Moment fährt ein weißer Range Rover der neuesten Generation auf den Vorplatz.

Als wollte er einen Vogelschwarm aufscheuchen, klatscht Santoni zweimal in die Hände. »Dein Wunsch wurde erfüllt, Helena. Verabschiede dich.«

Mit einem herablassenden Schnauben verdreht die Elfe die Augen, bevor sie sich erhebt. Mit beiden Händen zieht sie den Saum ihres hochgerutschten Minirockes herunter. Sobald sie vor Mathilde steht, ist sie wie verwandelt. Mit einem verkrampft angedeuteten Knicks und »*Merci pour la cola, Mathilde*«, gefolgt von einer Umarmung und zwei Wangenküssen, verabschiedet sie sich von ihr. Ohne mich eines Blickes zu würdigen, marschiert die Göre an mir vorbei hinaus. Keller wird dieselbe Verachtung zuteil.

Lächelnd deutet Santoni eine Verbeugung an. »Bitte entschuldigen Sie meine Tochter. Ich verwöhne sie zu sehr, sie ist mein Ein und Alles.«

Elfchen ist Santonis Tochter. In dieser Beziehung habe ich ihm unrecht getan, so viel zur absoluten Richtigkeit erster Eindrücke. »Begleitet Sie Ihre Tochter immer zu Ihren geschäftlichen Besprechungen?«

»Oh das …«, sagt er unerwartet verlegen, was ihn wiederum fast sympathisch macht. »Das war nicht geplant, Roksana, Helenas Mutter und meine Ex-Frau, hat sie mir heute überlassen, weil sie eine dringende Verabredung hatte.« Er hält meine Hand etwas länger, als angemessen wäre. »Schade, dass keine Zeit bleibt, uns gegenseitig näher kennenzulernen. Mathilde hat mir erzählt, was Ihnen gestern zugestoßen ist. Diese Gegend scheint nicht das Richtige für Sie zu sein, Madame. Vielleicht ist es das Beste, wenn Sie bald nach Hause fahren.«

»Merkwürdig«, entgegne ich. »Je länger ich bleibe, desto besser gefällt es mir hier.«

»Sie sind unerschrocken, Frau Johannis. Das ist bewundernswert nach allem, was Sie schon erlebt haben. Wie heißt noch mal dieser Ort im Berner Oberland?«

Er scheint ebenso gut über mich Bescheid zu wissen wie ich über ihn. Zeichen des Respekts oder eine Kriegserklärung? Vielleicht beides. »Vielen Dank, Herr Santoni, Sie kennenzulernen war ... bemerkenswert.«

Lächelnd wendet er sich der Tür zu. »Ach ja.« Er dreht sich noch einmal zu mir um. »Ich habe gehört, Ihre Tochter macht ein Praktikum auf dem Reiterhof. Ich hoffe, sie ist vorsichtig, Pferde können unberechenbar sein, und ein Reitunfall ist schnell passiert.«

Ich stehe neben Mathilde am Fenster und sehe zu, wie Santoni und Tochter in den Range Rover steigen. Keller ist schon weg. Er wohnt in Gehdistanz. Der Mann, der Vater und Tochter die Wagentür aufhält, muss Nico Cagliari sein, der Komplize von Joseph Petri und mutmaßlicher Mörder von Samuel Leuenberger. Ich bin sicher, er ist einer der Insassen des blauen Subaru. Äußerlich könnte er die jüngere Ausgabe Santonis sein, mit kürzeren Haaren und weniger angegraut. Die markanten Gesichtszüge haben einen hohen Wiedererkennungswert, selbst wenn sie teilweise von einer Sonnenbrille verdeckt werden. Dass dieser Mensch unbehelligt herumläuft, lässt mir das Blut gefrieren. Wahrscheinlich hat Santoni seinen Schutzschirm aus Anwälten über ihm aufgespannt. Ich werde in der nächsten Zeit gut daran tun, einmal zu viel über die Schultern schauen. Vor wenigen Wochen hätte der Gedanke mich in Panik versetzt. Jetzt spornt er mich an. Was auch immer diese Leute im Schild führen, ich werde mein Möglichstes tun, sie daran zu hindern – und Mila vor ihnen schützen, sollte es sich als notwendig erweisen. Ich kann damit umgehen, dass dieser Schweinehund mich bedroht. Mila hineinzuziehen ist eine ganz andere Sache. Ich hoffe, dass Freis Schutzmaßnahmen auf dem Reiterhof ausreichen. Ich habe keine Ahnung, wie ich es Mila beibringen soll, aber morgen wird sie mit mir nach Solothurn zurückkehren, und wenn ich sie dafür im Kofferraum einsperren muss.

Mathilde reißt mich aus den Gedanken. »Das arme Kind.«

»Wer?«

»Helena.«

»Ach ja? Warum meinen Sie?«

»Für Sie mag sie vielleicht eine verwöhnte Göre sein«, begann Mathilde.

Das ist gewaltig untertrieben. Für mich ist Elfchen das, was Mila als Bitch bezeichnen würde, nach außen die personifizierte wohlbehütete Unschuld, nach innen ein ausgewachsenes Luder.

»Ihre Mutter Roksana ist ein ehemaliges russisches Fotomodell«, fährt Mathilde fort. »Ihr Vater war Santonis Geschäftspartner.«

»War?«

»Er war auch ein guter Freund Putins.«

»Nicht schlecht.«

»Richtig, bis er es nicht mehr war. Das ist ihm dann so schlecht bekommen, dass er das Gleichgewicht verloren hat und aus dem zehnten Stock eines Moskauer Hotels gefallen ist. Das erleichterte es Santoni, sich von Roksana scheiden zu lassen. Helena ist das Einzige, was die beiden verbindet. Roksana verwöhnt ihre Tochter als Kompensation für ihre häufigen Abwesenheiten. Santoni liebt Helena über alles. Dagegen hat der knallharte Geschäftsmann und Frauenheld keine Ahnung, wie er mit einer Heranwachsenden umgehen muss. Dabei will Helena nur geliebt und für voll genommen werden.«

»Vor Ihnen scheint sie Respekt zu haben.«

»In gewisser Weise erinnert sie mich an Camille. Diese war lange Zeit schwer zu zähmen. Als es anfing, besser zu werden, war sie plötzlich fort.«

Wir sehen dem wegfahrenden Range Rover nach, bis er außer Sichtweite ist. »Wissen Sie, was Santonis Fahrer für seinen Chef zu erledigen hatte, während dieser hier war?«

»Nico? Keine Ahnung. Er hat Vater und Tochter hier abgesetzt und ist gleich weitergefahren. Warum fragen Sie?«

»Nur so. Ich hatte den Eindruck, als hätte ich vorhin Keller und Santoni bei etwas gestört. Was wollten die beiden von Ihnen?« Ich merke, dass ich damit einen Schritt zu weit gegangen sein könnte. »Verzeihen Sie, es geht mich nichts an.«

»Nein, nein, schon gut.« Sie nimmt mich bei der Hand und dirigiert mich zum Sofa. »Was trinken Sie, ein Glas Rotwein?«

Ich bitte um ein Glas Wasser. Mein bisheriges Level der Nahrungsaufnahme verbietet die Zufuhr von Alkohol.

»Pierre-Alain und Santoni wollen, dass ich den Abtretungsvertrag für meine Anteile unterschreibe«, sagt Mathilde, als wir mit unseren Getränken versorgt nebeneinandersitzen.

»Sie wollen Ihre Anteile an Ilios Watch abtreten?« Ich fange mich, bevor ich Dinge ausplaudere, die ich gar nicht wissen dürfte. »Ich dachte, Sie hängen an der Firma.«

»Nicht so sehr, wie es nach außen den Anschein machen könnte. Camille hätte meine Anteile bekommen sollen. Als ich von ihrem Tod erfuhr, wollte ich sie Pierre-Alain überschreiben. Etwas hielt mich bisher zurück.«

Vermutlich Santonis Schatten. Ich verkneife mir die Bemerkung. »Weshalb haben Sie Ihre Meinung gerade jetzt geändert?«

»Ich glaube, die Zeit ist gekommen. Ich werde bald achtzig. Meine Kräfte lassen langsam nach. Pierre-Alain ist noch dynamisch genug, die Firma in meinem Sinn weiterzuführen.«

»Er ist aber auch nicht mehr der Jüngste. Was wird sein, wenn er dereinst abtreten muss?«

»Dann ist es in Gottes Hand.«

»Wenn er sein Aktienpaket Santoni abtritt?«

»Das wäre nicht in meinem Sinn, aber ich werde es nicht verhindern können, *hélas.*«

»Was ist mit Gérard? Wird er nichts bekommen?«

»Jetzt ist kein guter Zeitpunkt, das wissen Sie selbst.«

»Es muss ja nicht jetzt sein. Wenn sich alles geklärt hat, könnte er –«

»Gérard will mit der Firma nichts zu tun haben. Wenn es so weit ist, wird er mein restliches Vermögen erben.«

Es ist wohl besser, das Thema zu wechseln. »Ich war heute früh in Solothurn. Françoise ist aufgewacht.«

»Ist das wahr, wie geht es ihr? Kann sie sich erinnern, was passiert ist?«

»Leider nein, jedenfalls noch nicht vollständig. Sie kann nicht sagen, ob sie gestoßen wurde, und wenn ja, von wem.«

»Schade, ich hoffte, sie könnte Gérard entlasten.«

»Wir alle hofften es.«

»Wer ist alle?«

»Ich und die Solothurner Polizei. Es gibt Zeugenaussagen, die eine Person vom Unfallort haben weggehen sehen. Eine Gegenüberstellung wäre hilfreich.«

»Jemand hat etwas gesehen?«

Ich habe es ihr gegenüber bisher absichtlich verschwiegen. Es ist ein Ermittlungsgeheimnis, worüber nicht mal ich Bescheid wissen dürfte. »Die Gegenüberstellung würde Gérard sicher helfen. Vorher muss er sich stellen. Ich kenne die zuständige Polizistin persönlich. Sie ist gründlich und fair.«

»Vielleicht ja. Vielleicht übergibt sie ihn den Bernern wegen des Mordes an den Leuenbergers. Wenn die Gérard mal in den Fängen haben, werden sie ihn nicht mehr gehen lassen.«

»Wegen dem, was damals passiert ist?«

»Es wurde viel unter den Teppich gekehrt und zurückgehalten. Zu viele Leute haben wegen Gérard das Gesicht verloren. Die Berner sind auch langsam im Vergessen. Es gibt solche, die es ihm heute noch übel nehmen.«

Ich allein werde Mathilde nicht vom Gegenteil überzeugen

können. Bea Frei muss mit ihr sprechen. Ihr traue ich zu, das nötige Vertrauen bei ihr schaffen zu können.

»Heute Morgen war noch jemand bei Françoise, Sr. Bernadette vom ›Gnadenkreuz‹.«

Die Information überrascht Mathilde nicht nur, sie scheint sie sogar zu erschrecken. »Bernadette war in Solothurn? Woher wusste sie, dass es Françoise besser geht?«

»Angeblich hat Françoise sie angerufen.«

»Mich hat sie nicht angerufen.« Es klingt nicht wie ein Vorwurf, eher wie eine Feststellung. »Egal, ich fahre morgen nach Solothurn.« Sie leert ihr Glas. »Ich brauche noch eins, wollen Sie immer noch nicht?«

Ich verneine. Während sie in der Küche ist, gehe ich zum Buffet mit den gerahmten Fotos. Ich hatte bisher keine Gelegenheit, sie mir genauer anzuschauen. Eine Schwarz-Weiß-Aufnahme der wesentlich jüngeren Mathilde zusammen mit der halbwüchsigen Camille sticht mir ins Auge. Beide knien links und rechts neben einem erlegten Rehbock und lachen in die Kamera. Camille hält das Gewehr mit gekipptem Lauf wie ein Baby in den verschränkten Armen.

»Camilles erster Bock.« Mathilde stellt sich mit einem vollen Glas neben mich. »Das war an ihrem fünfzehnten Geburtstag. Ich habe ihr das Gewehr geschenkt.«

Ich werde nie verstehen, wie man einem Teenager eine Schusswaffe schenken kann. Dafür bin ich in der falschen Kaste. »Hat sie den Bock selbst geschossen?«

»Ja, ein präziser Blattschuss.«

»Sie war also eine gute Schützin.«

»Camille war eine ausgezeichnete Schützin. Sie lernte schnell. Zwei Jahre zuvor hatte ich sie zum ersten Mal mit zu einem Schießstand genommen.«

Ich lege das Bild zurück. Daneben steht ein Foto, das den sehr jungen Gérard zeigt. Er steht mit einem Mann bei einer Tür. Daneben hängt ein Schild, das ich erkenne. »Wer ist der Mann neben Gérard?«

»Das ist Sr. Bernadettes Vorvorgänger. Gérard hat oft im Institut ausgeholfen. Er war gern dort, weil es ihm einen Sinn gab, sagte er zumindest.«

»Verstehe.« Ich stelle das Bild zurück auf seinen Platz und verabschiede mich von Mathilde. »Danke für Ihre Zeit.«

Ich weiß jetzt, wo ich Gérard finden werde.

36

Camille hatte sich in den von Fächerpalmen überschatteten Innenhof zurückgezogen. Jeder Riad, eine traditionelle marokkanische Villa, hatte einen. Umgeben von Mosaiken und Hibiskusstauden in riesigen Töpfen machte sie es sich während der heißesten Zeit des Tages hier am liebsten mit einem Buch gemütlich.

Das Baby verschlief die Hitze in ihrem Zimmer, wo es ein wenig kühler war. Camille hatte es hingelegt, nachdem sie ihm die Brust gegeben und selbst etwas zu sich genommen hatte, nicht viel, etwas Obst und Kokosmilch. Die erste richtige Mahlzeit des Tages fand nach Anbruch der Abenddämmerung statt, wenn es weniger heiß war.

Nuria, eine Berberin aus einem Dorf am Fuß des Atlas, war eine ausgezeichnete Köchin. Seit Jahren besorgte sie den Haushalt für Gérard. Nach Camilles Niederkunft hatte sie bereitwillig die kleine Kammer für Bedienstete neben der Küche bezogen. Camille war es zunächst nicht recht gewesen, ein Dienstmädchen für sich und das Kind zu haben. Sie hatte eingelenkt, nachdem Nuria ihr die marokkanische Kultur erklärt hatte. Hier waren die einfachsten Verrichtungen manchmal kompliziert und umständlich. Dinge ordentlich geliefert oder repariert zu bekommen erforderte nicht selten langwierige Verhandlungen mit Handwerkern, Rechnungen wurden nicht online bezahlt, sondern direkt in bar beim Lieferanten oder bei der Post. Die dem Wind und Wüstenstaub ausgesetzten offenen Häuser mussten täglich sauber gehalten werden, nicht nur einmal in der Woche. Dafür hatte man Personal. Eine Hausherrin, als solche Camille angesehen wurde, stieß auf wenig Verständnis, wenn sie den Haushalt selbst in die Hand nahm und damit weniger begüterte Menschen einer Verdienstmöglichkeit beraubte.

Camille blätterte in ihrem Buch, einem antiquierten Bildband über Marokko, den Gérard während eines Parisaufenthaltes bei den Bouquinistes am Quai du Louvre erstanden hatte. Sie betrachtete die historischen Bilder der Souks, Moscheen und Kasbahs, ohne sie wirklich zu sehen. Schließlich legte sie das Buch weg und breitete die Arme aus, um dem Luftzug zu erlauben, die größtmögliche Hautfläche unter ihrem Kaftan zu kühlen.

Nachdem ihr Vater und Françoise sie im Unispital von Lille gefunden hatten, und bevor die französische Polizei sie enttarnen konnte, war sie hierhergekommen. Allmählich gewöhnte sie sich daran, einen richtigen Vater zu haben, der in Fleisch und Blut existierte und nicht nur als wolkige Erinnerung wie ihre Mutter. Zwanzig Jahre war Camille ohne ihn ausgekommen. Zu Hause in Le Noirmont und in der Schule war über ihn gemunkelt worden, er sei ein Brandstifter gewesen und habe ihre Mutter ermordet. Mathilde hatte es nie gelten lassen und stets seine Unschuld beteuert. Camille jedoch konnte nicht verstehen, weshalb er davongelaufen war und sie allein gelassen hatte, wenn er doch unschuldig war.

Camille hatte sich zuerst gesträubt, mit Gérard nach Marokko zu gehen. Sie wäre lieber bei Françoise in Frankreich geblieben, was wiederum deren Arbeit nicht erlaubte. Sie war weit mehr als die einfache Beamtin im französischen Außenministerium, die sie Camille vorgegaukelt hatte. Eine Rückkehr in die Freiberge war nicht möglich, solange diejenigen, die ihr nach dem Leben trachteten, nicht unschädlich gemacht waren. Françoise hatte ihr Papiere und ein Visum für Marokko beschafft. Doch was sollte aus Camille und ihrem Kind in diesem Land werden? Was, wenn es Léonie und Marko gelang, sie trotz aller Sicherheitsvorkehrungen hier aufzuspüren? Vorher hatte Camille sich nur um sich selbst Sorgen machen müssen. Léonie hatte Tiago kaltblütig erschossen. Sie würde nicht vor einem Säugling zurückschrecken, wenn es sich für sie lohnte.

Gérard, Camille brachte es noch nicht über sich, ihn mit Papa anzusprechen, hatte ihr versprochen, hier in Sicherheit zu sein. Seine Augen hatten ihn Lügen gestraft. Obwohl Françoise dank ihrer Beziehungen den südlich des Stadtzentrums von Marrakesch gelegenen Riad überwachen ließ, konnten sie und ihr Kind sich niemals sicher fühlen. Camille wollte ihr Leben nicht in einer Festung verbringen. Gérard war immer wieder mehrere Tage abwesend, wenn er Touristen durch den Atlas führte. Er bezahlte eine Polizeistreife, damit sie regelmäßig am Anwesen vorbeifuhr. Camille traute der lokalen Polizei nicht. Sie würde ihnen so lange Schutz geben, bis jemand ihnen mehr zahlte, damit sie wegschauten. Es musste eine andere Lösung geben. Diesen Gedanken schob sie seit einiger Zeit vor sich her. Heute Abend wollte sie mit Gérard darüber reden.

Ein metallisches Quietschen schreckte sie auf. Es war das elektrische Einfahrtstor. Kurz darauf hörte sie anschwellenden Motorenlärm. Für Gérard war es zu früh. Außerdem war das Dieselgeräusch seines Jeeps unverkennbar. Das vorfahrende Fahrzeug war kein Diesel.

In der Nachtschublade ihres Zimmers lag eine Pistole. Camille ließ den Gedanken fallen, sie zu holen, und ging zum Eingang. Ein grauer Peugeot 508 fuhr vor. Camille war erleichtert, als sie das CD-Schild sah. Sie bedeutete dem Fahrer, sitzen zu bleiben, und öffnete die Hecktür selbst, um die Insassin aussteigen zu lassen.

»*Tata France!*« Camille fiel ihr um den Hals. Als sie klein war, hatte sie Françoise so genannt, weil sie den Vornamen nicht aussprechen konnte.

Françoise verzog das Gesicht zu einer säuerlichen Grimasse. »Du sollst mich doch nicht mehr so nennen. Es macht mich älter, als ich sonst schon bin.«

»Unsinn, jedes Mal wenn ich dir begegne, siehst du jünger aus.«

Françoise trug ihre Arbeitskleidung, anthrazitgrauer Hosenanzug und weiße Bluse. Am Revers ihres Jacketts haftete ein Pin mit der Trikolore. Camille hakte sich bei ihr unter und führte sie in den Innenhof.

»Bleibst du zum Abendessen? Gérard wird bald zurück sein. Nuria macht einen Salade Zaalouk, nachher gibt's Couscous mit Lamm.«

»Da kann ich kaum Nein sagen.« Françoise fächerte sich Luft zu. »Darf ich mich frisch machen? Die Klimaanlage in meinem Wagen ist der Hitze nicht gewachsen.«

»Du kannst mein Bad benutzen. Ich lege dir einen Kaftan bereit.«

Eine Viertelstunde später nippte Françoise, in einen weißen Kaftan gekleidet, an einem Glas von Camilles selbst zubereiteter Limonade mit frischer Minze. »Wie geht es dem Kleinen?«

»Er schläft. Ich wecke ihn, sobald Nuria zurück ist. Schön, dass du gekommen bist, ich habe gar nicht mit dir gerechnet.«

»Ich hatte eine Besprechung in der Stadt mit dem Generalkonsul. Ich hätte dich auch so besucht.« Françoise holte ihr Handy aus der Handtasche. »Ich muss dir etwas zeigen.« Françoise strich ein paarmal über das Display und legte das Gerät vor Camille auf den Tisch. Es war ein Videoclip. Er zeigte die Straßenterrasse eines Cafés. Die Gebäude, Menschen und Beschriftungen ließen auf den Bootshafen einer französischen Mittelmeerstadt schließen. Eine weiße Yacht glitt über das Bild und verschwand wieder.

»Wo ist das?«, fragte Camille.

»Cannes. Gleich kommt das Wesentliche.«

Die Kamera zoomte die Terrasse heran, bis das Bild von einer Person mit Sonnenbrille an einem Tisch ausgefüllt wurde. Im Clip war Léonies Haar länger. Camille befühlte ihr Kettchen mit dem Yin-Symbol, das Léonie ihr auf den Sommêtres geschenkt hatte, und spürte einen Stich. Im Video war nicht zu erkennen, ob Léonie ihres auch noch trug.

Für immer zusammen.

Das hatten sie sich bei der Burgruine auf den Sommêtres geschworen. Inzwischen hatte Léonie, von der sie geglaubt hatte, nicht ohne sie leben zu können, den Vater ihres Sohnes getötet.

Camille trug das Kettchen noch, obschon sie oft versucht gewesen war, es im Meer oder in einer Schlucht des Atlas zu versenken. Sie hatte es nicht getan, weil sie gemerkt hatte, dass sie für Léonie nichts mehr empfand, weder Liebe noch Hass. Sie war ihr gleichgültig geworden. Gleichgültigkeit konnte jedoch gefährlich werden. Man verlor das Wesentliche aus den Augen, auch die Gefahr, die von einer anderen Person ausgehen konnte. Deswegen trug Camille das Kettchen noch, um sie daran zu erinnern, dass es jemanden in dieser Welt gab, die ihren Tod um des Geldes willen wollte und deren Schritte Camille antizipieren musste. Selbst hier, in der relativen Sicherheit des Riad, hörte der Kampf um ihr Überleben und das von Tiagos Kind nicht auf.

»Wie bist du an die Aufnahmen gekommen? Wann wurden sie gemacht?«

»Ehemalige Kollegen von der DST haben sie vor zwei Tagen geschossen. Es gibt auch Bilder von Marko, wenn du sie sehen willst.«

»Schon okay.« Camille brauchte nicht mehr zu wissen. Die Welt, in der sich ihre Patentante bewegte, war ihr unheimlich. »Was hatten die beiden in Cannes zu tun? Urlaub?«

»Wohl kaum. Die Kollegen haben herausgefunden, dass sie sich nach dir erkundigten.«

»An der Côte d'Azur? Das ist weit vom Schuss.«

»Und doch zu nahe. Ein paar Wochen vorher waren sie in der Normandie und in der Bretagne unterwegs. Dann plötzlich tauchten sie in Cannes auf und zeigten Fotos von dir herum.«

»Sie suchen mich tatsächlich immer noch?«

»Es sieht nicht danach aus, als würden sie bald aufgeben. Auf dich wurde ein Kopfgeld ausgesetzt.«

»Keller, dieses Schwein.« Es gab Nächte, in denen Camille schweißgebadet aus dem Schlaf schreckte, weil sie geträumt hatte, er liege neben ihr. Sollte er doch Mathildes Millionen haben, solange er dafür sie und ihr Kind in Ruhe ließe.

»Pierre-Alain ist nur ein Handlanger«, sagte Françoise. »Hinter dem Ganzen steckt ein anderer.«

»Wer?«

»Jean-Baptiste Santoni, er stammt aus einem korsischen Verbrecherclan. Er hat sich in Europa ein Firmenkonglomerat aufgebaut. Nach außen spielt er den seriösen Investor mit Beteiligungen an legitimen Firmen. Im Hintergrund wäscht er in großem Stil Geld für das internationale organisierte Verbrechen. Ein Viertel von Ilios gehört ihm. Mit Mathildes Anteilen, die mal deine werden sollen, käme er auf achtzig Prozent.«

»Weißt du das auch von deinen Geheimdienstkollegen?«

Françoise lächelte. »Wir, das heißt die französische Regierung, haben vor Kurzem angefangen, Santoni und seine Aktivitäten unter die Lupe zu nehmen.«

»Weißt du was?« Camille stellte ihr Limonadenglas hart ab. »Soll ihm Mathilde doch die Anteile überschreiben. Früher oder später wird sie es so oder so tun müssen.«

»Willst du das wirklich, Camille? Selbst wenn es dir nichts bedeutet, möchtest du das Lebenswerk deiner Großmutter und ihrer Eltern in der Hand dieses Menschen wissen? Eines Typen, der sein Geld mit den Opfern von Kriegen und Unterdrückung verdient und indem er die Jugend der Welt vergiftet? Mathilde hat die Hoffnung nicht verloren, dass du eines Tages zu ihr zurückkehrst. Santoni und Keller wissen, dass sie keine Chance haben, solange du lebst. Sie werden alles tun, diesen Zustand zu ihren Gunsten zu ändern.«

»Und dann? Was haben sie davon?«

»Der Besitz eines der Flaggschiffe der Schweizer Uhrenindustrie verschafft Santoni Prestige und Einfluss in Politik und Gesellschaft. Das macht ihn als Bankier für das globalisierte Verbrechen unersetzlich. Stell dir vor, was mit einem Land passiert, sobald die internationale Mafia in der Lage ist, Einfluss auf die politischen Prozesse und die Arbeit der Strafverfolgungsbehörden auszuüben.«

»Was kann ich dagegen tun? Allein die Welt retten?« Camille spürte Wut in sich aufsteigen.

Françoise nahm Camilles Hände. »Du musst leben Camille,

nicht für die Welt, aber in erster Linie für dich und das Kind. Gleichzeitig musst du der Stachel in Santonis Seite sein.«

»Wie, glaubst du, soll ich das anstellen, indem ich ein Leben lang weglaufe und mich verstecke? Früher oder später wird Léonie mich finden. Und wenn nicht sie, dann ein anderer. Was dann?«

Françoise schwieg.

»Habe ich recht oder nicht?«, fragte Camille.

»Santoni wird nicht aufgeben, bis er bekommt, was er will. – Wir auch nicht. Ich habe mit meinen Kollegen gesprochen.«

»Worüber?«

»Lass uns darüber reden, wenn Gérard zurück ist.«

37

Bea Frei ist mal wieder auf der Suche nach mir. »Wo sind Sie gerade?«, kommt es blechern und abgehackt aus dem Lautsprecher der Freisprechanlage. Da, wo ich durchfahre, ist die Netzabdeckung bestenfalls grenzwertig.

»Unterwegs.«

»Unterwegs wohin?«

»Zum Institut ›Gnadenkreuz‹ in Les Côtes. Das ist –«

»Kenne ich. Was wollen Sie dort?«

»Etwas überprüfen.«

»Fahren Sie rechts ran und warten Sie, bis ich bei Ihnen bin.«

Dazu fehlt mir die Lust, vor allem, wenn man mich in diesem Ton darum bittet. »Ich bin praktisch schon dort«, sage ich und setze den Blinker bei der Verzweigung von der Rue du Doubs auf die Zufahrtsstraße zum Institut. Ab hier sollte ich in knapp fünf Minuten am Ziel sein. »Wo sind Sie denn?«

»Ich lasse in diesem Moment Saignelégier hinter mir.«

Das heißt, sie braucht etwa eine Viertelstunde, bis sie bei mir ist. Mit ein wenig Glück reicht das für mein Vorhaben. »Ich warte vor dem Institut auf Sie.« Bevor sie widersprechen kann, drücke ich auf den roten Knopf.

Ich bin mir gewiss, Gérard Murival im Institut zu finden. Das Foto in Mathildes Wohnzimmer und ihre Bemerkung, er habe sich früher oft dort aufgehalten, haben mich darauf gebracht. Ich könnte mich ohrfeigen, nicht eher daran gedacht zu haben. Jetzt bleibt nur noch eine winzige Chance, von ihm direkt zu erfahren, was auf dem Leuenberger-Hof geschehen ist, bevor Frei ihm Handschellen anlegt.

Nach der letzten Kurve halte ich an und lasse den Blick über die Gebäude des Instituts und der Umgebung schweifen. Ich senke mein Seitenfenster und lausche. Ich mag die Ruhe der Natur, aber die Stille hier gefällt mir nicht, sie hat etwas Lebloses. Vielleicht warte ich doch besser auf Frei. Es ist dasselbe Gefühl, das mich auf dem Leuenberger-Hof beschlichen hatte. Was ist, wenn hier auch jemand Hilfe braucht, wie Marie vor zwei Tagen?

Ich starte den Motor und rolle im Schritttempo links und rechts das Gelände ausspähend auf das Institut zu. In einem Fenster des Erdgeschosses glaube ich, einen sich bewegenden Vorhang zu sehen und dahinter einen Umriss. Möglicherweise spielt mir das Licht-Schatten-Spiel der Sonne lediglich einen Streich. Oder ich bin im Moment schlicht überempfindlich.

Ich wende mich wieder der Straße zu. Sobald ich den Schatten von rechts kommen sehe, trete ich mit voller Kraft auf die Bremse, den Bruchteil einer Sekunde zu spät. Der Mini touchiert die Person seitlich. Der Aufprall schleudert sie zu Boden.

Ich reiße die Tür auf und sehe, dass es ein Mann ist. Zu meiner Erleichterung rappelt er sich schon wieder auf. »Sind Sie verletzt? Es tut mir leid, ich habe Sie nicht –«

Er wendet mir das Gesicht zu.

»Pablo?«

Ich helfe ihm aufzustehen und ziehe scharf die Luft ein, als ich rote Flecken auf seinem T-Shirt bemerke, auch seine Hände sind blutverschmiert. »Du blutest, wo …« Ich drehe ihn um und taste ihn ab.

»Es ist nicht meins.«

»Was?«

»Es ist nicht mein Blut.«

»Was ist geschehen?«

Anstelle einer Antwort versetzt er mir einen Stoß gegen die Brust, der mich gegen die Kühlerhaube taumeln lässt, und rennt davon.

»Pablo!«

Mit der Behändigkeit einer Gämse rennt er den Hang Richtung Sommêtres hoch. Ihn einzuholen ist aussichtslos, ich spare mir die Anstrengung. Ich steige in den Wagen und parke rückwärts vor der Eingangstür, damit ich nötigenfalls rasch von hier verschwinden kann. Die innere Stimme der Vernunft flüstert mir ein weiteres Mal zu, auf Bea Frei zu warten. Wenn das Blut an Pablo nicht seines ist, von wem ist es dann?

Was soll's?

Die Eingangstür ist offen. Bevor ich das Haus betrete, nehme ich die Taschenlampe, obwohl es noch Tag ist. Ich hoffe, dass die Batterie ausreicht. Notfalls habe ich noch das Handy.

Das Haus scheint verlassener zu sein als bei meinem letzten Besuch. Nicht mal der menschgewordene Wasserspeier von Notre-Dame lässt sich blicken. Die Bewohner befinden sich anscheinend noch in ihrem Außeneinsatz jenseits des Doubs.

»Hallo, ist jemand da? Sr. Bernadette?«

Ich warte nicht auf eine Antwort und setze den Weg zum Arbeitszimmer der Leiterin fort. Ihre Bürotür steht einen Spalt offen. Ich klopfe, bevor ich eintrete. »Frau Fischer, Sr. Bernadette?«

Die Antwort darauf ist nicht artikuliert, vielmehr ein Wimmern, das vom Schreibtisch ausgeht. Seitlich dahinter schauen zwei Füße hervor. Sonst ist niemand im Zimmer. Ich gehe langsam in einem großen Bogen um den Schreibtisch herum, bis ich Sr. Bernadette am Boden sitzend und mit dem Rücken an die Wand gelehnt sehe. Ihr Kopf ist vornübergekippt. Ich knie vor ihr hin. Sie blutet aus einer Wunde am Hinterkopf. Am linken Oberarm hat sie eine Verletzung, die mit einem weißen Stofffetzen notdürftig verbunden wurde. Ich rüttle sanft an ihrer rechten Schulter. »Sr. Bernadette, verstehen Sie mich?«

Mein Herz wird leichter, als sie den Kopf bewegt und die Augen öffnet. »Frau Johannis? Was ist passiert?«

»Das sollte ich Sie fragen. Ich bin gerade gekommen und habe Sie so vorgefunden.«

»Es … es war ein Mann. Ich habe gearbeitet, da stand er auf einmal neben mir und … bevor ich etwas sagen konnte, griff er mich an und würgte mich.«

Jetzt erst sehe ich die blutunterlaufenen Spuren an ihrem Hals.

»Ich habe mich wohl zu sehr gewehrt. Erst hat er von mir abgelassen, aber dann sah ich, dass er ein Messer in der Hand hatte und zum Stich ausholte. Ich konnte mich noch rechtzeitig wegdrehen, sodass der Stich in den Oberarm ging anstatt in die Brust. Ich schaffte es, ihn von mir wegzustoßen. Er verlor das Gleichgewicht, und ich konnte mich befreien. Ich weiß noch, dass ich um Hilfe geschrien habe, bevor ich einen Schlag an den Kopf bekam. Dann war da nichts mehr, bis ich Sie meinen Namen sagen hörte.«

Ich zeige auf die hölzerne Marienstatue, die mir beim ersten Besuch aufgefallen ist. Sie liegt am Boden, am Sockel klebt Blut.

»Damit hat er Sie wohl niedergeschlagen. Konnten Sie ihn erkennen?«

»Ich glaube, ja.« Sie ist wacher und ihre Stimme klarer. Die Kopfverletzung scheint nicht allzu schwer zu sein. »Ich habe den Mann einmal gesehen, bei Mathilde. Er ist mit dem Korsen gekommen …«

»Santoni?«

»Ja, er hat ihn gefahren.«

Cagliari.

»Wann genau war er hier?«

Sr. Bernadette tastet ihren Hinterkopf ab. »Vor Minuten, Stunden … keine Ahnung.«

Ich rechne. Nachdem Cagliari Santoni und seine Tochter bei Mathilde abgeholt hatte, war ich höchstens noch eine halbe Stunde dort. Die Fahrt hierher nahm nicht mehr als zehn Minuten in Anspruch. Wenn Cagliari ebenso lange von hier bis zu Mathildes Haus unterwegs war, lag Sr. Bernadette eine knappe Stunde hier.

»Sie müssen dringend ins Spital.« Ich wähle die 118 auf meinem Handy.

Sr. Bernadette winkt ab. »Nicht nötig, es geht schon. Mein Kopf schmerzt nur etwas.«

»Eben, und eine Zeit lang waren Sie ohne Bewusstsein.« Ich gebe der Person am anderen Ende die Adresse und die Art des

Notfalls durch. Nachdem ich aufgelegt habe, schaue ich mir den verletzten Oberarm an. »Wer hat das verbunden?«

»Keine Ahnung, ich muss bewusstlos gewesen sein.«

Das kann Pablo gewesen sein. Er hat sie gefunden und die Wunde versorgt. Das würde das Blut an seinen Kleidern und Händen erklären. Weshalb ist er weggelaufen? Noch besser: Was hat er überhaupt hier gesucht? »Kennen Sie Pablo?«

»Pablo, Sie meinen den Jungen vom Pferdehof? Er hilft zwischendurch bei uns aus. Warum fragen Sie?«

»Ich habe ihn vorhin hier gesehen. Ich glaube, er hat Ihnen den Verband angelegt. Was könnte er hier gesucht haben, und weshalb ist er geflüchtet?«

»Pablo kommt hin und wieder vorbei, normalerweise meldet er sich dann bei mir. Wahrscheinlich ist er in Panik geraten, als er mich gesehen hat.« Sr. Bernadette lehnt den Kopf vorsichtig an die Wand. »Tut mir leid, ich fühle mich gerade so müde.«

»Darf ich mir die Wunde am Arm ansehen?«

»Machen Sie nur, ich beiße die Zähne zusammen.«

Ich löse den provisorischen Verband. Über der Verletzung kommt eine längliche Narbe zum Vorschein, die vage an eine Blume erinnert. »War das mal ein Tattoo?«

»Eine Jugendsünde von mir. Es gab mal jemand in meinem Leben. Ich dachte, er sei derjenige, welcher. Wir haben Partnertattoos machen lassen. Seine Rose steht richtig, ich meine, der Stil zeigt nach unten. Zwei Wochen später habe ich ihn mit der Tätowiererin erwischt, noch am selben Abend, an dem wir die Tattoos haben machen lassen, ist er mit ihr ins Bett gestiegen. Daraufhin schickte ich den Kerl in die Wüste und ließ die Rose weglasern. Die Narbe ist eine bleibende Mahnung, dass Männern nicht zu trauen ist.«

Was soll ich mit einer ehemaligen Ordensfrau die Unwägbarkeiten von Beziehungen diskutieren? Ich untersuche die Schnittwunde, die nur oberflächlich zu sein scheint. »Nicht schlimm, das muss wahrscheinlich nicht mal genäht werden. Trotzdem sollte ein Arzt sich das ansehen.«

»Danke.«

»Gern geschehen. Sagen Sie mir dafür jetzt, wo Gérard Murival ist?«

»Gérard? Woher soll ich wissen, wo er sich befindet?«

Ich seufze. »Lassen wir doch das Spielchen, Sr. Bernadette. Ist er hier?«

Wir starren uns an, bis sie als Erste den Blick senkt. »Sie haben recht, Gérard war hier. Aber als dieser Mensch mich überfiel, war er schon weg.«

»Wissen Sie, wo er hin ist?«

»Er hat es mir nicht gesagt.«

Wenn sie mir die Wahrheit sagt, wovon ich mal ausgehe, haben weder Pablo noch Gérard Murival sie angegriffen. Leider bringt mich das keinen Schritt weiter.

»Frau Johannis, sind Sie da?«

Es ist Freis Stimme.

»Letzte Tür links.«

Bea Frei holstert ihre Dienstwaffe, sobald sie unser gewahr wird. »Hier ist's echt gruselig. Wo stecken alle?«

Bea Frei unterhält sich draußen mit den Sanitätern, derweil ich allein in Sr. Bernadettes Büro auf sie warte. In ein paar Minuten trifft die Spurensicherung ein und wird den Tatort ab- und mich aussperren. Mir bleibt nicht viel Zeit, um nach Hinweisen auf Gérard Murival zu suchen.

Sr. Bernadette scheint einen ausgeprägten Sinn für Ordnung zu haben. Der Schreibtisch ist leer geräumt. Er besteht aus einer Arbeitsfläche mit Mittelschublade, zwei Schubladenstöcken, vier Schubladen links sowie zwei kleinen und einer Aktenschublade rechts. Ich versuche, die linke obere Schublade zu öffnen. Sie ist verriegelt, ebenso alle anderen. In Krimis wird ein Schloss jeweils mit einem Taschenmesser oder einer Haarnadel geknackt. Ich finde weder das eine, noch trage ich das andere auf mir.

»Was jetzt, MacGyver?«, murmle ich.

Dass es mir erst jetzt in den Sinn kommt, muss daran liegen, dass ich meine Schreibarbeiten zu Hause an einer Furniertischplatte auf zwei Holzböcken erledige. Meinen Akten und den Bürokram verstaue ich in Holzkisten statt Schubladen. Den ersten und einzigen richtigen Schreibtisch meiner Karriere hatte ich vor Jahrzehnten als Praktikantin bei einem Lokalblatt, ein altertümliches massives Modell, dem Möbel vor mir nicht unähnlich.

Lediglich die Mittelschublade verfügt über ein Schloss. In der Hoffnung, dass Sr. Bernadette nur abschließt, wenn sie das Büro für längere Zeit verlässt, ziehe ich an der Schublade. Ich liege richtig, sie ist nicht verriegelt. Beim Herausziehen höre ich das Knacken. Die restlichen Schubladen werden zentral entriegelt.

Zuerst befasse ich mich mit der Mittelschublade. Sie enthält den Kram, der in jedem Schreibtisch dieser Welt zu finden ist: Papiertaschentücher, Hustenbonbons, Notizzettel. Für den Ort ungewöhnlicher ist eine angebrochene Packung Kondome. Ich denke nicht lang über den Verwendungszweck nach. Entweder Eigenbedarf oder Konfiskationsware. Im Übrigen bringt die Mittelschublade nichts Erhellendes zutage. Dasselbe gilt für den linken Stock, den ich als Nächstes durchsuche.

Die drei oberen Schubladen rechts dienen zur Hauptsache als Büromaterialreserve und Depot für Formulare, von denen die meisten inzwischen mit Online-Applikationen ersetzt sein dürften.

Auf erneuten Widerstand stoße ich bei der Aktenschublade. Erst nach zerren, rütteln und anheben gleitet sie auf Metallschienen heraus. Sie enthält ein Hängeregister mit fein säuberlich angelegten Akten der Heimbewohner. Jedes der Hängemäppchen ist mit Namen und Geburtsdaten des jeweiligen Bewohners beschriftet. Ich mutmaße, die Schublade enthält die Unterlagen der gegenwärtigen Bewohnerinnen und Bewohner. Diejenigen ihrer Vorgänger dürften woanders archiviert sein. Die Akten beanspruchen weniger als die Hälfte des Platzes. Dahinter finde ich unbeschriftete Hänger. Mit Ausnahme des letzten sind alle leer. Ich ziehe die Mappe heraus. Sie enthält ein paar eng beschriebene Notizbücher, einen Umschlag mit Fotos und eine flache, rote, goldgeränderte Schmuckbox.

Ich gehe die Fotos durch. Die ersten Bilder zeigen Léonie und Camille. Sie sind entweder im Institut oder in der Umgebung entstanden, wahrscheinlich vor ihrem Verschwinden 1999. Die untersten Bilder des Stapels bringen mich zum Stutzen.

»Würden Sie mir verraten, was Sie da suchen?«, fragt Frei hinter mir. Ich war so vertieft, dass ich ihr Kommen nicht bemerkt habe.

»Nichts, mich umsehen.« Ich lasse die rote Box diskret in meiner Jackentasche verschwinden und drehe mich zu ihr um.

»Ihnen ist hoffentlich klar, dass das hier ein Tatort ist, was Ihre Art des Umsehens strafbar macht.« Frei streckt die Hand aus. »Geben Sie her.«

»Was? Ich habe nur etwas überprüft, es geht um Leben und –«

»Hören Sie auf, meine Geduld zu strapazieren, Frau Johannis. Ich habe gesehen, wie Sie etwas eingesteckt haben. – Bitte.« Sie bekräftigt die Geste mit der Hand. »Sie können überprüfen, was Sie wollen, aber nicht ohne mich. Außerdem gehören Leben und Tod in mein Ressort.«

Seufzend händige ich die Box aus. Während Frei sie öffnet, stecke ich den Umschlag mit den Fotos ein.

Nachdem Bea Frei ihre jurassischen Kollegen ins Bild gesetzt hat, machen wir uns auf den Weg zurück nach Les Bois. Frei folgt mir in ihrem Wagen.

Mein Handy zeigt einen verpassten Anruf von Mila an. Beim Versuch zurückzurufen, schaltet es ab, Akku leer. Ich habe vergessen, es aufzuladen. Das Ladegerät liegt in meinem Zimmer. Mila wird sich einen Moment gedulden müssen.

Im »Cerneux-au-Maire« wartet Frei im Gästeraum, derweil ich meine Notizen, das Ladekabel und meinen PC aus dem Zimmer hole.

Als ich zurückkomme, inspiziert Frei das Getränkeangebot des Gästekühlschrankes. »Es gibt alkoholfreies Bier, mögen Sie?«

Ich hätte zwar Lust auf ein echtes Gebräu, beuge mich aber meiner inneren Stimme der Vernunft.

Nachdem wir uns zugeprostet haben, spreche ich einen Gedanken an, der mich auf der Rückfahrt beschäftigt hat. »Aus welchem Grund soll Nico Cagliari es auf Sr. Bernadette abgesehen haben? Und weshalb wollte er sie auf diese aufwendige Art umbringen? Mit Schusswaffen sind beziehungsweise waren er und sein Kumpel Petri selig nicht zimperlich.«

Frei setzt die Flasche ab. »Der Gedanke ist mir auch durch den Kopf gegangen. Das Weshalb kann ich nicht schlüssig beantworten. Für den Mordversuch und wie er ausgeführt wurde, habe ich die Hypothese, dass Cagliari ihn ebenfalls Murival in die Schuhe schieben wollte.«

»Was haben die Murivals getan, damit diese Leute sie unbedingt eliminieren wollen?«

Frei lacht. »Aus Ihrem Mund klingt die Frage ziemlich naiv. Denken Sie nicht, dass ein Milliardenvermögen ein ausreichendes Motiv darstellt?«

Sie nimmt ein Doppelkettchen mit dem Anhänger aus der Schmuckbox. »Die Symbole von Yin und Yang. Was es wohl damit auf sich hat?« Sie dreht den Anhänger um. »Da sind Initialen eingraviert, L und C.

»Léonie und Camille.« Ich ziehe den Umschlag mit den Fotos aus der Jackentasche.

»Was ist das?«, fragt Frei. »Haben Sie die etwa auch unterschlagen?«

Ich gehe den Stapel durch. »Was heißt unterschlagen? Ich zeige sie Ihnen gerade.«

»Was soll ich damit anfangen, wenn nicht sichergestellt ist, dass sie nicht manipuliert wurden?«

»Manipuliert? Weshalb sollte ich das bitte tun? Wir waren die ganze Zeit zusammen.« Technisch ist das nicht ganz korrekt, aber ich habe weder Lust noch Zeit, mich mit Bea Frei über lückenlose Beweisketten zu streiten. Entweder hat sie inzwischen gelernt, mir zu vertrauen, oder dann halt nicht.

»Schon gut, was haben Sie?«

Ich lege das Doppelkettchen auf den Tisch. »Der Anhänger besteht aus zwei Teilen, deshalb die doppelte Kette. Der weiße Teil stellt Yang dar, Symbol der Sonne, die gebende, männliche Kraft. Die schwarze Hälfte ist Yin, Dunkelheit, Stille, Empfangen, und steht für Weiblichkeit. Die beiden Anhänger fügen sich magnetisch zu einem zusammen.«

Mit beiden Daumen übt Frei Druck auf die geschwungene Trennlinie der Symbole aus und hält zwei Kettchen in der Hand. Sie sieht sich die Initialen auf der Rückseite an. »›C‹ auf Léonies weißem, das ›L‹ ist auf dem schwarzen Anhänger von Camille eingraviert.«

Inzwischen bin ich den Fotostapel durchgegangen und habe das Foto gefunden, das ich gesucht habe. Ich lege es neben die Kettchen auf den Tisch. Es zeigt die beiden Frauen aneinandergeschmiegt und grinsend auf einem Felsen sitzend. Ihr Lachen wirkt so authentisch, dass man glaubt, es zu hören, fröhlich und voller Leben, Camille mit ihrer weißblonden Mähne und die etwas dunklere Léonie. Hinter den beiden erkenne ich eine bekannte Felsenformation. Das Foto wurde auf den Sommêtres gemacht. Zwei weitere Bilder sind schief geraten, eines davon eine Nahaufnahme. Beide halten ihre Anhänger ins Bild, Léonie das weiße Yang mit dem rückseitig eingravierten »C«, Camille das schwarze Yin mit dem »L«. Auf dem Bild wirken beide Frauen erwachsen. Wahrscheinlich entstand es nicht lange vor ihrem Verschwinden.

»Wenn man die beiden so sieht, könnte man glauben, sie waren mehr als beste Freundinnen«, bemerkt Frei.

»Waren sie auch. Camille und Léonie waren ineinander verliebt.«

»Sie meinen, sie hatten eine lesbische Beziehung? In den Neunzigern?«

»In dieser Zeit war das bereits weniger verpönt als in vorangegangenen Dekaden. Immerhin wusste Sr. Bernadette Bescheid und damit wohl auch Mathilde Murival.« Ich zeige auf die Anhänger. »Fällt Ihnen etwas auf?«

Frei nimmt beide Kettchen in die Hand und betrachtet die Anhänger lange, bevor sie sie schulterzuckend zurücklegt. »Ich brauche wohl bald eine Brille.«

»Schauen Sie sich die Kette mit dem weißen Anhänger an. Er gehörte Léonie.«

Nachdem sie das Goldkettchen ein weiteres Mal visuell geprüft hat, befühlt sie es. »Da ist eine Unregelmäßigkeit in den Gliedern.« Sie hält die Stelle ins Licht. »Ein Glied wurde ersetzt, nicht ganz fachmännisch, aber es hält.«

»Das heißt, die Kette war mal gerissen.«

»Möglich, die andere scheint unversehrt zu sein.«

»Diejenige von Camille.« Ich lege beide Kettchen nebeneinander auf den Tisch. »Camille Murival und Léonie Ory verschwanden im Sommer 1999. 2001 wurde Camilles Leichnam vor der bretonischen Küste mit einer Schusswunde aus dem Meer gefischt. Tage zuvor war das Segelboot gefunden worden, auf dem sie ein Wochenende mit einem Mann verbracht hatte. Dessen Leiche lag mit Schusswunden an Kopf und Brust auf dem Oberdeck.«

»Hatte Camille den Anhänger auf sich, als man sie barg?«

»Sieht nicht so aus, keine Ahnung.« Ich zeige auf das schwarze Yin-Medaillon. »Hätte dieses Teil über längere Zeit im Salzwasser gelegen, müsste man es ihm ansehen.«

»Camille kann die Kette auf dem Boot abgelegt haben. Oder es kam zu einem Kampf, bevor sie angeschossen wurde und ins Wasser fiel.«

»Laut Françoise, Frau Gravier, hat die französische Polizei das Boot durchsucht und keine persönlichen Gegenstände der Opfer gefunden. Möglicherweise haben die Angreifer sie mitgehen lassen.«

»Was waren das für Leute? Piraten?«

»Das ist zumindest die gängige Hypothese. Der Fall wurde nie restlos geklärt.«

Frei dreht und wendet das Kettchen mit dem schwarzen Anhänger in den Fingern. »Nie und nimmer hat dieses Teil lange Zeit im Meerwasser gelegen. An Bord wurde es nicht sichergestellt. Das kann eigentlich nur eines heißen.«

»Camille hat es aus irgendeinem Grund nicht auf den Segeltörn mitgenommen.«

»Oder hier zurückgelassen, als sie weggelaufen ist.«

»Meinen Sie? Besteht der Sinn von Partnerschaftsschmuck nicht darin, ständig getragen zu werden? Außerdem … Moment.« Ich prüfe den Ladestand meines Handyakkus, fast fünfzehn Prozent. Ich scrolle durch die Bildergalerie, bis ich das Bild von Camille finde, das Mathilde mir von ihr gezeigt hat. »Dieses Foto erhielt Mathilde Murival, drei Wochen bevor Camilles Leichnam geborgen worden war, per E-Mail.« Ich tippe auf das deutlich erkennbare schwarze Yin-Symbol an Camilles Kettchen.

»Das Bild wurde per Mail geschickt?«, fragt Frei. »Hat man die Nachricht zurückverfolgt?«

»Absender war eine inzwischen deaktivierte Hotmail-Adresse. Die IP-Adresse des Absenders wurde zu einem Internetcafé in Marrakesch, Marokko zurückverfolgt. Der Zeitstempel auf dem Bild ist schlüssig. Camille starb im Juli 2001. Aufgrund der Metadaten wurde die Bilddatei am 27. Juni desselben Jahres erstellt und nie modifiziert.«

»Das heißt, Camille könnte den Anhänger auf dem Boot getragen haben.« Frei vergrößert das Bild. »Aber wie ist Frau Fischer an Camilles Kettchen gekommen?«

»Und zu diesem da?« Ich halte Léonies weißen Yang-Anhänger in die Höhe. »Léonie Ory wird ihr das Teil vor zwanzig Jahren kaum hinterlassen haben, bevor sie sich nach Camilles Ermordung auf einen anderen Kontinent absetzte.«

»Es sei denn, die beiden kannten sich schon damals. So oder so, unsere Ex-Nonne wird uns ein paar Fragen beantworten müssen.«

»Wir sind uns einig.« Ich blättere ein weiteres Mal durch den Fotostapel, bis ich die Aufnahme finde, die mir in Sr. Bernadettes Büro ins Auge gestochen ist.

Frei nimmt das Bild in die Hand. »Was sehe ich da? Oder besser wen?«

»Eine Aufnahme von Léonie Ory, laut Vermerk auf der Rückseite aus dem Jahr 1996, als sie im Institut wohnte. Achten Sie auf den linken Oberarm.«

»Sie meinen die Tätowierung? Eine schwarze Rose, die auf dem Kopf steht?«

»Frau Fischer hatte dieselbe.«

»Die Nonne ist tätowiert?«

»Ex-Nonne, und sie war es mal. Die Lasernarbe ist mir aufgefallen, als ich mir vorhin die Verletzung an ihrem Oberarm angesehen habe. Darauf angesprochen erzählte sie etwas von einer alten Liebe, die nicht gut ausgegangen sei.«

Frei zog die Augenbrauen hoch. »Das Übliche?«

»Was sonst? Er soll die Tätowiererin vernascht haben oder sie ihn.«

Frei verzieht das Gesicht. »Männer sind eben eine flüchtige Materie. Genau aus diesem Grund lasse ich mir keinen meiner Lover in die Haut ritzen. Aber eine tätowierte Rose ist nun nicht gerade selten.«

»Mit dem Unterschied, dass Sr. Bernadettes Rose auf dem Kopf steht. Wie diejenige von Léonie Ory.«

Frei legt den Zeigefinger auf Léonies Foto. »Was denken Sie, Frau Johannis? Sehen Sie eine Verbindung zwischen Léonie Ory und Bernadette Fischer? Können sie sich gekannt haben?«

»Ich wüsste nicht, woher. Sr. Bernadette ist erst seit fünf Jahren Leiterin des Instituts. Was nicht heißt, dass es nicht der Fall gewesen sein könnte.«

Ich lege ein weiteres Foto auf den Tisch. »Das war auch unter den Fotos, die ich in ihrem Schreibtisch gefunden habe. Sieht aus wie ein Tatortbild von Camilles Boot in der Bretagne.«

»Tatsächlich«, sagt Frei. »Leiche, männlich, Anfang dreißig, Schusswunde am Kopf, könnte der Gefährte von Camille Murival gewesen sein. Dieses Bild haben Sie bei Frau Fischer gefunden?«

»Ja, merkwürdig, nicht? Von Interesse ist aber das hier.« Ich tippe auf den rechten Oberarm des Toten.

Frei hält das Bild näher an ihre Augen. »Eine tätowierte Rose.«

»Die auf dem Stiel steht. Sr. Bernadettes Rose stand auf dem Kopf.«

Wir sehen uns an.

»Denken Sie, was ich denke?«, fragt Frei.

»Ja. Was machte der Ex von Frau Fischer auf einem Boot in der Bretagne?«

»Sicher ist, dass ihn dort keine Tätowiererin vernascht hat, eher eine Kugel, Kaliber neun Millimeter, würde ich sagen.«

»Vielleicht müssen wir Sr. Bernadette Fischer in einem neuen Licht betrachten.« Ich erzähle Frei von der Begegnung mit ihr am Morgen im Solothurner Bürgerspital. »Ihr Verhalten schien mir mehr als merkwürdig. Es war, als würde sie vor mir flüchten. Ich habe Karin Jäggi gebeten, sie für mich zu überprüfen.«

»Wie dem auch sei. Frau Fischer muss mir ein paar Fragen beantworten. Sie wurde ins Hôpital du Jura nach Saignelégier gebracht. Ich fahre hin.«

»Ich komme mit.«

Bevor Frei etwas erwidern kann, klingelt ihr Telefon. Fast gleichzeitig vibriert mein Handy. Es ist Karin Jäggi. Sie will wissen, wo ich mich befinde.

»Im Gästehaus in Les Bois, zusammen mit Frau Frei.«

»Bea ist bei dir?«

»Ja, weil –«

»Schon gut, das kannst du mir später erklären. Hat Mila dich erreicht?«

Mila. Mein Magen zieht sich zusammen. »Nein, mein Akku war leer. Was –«

»Sie hat stattdessen mich angerufen. Ihr Freund Pablo ist verschwunden. Kennst du ihn?«

»Ich habe ihn ein paarmal gesehen. Was heißt verschwunden?«

»Mila sagte, jemand sei auf dem Reiterhof aufgetaucht, ein Mann. Er habe eine Frau gesucht, die auf dem Hof wohnt.«

»Marie Leuenberger?«

»Marie, ja. Mila nannte nur den Vornamen. Ich nehme an, wir sprechen von derselben Person.«

Meine Herzkadenz erhöht sich. »Marie Leuenberger ist Tatzeugin der Morde an ihrem Vater und ihrer Großmutter. Konnte Mila den Mann beschreiben?«

»Nur dass er ein blaues Auto fuhr.«

»Etwa ein Subaru?«

»Keine Ahnung, jedenfalls ein SUV. Mila erzählte, Pablo habe Marie geholfen zu fliehen. Die beiden seien auf Pferden davongeritten. Der Mann habe mit dem Auto die Verfolgung aufgenommen.«

»Wie geht es Mila? Wann hast du mit ihr gesprochen?«

»Vor etwa fünf Minuten. Sie scheint aufgeregt und verängstigt zu sein. Ich habe ihr gesagt, sie soll sich im Haus einschließen und die Polizei anrufen. Ich habe gerade die Kollegen in Delémont informiert. Sie kümmern sich darum.«

»Danke, Karin. Ich fahre gleich zum Reiterhof.«

»Sei vorsichtig und – nein warte, da ist noch etwas. Ich habe Informationen zu Bernadette Fischer.«

»Das trifft sich gut, Frau Frei und ich haben gerade von ihr gesprochen.«

»Eine Bernadette Fischer mit derselben AHV-Nummer, beheimatet in Pieterlen, Kanton Bern, ist vor fünfzehn Jahren im zarten Alter von dreiundneunzig Jahren gestorben.«

Ich sehe hinüber zur anderen Ecke das Raumes, wo Frei hastig gestikulierend ins Telefon spricht. Wie es aussieht, ist Sr. Bernadette ein Fake. »Ich gebe es Bea Frei weiter.«

»Okay, bis gleich.«

»Warum bis gleich?«

»Frau Gravier wurde vor einer Stunde auf eigenen Wunsch

entlassen. Ich bringe sie nach Hause, das heißt zu Gérard Murivals Mutter in Noirmont. Frau Gravier hat Gérard dazu gebracht, sie dort zu treffen.«

Frei hat ihr Gespräch kurz vor mir beendet. Sie steht an unserem Tisch und beugt sich über die Fotos. Ich erzähle ihr, was ich von Karin erfahren habe.

»Wenn ich Sie richtig verstehe, glauben Sie nicht, dass Murival derjenige sein könnte, der hinter Marie Leuenberger her ist, um sie als Zeugin auszuschalten?«, kommentiert Frei.

»Ausgeschlossen, es sei denn, er hat sich inzwischen einen blauen Subaru zugelegt.«

»Wir fahren nach Muriaux.« Sie steckt die Fotos in den Umschlag und gibt ihn mir.

»Wollten Sie nicht nach Saignelégier, Sr. Bernadette befragen?«

»Der Anruf eben kam von den Kollegen in Saignelégier. Bernadette Fischer ist aus dem Spital verschwunden. Ich habe die Fahndung veranlasst.«

38

»*Très bien, je vous remercie.*« Mathilde legte den Hörer auf.

»Wer war das?«, fragte Gérard.

»Die Gendarmerie. Ich habe sie gebeten, mich auf dem Laufenden zu halten. Sie ist verschwunden. Im Spital hat man sie kurz allein gelassen. Sie hat die Gelegenheit genutzt und ist abgehauen.«

»Einfach so, keiner hat was gesehen?«

»Sieht so aus. Was machen wir, wenn sie hier auftaucht?«

»Wird sie nicht. Jedenfalls nicht, solange ein Streifenwagen draußen steht.« Gérard trank sein Glas Wasser leer und stand auf. Das volle Rotweinglas und das Sandwich, das ihm Mathilde zubereitet hatte, ließ er unberührt stehen. »Ich fahre nach Muriaux.«

»Du musst etwas essen, Gérard. Ich packe dir das Brot ein.« Mathilde ging mit dem Teller zur Küche. Er folgte ihr. Sie riss ein Stück Zellophanfolie von der Haushaltsrolle an der Wand. »Was hast du bei ›Equus‹ vor?«

»Mit Marie Leuenberger reden. Ich muss wissen, was sie gesehen hat.«

»Willst du dich nicht lieber von ihr fernhalten? Was ist, wenn sie dich noch mehr reinreitet anstatt entlastet?«

»Das Risiko gehe ich ein. Dass man auf dich und die Journalistin geschossen hat, ist ein schlechtes Zeichen. Die Lage eskaliert. Jemand ist in Panik geraten.«

»Du kannst ihn ruhig beim Namen nennen.«

»Warum? Wir beide wissen, wen ich meine. Merci, *Maman*.« Er nahm das eingepackte Sandwich entgegen und steckte es in die Manteltasche.

»Du bist gleich mit Françoise verabredet. Soll ich sie anrufen, dass du wegmusstest?«

»Nein, sie ist mit der Polizistin aus Solothurn unterwegs. Ich will nicht, dass die womöglich Großalarm auslöst. Wir sollten es so ruhig wie möglich beenden. Es hat genug Tod und Leid gegeben.« Er umarmte seine Mutter und küsste sie auf die Stirn. Dann hängte er sich das Gewehr um, das er bei der Garderobe abgelegt hatte. »Pass auf dich auf, *Maman*.«

»Das solltest vor allem du beherzigen.« Mathilde nahm ihren Mantel vom Haken.

»Du gehst noch weg?«, fragte er.

»Schnell rüber zu Pierre-Alain. Er will, dass ich die Papiere unterschreibe.«

»Hat das nicht bis morgen Zeit?«

»Einmal muss es sein. Es sei denn, du überlegst es dir anders.« Gérard winkte ab.

»Voilà. Es dauert nicht lange. Bis Françoise und die Polizistin eintreffen, bin ich zurück. Der Streifenwagen draußen fährt mich.«

39

»Ich habe Ihnen ein aktuelles Bild von Bernadette Fischer aufs Handy geschickt«, sagt Frei, als wir in ihren zivilen Skoda steigen.

Ich schaue nach. Das Display zeigt die Bildnachricht an. Es ist ein Passfoto. »Wie konnte sie aus dem Spital verschwinden? Wurde sie nicht bewacht?«

»Aus welchem Grund? Bis gerade stand sie nicht unter Verdacht. Die Kollegen, die bei ihr waren, sollten sie nur zum Arzt begleiten und sie anschließend nach Hause fahren. Anstatt sich untersuchen zu lassen, hat sie das Spital verlassen.« Frei deutet auf mein Handy. »Vergleichen Sie das Bild mal mit den Fotos von Léonie Ory.« Frei startet den Motor und fährt los.

Ich nehme Léonies Bild aus dem Umschlag und halte es neben das Display. »Was ist damit?«

»Fällt Ihnen nichts auf?«

»Ist wohl einfacher, wenn Sie mir sagen, was ich sehen soll.«

»Sehen Sie eine Ähnlichkeit?«

»Zwischen Léonie und Sr. Bernadette?« Ich versuche, mir Léonie mit kurzem und dunklem grau meliertem Haar und einem etwas fülligeren Gesicht vorzustellen. »Könnte hinkommen.«

»Nicht wahr? Ist vielleicht nicht auf Anhieb augenfällig. Aber wenn sie sich die Haare gefärbt und chirurgisch ein bisschen hat nachhelfen lassen.«

»Sie glauben, Sr. Bernadette Fischer ist in Wirklichkeit Léonie Ory?«

»Halten wir uns an die Fakten«, sagt Frei. »Fakt Nummer eins: Unsere Sr. Bernadette lebt mit der gestohlenen Identität einer verstorbenen Seniorin. Auf ihrer Haut sind Spuren einer weggelaserten Tätowierung, eine Rose, die auf dem Kopf steht. Der tote Mann auf dem Boot trägt das Gegenstück mit dem Stiel nach unten. Sr. Bernadette hat angegeben, einen Mann geliebt zu haben, der das exakt selbe Tattoo hatte. Fakt Nummer zwei: Léonie Ory trägt ein identisches Motiv in derselben Position an der gleichen Körperstelle. Fakt Nummer drei: In der Schublade von Sr. Bernadettes Schreibtisch finden wir eine Doppelkette, deren Hälften Léonie Ory und Camille Murival gehört hatten. Das sind mindestens zwei Zufälle zu viel, oder was meinen Sie?«

»Wenn es aussieht wie eine Ente und watschelt wie eine Ente …«

»Eben.«

»Okay. Mal angenommen, der Tote auf dem Boot ist Sr. Bernadettes alias Léonie Orys Freund, Partner oder was auch immer. Was hatte er auf Camilles Boot verloren? Waren die beiden ein Paar? Hat Léonie es herausbekommen und die beiden dort überrascht, sie getötet und sich dann abgesetzt?«

»Das ist eine Hypothese. Ich habe eine Variante davon im Angebot: Camille Murival und ihr, sagen wir mal, bisher unbekannter Begleiter wurden nicht von irgendwelchen Piraten überfallen, sondern von Léonie und ihrem Freund mit dem Partnertattoo. Vielleicht kommt es zu einer Schießerei, bei der dieser Partner getötet wird. Camille selbst wird angeschossen und stürzt ins Meer.«

»Die zweite Variante hört sich plausibler an. Ich zweifle, dass Léonie ganz allein das Schnellboot gesteuert, es neben dem Segler in Position gebracht und dann Camille und ihren Freund erschossen hat. Es musste schnell gehen, dazu braucht es mindestens zwei.«

»Dazu sollte uns Frau Fischer, alias vermutlich Léonie Ory, Auskunft geben können, sobald wir ihrer habhaft werden«, sagt Frei. »Dann kann sie uns auch gleich verraten, weshalb sie vor fünf Jahren mit falschem Namen und einer neuen Identität zurückgekommen ist. Warum blieb sie nicht in der Versenkung im Ausland?«

Mein letztes Gespräch mit Mathilde Murival kommt mir in den Sinn. »Das Erbe.«

»Was meinen Sie?«

»Mit einundzwanzig sollte Camille Mathildes Nachfolge bei Ilios Watch antreten. Ihre Erbschaft hätte sich auf über eine Milliarde Franken belaufen. Nach Camilles Tod und da Gérard Murival als weiterer möglicher Erbe nichts davon wissen will, trägt sich Mathilde möglicherweise mit dem Gedanken, die Anteile oder einen Teil davon dem Institut zu vermachen.«

Frei stößt einen leisen Pfiff aus. »Das gäbe einen hübschen warmen Geldregen. Als Institutsleiterin findet man bestimmt Mittel und Wege, das eine oder andere Milliönchen in den eigenen Sack abzuzweigen.«

»Sofern etwas daraus wird. Bevor ich heute Nachmittag zum Institut gefahren bin, war ich bei Mathilde. Sie war drauf und dran, die Anteile an Pierre-Alain Keller zu überschreiben.«

»Alle?«

»Keine Ahnung, es wäre doch möglich, dass Léonie versuchen wird, das zu verhindern.«

Frei verlangsamt die Fahrt und dreht den Kopf zu mir. »Sie meinen, Léonie oder Frau Fischer könnte versuchen, Mathilde davon abzuhalten, mit Gewalt?«

»Warum nicht? Sie hat Camille kaltblütig erschossen. Warum sollte sie bei der Großmutter nicht gleich vorgehen?«

»Ich sage den Kollegen in Delémont Bescheid. Sie sollen Polizeischutz für Mathilde Murival organisieren.« Über den Freisprechassistenten ruft Frei die Verbindung auf.

Wir passieren das Innerortsschild von Le Noirmont. Ich bin hin- und hergerissen zwischen der Sorge um Mila und der Furcht, dass Sr. Bernadette/Léonie Ory zwischen den Maschen des Fahndungsnetzes durchschlüpft und Mathilde etwas antut.

Frei beendet das Gespräch. »Zwei Streifenwagen der Gendarmerie sind unterwegs zum Anwesen Murival.«

Ich atme auf. »Sie können mich beim Reiterhof absetzen und zurück nach Le Noirmont fahren, wenn Sie die Kollegen bei Mathilde unterstützen wollen.«

»Kommt nicht in Frage. Die jurassischen Kollegen haben

das im Griff. Die konkrete Bedrohung von Marie, Pablo und Mila hat Priorität.«

Jetzt, wo sich die Puzzleteile allmählich zusammenfügen, wird mir das Ausmaß des Komplotts bewusst. »Es ist ungeheuerlich. Man hat es gleich von mehreren Seiten auf die Murivals und ihr Vermögen abgesehen. Léonie Ory, Santoni und Keller kreisen wie Aasgeier über der Familie.«

»Das dürfte kein Zufall sein.« Frei bremst hinter einem Traktor stark ab. Der Gegenverkehr ist zu dicht, um ihn zu überholen.

»Sie meinen, sie alle machen gemeinsame Sache?«

»Die Aasgeier. Würde mich wundern, wenn nicht.«

»Warum sagen Sie das?«

»Ganz einfach: Ressourcen und Zeit.« Mit Blaulicht und einem Stoß aus dem Zweiklanghorn drängt Frei den Traktor an den Straßenrand. »Vor zwanzig Jahren hat Léonie Camille aus Eifersucht ermordet. Dann wartet sie fünfzehn Jahre, bevor sie sich unter falschem Namen als Leiterin des ›Gnadenkreuzes‹ anheuern lässt und sich bei Mathilde Murival einschleimt. Was hat sie in der Zwischenzeit gemacht? Wovon hat sie gelebt?«

Ich ahne, worauf Frei hinauswill. »Sie handelt nicht von sich aus, sondern im Auftrag.«

»Léonie Ory ist zweifellos eine intelligente Frau, die langfristig und nachhaltig denkt. Aber einen derartigen Coup kann sie unmöglich allein und ohne Hilfe durchziehen. Dahinter steckt jemand anders.«

Ohne den Blick von der Straße zu nehmen, deutet Frei mit der rechten Hand auf das Tatortfoto des Toten auf dem Segelboot. »Der Mann ist uns bekannt. Er tauchte im Zusammenhang mit dem Massaker an den Leuenbergers in Tramelan auf.«

Ich brauche einen Moment, bevor ich es begreife. »Schlagen Sie gerade einen Bogen zwischen dem Attentat auf Camille zu den Morden an den Leuenbergers?«

»Erinnern Sie sich an Joseph Petri? Wir haben bereits über ihn gesprochen.«

»Der Franzose, der Delphine Leuenberger getötet und Marie angeschossen hat?«

»Und der auf Sie und Mathilde geschossen hat, richtig. Bevor er sich als Söldner bei Santoni anheuern ließ, hatte er mit einem Partner einen Sexring mit zum Teil minderjährigen Escorts aufgezogen. Raten Sie mal, wer dieser Partner war.«

»Wir sind gleich da, sagen Sie es mir lieber.«

»Marko Rusic, kroatischer Staatsbürger mit ähnlich beeindruckendem Lebenslauf wie Petri. Er stand ebenfalls in Santonis Diensten. Und jetzt kommt der Scoop: Rusic und Léonie Ory waren zu dieser Zeit ein Paar.«

»Als Léonie Camille die große Liebe vorspielte, war sie mit Rusic zusammen?«

»Der Sexring war sowohl hier im Kanton Jura als auch im Kanton Bern aktiv. Im Zug einer Ermittlung wegen schwerer Körperverletzung kam Léonie Ory in unseren Fokus. Sie hat offenbar für Rusic Mädchen rekrutiert. Eine von ihnen war Camille Murival. 1999 wurden die beiden verdächtigt, einen ihrer Freier, einen Unternehmer aus dem Seeland, niedergeschlagen zu haben.«

»Deshalb sind Léonie und Camille damals weggelaufen.«

»Vermutlich. Möglicherweise hatten Léonie und Rusic das Ganze ausgeheckt, um Camille zur Flucht und damit unter Léonies Kontrolle zu bringen. Bevor sie am Doubs über die Grenze gingen, gaukelte Léonie Camille vor, sie würden von Rusic gejagt, und hat sich von ihm ›töten‹ lassen. Das erklärt, weshalb Camille nie mehr zurückgekehrt ist. Sie hatte Angst.«

»Okay, aber weshalb hat Léonie Rusic auf dem Segler erschossen?«

»Ich komme zurück auf meine vorhin erwähnte zweite Hypothese: Beim Überfall kam es zu einem Feuergefecht, bei dem Camille verletzt und Rusic getötet wurde.«

»Oder es war Eifersucht«, sage ich, »das biblischste aller Mordmotive.«

»Was auch immer«, sagt Frei. »Zum jetzigen Zeitpunkt bleibt

alles Spekulation. Eines steht jedoch fest: Die Fäden laufen bei zwei Person zusammen, die sich gegenüberstehen: Jean-Baptiste Santoni und Mathilde Murival.«

Die Sonne neigt sich dem Horizont zu, als wir den Reiterhof erreichen. Es herrscht eine bedrohliche Stille. Bis auf vereinzeltes Schnauben oder Scharren der Pferde in den Stallungen ist kein Geräusch zu hören.

»Mila!«

Die Fenster des Wohngebäudes starren uns blind entgegen wie ein Orakel mit dunklen Prophezeiungen.

»Wo stecken die Kollegen von der Gendarmerie?«, fragt sich Frei.

Ich konnte die Angst um Mila bis jetzt beiseiteschieben. Nun spüre ich, wie sie sich an mir festkrallt.

»Mila!«

Ich versuche, sie auf dem Handy anzurufen.

»Hallo, ich bin's. Wenn du was zu sagen hast, tu's gleich oder lass es.«

Nur die Combox. Milas Stimme zu hören und nicht zu wissen, wo sie ist und ob ihr etwas zugestoßen sein könnte, treibt mir die Tränen in die Augen. Die dumpfe Sorge schärft sich zur spitzen Lanze der Panik, die sich in mein Herz bohrt. »Mila antwortet nicht. Warum antwortet sie nicht?« Ich will zum Haus laufen.

»Warten Sie, Frau Johannis.« Frei packt mich am Arm. »Bleiben Sie beim Wagen, ich sehe nach.«

»Aber …« Mir wird klar, warum sie das macht. Wir wissen beide nicht, was wir im Haus vorfinden, wie auf dem Leuenberger-Hof.

»Sie bleiben hier, haben Sie mich verstanden?«

Paradoxerweise wirkt die Schärfe in Freis Stimme beruhigend. »Okay, okay, ich bleibe hier.«

Mit der Hand auf ihrem Holster nähert sich Frei dem Wohnhaus. Ich verfolge jeden ihrer Schritte und versuche dabei, meine

Atmung zu kontrollieren. Sie steht jetzt vor dem Wohnhaus. Die Tür ist nicht abgeschlossen. Warum hat Mila sie nicht verriegelt? Karin hat ihr doch gesagt, dass sie das tun soll. Ich konzentriere mich weiter auf meinen Atem und strenge mich an, die Bilder von damals zu verdrängen, als ich Mila schon mal fast verloren hätte.

Eine Bewegung hinter einem der Fenster im oberen Stockwerk verrät mir, wo sich Frei befindet. Sie muss in Maries Zimmer sein. Kurz darauf geht das Fenster auf, und Frei steckt den Kopf heraus. »Niemand da!«

»Haben Sie überall nachgeschaut?«

»Was glauben Sie? Ich komme runter.«

Nichts ist passiert, nichts ist passiert. Stumm und mit geschlossenen Augen wiederhole ich den Satz wie ein Mantra. Vor gut einer halben Stunde hat Karin mit Mila geredet. Was kann seither vorgefallen sein? Hat Mila etwa von sich aus die Verfolgung von Pablo und Marie aufgenommen? Zutrauen würde ich es ihr.

Schritte in meinem Rücken lassen mich herumfahren und gleichzeitig aufschreien.

Auch Mila erschrickt. »Spinnst du? Ich bin's nur.«

Diesmal sind es Tränen der Erleichterung, welche die Angst aus mir hinausschwemmen. Ich drücke Mila so lange an mich, bis sie sich windet. »Lass los, Mum. Zuerst kriege ich wegen deines Geschreis fast einen Herzinfarkt, jetzt willst du mich erdrücken. Was geht ab?«

»Was abgeht? Frau Frei und ich kommen hier an, und alles ist wie ausgestorben. Warum antwortest du nicht auf meine Anrufe?«

»Mein Akku ist gestorben, als ich die Polizei anrufen wollte.« Sie zeigt auf den Skoda. »Bist du mit dem gekommen, wo ist dein Mini?«

»In Les Bois. Das ist der Wagen von Frau Frei. Sie sucht dich gerade im Haus. Hat dir Karin nicht gesagt, dass du dort warten sollst. Wo kommst du her?«

»Ich war bei den Pferden. Sie waren unruhig. Ich wollte nachsehen und habe ihn gefunden.«

»Wen?«

»Na, ihn.« Mila zeigt mit dem Daumen nach hinten zum Stalltor. Ich sehe hin. Gérard Murival kommt auf uns zu. In der Hand hält er ein Gewehr mit Zielfernrohr.

40

»Polizei, lassen Sie die Waffe fallen, Murival!«

Von uns unbemerkt hat sich Frei mit gezogener Waffe genähert. Frei wiederholt die Ansprache auf Französisch. »Haben Sie mich verstanden? Fallen lassen, jetzt!«

»Schon gut, ich habe Sie gehört.« Murival greift das Gewehr an Kolben und Lauf. Er hält es in die Höhe, bevor er es auf den Boden legt.

»Drei Schritte zurück«, kommandiert Frei. »Legen Sie sich flach auf den Bauch, Arme und Beine auseinander.«

Sobald Murival die geforderte Position eingenommen hat, holstert Frei die Waffe und holt die Handschellen hervor. Dann zieht sie ihn so heftig hoch, dass er das Gesicht verzieht.

»Sie tun ihm weh«, ruft Mila. »Er hat nichts getan.« Sie zerrt an meinem Ärmel. »Sag was, Gérard ist unschuldig. Er will uns helfen.«

»Du kennst ihn?«

»Klar, er bringt mir das Reiten bei. Er meint, ich sei ein Naturtalent.«

»Murival bringt dir Reiten bei? Seit wann?«

»Seit ich hier bin, zwischendurch, wenn er Zeit hat. Heute Morgen waren wir eine Stunde mit den Pferden unterwegs.«

»Heute Morgen?«, entfährt es mir. »Wir suchen ihn die längste Zeit, und ihr beide reitet seelenruhig in der Gegend rum?«

Mila verschränkt die Arme. »Halt mal die Luft an. Du sagst mir auch nie was, wenn du für eine Reportage unterwegs bist. Woher soll ich wissen, dass du ihn suchst? Muss ich das jetzt schon beim Pieseln riechen?«

»Gestern, als wir bei Marie waren, hat Frau Frei dich gefragt.«

Mila dreht mit dem Zeigefinger Kreise vor der Schläfe. »Auf welchem Trip bist du denn? Mir hat niemand was gesagt. Ihr habt nur mit Marie gesprochen.«

»Das stimmt«, sagt Frei, die den gefesselten Murival auf die Bank vor dem Stall gesetzt hat.

Mila blitzt mich triumphierend an. »Siehst du? Danke, Frau Frei, wenigstens eine, die den Überblick hat.«

Mit ausgebreiteten Armen und einer fragenden Miene wende ich mich Frei zu.

Sie quittiert es mit einem Achselzucken. »Macht das bitte unter euch aus. Wir haben es eilig.« Frei wendet sich an Mila. »Was ist passiert?«

»Pablo und ich haben im Stall die Pferde versorgt, als wir ein Auto auf den Hof fahren hörten. Pablo ging raus, um nachzusehen. Ein Typ ist ausgestiegen und hat sich nach Marie erkundigt. Pablo traute ihm nicht und sagte ihm, dass er keine Ahnung habe. Dann nahm ihn der Typ in die Mangel. Ich konnte das Ganze vom Stall aus beobachten, ohne dass er mich bemerkte. Als ich Pablo helfen wollte, gab er mir ein Zeichen, still zu halten. Plötzlich hörte ich hinter mir im Stall ein Geräusch. Es war Marie, die ihr Pferd durch das hintere Stalltor führte.«

Mila sieht Frei und mich schuldbewusst an. »Sie hätte in ihrem Zimmer bleiben sollen, ich weiß, aber –«

»In diesem Fall hat Marie richtig gehandelt«, sagt Frei. »Erzähl weiter.«

»Der Schmiertyp hatte Pablo immer noch im Schwitzkasten. Da habe ich seine Aufmerksamkeit auf mich gezogen und ihm zugerufen, dass Marie im Haus sei. Der Typ hat Pablo losgelassen und ist ins Haus gerannt. Währenddessen hat Pablo sein Pferd gesattelt und ist mit Marie davongeritten«, beendet Mila atemlos ihre hastige Schilderung.

»Hat Pablo gesagt, wo er mit Marie hinwollte?«

»Keine Ahnung, es ist alles so schnell gegangen. Kaum waren sie weg, kam der Typ wieder aus dem Wohnhaus gerannt und suchte uns. Ich habe mich auf dem Heuboden versteckt, der ist riesig. Der Typ hat sich nicht lange mit der Suche aufgehalten. Er ist durch den Stall zum hinteren Ausgang gerannt. Ich habe ihn fluchen gehört, bevor er in sein Auto stieg und losfuhr.«

»Meinst du, er hat Marie und Pablo wegreiten sehen?«

»Glaube schon. Sie sind Richtung Westen zum Wald geritten. Da geht's erst mal über freies Feld, bevor man den Waldrand erreicht.« Mila sieht mich an. »Ich wollte dich anrufen, aber du hast nicht geantwortet.«

»Mein Akku war auch leer. Gut, dass du an Karin gedacht hast. Wo können Marie und Pablo hin sein?«

»Überall, vielleicht verstecken sie sich irgendwo im Wald.«

Frei geht zu Murival. »Weshalb sind Sie plötzlich hier aufgetaucht?«

»Um das zu tun, was Pablo getan hat, Marie in Sicherheit bringen.«

»Nicht, um sie auszuschalten?«

»Weshalb sollte ich das tun? Marie ist die Einzige, die mich entlasten kann.«

»Woher wussten Sie, dass sie hier ist?«

»Meine Mutter kriegt so ziemlich alles mit, was in der Gegend vor sich geht. Wenn sie es in Erfahrung bringen kann, können es andere auch, wie sie jetzt ja gesehen haben. Deshalb bin ich hergekommen, leider zu spät. Ihnen ist immer noch nicht klar, wie gefährlich Santoni und seine Leute sind und wie weit sie zu gehen bereit sind. Wenn Sie das nächste Mal eine Zeugin aus der Gegend schützen wollen, bringen Sie sie weit fort.«

»Wir haben keinen Beweis, dass Santoni in die Taten verwickelt ist«, entgegnet Frei. »Sie dagegen gehören nach wie vor zum Kreis der Verdächtigen. Wir suchen Sie seit Tagen.«

»Jetzt haben Sie mich ja gefunden. Aber Sie sind auf dem Holzweg. Sie sollten wissen, dass Nico Cagliari nichts ohne Befehl von Santoni tut.«

»Können Sie das beweisen?«

»Muss ich das wirklich? Sie sollten sich besser beeilen, wenn Sie Marie und Pablo retten wollen. Ab jetzt zählt jede Minute.«

»Zuerst müssen wir wissen, wo Sie sein könnten. Helfen Sie uns lieber, anstatt besserwisserische Sprüche zu klopfen.«

Murival senkt den Kopf und macht einen tiefen Atemzug.

»Es eilt nicht, Murival, lassen Sie sich Zeit«, entfährt es Frei.

Murival hebt den Kopf. »Die Arête des Sommêtres«, sagt er ruhig. »Wo früher die Burg Spiegelberg stand, liegt eine Schutzhütte. Sie könnten dort sein.«

»Warum glauben Sie das?«, frage ich.

»Ich habe sie Pablo gezeigt.«

»Kennen Sie beide sich schon lange?«

»Seit seiner Geburt. Er ist mein Enkel.«

»Ihr Enkel?«, kommt es von Frei und mir gleichzeitig.

»Er ist Camilles Sohn. Sie hat ihn vor zwanzig Jahren in Marokko zur Welt gebracht.«

»Wir klären die Familienchronik später«, drängt Frei. »Wie kommen wir von hier am schnellsten zu den Sommêtres?«

»Ohne sich auf ein Pferd setzen zu müssen«, füge ich an.

»Es gibt einen direkten Weg durch den Wald. Ich fahre mit meinem Motorrad voraus, und Sie folgen mit —«

»Auf keinen Fall«, unterbricht ihn Frei. »Sie fahren mit uns.«

»Mila, du …« Ich drehe mich nach ihr um. Sie ist nirgends zu sehen. »Mila?«

Aus dem Stall erklingt Hufgetrappel. Ich gehe hinein. Mila zurrt den Sattelgurt an einem Freiberger fest.

»Was hast du vor?«

»Sorry, Mum, ich muss den beiden helfen. Wir sehen uns.«

Bevor ich sie aufhalten kann, lenkt sie das Pferd durch das hintere Stalltor ins Freie.

Ich renne zum Tor hinaus und sehe sie nur noch über das freie Feld davongaloppieren.

Frei ist mir mit Murival gefolgt. »Keine Sorge, Frau Johannis«, sagt er. »Auf dem Rücken eines Pferdes ist Mila unschlagbar, ein Naturtalent.«

Wütend fahre ich zu ihm herum und versetze ihm einen Schlag gegen die Brust. »Ich warne Sie, Murival, wenn Mila etwas zustößt, breche ich Ihnen höchstpersönlich das Genick.«

Mit Hilfe von Murivals Ortskenntnissen erreichen wir innerhalb einer Viertelstunde unser Ziel. Wo der Fahrweg in den Fußweg zum Felsenkamm mündet, liegt überdacht von einer riesigen Fichte ein Picknickplatz mit Feuerstelle. Auf der Wiese daneben grasen drei gesattelte Pferde. Murival hatte recht. Milas, Pablos und Maries Ziel waren die Sommêtres.

»Ich sehe kein Auto«, sagt Frei. »Wenn wir Glück haben, hat Cagliari sie nicht gefunden.«

»Er scheint die Gegend nicht so gut zu kennen«, meint Murival. »Möglicherweise hat er seinen Boss angerufen oder Keller, der ihm den Tipp gegeben hat, hier zu suchen. Wahrscheinlich ist er auf der Hauptstraße nach Le Noirmont gefahren. In der Nähe der Klinik beginnt ein Wanderweg, der hier vorbeiführt. Das dürfte ihn Zeit gekostet haben. Einen Vorsprung hat er trotzdem.«

Der Gedanke lähmt mich fast. Ich spüre Freis Hand auf meiner Schulter. »Sie sind so still, was ist mit Ihnen?«

»Es ist wegen Mila, ich …«

»Sie machen sich Vorwürfe. Ihre Tochter war schon einmal in einer ähnlichen Situation, nicht wahr?«

Ich nicke.

»Es ist nicht Ihre Schuld, Frau Johannis.«

»Sie ist erst siebzehn.«

»Das hindert sie nicht daran, eigene Entscheidungen zu treffen. Ich schlage vor, wir konzentrieren uns darauf, sie und die beiden anderen rauszuholen, okay?«

Ich drücke ihre Hand, die sie von meiner Schulter zurückzieht, und nicke.

Frei greift zu ihrem Handy.

»Wen rufen Sie an?«

»Ich fordere Verstärkung an – wir wissen nicht, was uns da vorne auf den Felsen erwartet.«

»Wenn wir hier sitzen und warten, kann es zu spät sein.« Ich wende mich dem Pfad zu den Felsen zu. »Ich gehe nachsehen.« Ich öffne die Wagentür und steige aus.

Frei verlässt den Wagen ebenfalls und stellt sich mir in den Weg. »Wenn jemand hier die Lage erkundet, bin ich das. Sie bleiben mit Murival hier und weisen die Kollegen ein.« Am anderen Ende ihrer Leitung scheint sich jemand zu melden. Frei schildert die Lage auf Französisch.

Damit wir keine Zielscheiben abgeben, wenn wir hier rumstehen, gehen wir neben dem Skoda in die Hocke, ich neben der Hintertür. Über mir wird von innen an die Scheibe geklopft. Murival sitzt immer noch in Handschellen im Fond.

»Was ist?«, frage ich.

»Ich kenne mich hier aus, lassen Sie mich helfen.«

Frei beendet ihr Telefonat. »Vergessen Sie's, Murival. Ich war lange genug hinter Ihnen her.«

»Ich laufe nicht davon, Sie haben mein Wort. Es geht um das Leben meines Enkels.«

Frei steht der Kampf mit sich selbst ins Gesicht geschrieben.

»Wann kommt die Verstärkung?«, frage ich.

»Zwanzig bis dreißig Minuten.«

Selbst ihr muss klar sein, dass es bis dahin zu spät sein könnte. Sie nimmt den Schlüssel für die Handschellen hervor, öffnet die Wagentür und nimmt ihm die Fesseln ab. »Steigen Sie aus, Murival. Sie gehen voraus, ich hinter Ihnen, Frau Johannis macht das Schlusslicht. Sie beide tun exakt das, was ich sage.«

Knapp drei Wochen zuvor ging ich zum ersten Mal den steinigen Fußweg zum Felsenkamm entlang. Die Dämmerung hat zugenommen. Murival benutzt auf dem ersten Wegstück durch den Wald die Taschenlampe. Vielleicht ist es meine Angst, die mir das Gefühl gibt, einen Korridor zu durchqueren, dessen Wände näher zusammenrücken. Frei geht vor mir. Vor zwei Tagen hatte sie einen eleganten Hosenanzug an. Jetzt trägt sie einen olivgrünen Anorak, Jeans und Stiefel.

Sie stoppt so unvermittelt, dass ich fast auf sie pralle. »Was ist?«, fragt sie Murival, der zuerst angehalten hat.

Rechts von uns am Wegrand liegt ein mit Zeltplanen abgedeckter Holzstapel. An der Plane ist ein Schild befestigt, auf dem steht, dass es sich um den Brennholzvorrat für die Schutzhütte handelt und man sich bedienen dürfe.

»Ich habe etwas gehört«, sagt Murival. »Es kommt von ganz nah, linke Seite.«

Jetzt höre ich es auch.

»Da oben.« Frei zeigt auf die erhöhte Böschung am linken Wegrand. Mit zwei Schritten ist sie die Böschung hochgeklettert. Dass dahinter der Hang steil abfällt, weiß ich von meinem früheren Besuch.

»Hier liegt jemand«, sagt Frei.

Murival und ich steigen zu ihr hoch. Kurz bevor die Böschung in den Steilhang übergeht, liegt an einen Baum gelehnt ein regloser Körper in Seitenlage mit dem Rücken zu uns. Ich erkenne ihn an der Kleidung.

»Mila!« Sie ist an Händen und Füßen gefesselt.

Ich drehe sie auf den Rücken.

Von Murivals Taschenlampe geblendet kneift sie die Augen zusammen. Sie wurde geknebelt. Ich löse den Knoten des Tuches, damit sie das Knäuel Papiertaschentücher in ihrem Mund ausspucken kann, bevor ich sie in die Arme schließe. Sie erwidert die Umarmung. »Warum bist du einfach davongeritten?«

»Weil du nicht erlaubt hättest, dass ich mitkomme«, sagt sie zwischen zwei Hustenanfällen.

»Aus gutem Grund.« Ich helfe ihr aufzustehen.

»Geht's dir gut, Mila?«, fragt Frei.

»Etwas wacklig auf den Füßen, aber sonst okay.«

»Wie bist du in diese Lage geraten?«

»Ich war unterwegs zur Krete, da hat mich jemand von hinten gepackt. Bevor ich mich wehren konnte, lag ich am Boden und wurde gefesselt.«

Frei leuchtet Milas Gesicht und ihren Körper ab. »Wurdest du geschlagen, bist du verletzt?«

Mila schüttelt den Kopf.

»Hast du den Angreifer erkannt, war es Cagliari?«

»Nein, ich … es war eine Frau.«

»Eine Frau?«

»Glaube ich jedenfalls. Ich konnte sie nicht sehen, nur riechen. Sie roch nicht wie ein Mann.«

Ich beiße mir auf die Zunge. Meine Tochter weiß schon, wie Männer riechen.

»Sie war nicht grob zu mir«, fährt Mila fort. »Plötzlich lag ich einfach da.«

»Eine Frau«, sagt Frei. »Da kommt eigentlich nur eine in Betracht.«

Ich habe denselben Gedanken. »Léonie Ory, wir dachten, dass sie entweder zu Mathilde unterwegs oder schon über alle Berge ist. Weshalb sollte sie hier sein?«

»Sie gehört zu Santonis Leuten. Möglicherweise ist sie Cagliari zu Hilfe gekommen.« Frei klopft Mila auf die Schulter. »Du hast mehr Glück als Verstand, meine Liebe. Die Frau hätte dich gerade so gut umbringen können.«

»Was ist mit Pablo?«, fragt Mila anscheinend ungerührt. »Habt ihr ihn und Marie gefunden?«

»Noch nicht. Aber dank dir wissen wir, dass wir auf der richtigen Spur sind.«

»Was wollen diese Leute von den beiden?«

»Etwas, woran wir sie hindern müssen. Die Verstärkung kann jeden Moment hier sein. Wir sollten –«

Ein Schuss zerreißt die Stille.

»Das kommt von den Felsen«, stößt Murival hervor. »Wir müssen hin, jetzt!«

»Wollen Sie mit Fleiß in eine Kugel laufen?«, herrscht ihn Frei an. Sie zeigt auf Murival und mich. »Ich gehe allein. Sie beide kehren mit Mila zum Auto zurück.«

»Aber –«

Weiter kommt Murival nicht. »Sie tun verdammt noch mal, was ich sage. Ich bin die Einzige, die bewaffnet ist. Ich kann nicht Sie schützen und gleichzeitig Ihren Enkel und Marie retten. Ende der Diskussion.«

41

»Wie lange brauche ich bis zur Schutzhütte?«, frage ich Murival, sobald Frei außer Sichtweite ist.

»Gleich da vorn beginnen die Felsen. Bis zur Hütte sind es etwa fünf Minuten, maximal zehn. Sie brauchen keine Lampe, unter freiem Himmel ist es noch hell genug.«

»Okay, Sie gehen mit Mila zum Wagen.«

»Und du?«, fragt Mila.

»Ich helfe Frau Frei. Vier Augen sehen mehr als zwei.«

»Aber Mum.«

»Das ist zu gefährlich«, sagt Murival. »Mein Gewehr liegt im Kofferraum des Skodas. Ich kann es holen und zurückkommen.«

»Der Wagen ist verriegelt, Frei hat den Schlüssel. Mir ist lieber, Sie passen auf Mila auf, bis die Verstärkung kommt. Dann schicken Sie sie zu uns. Bis dahin schauen Frei und ich, dass wir klarkommen.«

Klarkommen, das ist ein Euphemismus für versuchen, möglichst lebend und unverletzt aus der Sache herauszukommen. Murival legt den Arm um die zögernde Mila. Der Blick, den meine Tochter mir zuwirft, spricht Bände. Das nächste Mal, wenn ich sie von einer Dummheit abhalten will, werde ich mir etwas anhören müssen. Murival schubst sie in die entgegengesetzte Richtung.

Wenig später erreiche ich den schmalen Pfad, der vor siebenhundert Jahren teils in Stufen, teils eben verlaufend in den weichen Kalksteinfelsen gehauen wurde. Es war der einzige Zugang zur damaligen auf dem schmalen Kamm thronenden Burg Spiegelberg. Heute ist es unvorstellbar, dass während Jahrhunderten Menschen hier gelebt hatten, bevor die Burg im Zug der Französischen Revolution zerstört wurde. Die Mauersteine der einstigen Ruine hatten Einheimische für den Bau ihrer Mauern und Häuser abgetragen, oder Wanderer hatten sie als Souvenir mitgenommen. Heute sind nur noch wenige Überreste des ursprünglichen Mauerwerks sichtbar.

Ich taste mich vorsichtig der Wand entlang und versuche, den Abgrund links von mir zu vergessen. Die Schutzhütte liegt in der Vertiefung zwischen zwei Felsbuckeln. Ich erwarte, jeden Moment auf Frei zu treffen. Da ich keine Lust habe, aus Versehen von ihr erschossen zu werden, setze ich vorsichtig einen Fuß vor den anderen. Die Schutzhütte sieht verlassen aus. Obwohl es auf dem Grat windiger und kühler ist als im schützenden Wald, steigt kein Rauch aus dem Kamin.

Plötzlich spüre ich hinter mir eine Bewegung. Bevor ich mich umdrehe, höre ich ein leises, aber scharfes: »Stopp! Hände in den Nacken.«

»Ich bin's, Frau Frei«, sage ich erleichtert.

»Johannis? Steht gefährlich leben in ihrem Stellenprofil? Wo bei ›Sie gehen zum Auto zurück‹ habe ich mich nicht deutlich ausgedrückt?« Sie stellt sich neben mich. »Was machen Sie hier?«

»Nachsehen, ob Sie Hilfe brauchen. Darf ich die Hände herunternehmen?«

»Wenn es sein muss.«

»Scheint niemand in der Hütte zu sein.«

»Nein, weiter vorne habe ich Stimmen gehört. Ich stoße jetzt weiter vor.«

»Soll ich mitkommen?«

»Wenn ich Nein sage, tun Sie's dann nicht?«

Ich sage nichts.

»Habe ich mir gedacht. Sie bleiben hinter mir.« Mit gezogener Waffe tastet sich Frei auf dem Pfad entlang der Felswand weiter zum Aussichtspunkt. Bevor wir da sind, hebt sie die Hand.

»Ich habe gesagt, du sollst springen.« Es ist eine männliche Stimme, vermutlich Cagliari.

»Vergessen Sie's. Sie müssen mich schon erschießen. Das geht wohl nicht, es soll ja wie ein Unfall aussehen, stimmt's?«

Die Replik kommt von einer Frau, das kann nur Marie sein. Der Felsvorsprung, hinter dem wir uns verbergen, verdeckt die Sicht. Frei hebt vorsichtig den Kopf und nimmt ihn gleich wieder runter.

»Es sind drei«, flüstert sie. »Marie, Pablo und Cagliari. Nur er hat eine Pistole. Er scheint unter Druck zu sein und könnte bald die Nerven verlieren.«

»Ist jemand verletzt?«

»Nicht, soweit ich erkennen kann. Das vorhin muss ein Warnschuss gewesen sein.«

»Und Léonie?«

»Ist nirgends zu sehen. Wenn sie uns bemerkt hätte, würden wir wohl nicht mehr hier stehen.«

»Was machen wir? Cagliari will, dass die beiden in den Abgrund springen. Wenn Marie ihn aber weiter provoziert, wird er sie früher oder später erschießen.«

»Zählen Sie langsam auf drei.« Ihre Pistole mit beiden Händen umklammernd macht Frei einen tiefen Atemzug und sieht mich an.

Ich hebe drei Finger hoch und krümme im Sekundentakt einen nach dem anderen. Dennoch zucke ich zusammen, als Frei aufspringt und auf Cagliari anlegt. »Polizei! Waffe fallen lassen, Hände hochnehmen, Cagliari.«

Dieser wirbelt herum und feuert in unsere Richtung. Eine Panikreaktion. Der Schuss verfehlt Frei, die sofort neben mir in Deckung geht. »Ich kann nicht auf ihn schießen, ohne Marie und Pablo zu gefährden«, presst sie hervor.

»Ich habe eine andere Idee, Polizistin«, ruft Cagliari. »Meine Pistole zielt auf den hübschen Kopf des Rotschopfs. Selbst wenn Sie mich treffen, kann ich immer noch entweder die Kleine hier oder ihren Freund mitnehmen. Ich schlage vor, Sie legen Ihre Waffe nieder.«

»Ich kann nichts machen«, raunt Frei mir zu. »Wir müssen Zeit gewinnen, bis die Verstärkung da ist. Sie bleiben in Deckung, verstanden?« Sie nickt mir aufmunternd zu.

»Okay.«

»Hören Sie, Cagliari.« Frei legt die Pistole auf den Boden, sodass er sie sehen kann. »Ich bin jetzt unbewaffnet und komme heraus. Lassen Sie uns reden.« Sie hebt die Hände und verlässt die Deckung.

»Die Waffe«, ruft er. »Schieben Sie sie zu mir.«

Frei kickt ihre Pistole mit dem Fuß etwa einen Meter von sich weg.

»Ich habe gesehen, dass Sie zu zweit sind«, ruft er. »Die andere soll rauskommen. Jetzt, sonst gibt's hier Tote.«

Ohne zu zögern, hebe ich die Hände. »Ich bin nicht bewaffnet, bleiben Sie ganz ruhig.« Ich stelle mich zu Frei. Marie und Pablo stehen dicht nebeneinander vor dem Geländer. Wenn sie an dieser Stelle in die Tiefe stürzen, besteht keine Hoffnung auf Überleben. Cagliari hat sich halb hinter Marie verschanzt. Seine Pistole zielt jetzt auf uns.

»Was jetzt, Cagliari?«, fragt Frei. »Gleich wimmelt es hier von Polizei. Sie haben keine Chance, hier wegzukommen. Wenn Sie um sich schießen, machen Sie es nur schlimmer. Geben Sie auf.«

»Kannst du vergessen, *poupée*. Ich bin nicht zum ersten Mal in einer solchen Lage.«

Der Kerl fühlt sich sicher genug, dass er aus seiner Deckung herauskommt. Oder ist es Marie, die sich fast unmerklich, aber stetig etwas zur Seite verschiebt?

»Was wollen Sie, Cagliari?«

Freis Pistole liegt drei Schritte von mir entfernt. Ich überlege, wie ich am schnellsten an sie herankommen könnte. Frei scheint meine Absicht zu erraten und stellt sich zwischen mich und die Waffe. Mit einer unüberlegten Aktion könnte ich uns alle gefährden. Das Problem ist, dass uns die Zeit davonläuft. Cagliari wird zusehends nervöser. Jetzt hebt er seine Pistole. »Zurück, sonst –«

Bei der letzten Silbe ertönt ein trockener Knall. Im selben Moment explodiert Cagliaris Kopf in einer roten Wolke, bevor die Schubkraft des Projektils ihn über das Geländer in den Abgrund reißt.

Frei schnappt sich ihre Pistole, bevor sie mich an der Schulter packt und runterzieht. Pablo hat sich niedergekauert und die Hände schützend über den Kopf gelegt. Einzig Marie steht starr wie eine Salzsäule an derselben Stelle. Vermutlich steht sie unter Schock. Ich renne zu ihr hin und drücke sie zu Boden. Ihr Gesicht ist blutverschmiert, wahrscheinlich von Cagliari. »Es ist vorbei.«

»Bringen Sie sie weg, Frau Johannis!«, ruft Frei. Sie richtet Waffe und Taschenlampe auf die Stelle, wo sie den unbekannten Schützen vermutet.

Ich bringe die beiden hinter dem Felsvorsprung in Deckung. Marie beugt sich vor und übergibt sich. Pablo hält sie fest und redet tröstend auf sie ein.

Ich gehe zurück zu Frei und kauere neben ihr nieder. »Woher kam der Schuss?«

»Da drüben.« Ihr Finger zeigt am Gipfelkreuz vorbei zur Felskuppe. Dahinter liegt die Vertiefung mit Schutzhütte. Sie steht aufrecht auf der Kuppe und sieht zu uns her. Das mit Zielfernrohr ausgerüstete Jagdgewehr liegt mit gekipptem Lauf in ihrem Arm.

Frei hat sie auch erkannt. »Legen Sie das Gewehr nieder, Frau Fischer, Frau Ory oder wer immer Sie sind. Es ist vorbei.«

Mit der gleichen Geste wie Murival vorhin auf dem Hof packt die Frau die Waffe bei Lauf und Kolben und legt sie auf den Boden. »Sie haben recht, es ist vorbei, endlich.«

42

Um die Picknickstelle beim Ausgangspunkt zu den Sommêtres wird es eng. Drei Streifenwagen der jurassischen Gendarmerie, ein Van der Spurensicherung und ein Ambulanzfahrzeug teilen sich den Platz. Bei der Wegmündung sprechen Karin Jäggi und Bea Frei mit Gérard und Mathilde Murival. Vor einer Viertelstunde ist Karin mit Françoise Gravier eingetroffen. Beim Ambulanzfahrzeug unterhalten sich Pablo und Mila mit Marie, die von einem Notarzt untersucht wird. Mila hat ihr mit einem Taschentuch das Blut aus dem Gesicht gewischt. Marie sieht erschöpft aus, ansonsten scheint sie guter Dinge zu sein. Das schließe ich aus ihrem an mich gerichteten aufmunternden Lächeln und dem erhobenen Daumen.

Ich sitze mit Françoise Gravier und der Frau, die ich als Sr. Bernadette kennengelernt habe, am Picknicktisch. Damit wir nicht völlig im Dunkeln sitzen, wurde neben der Fichte ein mobiler Scheinwerfer aufgestellt. Bestimmt verstößt Frei gleich gegen mehrere ihrer tausend Vorschriften, indem sie mich mit Léonie sprechen lässt, nachdem sie sie vor Ort befragt hat. Wahrscheinlich ist es ihre Art, sich bei mir für die Hilfe zu bedanken.

»Sie sind eine gute Schützin«, sage ich zu Sr. Bernadette/Léonie. »Bei diesen Lichtverhältnissen erfordert ein solcher Schuss nicht nur Können, sondern wahrscheinlich auch viel Übung.«

Ihre Lippen verziehen sich zu einem dünnen Lächeln. »Ich würde nicht hier sitzen, wenn ich dazu nicht in der Lage wäre.«

»Ich habe mir ihr Gewehr angesehen. Ein schönes Teil, obwohl ich nicht viel davon verstehe. Eine Mauser, nicht wahr, großkalibrig, geeignet für großes Wild, Hirsche, Elche und Ähnliches. Etwas außergewöhnlich für eine Frau, eine ehemalige Ordensfrau obendrein.«

»Habe ich Ihnen nicht erzählt, dass –«

»Sie ein vorheriges Leben hatten, ja. Verstehen Sie mich nicht falsch. Sie haben mir schon zum zweiten Mal das Leben gerettet, Sr. Bernadette. Oder möchten Sie, dass ich Sie lieber mit Frau Ory oder Léonie anspreche?«

»Das können Sie halten, wie Sie wollen. Wie kommen Sie darauf, dass ich Ihnen zweimal das Leben gerettet habe?«

»Das erste Mal war vor zwei Tagen bei der ›Moulin de la Mort‹, wo Ihr Kumpel Joseph Petri Mathilde Murival und mich erschießen wollte.«

»Keine Ahnung, wovon Sie sprechen. Ich bin froh, dass jemand Joseph erwischt hat, bevor er Ihnen und Mathilde etwas antun konnte.«

Françoise hat noch kein Wort gesagt. Sie sitzt neben Léonie und hört uns höflich interessiert zu.

»Ich dachte zuerst, es sei Gérard Murival gewesen«, fahre ich fort. »Dann erwähnte Mathilde, dass er kein Anhänger der Jagd ist.«

Léonie verschränkt die Arme.

»Weshalb geben Sie es nicht zu? Sowohl der Schuss bei der ›Moulin de la Mort‹ als auch das von vorhin sind klare Fälle von Nothilfe. Sie haben nichts zu befürchten, es sei denn, da ist etwas, das ich noch nicht weiß. Ich bin Journalistin, keine Polizistin. Meine Arbeit besteht darin, zu verstehen, was mit Ihnen passiert ist. Sie und Camille Murival waren mal ein Paar. Erst flüchten Sie mit ihr, dann täuschen Sie den eigenen Tod vor. Jahre später töten Sie Camille zusammen mit Ihrem Liebhaber Marko Rusic. Was ist damals vorgefallen, dass es so weit kommen konnte? Warum musste Camille sterben?«

Léonie vermeidet, mir in die Augen zu sehen. Ihre Aufmerksamkeit richtet sich auf eine Kerbe in der Tischplatte, mit der sich ein Wanderer verewigt hat.

»Wissen Sie, Léonie. Je länger ich Sie mir anschaue und darüber nachdenke, desto stärker wird mein Gefühl, dass etwas nicht zusammenpasst. Auf der einen Seite sind Sie eine Killerin, die kaltblütig mordet. Dann wiederum retten Sie mir, Mathilde und drei jungen Menschen das Leben, indem Sie Ihren eigenen Komplizen erschießen. Sie waren es doch, die meine Tochter davon abhielt, Cagliari in die Hände zu fallen. Sie haben Mila im Wald überwältigt und gefesselt, nicht wahr?«

In Erwartung einer Reaktion von ihr mache ich eine weitere Pause.

Vergeblich.

»Als Mutter kann ich Ihnen nicht dankbar genug sein. Aber wenn Sie die Léonie Ory sind, für die ich Sie ursprünglich gehalten habe, müsste Mila jetzt tot sein.«

Geradeso gut könnte ich mit dem Nadelbaum hinter mir reden.

Ich schlage mit der flachen Hand auf den Tisch, nicht heftig, aber kräftig genug, damit sie den Kopf hebt und mich ansieht. »Hören Sie auf mit dem Theater und sagen Sie was, verdammt noch mal! Ich will Sie verstehen, begreifen Sie das doch.«

»Was meinen Sie mit: wenn ich die Léonie wäre, für die Sie mich gehalten haben?«

Endlich. Ich zeige ihr das Foto auf meinem Handy, das ich vom gerahmten Bild in Mathildes Wohnzimmer gemacht habe. »Sie sind weder Léonie Ory noch die ehemalige Ordensfrau Bernadette Fischer.« Ich vergößere das Bild von dem Mädchen mit dem Jagdgewehr. »In Wahrheit sind Sie diese Person, nicht wahr? Camille Murival, seit Ihrer Jugendzeit eine talentierte Schützin und Jägerin. Schauen Sie, wie Sie auf dem Foto das Gewehr halten, mit gekipptem Lauf und wie ein Baby im Arm. So wie vorhin, auf dem Felsen.«

Sie nimmt mir das Handy aus der Hand und starrt versonnen auf das Bild. Mit einer fast zärtlichen Geste streicht sie mit dem Zeigefinger über das Gesicht ihres Alter Egos.

»Warum haben Sie es getan, und wie ist es möglich, dass Sie jetzt hier sitzen, wenn die Polizei vor zwanzig Jahren Ihre Leiche aus dem Meer gefischt hat? Wie wurde aus Camille die Person, die ich vor mir habe?«

Zum ersten Mal seit Beginn des Gespräches oder eher meines Monologs wechselt sie einen langen Blick mit Françoise. Es sieht aus wie ein Hilferuf.

Françoise rutscht näher zu ihr und küsst sie auf die Stirn, bevor sie sich an mich wendet. »In Ordnung, Cora, beenden wir die Charade.«

43

Sobald die Küste außer Sicht war, übernahm Camille das Steuer.

»Halte dich an den vorgegebenen Kurs«, wies Gérard sie an. »In rund einer halben Stunde sollten wir bei ihnen sein.« Er ging unter Deck, um sich umzuziehen. Camille trug bereits ihr Outfit, schwarzer Pullover, gleichfarbige Jeans und Sneakers. In wenigen Stunden würde sie für die Jahreszeit zu warm angezogen sein. Jetzt, am frühen Morgen und mit dem Fahrtwind, war es genau das Richtige.

Freitagnacht um elf Uhr waren sie mit dem EasyJet-Direktflug aus Marrakesch mit einer dreißigminütigen Verspätung in Nantes gelandet. Gut zwei Stunden später fuhren sie mit dem Mietwagen bei ihrer Pension am Hafen von Quiberon vor. Gérard hatte das Zimmer im Voraus bezahlt. Der Zimmerschlüssel lag in einem kleinen Safe neben der Tür, das Passwort hatte ihnen die Gastgeberin per SMS mitgeteilt. Während Camille bis Samstagmittag durchschlief, war Gérard zeitiger aufgestanden. Er hatte sich die Schlüssel für das Schnellboot besorgt, das ihm ein Bekannter ausgeliehen hatte.

Nach dem Mittagessen in einem Bistro abseits des Hafens waren sie den Plan noch mal durchgegangen. Danach hatten sie die Umgebung ausgekundschaftet und sich vergewissert, dass die Zielpersonen sich dort befanden, wo sie sein sollten. Am Abend waren sie früh zu Bett gegangen. Sie mussten vor Sonnenaufgang auslaufen.

Camille hatte schon eine der beiden Thermosflaschen Kaffee zur Hälfte geleert, den Gérard mit der Kaffeemaschine im Zimmer der Pension zubereitet hatte. Die Mischung von Koffein und Adrenalin und die Gewissheit, dass es bald vorbei sein würde, hielten sie für den Moment hellwach.

Sie nahm ihr Handy hervor. Pablos rundes Babygesicht füllte das Begrüßungsbild des Displays aus. Sie hatte das Foto vor einer Woche gemacht, um sein niedliches Lachen festzuhalten.

Als Léonie sie in Lille fast getötet hatte, war Camille mit ihm schwanger gewesen, ohne es zu wissen. Beide, Mutter und Sohn, hatten vor ihrer Geburt Gewalt erfahren. Pablos Vater Tiago war durch sie umgekommen. Camille war auf die Welt gekommen, kurz bevor ihre Mutter Thérèse an der Folge einer Schussverletzung starb. Diese tödlichen Verkettungen wollte sie heute durchbrechen. Sie tat es für Pablo. Bei seiner Geburt hatte sie geschworen, stets für ihn da zu sein, ihn zu beschützen und ihm ein gerechteres Leben zu ermöglichen.

Es war das erste Mal, dass sie ihr Kind mehrere Tage am Stück allein ließ. Die Trennung war schmerzhaft gewesen. Nuria würde sich um Pablo kümmern, sollte Camille nicht zurückkehren. Sie liebte ihn wie ihren eigenen Sohn.

Gérard kam zurück an Deck. Die schwarze Kleidung machte ihn hagerer, als er in Wirklichkeit war. Camille freundete sich immer mehr mit dem Gedanken an, einen Vater zu haben. Ihr ganzes Leben war von der Gewissheit geprägt gewesen, dass er ihre Mutter getötet hatte. Nicht einmal Mathilde hatte sie davon abbringen können. Erst Françoise hatte sie von seiner Unschuld überzeugt. Wie sie an die Informationen gekommen war, die seine Unschuld bewiesen, hatte Camille nie erfahren. Was ihre Arbeit betraf, blieb Françoise wortkarg. Wie immer dieser Tag ausgehen würde, Camille war dankbar für die Wochen und Monate, in denen sie Gérard und seine Eigenheiten kennenlernen durfte und dabei auch sich selbst ein wenig besser.

Gérard hatte ihr von Thérèse erzählt. Samuel Leuenberger hatte sie vor über zwanzig Jahren aus Eifersucht und Rache erschossen, weil sie Gérard ihm vorgezogen hatte. Es war in einem kleinen Dorf im Südjura geschehen, an einem Tag, der nur Verlierer gekannt hatte, allem voran die Wahrheit.

Die Gewinner waren Zündler und Profiteure gewesen, Unberührbare damals und heute auf ihren hohen Positionen.

Eifersucht, Macht-, Geld- und Habgier hatten ihrer Mutter das Leben gekostet und Camilles Kindheit zerstört. Sie verfolgten sie bis heute und trachteten ihr nach dem Leben. Sie waren schuld am Tod des Vaters ihres Sohnes. Heute würde Camille es beenden.

»Du bist so still?«, fragte Gérard. »Alles in Ordnung?«

»Keine Sorge, ich bin voll da.«

»Willst du es immer noch durchziehen?«

Es war das dritte Mal, dass er das fragte, seit sie von Marrakesch abgeflogen waren. Und wenn er es noch hundertmal tat, ihre Antwort würde dieselbe sein. »Ich will es nicht durchziehen, Papa, ich muss. Auf dieser Welt gibt es nur Platz für eine von uns.«

Er nickte und schaute auf den Radar. »In einer Viertelstunde sind wir dort.«

Nachdem sie die Information über den Aufenthaltsort ihrer Zielobjekte bekommen hatten, waren ihnen achtundvierzig Stunden für die Vorbereitungen geblieben.

Camille blieb am Steuer, Gérard suchte den Horizont durch das Fernglas ab. »Ich glaube, ich sehe sie.«

Der Radarschirm bestätigte es. Das andere Boot lag vor ihnen, die Kennung stimmte.

»Wir nähern uns von der Backbordseite. Mach eine Schleife nach Steuerbord, damit wir direkt hinter ihnen sind.«

Camille korrigierte den Kurs und beschleunigte. Gérard bereitete die Waffen vor, zwei Glock 17 mit Schalldämpfer, und je zwei Magazine Munition. Das reichte, wenn es ihnen gelang, das Überraschungsmoment zu behalten. Es war Camilles Idee gewesen. Gérard hatte nie versucht, es ihr auszureden.

»Mach dich bereit.« Er reichte ihr eine Balaklava. Sie hielt sie einen Moment unschlüssig in der Hand. Dann legte sie sie weg. »Ich verstecke mich nicht mehr vor ihr.«

Inzwischen waren sie nahe genug, um zu sehen, dass sich nur eine Person auf dem Oberdeck befand. Es war Marko. Léonie musste unter Deck sein, wahrscheinlich schlief sie noch. Die

Entfernung zum Segelboot betrug zweihundert Meter. Gérard übernahm das Steuer. Fünfzig Meter vor dem Ziel verlangsamte er die Fahrt und steuerte parallel zum anderen Boot. Marko lag mit geschlossenen Augen auf dem Deck. Entweder schlief er oder genoss die Sonne. So weit funktionierte der Plan. Er erwartete jemand anders, einen Freund. Der hatte eine Motorpanne im Hafen, für die Gérard gesorgt hatte, und würde erst viel später kommen.

»Du bist früh dran«, sagte Marko immer noch mit geschlossenen Augen, als Camille mit der Pistole im Anschlag über die Reling kletterte.

Camille blickte auf Marko herab. Er war nackt.

Er machte die Augen auf.

»*What the fuck!*«

Er fuhr hoch und versuchte, von ihr wegzurutschen. Dabei verlor er das Gleichgewicht und fiel vom Aufbau auf die Planken herab. Die Reling verhinderte, dass er ins Wasser fiel. »Camille, was zum Teufel –«

»Grüß ihn von mir, wenn du ihn siehst, Marko. Das ist für Tiago.« Camille drückte ab. Markos Kopf wurde zurückgeschleudert und kam unter der Reling halb über dem Wasser zu liegen. Camille schaute einen Moment zu, wie sein Blut ins Wasser tropfte.

Gérard stand hinter ihr. Sie hatten vereinbart, dass er nichts tun würde außer ihr, falls nötig, Rückendeckung geben. »Am Bug, Camille.«

Camille blickte nach vorne. Nur mit einem Bikini bekleidet, kletterte Léonie durch eine Luke ans Oberdeck. Sie war noch immer schön. Diesen Körper zu berühren hatte früher das Paradies für sie bedeutet. Heute ließ er sie kalt.

Léonie hielt eine Pistole in der Hand. Sie hatte Camille noch nicht gesehen.

»Fallen lassen!«

Léonie erstarrte. Entgegen der erwarteten Gegenwehr ließ sie die Waffe sofort los.

»Umdrehen!«

Léonie gehorchte. »Du?«

»Ja, ich. Überrascht?«

»Warte, du musst mich nicht –«

»Doch, ich muss.« Camille drückte ab. »Tut mir leid … *chérie*.«

Léonie wurde in den Bauch getroffen. Sie stolperte über die Reling ins Wasser.

Camille warf die Glock ins Wasser. Gérard gab ihr das Satellitentelefon. Camille wählte eine Nummer.

»Es ist gut«, sagte sie, sobald am anderen Ende abgehoben wurde.

44

»Sie haben sie erschossen, beide?«

»Nicht ganz. Léonie war nur angeschossen. Sie ist ins Wasser gefallen und ertrunken.« Camille sagt es, als würde sie einen forensischen Bericht zitieren.

»Sie hätten sie retten können. Das ist kaltblütiger Mord.«

»Nennen Sie es, wie Sie wollen, Frau Johannis. Ich frage Sie: Wie weit würden Sie gehen, wenn Milas Leben ständig bedroht wäre und keine Hoffnung besteht, Gerechtigkeit zu erfahren, weder von der Polizei noch von der Justiz?«

Seit Camille ihre wahre Identität preisgegeben und ihre Geschichte erzählt hat, ist eine Veränderung in ihr vorgegangen. Sie fixiert mich herausfordernd.

Für meine Kinder würde ich mein Leben geben und wäre auch bereit, für sie zu töten, wenn ich keine Wahl hätte. Aber das ist nicht der Punkt. Ich schiele hinüber zu Frei, die sich immer noch mit Karin und den jurassischen Polizisten unterhält.

»Es ist nicht meine Aufgabe, Sie zu verurteilen, Camille. Aber ich glaube nicht, dass die Polizei das auch so sieht.«

Camille hat meinen Seitenblick zu Frei gesehen. Ihre Mundwinkel zucken. »Polizei, Untersuchungsrichter und Staatsanwälte sehen das, was die Mächtigen, ihre Anwälte und korrupte Politiker ihnen zu sehen geben. Der Mord an meiner Mutter wurde nie aufgeklärt. Der Vater meines Sohnes ist sinnlos gestorben, weil ein als seriöser Geschäftsmann auftretender Verbrecher es so wollte. Mein halbes Leben lang war ich auf der Flucht vor einem Gegner, der sich ungehindert nehmen kann, was er will.«

Was soll ich darauf antworten? Dass es ehrliche und gewissenhafte Polizisten gibt, die sich nicht scheuen, den Finger dorthin zu legen, wo es wehtut? Polizistinnen wie Bea Frei oder Karin Jäggi. Aufrichtige Männer wie Daniel vom Staal, die wissen, was Macht bedeutet, dass sie nicht nur zerstören, sondern auch aufbauen kann. Habe ich das Recht, Camille mit nichtssagenden moralingetränkten Phrasen abzuspeisen?

»Helfen Sie mir zu verstehen, Camille.«

Camille sieht Françoise an und nickt. Diese nimmt einen Datenstick aus ihrer Handtasche und schiebt ihn zu mir herüber.

»Was ist das?«

»Eine Kopie der Daten auf meinem USB-Stick, den du hacken wolltest, während ich im Spital lag.« Ihre erhobene Hand stoppt meinen Anlauf zu einer Rechtfertigung. »Es war mir klar, dass du es versuchen würdest. Immerhin habe ich dich gebeten, für Camille zu schauen.«

»Du hast dich doch erinnert?«

»Und entschuldige mich für mein Täuschungsmanöver gestern im Spital. Nach allem, was vorgefallen war, musste ich mir erst einen Überblick verschaffen. Zudem war Frau Jäggi dabei.« Sie zeigt auf den Stick. »Ich wollte ihn dir schon nach dem Empfang im Ambassadorenhof geben. Dazu ist es dann leider nicht mehr gekommen. Was du nicht wissen konntest: Die Sicherheit der Kommunikationstechnologie für Funktionäre im Umfeld meines Präsidenten ist ausgeklügelt. Sobald die Daten von meinem Notebook auf einen unautorisierten Träger kopiert werden, werden sie derart neu verschlüsselt, dass es einem durchschnittlichen Hacker schwerfallen dürfte, sie zu knacken. Dieser USB-Stick hier enthält nur die Daten, die du unbedingt brauchst. Du kannst die Dateien ohne Weiteres öffnen.«

Ich werde mich bei Wagner entschuldigen müssen, natürlich ohne ihm auf die Nase zu binden, dass sein Hackerkollege im besten Fall Durchschnitt ist. Ich wiege den Stick in der Hand, als könnte sein Gewicht auf die Bedeutung der Informationen hinweisen, die er enthält. »Was finde ich darauf? Beweise dafür, dass Gérard Murival unschuldig des Mordes bezichtigt wurde oder Jean-Baptiste Santoni die Ilios Watch in eine Geldwäscherei umfunktionieren will? Als Bonus obendrauf vielleicht Belege für Polizei- und Beamtenkorruption in der Schweiz?«

Françoise schürzt die Lippen. »So explizit würde ich es nicht ausdrücken. Sagen wir, du wirst auf verschiedene Indizien stoßen. Zum Beispiel, dass es an gewissen Orten und Stellen schwarze Schafe gab und immer noch gibt. Bei uns in Frankreich ist das nicht anders, ebenso im Rest der Welt.« Françoise holt ein Päckchen Zigaretten und ein Feuerzeug aus ihrer Tasche. »Ist es in Ordnung, wenn ich rauche? Solche Themen bespreche ich am liebsten im Zigarettendunst, es macht sie erträglicher.« Sie hält mir das Päckchen hin. »Auch eine?«

Ich winke ab.

»Weißt du«, beginnt sie nach dem ersten Zug. »Es passiert immer wieder, dass Akten verloren gehen oder Beweise verschwinden. Sie gehen bei einem Archivumzug verloren, oder man versäumt, sie vor der Vernichtung zu digitalisieren. Woanders wird ein Asservat entnommen und dann so verlegt, dass es nicht mehr gefunden werden kann, oder man vergisst es einfach. Wo Menschen arbeiten, passieren Fehler.«

Ich muss daran denken, was mir Frei über unauffindbare Berichte und die Tatwaffe im Mordfall Thérèse Trachsler erzählt hat. »Die Frage ist, wo und wie häufig es vorkommt.« Ich lege den Stick auf den Tisch. »Was ist hier drauf?«

»Sieh dir alles an. Es ist selbsterklärend.«

»Ich kaufe nicht gern die Katze im Sack. Kannst du mir einen Abriss geben?«

Françoise und Camille tauschen sich erneut stumm aus. Ich interpretiere es als »Willst du oder soll ich?«. Françoise beginnt.

»Ich fange am besten ganz von vorne an. 1979 wird die Scheune auf dem Hof der Familie Leuenberger in La Chaux-de-Tramelan bei einem Brand vollständig zerstört. Philippe, der jüngere Sohn, und seine Freundin fallen den Flammen zum Opfer. Als Ursache steht schnell Brandstiftung fest, ebenso die Übeltäter. Obwohl der neue Kanton Jura in die Eidgenossenschaft aufgenommen wurde, gab es unter den Separatisten Hitzköpfe, die sich damit nicht zufriedengaben. Für die Berner Behörden steht fest, dass sie es waren, die der berntreuen Familie Leuenberger einen Denkzettel verpassen wollten. – Auf dem Stick findest du Nachweise, Berichte und Bankauszüge über die prekäre finanzielle Lage des Leuenberger-Hofes vor dem Brand. Der Hof war unterversichert. Die ausbezahlte Entschädigung war nicht ausreichend. Beat Leuenberger, Samuels Vater, musste seinen Schwager um Hilfe bitten, Pierre-Alain Keller.«

»Das weiß ich von Marie Leuenberger.«

»Dachte ich mir, aber weißt du auch, dass Keller zu dieser Zeit im Justizausschuss des Berner Kantonsparlamentes saß? Er war gut vernetzt, speziell mit dem zuständigen Untersuchungsrichter. Aufrichtige Berner, die sie waren, gehörten beide der Konservativen Partei an, welche heftig gegen die Beschneidung des Berner Territoriums und den neuen Kanton Jura opponiert hatte.«

»Sauhäfeli-Saudeckeli.«

»Wie bitte?«

»Nichts, ein schweizerdeutscher Ausdruck für eine Hand, die die andere wäscht.«

»Genauso war es auch. Zum Zeitpunkt des Brandes sah ein Nachbar der Leuenbergers Gérard Murival auf seinem Motorrad in der Nähe des Hofes. Gérard wollte Samuel, den Sohn von Beat, zur Rede stellen, weil er seiner Freundin Thérèse Trachsler nachstellte. Das und die Tatsache, dass Gérard ein Separatist und Mitglied der FLJ war, genügten, ihn zur Fahndung auszuschreiben. Gérard musste untertauchen. Keller und sein Freund, der Untersuchungsrichter, sorgten dafür, dass er der alleinige Verdächtige blieb. Im Gegenzug zahlte Keller der Konservativen Partei eine erkleckliche Summe in die Kampfkasse für die anstehenden Berner Parlamentswahlen.«

»War denn erwiesen, dass Gérard nichts mit dem Brand zu tun hatte? Immerhin war er zur Tatzeit vor Ort.«

»Laut feuerpolizeilichem Bericht, den du ebenfalls auf dem Stick findest, wurde das Feuer gleichzeitig an zwei gegenüberliegenden Stellen der Scheune entfacht. Eine Person allein konnte das unmöglich getan haben. Darüber hinaus entlastet Gérard die Aussage des Zeugen, der ihn gesehen hat. Davon gibt es zwei Versionen. In der ersten gibt der Zeuge an, er habe Gérard zum Hof fahren sehen, als er zum Fenster hinausschaute. Was glaubst du, weshalb?«

»Sag es mir.«

»Er sah den Feuerschein der brennenden Scheune. Keine Minute später ist Gérard wieder weggefahren.«

»Der Hof brannte schon, als Gérard dort ankam? Er kann das Feuer nicht gelegt haben.«

»Die Zeugenaussage wurde später ›ergänzt‹, sodass Gérard es gewesen sein musste, ein höchst willkommener Sündenbock.«

Der so zum ewig Flüchtenden wurde. »Wer hat also den Brand gelegt?«

»Entweder Beat Leuenberger oder Sohn Samuel. Vermutlich eine heiße Sanierung, die schiefging. Das ist nicht mehr relevant, da beide nicht mehr am Leben sind und der Fall verjährt ist.«

»Und Cortébert 1980? Bea Frei hat mir erzählt, dass die Akten dazu verschollen sind. Auch kein Zufall?«

»Dazu gibt es mehrere Versionen des Polizeiberichtes. Ich gebe nur die inoffizielle wieder: Gérard Murival wurde neben der schwer verwundeten Thérèse Trachsler festgenommen, bevor er sich befreien und fliehen konnte. Als die tödliche Kugel sie traf, hatte Thérèse am Fenster gestanden. Die ballistische Analyse hielt fest, dass von der Mitte des Vorplatzes aus dreimal auf sie gefeuert wurde. Mehrere Zeugenaussagen bestätigten, dass Gérard sich zum Zeitpunkt der Schussabgabe beim Eingang des ›Hotel de l'Ours‹ befand. Er kann unmöglich geschossen haben.«

»Nein, das war Samuel Leuenberger.«

»Genau das hat er Gérard gegenüber vor zwei Tagen gestanden. Die Umstände von Samuel Leuenbergers Tod klärt Gérard gerade mit Frau Frei.

Die Unruhen von Cortébert waren ein Desaster sowohl für die Polizei als auch für die Justiz des Kantons Bern. Wie beim Brandanschlag im Jahr davor musste ein Sündenbock her. Gérard war für diese Rolle prädestiniert.«

»Wie bist du an alle diese Informationen gekommen?«

Françoise verzieht das Gesicht zu einer säuerlichen Grimasse. »Ehrlich gesagt habe ich diese Frage befürchtet. Als wir beide uns in Marokko kennenlernten, war ich stellvertretende Botschafterin. Vorher arbeitete ich im Innenministerium, genauer für die DST, als Teil einer Task Force mit unserem Auslandgeheimdienst DGSE, der Gendarmerie, der Police Nationale und dem Zoll. Auf internationaler Ebene arbeiteten wir mit Europol und Interpol zusammen.«

»Santoni?«

»Richtig, vor allem dessen illegales Netzwerk unter dem Deckmantel der ›Diana Holding‹.«

»Santoni hängt wie genau mit dem Jurakonflikt, dem Brandanschlag und dem Mord an Cortébert zusammen?«

»Direkt nicht. Jean-Baptistes Vater Pasquale tritt erst im Lauf der Neunziger in der Schweiz in Erscheinung. In Frankreich hatten wir ihn schon früher auf dem Radar.«

»Geldwäscherei für das organisierte Verbrechen.«

»Genau, das ist einer der Gründe für seine hiesige Expansion. Nach dem Tod von Vater Pasquale erbte Jean-Baptiste dessen Anteile an Ilios Watch. Als Uhrenliebhaber sah er das Potenzial der Firma für legitime Aktivitäten, aber auch für illegale Geschäfte. Er hofierte Pierre-Alain Keller mit Bestechung und anderen, sagen wir, Vergünstigungen, bis ihm und seinem Ziel nur noch zwei Personen im Weg standen.«

»Mathilde und Camille Murival.«

Françoise berührt den Arm von Camille. Es ist an ihr, weiterzuerzählen. Während sie mir von ihrer Jugend, Léonies Verrat, dem Zusammentreffen mit Gérard und ihrem Leben in Marrakesch erzählt, versuche ich, hinter dem von diesem Leben gezeichneten Antlitz der Vierzigerin das neunzehnjährige Mädchen mit dem breiten Lachen zu finden. Mehr als die Hälfte ihres Daseins war Camille nichts anderes als ein Objekt gewesen, ein Werkzeug für die Befriedigung von Lust und Habgier. Sie hatte sich durch einen Sumpf aus Lüge, Intrige und Verrat gekämpft, ohne selbst darin zu versinken und sich selbst zu verlieren, im Gegenteil: Es hatte sie resilient gemacht.

»Wir können eine Pause machen, wenn Sie möchten«, sage ich, als sie die Schilderungen zwischendurch kurz unterbricht.

Sie schüttelt bestimmt den Kopf. »Nicht nötig, ich will es zu Ende bringen. Als Léonie und Marko an der Côte d'Azur auftauchten, wurde mir klar, dass es nie aufhören würde, wenn ich nicht etwas dagegen unternahm. Sie würden keine Ruhe geben, bis sie mich und Pablo gefunden hätten. Das konnte ich nicht zulassen. Ich musste sie stoppen.«

»So hast du es mir auch gesagt«, wirft Françoise ein. »Weißt du noch, was ich darauf geantwortet habe?«

»Ja, dass es nicht damit getan sei, Léonie zu töten. Ich selbst müsse ebenfalls sterben«, sagt Camille.

»Den Rest kennst du, Cora«, sagt Françoise. »Der Vorteil, einmal einem Geheimdienst angehört zu haben, besteht unter anderem in einem ressourcenreichen Netzwerk. Léonies Leiche wurde so präpariert, dass sie als Camille identifiziert und dokumentiert wurde.«

»Und Marko, was wurde aus seiner Leiche?«

»Er wurde anonym in einem Gemeinschaftsgrab bestattet.«

»Hat Santoni sich nicht gewundert, als sich die beiden nicht mehr gemeldet hatten?«

Françoise zündet sich eine neue Zigarette an. »Die Russen sind nicht allein Meister der Desinformation. Wir streuten das Gerücht, Léonie und Marko hätten kalte Füße bekommen und sich abgesetzt. Bei der Durchsuchung des Segelbootes fanden Camille und Gérard zweihunderttausend Euro in bar. Das deckte die Unkosten ihrer Aktion bei Weitem. Den Rest behielten sie als Schmerzensgeld.«

So gerecht es klingt, stehe ich vor der Frage, ob Camille kaltblütig zweifachen Mord begangen oder als Frau und Mutter in Notwehr gehandelt hat, um das Überleben ihrer Familie zu sichern. Darüber zu urteilen ist aber nicht meine Aufgabe. »Eines verstehe ich immer noch nicht, Camille. Weshalb sind Sie hierher zurückgekommen, um die Institutsleiterin zu spielen? Warum sind Sie nicht in Marokko geblieben?«

»Wegen Pablo. Mit fünfzehn wollte er seine Wurzeln kennenlernen. Zuerst versuchte ich, ihn davon abzubringen. Je verzweifelter ich dabei vorging, umso vehementer bestand er darauf, bis ich fürchten musste, ihn zu verlieren, wenn ich nicht nachgebe. All meine alten Ängste brachen hervor. Wenn Santoni herausfände, wer Pablo wirklich war, würde er in Todesgefahr schweben. Ich wollte und konnte die Sorge um seine Sicherheit nicht Mathilde überlassen. So kam ich hierher, auch weil ich in ihrer Nähe sein wollte. Mathilde ermüdet in letzter Zeit schneller. Gérard, Françoise und ich mussten verhindern, dass Santoni und Keller das ausnützen.«

»Mathilde wusste Bescheid?«

»Von Anfang an«, sagt Françoise. »Ich sagte es ihr, nachdem ich Camille in Lille aufgespürt hatte.«

Ich deute auf das Pflaster auf Françoises Kopf. »Wer ist dafür verantwortlich? Gérard?«

»Niemand«, sagt Françoise prompt.

»Ich«, widerspricht Camille.

»Könnt ihr euch einigen?«, frage ich.

»Es war ein Unfall«, beharrt Françoise.

»An dem ich schuld bin«, entgegnet Camille. »Ich wollte, dass du Pablo überzeugst, nach Marokko zurückzukehren. Auf dich hat er immer gehört. Du warst dagegen. Pablo sei alt genug, für sich selbst zu entscheiden. Ich wurde wütend. Du wolltest nicht diskutieren und hast dich hastig umgedreht. Dabei bist du gestolpert und die Treppe hinabgestürzt.«

»Sage ich doch, ein Unfall«, meint Françoise achselzuckend.

»Weiß Karin Jäggi Bescheid?«

Françoise drückt die Zigarette aus. »Ich habe es mit ihr geklärt.«

»Danke für eure Offenheit.« Ich stecke den Datenstick ein und will aufstehen.

Camille hält mich zurück. »Moment noch bitte, Frau Johannis.«

Ich setze mich wieder hin.

»Was werden Sie jetzt tun? Ich meine, werden Sie Frau Frei berichten, was ich … wir Ihnen gesagt haben?«

»Sie wollen wissen, ob ich ihr verraten werde, dass Sie vor zwanzig Jahren Léonie Ory und Marko Rusic vorsätzlich getötet haben?«

»Ja.«

Ich brauche einen Moment, bis ich die richtigen Worte gefunden habe. »Sie wissen, was ich arbeite?«

»Sie sind Journalistin, aber ich verstehe nicht ganz, was –«

»Ich weiß nicht, was Sie für ein Arrangement mit der französischen Regierung getroffen haben, die Françoise Gravier hier repräsentiert und unter deren Schutz Sie zu stehen scheinen. Léonie Ory und Marko Rusic wurden vor zwanzig Jahren in Frankreich getötet. Es ist nicht an mir, zu bestimmen, ob und in welchem Maß Sie sich dafür in der Schweiz verantworten müssen. Ich fühle mich nicht verpflichtet, Frau Frei über etwas zu informieren, das nicht in die Zuständigkeit der schweizerischen Justiz fällt.«

»Wirst du darüber schreiben?«, fragt Françoise.

»Das gehört zu meinem Job. Aber ich versichere euch, dass in meinem Artikel nichts stehen wird, was euch kompromittieren könnte.«

Camille reicht mir die Hand. »Danke, Frau Johannis. Noch etwas zu den zweihunderttausend Euro, die wir auf dem Segler gefunden und mitgenommen haben.«

»Ja?«

»Mit Hilfe meiner Haushälterin Nuria kaufte ich ein Haus, das wir zu einem Kinderheim umgebaut haben. Nicht dass Sie denken, dass –«

»Sie sind mir keine Rechenschaft schuldig, aber danke, dass Sie es mir gesagt haben.«

Mein Telefon klingelt. Es ist Mathilde.

»Cora? Können Sie kommen? Ich brauche Sie.«

45

Kellers Villa liegt in wenigen Minuten Gehdistanz von Mathildes Haus an der Rue des Lilas. Ich habe Frei gebeten, mich zu begleiten. Schon vom Vorplatz aus sehen wir die weit offene Eingangstür.

Ich folge Frei, die mit gezogener Pistole zuerst das Haus betritt.

»Hallo? Polizei!«, ruft sie in die Stille. »Monsieur Keller, Madame Murival, ist da jemand?«

»Ich bin hier.« Mathildes Stimme.

»Wohnzimmer«, sage ich und zeige auf einen Durchgang vom Vestibül in einen großzügig angelegten Wohnbereich. Der Raum nimmt den größten Teil der Gesamtfläche des Erdgeschosses ein. Er ist in einen modernen Küchen- und Essbereich sowie einen offenen Wohnbereich aufgeteilt, in dessen Zentrum eine Sofagruppe steht, auf der sich Völkerstämme versammeln könnten. Die kreidebleiche Mathilde sieht darin verloren aus. Frei steckt ihre Pistole ein. »Sind Sie in Ordnung, Frau Murival? Wo ist Herr Keller?«

Sie zeigt zum Küchenbereich mit dem ausladenden Esstisch. Wir finden seinen leblosen Körper zwischen Panoramafenster und Esstisch auf dem Rücken liegend am Boden. Ich will zu ihm hin. Frei hält mich zurück. »Ich mache das, bleiben Sie bei Frau Murival.« Frei kniet zu Keller und prüft seinen Puls.

»Ist er tot?«, höre ich Mathilde von der Sitzgruppe her.

Ich sehe Frei an. Sie erwidert kurz den Blick, schüttelt den Kopf und greift zu ihrem Handy.

Ich setze mich neben Mathilde. »Was ist passiert? Haben Sie ihn so gefunden?«

Sie bewegt zögerlich den Kopf zur Seite, was ich als Nein deute. »Wir hatten eine Verabredung. Er wollte unbedingt die Überschreibung meiner Firmenanteile finalisieren.« Sie deutet in Richtung des Esstisches. »Wir diskutierten bei einem Glas Rotwein und gingen die Unterlagen durch. Plötzlich wurde ihm schlecht. Er erbrach sich und klagte über Herzschmerzen. Dann sackte er zu Boden.«

»War er herzkrank?«

»Er nahm Medikamente fürs Herz und gegen hohen Blutdruck. Er überlegte, seine Anteile in ein paar Jahren auf Santoni zu übertragen. Ich habe ihn gedrängt, es nicht zu tun. Kann sein, dass das zu viel für ihn war.«

»Sie mögen Santoni nicht?«

Sie presst die Lippen zusammen. »Er ist ein guter Geschäftsmann. Als Mensch ist er ein Scheusal.«

Frei setzt sich zu uns. »Spurensicherung und der Pikettoffizier der Gendarmerie sind unterwegs. Sie bieten den Amtsarzt auf.« Sie lässt sich von Mathilde den Hergang von Kellers Anfall noch mal schildern. »Mal sehen, was der Amtsarzt meint. Möglich, dass der Staatsanwalt hermuss. Das sollen die hiesigen Kollegen entscheiden.«

»Brauchen Sie mich noch, Madame Frei?«, fragt Mathilde. »Ich möchte nach Hause.«

»Es wäre besser, auf die Kollegen zu warten, aber ich habe ja Ihre Aussage. Halten Sie sich morgen zur Verfügung.«

»Vielen Dank, Madame.« Mathilde greift nach meiner Hand. »Begleiten Sie mich, Cora?«

»Danke für alles, was Sie für uns getan haben«, sagt Mathilde, als wir vor ihrer Haustür stehen. Auf dem Weg habe ich ihr vom Gespräch mit Françoise und Camille erzählt. »Ohne Ihre Hilfe hätte es ein böses Ende genommen.«

»Gern geschehen. Die Hauptarbeit hat offenbar Françoise geleistet.«

»Sie haben an uns geglaubt. Dafür bin ich Ihnen dankbar.«

»Was haben Sie jetzt vor?«

»Camille wird noch ein paar Wochen hierbleiben, um mit Pablo zusammen zu sein und ihm beim Umzug zu helfen. Er soll zukünftig bei mir wohnen. Danach kehrt sie für eine Weile nach Marokko zurück, um sich um das Kinderheim zu kümmern.«

»Was passiert mit dem Institut ›Gnadenkreuz‹?«

»Die Stiftung wird eine neue Direktorin suchen. Ich habe ein paar Kandidatinnen in Aussicht.«

»Und die Firma? Werden Sie Ihre Anteile an Santoni überschreiben?«

Mathilde lächelt schief. »Nein, die bekommt Pablo. Er schließt sein Betriebswirtschaftsstudium ab und steigt später in der Firma ein. Wer weiß, vielleicht wird er Ilios Watch eines Tages übernehmen.«

»Santoni wird das einfach so hinnehmen?«

Sie antwortet mit einem dünnen Lächeln. »Wir finden bestimmt eine Lösung.«

»Was hat Gérard vor?«

»Er übernimmt meine Vermögensverwaltung. Ich besitze ja nicht nur die Firma. Später werde ich ihm den Vorsitz der Stiftung überlassen.«

»Frau Frei ermittelt nicht weiter gegen ihn?«

»Sie sieht es als erwiesen an, dass Nico Cagliari Sam Leuenberger erschossen hat.«

»Ich dachte, man hätte Gérards Fingerabdrücke auf der Pistole am Tatort sichergestellt.«

»Nur am Lauf, Samuel Leuenbergers Spuren waren an Knauf, Magazin und Abzug. Frau Frei schließt die Möglichkeit nicht aus, dass es zu einem Zweikampf von Cagliari und Leuenberger gekommen ist, bei dem die Waffe losgegangen ist. Cagliari muss die Waffe neben Leuenberger liegen gelassen haben, um Gérard zu belasten.«

Mathilde nestelt in ihrer Manteltasche.

»Kann ich Ihnen helfen?«

»Mein Schlüsselbund, er muss sich da drin verheddert haben.«

»Sie erlauben?« Ich greife in die Tasche. Der Schlüsselring hat sich an einem losen Faden verhakt. Als es mir schließlich gelingt, ihn herauszuziehen, fällt ein Fläschchen mit Pipetten-verschluss heraus.

»Meine Notfalltropfen«, sagt Mathilde. »Die habe ich vorhin gesucht.« Sie nimmt mir beides ab. »Ich nehme an, Sie reisen morgen ab?«

»Ja, ich frühstücke mit Mila und packe dann meine Sachen.« Sie umarmt mich. »Noch mal danke für alles, Cora.«

Ein Streifenwagen hat mich zum Gästehaus zurückgebracht. In meine Jacke und eine Wolldecke gewickelt sitze ich auf der Terrasse neben dem Vorplatz des »Cerneux-au-Maire« und warte auf Frei. An einer Bierflasche nippend schaue ich in den Nachthimmel. Eben habe ich mit Mila gesprochen. Sie ist mit Pablo bei Marie im Spital geblieben. Beim Frühstück werden wir genug Zeit zum Reden haben. Sie hat meinen Vorschlag abgelehnt, Pablo mitzubringen. Nur wir zwei, meinte sie, Girl Talk. Das macht mich irgendwie glücklich. Nur ein betrüb-licher Gedanke quält mich noch. Soll ich Frei vom Fläschchen in Mathildes Manteltasche erzählen?

Das Licht von Autoscheinwerfern reißt mich aus den Ge-danken. Frei stellt ihren Skoda neben meinem Mini ab und setzt sich dann auf den Stuhl neben mir. Ich reiche ihr eine Flasche Bier, die ich für sie mitgebracht habe.

»Danke, das brauchte ich«, sagt sie nach dem ersten Schluck. »Ist es wirklich okay, wenn ich bei Ihnen im Zimmer schlafe?«

»Schnarchen Sie?«

»Bis jetzt hat sich keiner beklagt.«

»Dann ist's kein Problem. Dafür ist das zweite Bett ja da.« Wir prosten uns zu.

»Was sagt der Amtsarzt zu Keller? Wird es eine Obduktion geben?«

Sie nimmt den zweiten Schluck. »Macht nicht den Anschein.« Ein diskreter Rülpser entfährt ihr. »Sorry, aber das musste raus. Der Staatsanwalt wird entscheiden.«

»Sie denken, es war ein Herzanfall?«

»Glaube schon, warum fragen Sie?«

»Nur so.«

Wir schauen beide ins Firmament.

»Wie geht's weiter?«, frage ich nach einer Weile.

»Womit?«

»Gérard Murival verbrachte sein halbes Leben auf der Flucht, nur weil seine politische Einstellung und sein Engagement gewissen Leuten in Bern nicht passten. Die Behörden machten ihn zum Sündenbock.«

»Das ist tragisch, und das meine ich so. Andererseits hat er sich vierzig Jahre lang der Verhaftung entzogen, anstatt sich hier zu verteidigen. Ich sehe nicht, was ich tun kann.«

»Kann man ihn nicht wenigstens rehabilitieren, den Kanton Bern dazu bringen, dass er sich bei ihm entschuldigt?«

»Möglicherweise auf zivilem Weg.« Sie dreht sich mir zu. »Schreiben Sie doch darüber. So ließe sich was erreichen.«

»Das tue ich auf jeden Fall. Was ist mit Jean-Baptiste Santoni?«

»Was soll mit dem sein?«

»Werden Sie gegen ihn ermitteln?«

»In welcher Sache? Wir haben nichts gegen ihn in der Hand.«

»Er ist der Drahtzieher der Morde an Delphine und Sam Leuenberger und des Mordversuches an Marie. Joseph Petri und Nico Cagliari handelten in seinem Auftrag. Léonie Ory und Marko Rusic setzte er auf Camille Murival an.«

»Das mag alles stimmen. Nur fehlen uns die Beweise. Petri und Cagliari sind tot, ebenso Léonie und Rusic. Der Staatsanwalt rief mich vorhin an. Santonis Anwalt hat eine Erklärung abgegeben, in der sich sein Mandant in aller Form von seinen Mitarbeitern distanziert. Er sei erschüttert, was die beiden in ihrer Freizeit angestellt hätten, noch dazu, und das wurde betont, unerlaubterweise mit einem Geschäftsfahrzeug. – Wir haben nichts gegen ihn in der Hand, Frau Johannis.«

»Noch ein Bier?«

»Wenn noch eins da ist.«

Ich habe vier Flaschen mitgebracht. Eigentlich bräuchte ich jetzt etwas Stärkeres. Aber man nimmt, was man hat. Ich öffne eine Flasche und gebe sie Frei.

Sie schenkt mir ein aufmunterndes Lächeln. »Gewisse Dinge brauchen ihre Zeit. Prost, Frau Johannis.«

Wir stoßen an.

»Wo das Recht nicht in der Lage ist, Gerechtigkeit zu schaffen …«, murmle ich.

»Haben Sie was gesagt?«

Ich schüttle den Kopf. »Nichts, nur laut gedacht.«

... sucht sich die Gerechtigkeit eigene Wege und schafft neues Unrecht.

Der Kopf des Mädchens liegt im Zentrum des Fadenkreuzes. Die Motorhaube des Range Rovers verdeckt den zierlichen Oberkörper bis auf Brusthöhe. Es blickt genervt auf seine Uhr. Mit einer affektierten Handbewegung wirft es die Haare zurück und verschränkt die Arme, ein probates Mittel, das Männer seit Urzeiten in einen Zustand milder Panik zu versetzen vermag und sie alles tun lässt, damit sich der Zorn des Objektes ihrer Bewunderung und Begierde nicht über sie entlädt. In der Kunst, mehr zu bekommen, selbst wenn man alles hat, ist Helena Santoni gelehrige Schülerin ihrer Mutter Roksana.

Ob sie ahnt, wie viel Elend, Schmerzen und Blut ihren Aufenthalt im exklusivsten Internat der Schweiz bezahlen? Wie viele Kinder in den Coca-Plantagen Südamerikas und den Gold- und Diamantminen Afrikas ihr Leben für ihren Luxus verloren haben? Wie viele Immigranten aus Nordafrika, der Türkei, Syrien und Afghanistan in den Meth-Küchen Belgiens und Hollands ihre Gesundheit ruinierten, damit ihr Vater die Domäne am Genfersee kaufen konnte, vor der sie in diesem Moment ungeduldig wartet?

Wenn nicht, wird es bestimmt nicht mehr lange dauern, bis ihr Vater sie in seine Geschäfte einweiht. Es wird der Anfang vom Ende der Unschuld sein.

Ihr Finger gleitet vom Abzugsbügel zum Abzugshebel. Wie vielen unschuldigen Menschen könnte sie das Leben retten, wenn sie jetzt abdrücken würde? Ein wie viel besserer Platz wäre die Welt ohne Helena Santoni?

Sie streckt den Finger wieder.

Es liegt nicht an ihr, Vollstreckerin eines Schicksals zu sein, dessen Bestimmung sie nicht kennt. Das Mädchen verdient eine Chance.

Eine groß gewachsene Frau mit langen flachsblonden Haaren tritt aus dem Haus. Die Kleidung ist farblich auf diejenige der Tochter abgestimmt. Unter Chanel oder Dior macht es Roksana Alajewna, ehemaliges Topmodel und Santonis Ex-Frau, nicht. Hinter ihr kommt Santoni im weißen Polohemd und Chinos heraus, startbereit für eine Partie. Der Fahrer hat die Golftasche bereits verladen.

Verärgert und ungeduldig tippt Helena auf die Uhr. Ihre Mutter zuckt mit den Achseln. Santoni schließt Helena in die Arme und küsst sie zum Abschied auf die Stirn. Ohne ihren Ex-Mann weiter zu beachten, steigt Roksana in den Fond des Wagens, dessen Tür Santonis neuer Leibwächter und Fahrer ihr aufhält. Dass Roksana die Hand, welche die Tür hält, kurz streichelt, bemerkt nur Santoni nicht.

Vater und Tochter lösen sich voneinander. Santoni öffnet die hintere Wagentür auf der Fahrerseite für Helena.

Ihr Finger legt sich erneut an den Abzug.

Santoni winkt dem abfahrenden Wagen nach.

Sie fasst den Druckpunkt.

Bevor Santoni zurück ins Haus geht, sieht er sich um.

Sie atmet aus.

Santonis Blick ist auf sie gerichtet.

Sie zieht durch.

Mathilde verstaut die Tasche mit dem Gewehr im Kofferraum des Land Cruiser, den sie in einer Nebenstraße unweit von Santonis Domäne in der Genfer Seegemeinde Genthod abgestellt hat. Sie nimmt das Handy aus der Handtasche und wählt eine Nummer.

Camille antwortet sofort. »Mathilde? Wo bist du?«

»Ich hatte etwas zu erledigen, ich fahre jetzt los.«

»Um halb eins gibt's Mittagessen, ich habe gekocht.«

»Das schaffe ich.«

»Ich freue mich, Gérard kommt auch.«

»Schön, bis gleich.«

Mathilde zieht die Tarnjacke aus, die sie sonst nur für die Jagd braucht, und legt sie mit der Handtasche auf den Beifahrersitz, bevor sie sich ans Steuer setzt.

Die Tasche klafft auf. Sie sieht den weißen Briefumschlag, den ihr die Ärztin in der Onkologieabteilung des Genfer Universitätsspitals übergeben hat. Sie zieht ihn heraus und liest das Blatt mit dem Befund. Sechs Monate, mehr oder weniger, hat die Ärztin gemeint, nachdem Mathilde auf einen Zeithorizont bestanden hatte.

Mathilde zerreißt Umschlag und Schreiben und steckt die Fetzen zurück in die Tasche. Morgen wird sie den Chef der Kriminalpolizei in Delémont treffen. Sie wird ihm das Fläschchen übergeben.

Glossar

AHV-Nummer – Sozialversicherungsnummer in der Schweiz

Béliers (franz.) – Widder. Jugendgruppe der jurassischen Separatisten

Berner Großer Rat – Parlament des Kantons Bern (Kantonsrat)

Bundesrat – Schweizer Bundesregierung

Combox – Anrufbeantwortungsdienst von Swisscom

DGSE (Direction générale de la Sécurité extérieure) – Französischer Auslandgeheimdienst

DST (Direction de la surveillance du territoire) – Französischer Inlandgeheimdienst

Fedpol – Schweizerische Bundespolizei

Flight (engl., Golfsport) – Spielgruppe, die gemeinsam spielt

FLJ – Front de Libération Jurassienne (franz.) – Jurassische Befreiungsfront, militante Splittergruppe der Jurassischen Versammlung (siehe RJ)

Identitätskarte (schweiz.) – Personalausweis

Juraplebiszite – Volksabstimmungen von 1974 und 1975, die zur Gründung des Kantons Jura im Jahr 1979 führten

Mémé (franz.) – Großmutter

Polizeikommando – Polizeipräsidium

Putain (franz.) – Kraftausdruck (Hure, Prostituierte)

RJ – Rassemblement Jurassien (franz.) – Jurassische Versammlung, politische Vereinigung für einen unabhängigen Jura

Sangliers (franz.) – Wildschweine. Berntreue Jugendbewegung gegen die Separatisten

Ständerat – Kleine Kammer des Bundesparlamentes (Deutschland: Bundesrat)

Tata (franz.) – Kosename für Tante, Tantchen

Transjurane (franz.) – Autobahn A 16, die den Kanton Jura mit Frankreich im Norden und mit dem Schweizer Mittelland im Süden verbindet

Verwaltungsrat – Aufsichtsrat (Schweiz)

Waffenplatz – Truppenübungsplatz

Anmerkungen und Dank

Liebe Leserin, lieber Leser

Beim Niederschreiben dieses Buches ging es mir oft wie Cora Johannis, die auf dieser Reise erneut über Höhen und durch Tiefen ging. Im Folgenden finden Sie Informationen zu den Hintergründen dieses Romans.

Der Begriff Jura
Im Buch ist vom Jura, Berner Jura, dem Kanton Jura und dem Jurabogen die Rede.

Der *Jura* ist ein Gebirgszug, der sich nordwestlich des Alpenkammes und des Schweizer Mittellandes gleichermaßen über Frankreich (Massif du Jura, Region Bourgogne-Franche-Comté) und die West- und Nordwestschweiz erstreckt. Der *Schweizer Jura* zieht sich über die Kantone Waadt, Neuenburg, Jura, Bern, Solothurn und Basel-Land bis in den Aargau, wo er ausläuft.

Jurabogen ist die Bezeichnung einer Wirtschaftsregion, welche die Kantone Neuenburg und Jura sowie den Berner Jura mit der Stadt Biel/Bienne und den nördlichen Teil des Kantons Waadt umfasst.

Der *Kanton Jura* ist der jüngste Kanton der Schweiz (Eintritt in die Eidgenossenschaft am 1. Januar 1979). Er entstand aus einem jahrzehntelangen Konflikt, der die Abspaltung der nördlichen Bezirke Delsberg, Freiberge und Pruntrut vom Kanton Bern zur Folge hatte. Das vorläufig letzte Kapitel wird am 1. Januar 2026 geschrieben, wenn die Stadt Moutier vom Kanton Bern in den Kanton Jura transferiert wird.

Als *Berner Jura* wird eine Verwaltungsregion des Kantons Bern bezeichnet, die aus den früheren Bezirken Moutier, Courtelary und La Neuveville besteht.

Im Zusammenhang mit dem *Jurakonflikt* ist Bern aus zwei Perspektiven zu betrachten: einerseits als Hauptort des gleichnamigen Kantons, andererseits als Bundeshauptstadt, Sitz des Schweizerischen Bundesrates (Bundesregierung), der eidgenössischen Parlamentskammern und eines Großteils der Bundesverwaltung.

Der 16. März 1980

Nach den Plebisziten von 1974 und 1975 war es am 1. Januar 1979 so weit: Der Kanton Jura wurde als 23. souveräner Stand in den Bund der Eidgenossenschaft aufgenommen. Viele hofften, dass dieses historische Ereignis den seit der »Affäre Moeckli« von 1947 schwelenden Jurakonflikt entschärfen würde. Das war nur teilweise der Fall. Für die Separatisten des Rassemblement Jurassien (RJ) und ihre Jugendorganisation »Béliers« (Widder oder Rammböcke) war es nur ein halber Sieg. Der neue Kanton umfasste lediglich die ehemaligen Berner Jurabezirke Delémont, Freiberge und Pruntrut. In der zweiten Plebiszitrunde von 1975 hatte sich die Bevölkerung der südjurassischen Berner Bezirke Moutier, Courtelary und La Neuveville für den Verbleib beim Kanton Bern ausgesprochen. Das Ziel der Separatisten, den ganzen Jura von Biel bis Pruntrut zu befreien, war nicht erreicht. Die Provokationen und die Politik der Nadelstiche seitens der RJ gingen weiter.

Zum fünften Jahrestag der Juraplebiszite wollte die RJ ein Zeichen setzen und kündigte eine Delegiertenversammlung in Cortébert im Berner Jura an, einem Nachbarort des Bezirkshauptortes Courtelary. Der Tagungsort »Hôtel de l'Ours« gehörte damals den Separatisten.

Die Ankündigung wurde von den Berntreuen und ihrer Jugendbewegung »Sangliers« (Wildschweine) so aufgenommen, wie es die Organisatoren beabsichtigt haben dürften: als Provokation. Die Berner Regierung versuchte vergebens, beim Bundesrat ein Verbot der Manifestation zu erreichen. Dieser jedoch wertete die Versammlungsfreiheit höher als die Sicherheitsbedenken der Berner. Eine geforderte Intervention der Armee wurde abgelehnt. Das führte zu einer gereizten Stimmung zwischen Bern und der Eidgenossenschaft. Der Kanton Bern wurde scharf aufgefordert, Sicherheit und Schutz von Bevölkerung und Teilnehmern zu gewährleisten.

Am 16. März 1980 empfingen die Sangliers die Delegierten der RJ bei ihrer Ankunft in Cortébert mit Steinen und Schlagstöcken, woraufhin ihnen die separatistischen Béliers zu Hilfe eilten. Es gab tumultartige Auseinandersetzungen mit Verletzten.

Anstatt sich zwischen die Streithähne zu stellen, beobachteten die aufgebotenen Berner Polizeigrenadiere das Geschehen aus Warteräumen in den Nachbarorten Courtelary und Corgémont. Erst als in Cortébert Schüsse fielen, umstellten die Sicherheitskräfte das »Hôtel de l'Ours« und trennten die Kontrahenten. Ein Berntreuer hatte seine Armeepistole auf das Gebäude abgefeuert, angeblich ohne jemanden zu verletzen. Die Versammlung wurde aufgelöst. Die Separatisten konnten das Lokal unter Polizeischutz verlassen und wurden mit Extrazügen ins neuenburgische La Chaux-de-Fonds gebracht.

Nach anfänglichen Fingerzeigen auf die Provokateure geriet das Vorgehen der Berner Regierung und ihrer Sicherheitsorgane in den Fokus nationaler Medien. Es wurde zwar klargestellt, dass die Gewalttätigkeiten von den berntreuen Sangliers ausgegangen waren. Doch bei einem sofortigen Stellungsbezug und früheren Eingreifen der Polizei hätten Verletzte und Sachschäden vermieden werden können. Die Neue Zürcher Zeitung bemerkte: »dass die bernischen Behörden dem Volkszorn im Süden einen gewissen gefährlichen Spielraum lassen wollten, ist nicht wegzuwischen.«

(Quelle: Moser, Christian: Der Jurakonflikt – eine offene Wunde der Schweizer Geschichte, NZZ Libro, 2020 – Seite 152 ff.)

Die Unruhen von Cortébert vom März 1980 bilden den realen Hintergrund dieses Buches. Gewisse Elemente wurden fiktionalisiert. Die namentlich erwähnten Protagonisten und ihre Geschichten sind frei erfunden. Das frühere »Hôtel de l'Ours« heißt heute »Restaurant de l'Ours«. Bis Mitte 2023 befand sich darin ein chinesisches Restaurant. Angeblich soll dort dereinst eine vegetarische und alkoholfreie Gaststätte eröffnet werden.

Handlungsorte
Die am Anfang der Geschichte erwähnte Erneuerung des Bündnisses zwischen Frankreich und der Schweiz vom 28. Mai 1777 in Solothurn durch den französischen Botschafter Jean Gravier, Marquis de Vergennes, ist historisch verbrieft. Das Bündnis ging weiter als frühere Allianzen und unterstrich die Anerkennung der Neutralität der Eidgenossenschaft durch Frankreich. Zudem anerkannte es die Souveränität der Republik Bern über das Waadtland und stellte Genf unter Sonderprotektion. Die Verträge wurden 1798 hinfällig und durch Verteidigungsbündnisse ersetzt. Nach 1817 schloss die Eidgenossenschaft aus Neutralitätsgründen keine Bündnisse mehr mit anderen Staaten ab.
 (Quelle: Martin Körner: Alliances, Dictionnaire historique de la Suisse (DHS): Alliances, Version vom: 19.9.2006)
 Die Nachfahrin Jean Graviers und ehemalige Botschafterin Françoise Gravier sowie der Empfang im Solothurner Ambassadorenhof entsprangen meiner Phantasie, ebenso die Gedenktafel zum 28. Mai 1777.
 Das in der Handlung erwähnte »Institut Gnadenkreuz« ist fiktiv und steht in keinem denkbaren Zusammenhang mit dem am selben Standort bestehenden *Institut Les Côtes des Adoratrices du Cœur Royal*.
 Der Jura mit seinen Weide- und Waldflächen, imposanten Felsformationen und tiefen Schluchten ist kein touristischer Hotspot der Schweiz, vielmehr ein Insidertipp für alle, die Wanderungen und Touren zu Fuß, mit dem Rad oder auf dem Pferd lieben. Letztere gibt es vor allem in den Freibergen. Bei einer Wanderung auf dem Pferderücken über die von Weiden und

Wäldern durchzogene Landschaft kann schon mal ein Gefühl von Wildwestromantik aufkommen.

Die Inspiration zu dieser Geschichte fand ich im Herbst 2023 während einer Urlaubswoche in den Freibergen. Der Buchtitel »Spiegelberg« bezieht sich zum einen auf die kaum mehr sichtbare Burgruine Spiegelberg. Obwohl der Kanton Jura zur französischsprachigen Schweiz gehört, ist sie auf Landkarten und Wegweisern mit dem deutschen Namen vermerkt. Die Burg war ab dem 13. Jahrhundert der Sitz des Geschlechtes von Mireval. Im 15. Jahrhundert verlegte die Familie ihren Sitz nach Solothurn. Dort nahmen sie den Namen Spiegelberg an und stellten zweimal hintereinander die Schultheißen der Stadt. (Quelle: Silvan Friedli: von Spiegelberg (SO, Ministerialien), Historisches Lexikon der Schweiz (HLS), Version vom 7.11.2012)

Zum anderen steht der Name Spiegelberg in gewisser Weise für die Freiberge. Elemente des Familienwappens der Familie Mireval/Spiegelberg finden sich noch heute in den Wappen des Bezirks Freiberge sowie der Gemeinde Muriaux, die unter Berner Herrschaft auch Spiegelberg hieß; weißer Kreis mit schwarzem beziehungsweise rotem Rand auf gelbem Grund als Spiegelsymbol.

Die Familie Spiegelberg ist in meinen Geschichten keine Unbekannte. Im Buch »Blutlauenen« durchsteht Cora Johannis mit ihrer Jugendfreundin Ludivine Spiegelberg schwere Tage und Stunden. Nicht zuletzt deshalb treffen wir Cora zu Beginn der Geschichte auf den Sommêtres, wo die Burg Spiegelberg einst stand.

Dank

Mein spezieller Dank geht an Denis Bolzli in Les Bois. Als Abgeordneter der ersten Stunde im Parlament des Kantons Jura gab er mir wertvolle Hinweise und Hintergründe zur Entstehungsgeschichte des jüngsten Schweizer Kantons. Das gemeinsame Abendessen mit ihm und seiner Frau Marlène in der »Auberge de La Bouège« am Ufer des Doubs bleibt mir und Catherine unvergessen. Nie und nirgendwo zuvor haben wir bessere Forellen gegessen als dort. Denis ist der Eigentümer der im Buch erwähnten Auberge Cerneux-au-Maire in Les Bois (https://www.cerneux-au-maire.ch/). Dank unserer Gastgeberin Marie-Claude Mertenat verbrachten wir wunderbare Tage dort. In Erinnerung bleibt mir das feine Frühstücksbuffet. Ich war mir sicher, dass es Cora Johannis dort auch gefallen würde. Wenn ich mich recht erinnere, wohnte sie sogar im gleichen Zimmer.

Weiterer Dank gebührt meiner verständnisvollen und geduldigen Lektorin Irène Kost mit dem scharfen Blick für die wesentlichen Details. Ebenso meinem Agenten Michael Wenzel von der Editio Dialog Literary Agency und dem unermüdlichen Team des Emons Verlages in Köln: Franzi Emons-Hausen, Christel Steinmetz, Stefanie Rahnfeld, Dominic Hettgen und all den guten Geistern, die dafür sorgten, dass Sie, liebe Leserin, lieber Leser, dieses Buch in Händen halten.

Am ersten Urlaubstag in den Freibergen überredete ich Catherine zu einem »kurzen« Spaziergang am Doubs. Daraus wurde eine drei- bis vierstündige Wanderung, ausgehend vom Lac de Biaufond und zurück, weil ich unbedingt die »Moulin de la Mort« sehen musste, einschließlich eines herausfordernden Ab- und Wiederaufstieg in beziehungsweise aus der Schlucht. Ich bin ihr dankbar, dass sie am Abend wieder mit mir geredet hat.

Christof Gasser

Die Erfolgsserie des Bestsellerautors Christof Gasser

Alle Titel sind auch als eBook erhältlich.

Bücher mit Cora Johannis:

Schwarzbubenland
ISBN 978-3-7408-0178-6

Blutlauenen
ISBN 978-3-7408-0508-1

*Bücher mit Dominik Dornach
und Angela Casagrande:*

Solothurn trägt Schwarz
ISBN 978-3-95451-783-1

Solothurn streut Asche
ISBN 978-3-7408-0050-5

Solothurn spielt mit dem Feuer
ISBN 978-3-7408-0305-6

Solothurn tanzt mit dem Teufel
ISBN 978-3-7408-0624-8

www.emons-verlag.de

Solothurn blickt in den Abgrund
ISBN 978-3-7408-1395-6

Solothurn hüllt sich in Schweigen
ISBN 978-3-7408-1840-1

Weitere:

Wenn die Schatten sterben
ISBN 978-3-7408-1208-9

www.emons-verlag.de